U0686134

山风点火

SHAN FENG DIAN HUO

李文贵 著

中国出版集团

现代出版社

图书在版编目（CIP）数据

山风点火 / 李文贵著. -- 北京：现代出版社，2016.3

ISBN 978-7-5143-4753-1

Ⅰ. ①山… Ⅱ. ①李… Ⅲ. ①长篇小说－中国－当代

Ⅳ. ①I247.5

中国版本图书馆CIP数据核字(2016)第046296号

山风点火

作　　者	李文贵	
责任编辑	李　鹏　陈世忠	
出版发行	现代出版社	
地　　址	北京市安定门外安华里504号	
邮政编码	100011	
电　　话	010-64267325 010-64245264（兼传真）	
网　　址	www.1980xd.com	
电子邮箱	xiandai@vip.sina.com	
印　　刷	北京旺鹏印刷有限公司	
开　　本	880×1230　1/32	
印　　张	12	
版　　次	2016年3月第1版　2020年1月第2次印刷	
书　　号	ISBN 978-7-5143-4753-1	
定　　价	49.80元	

版权所有，翻印必究；未经许可，不得转载

目 录

c o n t e n t s

目 录

c o n t e n t s

第一章　三星入世

天仓山，天仓山，
云吞雾吐不见边。
巴山为老大，
我为老三。
米香滔滔送东家，
穷人只沾边。
只有景致拿不去，
是共产，是共产。

大自然才不管你人间是何世态，秋天的枫叶照样红了，如山水画家朱墨点缀，灿烂的太阳滚出了山巅，照得山河像少女绽开的笑容，照得人不欢喜也欢心。沈秀才顿住手中挖锄，面前摆了一大片秋翻的土块，不由得欣赏起那多见少怪的景色来，谁说熟悉的地方没风景？

沈秀才能够欣赏天成的山水画，那自然在高处、天仓山顶上。"哼！大富人家又咋了，住在河边，能有我这高山人的眼福吗？洪水来了跑都跑不脱！"

山下边传来愈来愈近的放牛娃歌声，似乎有意挑拨沈秀才的青春：

"姐的那个包包耶，是一座阎王殿；哥的那个棒槌耶，顶呀

1

么顶上天；姐是木者河的水耶，哥是河边天仓山。姐姐洗呀么在洗澡耶，哥哥看呀么看瞎了眼！"

"秀才表叔啊，你在挖地呀？喜欢看河雾啊？"地坎下蹿上来个李家放牛娃永山，凑趣打招呼，身后跟上来个六岁的小弟弟福娃，书名李永兴。

"人只晓得吃饭穿衣跟你那牛有啥两样？"沈秀才话音如吼，"不爱扎花的姑娘不是好姑娘；不读书的人不是成气的人！"言罢转身挥锄，挥出一首打油诗："天仓山，天仓山，云吞雾吐不见边……"

"表叔啊，好听哎！"福娃咧笑冒出一句。沈秀才愣了愣，直起身来，道："想学吗？娃儿，我教你！"

于是沈秀才教一句，两弟兄害臊地学一句，再背一遍。"怎么个写呢？"永兴又冒出一句。

沈秀才不假思索地说："回去跟你爹说，再穷也要识几个字！"

两弟兄跳下坎去，消失了补丁旧褂短裤还脏兮兮的身影，传来清脆又土气的儿歌声：

"月儿弯弯耶，扁担弯弯耶，月儿天上扭，扁担肩上闪……"歌声渐渐消失。

沈秀才若有所思，他头包白布帕子，拍拍麻布马褂上的泥土，看看太阳晒圆了，收工回家吃早饭了。他虽是秀才，长相并不秀气文雅，活脱脱三国演义里的张飞。他相貌如张飞，却无张飞的武力，地道的普通汉子，不过这也不错了，行走在外，那长相就是一面开路的大锣。

在这个世界里，众生都要取个名字以示区别。人是众生之首，所以只有人给人取名字，万物只有人给它取名字了。天仓山下有一条过路的大河取名叫木者河，之所以尊称它为大河，是因为它自成流派蜿蜒五百里才融入嘉临江，气势不小。河对岸山名为五峰山，山腰有个最穷的人住在岩洞，人称陈三麻子。从来穷人多富人少，穷人养富人。土财主呢？如山中的菌子，哪儿不长几朵？还有那大拐山强人黄一甲、恶人黄少伯、棒老儿康寨主、会道门呢？

天仓山右边山势突缓，出现大小不一的乳状丘包，天生的松林散布其间，在这恶煞般的群山中特显秀气，如恶人群中还有一位温情靓丽的姑娘。还有那万僧寺浑厚的钟声，给"姑娘"抹上了一层别样的庄重感，山不在高，有仙则名。

万僧寺之所以名为万僧寺，是因为首任住持发愿要凑够一万名和尚之数，为功德圆满，如今到无修住持一代，已有九千九百九十二个和尚了。首任住持圆寂时说偈语："虹抱天仓，万数有道，独树包碑。无为入丈。"

六年前的晴日暴雨，雨停了，李春玉的第九子哇哇出生，踏上这个世界的土地。这时，一道彩虹现出，怀抱整个天仓山，似少妇甜甜地搂抱着婴儿，木者河那边五峰山腰有不少人幸运目睹，干活的顿住手中活计，情不自禁欢呼起来，但天仓山人身在其中当事者暗，不知出了什么人世大事？

传言向来如风。

预兆的啥子呢？占上风的传言是有大吉祥。

无修住持明白，心大喜。早课前，无修住持重复了尘封的偈语，众僧脸露欣笑。

万僧寺开的净土宗课程，唯无修住持加修有禅宗。

天仓山西面大巴山顶，滔滔木竹，依山随势，广得气势磅礴，荡人情怀。用现代人的知识说，至今为亚洲最大的原生态木竹林。一山包下有户华姓人家，竹壁、竹椅、竹桌、竹凳、竹家什，只有房上铺的是茅草。天仓山现出冲天彩虹的第二天早晨，华清林夫人生第四胎，只听房前屋后喜鹊欢叫一堂。二儿子直叫妹妹："桃儿，快出来看咯！有一百多只鸦鹊子，往天只见三几

3

只，今天怪了！"婴儿呱呱坠地，是二千金。

木者河下游三百里处有一座山，名叫石板山。那石板山可名副其实如假包换，石板采来可盖房，可划薄，薄则如镜，当地普遍石瓦、石桌、石凳。同一日，石板山腰有一付姓人家，夫人前夜时梦中一黑牛撞击小腹，惊醒胎发作，翌日生一子。

又两件奇事，与天仓山冲天彩虹相映成趣，有关联吗？人们是无从知晓的、联想的。

竹乡之女便取名为百鹊，石板山之子名为石牛。

第二章　山重水复

（一）

"哐哐哐哐哐——！"

重阳节，李春玉家下的古寨子梁顶，照例响起了五面大锣连续五下的齐鸣，居高临下，声震两岸山，回荡于山水间，然后又换个地点，如山中游叫的鸟。

是乡民有喜庆吗？

那五面大锣齐鸣的气魄，小孩子听来新鲜，穷庄稼人猛然听来令人振奋，紧接着就不开心了。

陈三麻子尤其心紧，那锣声在扯他的心，因为又到给财主陈良福交稞子、交皇粮的时候了。棒老儿王三春、康寨主他倒不怕，鹞鹰不盯无蛋的鹊窝。陈良福的祖上早年湖广填四川，四川上陕西，先入为主，附近的山地全是他所有，后来人只有租种他的土地为生。

"什娃儿，跟我背包谷下河坝交稞子，"陈三麻子对儿子说，"不交是不行的，人家大娃儿陈正高是麻柳乡乡长，二娃儿陈正兴跟棒老儿说不清道不白，惹不起。"陈良福五十出头，他长副狮形脸，却配着端正的五官，不知上辈子怎么修得这副极端的德行；他穿佃户织的新麻布，那麻布是佃家以布抵租之物。

"爹爹，早点回来噢！"七岁的女儿大大站在岩洞口，看着出门的父子喊道。她浑身与叫花子没两样，脏兮兮灰扑扑，但掩饰不住乌黑明净的眼睛，天生的白皙皮肤。

"人家交稞子十斗八斗，还能剩个七斗八斗的，"婆娘嘀咕道："我们交了就剩四斗了，懒！不会做庄稼，没出息的人。"

陈三麻子并无麻子，因为他死去的老子是麻子，子承父号，乡人玩笑，起初他咧起大嘴笑笑，众口成金，后来只好默认了。

年年过年年难过，每到春荒季节，陈三麻子一家只有以野菜、红籽、节儿根、山苔等天然野生食物来充主粮续命了。杜根满山取之不尽，但要加工成可口的杜面团太费事费力，他懒得去干。

他真的有些懒惰。他家没有织布机，连打草鞋的爬子也没有做一副，只会干地里的活儿，地里的农活技术也是三流，只有岩洞先入为主属于他所有，谁能说岩洞也不是他的？财主再怎么坏也不会坏到住岩洞也要收费。大巴山并非多岩洞地质，能住人类的"水帘洞"少之又少，陈三麻子是木者河两岸唯一具有远古特征的洞主，石礅为凳，石块为桌，两处天然平坦处为床。洞壁洞顶形态五花八门，与已经文明化的人类砖木土墙瓦屋习惯比较起来，倒别有韵味。

陈良福家两院三厢房瓦屋，这时代已够土财主气魄了，两条一黑一白恶狗对外来人的狂吠昭示出家道的兴旺。狗天性嫌贫爱富，所以才变为只有吃人屎的狗。陈三麻子父子俩那比叫花子好不了多少的形象，似乎又使那两条狗找到了感觉，半点儿也不客气，那劲头欲将其撕成八大块而不解恨，好在佃户交租期间有专职的狗管理员。

陈三麻子从背篼里边取麻袋边说道："交稞子第一个来！哈，第一好，秤砣落了轻了星（心）。"抱起百二十斤重的麻袋去后院验收、过秤。

在佃户与东家概念里，收租交租那是天经地义的事。东家也不会倒杯茶，更不会招待交租人吃顿饭。

陈正兴望着三麻子叔背影，自言自语道："穷得裤裆没底哪来这么大的劲？还红光满面地气色好，没见害过啥大病。"

财富人只知道养尊处优，四体不勤，哪里懂得用进费退自然之道？陈三麻子虽穷得成名，殊不知常吃的节儿根、官名山药的山茗等野生之物，却是防疾补身之品。陈正兴刚带马帮回乡，马帮去山外驮盐，这一带百姓的食用粗盐。虽然他赚了厚利，穷民百姓又有谁有此能力呢？人类已进化到离不开食盐。

陈三麻子交了包谷后，还想耍耍，逛逛财主大院新鲜新鲜，陈良福的七十一岁老娘颤悠悠地端碗茶水来。

因为她是小脚。

"累到了，喝碗水。"老娘说。

陈三麻子欣慰道："劳慰了，婶娘。"

老娘是小脚，陈良福也还留着清朝的长辫子，穿着无领长麻布衫，只是不再穿象征穷人的稻谷草鞋。但他已不再要求儿媳妇脚是三寸金莲了，也算得敢于破陈规陋俗。

财主韩清风因居河坝，多平坦地势，故能修得四合大院，但社会关系网没有陈良福复杂，仅有长子韩大在远定县衙门跑堂。

李春玉是韩财主的佃户。

韩清风四十出头，桃形脸上长副熊猫眼、女人的樱桃小嘴，那滑稽样，初见者直想掩面而笑。他与庄稼百姓一般，头包白布帕子，但身穿洋布衫，可谓土洋结合。那洋布衫是在县衙公干的儿子从山外搞到的，毕竟长的杆子打得远一些。

韩清风家也有两条大花狗，但受绳索拴套无期徒刑。"狗要拴起来，免得咬伤人！哪怕是讨口的。"他说。那绳索约丈二长，狗的活动范围丈二宽，屎尿怎么办？刚好够及粪坑边。

陈三麻子交稞子后第三天，天放晴。韩清风见李春玉父子三人来交稞子，唤婆娘倒杯茶，再洗把脸。"不急，不急。"他操纵着一笑之下更为滑稽的笑容，说道。李春玉的两儿子永发、永财一见之下不禁扑哧笑出了声，李春玉赶紧瞪了瞪眼。韩清风比陈良福本性好，善待佃户，不摆架子。

韩清风五岁的次女河妹倚着门边，老是偷眼看李家父子。她桃形脸，大眼睛倾向了母亲的遗传，明如清水，要是父亲的遗传占了上风，还不是熊猫眼一双？李春玉从背架子上包袱里取出梨子给河妹，河妹不敢接，眼望父亲。韩清风正容说道："喊声表叔，劳慰。"河妹才接过梨子。

虽是租种土地，但总会多劳多得，巧劳多得，日子就会好过一些。

李春玉家就是这样的殷勤人家，虽有九口之众，交了稞子，如陈三麻子婆娘所言，还剩余七斗八斗的，其实不止。否则九口之家何以生存？他家制有织布机、草鞋爬子。织布的原料，麻、构树皮满山都有。还有那野棉花呢？人说婆娘是家的没得野的香，棉花却是野的没有家的好，此山也不产家棉花。

李春玉的幺儿福娃子出生前，母亲葛氏早已准备好了野棉花作的棉帽、棉衣、棉裤、棉鞋。大雪要飘了，她也懒得再生育了，太累了！谁叫这世间生育与性乐趣既相融又矛盾呢？身不由己。

"爹，我要认字。"有一天，福娃突然冒出这么一句话。他一脸秀气，时隐时现的一对酒窝点缀，使他面部风景别有韵味。李春玉一愣，反应过来后，家境、人口、志气等问题一幕幕从脑际闪过。一家人都是狗屎鞭子——闻（文）不得，舞（武）不得，猪八戒娶王母娘娘——要得！

葛氏心想，草鸡子（螳螂）背门板——挣瘦劲，也要送永兴读书识个字！望望当家的，"要得！"夫妇二人不约而同说出口。于是二人又因此不约而同难得地笑了起来。之前众子女，夫妇俩从没有过这样的默契。

财主陈良福三个儿子都读过书，韩清风的俩儿子更不必说。一般百姓没有几个人识字，有钱人垄断食盐垄断文化，穷百姓只有愚盲锁心，还能谈什么新思想、改社制、撕天网？只能出个偶然的人物来打破这自古以来的不平衡僵局。穷百姓没有文化，只有口口相传的仁义礼教、风俗文明调剂着粗鲁。

不过，穷百姓人家多是大脚女人，三寸金莲只有财主家讲究，那似乎是富贵的商标。要是讲力气、打架，穷人与财主谁行呢？李春玉家俩大媳妇、四女儿皆大脚，便于行走、干活儿。

皇帝爱长子，百姓爱幺儿。永兴上私塾了，上了沈秀才的私塾，八里路爬坡过岭走读，给先生米、油、麻钱。

晚霞是自然的，土地是天生的，为什么财主一手遮地，从他们屋檐下讨饭吃？是命？我就不信！沈秀才胸有文墨便想得比一般人深。天下之大，总有财主巴掌遮不到之地，于是，沈秀才带兄弟怀怨从河坝向天仓山爬去，初在半山腰结庐，越爬越高，爬向了山顶，再往上爬就只有上天了。苦开垦，草盖房，修得四间，也别有气魄。

"不怨，河雾、山景唯我独有！"他对妻儿自我调侃说。

沈秀才年方二八，其实并非真秀才，只因小时候家境还凑合，读过六年私塾学堂，多读了几年书，出山走西县、过古城，赶汉仲府考秀才落榜，乡人昵称秀才。

（二）

大女、二女儿走了婆家后，李春玉家床铺就松活一些了，但六岁的福娃依然只能与父母同床，与母亲睡一头。天亮前，李春玉从床那头起来，在墙旮旯尿桶尿了一泡尿后，摸黑过来掀开被子，爬在葛氏身上。

"莫来，"葛氏悄声说，"福娃子在发烧，扇凉了。"话虽如此，已经动作起来。并未熟睡的福娃连那种声音也听见了，心里十分反感。"爹呀，她是我妈呀，"福娃出声说，"莫整我妈嘛！"李春玉这时才不管四七二十八，分心低吼："各人睡你的！"

事毕，回那头睡下，心道，日妈你还是这样出来的耶，明晚叫你另外睡去！李春玉受了儿子一句话，不是滋味，干脆起床生火，反正天快亮了。葛氏拥过福娃，以示安慰。

李春玉摸黑掏开火种，生起火点上盏桐油灯，哑巴长烟杆就不用打火镰点烟了。他身上时常揣副火镰、干燥的艾绒，"钻木取火"。

一家大小也陆续起床了。李春玉安排家务："菊香去摘一天野棉花，给自个缝个棉袄，够了，再去个人帮手。"永山娃道："我去，把牛羊子也叱上。"葛氏悄一迟疑，那是口口相传的伦理出面阻拦。

"嗯呐！"葛氏还是出声应允。祖传的伦理文明着人类，也禁锢着人。菊香是大儿媳妇，还无子，长相乖巧，身段丰满匀称。李家老大永发智力平平，一枝未引人注意的鲜花，被他偶然摘得插在了牛粪上，那是杜仲叶不知自身丝，笨人自有笨福气，你不服气又怎的？

毕竟才初冬，盛夏的太阳经过秋天的调教变得温和，还未变

9

得冷酷。温和的太阳似乎很体贴菊香，使她生出的欢喜心情更舒畅，小家妇女难有出家门新鲜之机，在温和的阳光下去野外也算惬意的了。遍野零散的野棉花，那是大自然对这一方众生的怜惜补偿。粗人没有诗情画意，却有灵秀的根。生活，是诗情的发源地。

满山遍坡，寻摘野棉花果，牛羊似乎也很争气不乱跑。菊香不时小哼童谣："鸦雀喳喳，去走亲家，燕麦馍馍，送给婆婆。"反反复复就这几句。

"菊姐，这坡上多，你上来！"永山娃喊。

"嗯那！"菊香大声应道，"来了。"

永山娃所在的荒坡临近包谷地，安有一副榨板，那是人类给毛老鼠设下的毙命机关，内放诱饵包谷棒子。猫儿最爱捕食毛老鼠，不知道是什么怨业典故生就了杀戮天性。菊香摘得兴起，右脚大意伸进了榨板石下绊动了虚弱的机关，哎呀一声仰面倒地，好在背后刚巧有一堆还未收拾的燕麦草，但脚被压住了，永山娃一步跳将过来奋力搬榨板石，菊香脚取出，自揉揉，好在榨板石下土质松软未受伤，永山娃松手时却因重石板的下塌向前扑倒，刚好扑在了菊香的身上。

永山娃立刻意识到了什么，同时感受到了一种自从娘肚子下地从未有过的温和，这感觉近在眼前又似远在天边，那么神奇虚幻。菊香也立刻意识到了那事情，同时，汉人的纲常之理在脑际闪过，想摆脱却未动弹。

空气立刻紧张起来。

菊香的脸红了，毕竟不是习惯的原配，有新鲜感，红脸的感受有激情。

既如此，永山娃也就不客气。

他已年方十七，人性一应俱全，不觉已发动起来。正因为十七，还无多少忌讳。

天知地知，心照不宣，不会让第三人知。

二人刚恢复常态，就见左侧梁上冒出一伙人来，指指划划，然后下梁顺小路朝他俩走来。十个人个个腰别短火枪，还有弓箭、大刀，梭镖、拿双锤的。

"喂！你两口子下来，问句话。"地道的娘娘腔。要不是那人用梭镖指向他俩，还真不敢相信是男人在喊话。二人起初看新鲜，忽然反应过来，永山娃道："菊姐，可能是棒老儿，快跑！"背起背篼就要溜。菊香一把拉住："往回跑你想引他们去抢我们家呀？往梁那边大叔那边跑，大叔家没啥值得抢的。"说罢二人起身就跑。

"日妈地还敢跑？"二人这一跑，惊动了这伙人，习惯性地分头包抄。果然是土匪，棒老儿。

二人没跑过他们。

"哼，还能跑过我们？"所有人围拢来。"哪家的？带我们去，给我们弄饭吃。"弟嫂二人不开口，是因为不知道如何开口，害怕起来。

"晓得我们是干啥子的吗？"

"咦，老婆婆穿针——看走了眼，这个女子水嫩得很！"背大刀的人凑近菊香，又细细品味起来。菊香并不认得，他就是传闻中的大拐山恶人黄少伯，却一副斯文相。看来造物主是个爱开玩笑的性格，不时地就造出一个别扭的相貌来。"大寨主，这女子我要了！"黄少伯笑眯眯地，语气也斯文。

"行。"康寨主发话。不知道是对朝代不满抑或自卑心的极端，一副总是愤懑的神情，因为他近乎侏儒，充其量四尺高。但身为寨主，想必奋发得有过人处。"带走！"

永山娃见菊姐被拉走，冲上去死拉硬扯不放，"不准拉走！"与菊姐的一番温柔，他心理陡然巨变，菊香已融为他的精神。"你娃儿不想活了！"屁股上挨了一狠脚倒地。菊香不断回

11

头哭喊："永山！永山！"

骤然巨变，十七岁的人心理一时如何适应、条理得开？只有哭，不知所措。

不是我不爱你，实在无能为力。错沾一滴露水，谁叫我是弟弟？

菊香已习惯并喜欢她的婆家生活，身处十个棒老儿间，眼前、以后都是陌生的，自然有一种陌生的恐惧感。

棒老儿沿弟嫂俩欲逃的方向翻过山梁，见户人家，就是菊香的大叔李春堂家。喝令大锅造饭，有肉拿出来煮！李春堂还以为是菊香带来的，但看威势，菊香被绳子套着，方才明白，哪敢怠慢？

棒老儿吃饱下了山。

永山娃带回家的，不是给菊姐缝棉袄的野棉花，而是噩讯。

骤变，李家人精神受重创。

姜还是老的辣，经事多，拿出了主见：去报告陈乡长。

别的他们能干什么呢？打又打不过，所有的劳动人民团结起来倒是打得过，可都是各扫门前雪，一盘散沙，棒老儿结伙各个击破就显得优势。

棒老儿在河坝抢了三家的谷子、猪油、麻钱，拉了五个背夫，扬长而去。棒老儿也在搞秋收。

秋收是庄户人的指望，指望它渡过冬春生活，青黄有接。棒老儿再怎么不劳而获，总也要劳神费心运回山寨。生活在金字塔底层的，是劳苦大众，以他们的血和汗，供养着头顶的少数强势群体。

"棒老儿来了！"此后，风吹草动，老百姓早已藏匿好东西于野外，"躲棒老儿"成了老百姓的口头禅。

李春堂家唯一留下的过年猪腿给棒老儿煮吃了，杀条猪大部分抵了皇税。独生子李永富年方二七，望着下山而去、啥也不思量只知道神气的棒老儿，却悟出了一个歪理：要想不受欺，只有去欺人！一咬牙，毅然不顾一切下山，追棒老儿去了。

他当然不是去追击，而是去追随。两代单传，丢下六岁的独苗，名春喜。人的品性，在于认识；人的善恶，不在于贫富。

五个背夫两天后到达麻口山下一富人家，便被放行。运物上山他们自己干，不让闲人上山。

李永富尾随追到，双方自然还认得。菊香惊喜道："哥哥，你来做啥？又没拉你背粮，你还能把我抢回去吗？"李永富嗫嚅着，忽又流畅地说："上山就上山，吃好的，你就想开点算了，我也入他们。"

"你……"菊香给了他个瞪眼，低下头，不再言语。

李永富说出了来意，拿锤的说："你想入伙，有啥本事？"

康寨主发话："海不嫌水多，山不嫌树多，收下。"

财主陈良福不担心土匪，因为黄少伯是他娃们的舅佬倌。李春玉亲自去陈家找乡长陈正高，告之棒老儿抢菊香之事，陈乡长说："这事我已晓得，我们向县府禀报。"心里却嘿嘿笑了一下。

麻口山上的棒老儿有"三不抢"，棒属及亲戚不抢，背膀子厚的财主不抢，穷光蛋不抢。河坝遭劫的三家人中，就有户没有背景的财主，顿时成了穷户。而一般家境的吴家呢？

"天啦！交了稞子剩下的抢光了，我们咋活呀？哪个管我们呀，不活了！"吴氏真就一头撞死在堂屋大石磨上，图个清闲。因为她大儿子入了会道门，还要交会费。哪里还能挤得出一滴油水？会道门会关照门徒，但惹不起麻口山。在这个世道，除了占山为匪的，为求生存自卫，还有拉帮结伙、捆"把儿柴"、立会道门的。"要想不受欺，就要有本事，去欺人！"李永富悟出的歪理，正是康寨主愚昧的强盗逻辑。

麻口山康寨主侏矮的个头，之所以能服众，除了他的石弹绝活外，是因为能拿主意。石弹即石子，原材料还缺吗？

麻口山不算大，却有特点，山下四面陡峭，山顶较坦，宛若世外。五个小山包住四虎兄，各怀把式武艺，一般寨徒一百一十人。李永富入伙，就是一百一十一人了。他们的生活水平自然是两哑巴亲嘴——好得没说的。李永富随锤虎麾下，开始学吆三喝四的样儿。

初来的阴阴细雨渐渐变成了雪粒，云遮雾罩，山下却是晴天。雪下高山，霜打平原。黄少伯为四虎之刀虎，抢得菊香，寝房当夜生上木炭火。"乖乖，你那下头长得真好，像山包！"当夜连战三次，意未足。

第三天，天晴朗，黄少伯室内依然生上木炭火。房外的老鸹嘎嘎地叫个不停，飞来飞去，像是很不安。黄少伯想耍个花样，他将菊香靠墙壁站立，脱光衣服，比比位置，又找个草墩将菊香垫起，又比比正合适。他要站在五尺外，然后撞过去，练习准头。取名为"撞杆"。

那纯粹没把菊香当人的猛撞，菊香哪里还有意趣？只有剧痛骨散的感觉。当黄少伯第五下撞来时，她负痛一侧身，黄少伯的那东西撞在了墙壁上，哎哟一声蹲下。

这负痛感激出了黄少伯的兽性，待缓过气来，黄少伯又恢复了一贯的笑意，拿过短火药枪站在五尺外对准了菊香。"砰"的一声，霰弹进了菊香的胸膛。

生命既可贵又那么简单，菊香这朵花就这样凋谢了，老鸹也安静了。

枪声的传出，黄少伯的"撞杆"，阳雀过山远名扬，甚至后世人闲来也当故事摆。

第三章　笋子出林

（一）

万山绿遍时，苍蝇也成熟了，一直要伴随到秋末。这东西人类讨厌，但世界并非人类独家财产。

苍蝇老是想往人类的饭桌上扑，挥之不去，死皮脸厚。人吃的东西它能吃，人不能吃的它也能吃，它能吃的人不能吃，都想生存。

"讨厌！"一只苍蝇飞上福娃的碗沿上舔着，福娃嘟囔着去抓，哪有苍蝇轻灵？人类虽是这个世界的至高生命体，这时就显出众生能力各有千秋了，你有线我有针。"福娃子，你能把它抓到就算你有搞场了！"永山娃玩笑说。

"真的吗？"福娃斜眼一瞪，咧嘴一笑，露出俩酒窝。便离饭桌满屋跳着抓苍蝇。永山乐和道："我说不行吧，蚊子是人能抓到的吗？"俩姐姐哧哧地笑。

"偏要！"永兴还嘴。

"吃饭吃饭，莫名堂！吃了赶快去学堂。"葛氏教训的口气说。

李春玉正经着表情说："人家读了两年书还没挨过先生的板子，总是手板心发痒了嘛！"心里却为此欣慰。他持成年人的涵养，从不喜形于色。

李家对幺儿的缰绳放得松，除了读书，就是早起放牛羊。牛只有两条，一母一子，四只羊。

从此，福娃蹦跳着抓苍蝇，只当着玩耍，成了习惯，直到没有苍蝇的冬季，年复一年。

湾脚这地方放牛羊真好！天长日久，福娃有感，牧放乱草坪，三面陡峭，牛羊无法乱跑。一片飞流瀑布两丈高，潭边有方圆丈余的尺高乱石。牛羊无法乱跑，给福娃的兴趣提供了方便。他爱坐在石上看小瀑流的赛跑，听起终点的欢闹，常常忘却了牛羊，甚至忘却了自身。等候的时间慢，混的时间快，常常不觉就到了吆牛羊回家吃饭的时候。

有时候，福娃不观瀑布，就在那乱石上跑着玩耍。忽一次，他又在乱石上蹦跳，却格外感到身心轻灵愉快，自言自语道："怪了，往回咋没这感觉？"思量思量，觉得是跑的顺序不同往日，便回忆刚才的线路，重复去试，果然正确，心里一阵高兴。忘了咋办呢？他砸破一块小石，将带尖的破石块条拿起，又去乱石堆上，刻画线路的起终循环线路。

福娃只喜欢在湾脚这块地方放牧。直到草被牛羊吃得长不赢，才换地方。

下雨天，只要雨不大，福娃仍在湾脚放牧。石头上湿的不能坐就站立。

福娃只当玩耍，既是玩耍，就没必要告知家人。这秘密，保存了多长时间呢？那牛犊子初始下不去的一道坎，福娃一开始就抱得起可爱又天真样儿的牛犊子，下不去我就抱你吧！直到牛犊子从童年过了少年进入青年，他仍旧抱得起那头青年牛，虽然牛长他也在长，但人体怎能长得过牛呢？直到读完三字经、四书五经，读满三年私塾又两年光阴。沈秀才对他说："李永兴，我的墨水全倒给你了，只能再给你些其他的古书，回家莫丢了，以后去考个功名，有权才能办成大事，老百姓放个香屁也是臭的，当官的放个臭屁也是香的，娃儿，给我争口气！"

"先生，要得！"李永兴说。

又一个重阳节。古寨子的五面大锣又敲响了。李春玉与三儿子李永山背粮下河坝去交秤子，福娃求道："爹，我也要去逛逛！"李春玉应允。

财主韩清风家的狗依然未减刑，受无期绳羁之苦。主人招呼一声辛苦，算是礼节。父子二人将背篼搁稳在石阶上，就欲搬粮袋。福娃见状，抢先下手，取出百五十斤粮袋，抱起轻松地上台阶，向内堂走去。韩家人惊讶。河妹已长成半大姑娘，笑说道："爹，你看那个小哥哥劲好大哟！"李春玉也惊奇。

交过粮，韩清风招呼几个佃家交粮人到堂屋喝茶、抽烟。说道："都吃了饭再走！"吩咐仆人做饭。然后陪坐拉呱庄稼、天气，就说到棒老儿的事。

李春玉道："我去给陈乡长说了，他说向县衙禀报，几年了没响动，老百姓死活没人管，棒老儿年年抢，抢了这方抢那方，老百姓提心吊胆过日子，不是个事啊！"韩清风道："陈家人为富不仁，根本没向县衙禀报，还是韩大过年回来，我问起这事才知内情，韩大说他回县衙去禀报。"

河妹不时进来依着大门偷看，说："爹，小哥哥一笑就现两个酒窝，好看呢！"

"一边去，没样子！"韩清风白了河妹一眼。河妹说："爹，我也去学煮饭。"韩清风点点头。接着操纵起他那副熊猫脸，女人的樱桃小嘴滑稽样笑说道："我这个幺女子惯养了，没样子。这个女儿，好像对你李家人格外有兴趣，干脆认个干老子吧！"李永山一嘴接过道："要得要得！"

李春玉叱责道："老辈子说话你后辈小娃儿插啥嘴？没家教，没样子！"福娃嘿嘿一笑。门背后又传来河妹的声音："酒窝又出来了！"韩清风正欲喝斥，河妹早已一溜烟跑去了厨房。

17

几个佃家人一齐笑将起来。李春玉说："鸭子爬竹竿——只怕高攀不上。"韩清风一挥手，哎的一声，声调拐了个弯儿，表示不在乎，道："候我看个日子，就办。"

一月后晨早，韩清风一行四人果然带河妹上山，去李家行礼认干亲。按规矩，李家给河妹一根裤腰带、两个碗，碗里装满米。不过李家没有稻米，装的是大石磨磨出的包谷米。韩清风说："既结为亲家，租稞减半。"李春玉喜道："大恩了，反正你家陈谷子烂米吃不完。"

行罢认亲礼，吃顿饭，韩家人欲回。河妹说："爹，我还想耍两天，行不行，爹？"她生来第一次登高，欢喜得很。李家两个女儿帮腔道："要得嘛干爹，叫干妹儿多耍两天，我们送她回去。"韩清风想了想说："要得。"李春玉说："只是床铺不好，委曲干女儿了。"

天渐渐有了寒气，大早更冷。福娃又去放牛羊。河妹嚷道："干小哥，我也要跟你去放牛。"全家人阻止。"天冷，莫去。"河妹说："干小哥都不怕冷，我也不怕。"硬跟在了羊屁股后面，拿根树条，嘻嘻他学着吆喝牛羊的调子，下去了湾脚。

河妹听惯了木者河水声响，见那小瀑布还是大姑娘坐轿——头一回，新鲜得很。天虽渐冷，但还未结冰，况流水不腐尔？河妹说："像吊的白布门帘子哎！"福娃笑说道："我早先看也与你一样，现在我看到的是一棵棵水珠珠了，原先看它流得快，现在觉得它流得太慢。"河妹说："我不信，你又不是孙悟空的眼睛？"福娃翘嘴："不信算了！"言罢跳上乱石堆，跑起来。

河妹看着看着，只见福娃渐渐成了一个影子圈，只见圈影不见人。嚷道："福娃，福娃小干哥，莫转了，我看晕了，我害怕！"福娃停下来，在河妹眼中又是原来的那个小干哥了。

"河妹，你也上来跳跳，就不冷了！"福娃说着伸手拉河妹。河妹脸红，缩手。但福娃已非常人眼力，缩手能有水滴快？

早已抓住河妹柔软的小手。

羞涩是姑娘最纯洁的美，不美也添三分。

河妹手在颤抖，心跳加快，生来第一次异样的感受，那是人的天性。福娃感觉不对劲，松手。但也感觉挺滋润的，虽然不经意地有点儿尴尬。

那头被抱惯了的青年小牛这时来到二人前，鼻孔呼呼地，福娃懂得它的心思，又想吃他尿淋过的草叶了。人类视为的废物——尿，低等动物却视为不错的味精调料，看来它与福娃已经有了特殊的感情。但有河妹在场，怎么好意思尿尿？一只羊也跑来想沾沾光。河妹见这一切感到神奇，这神奇感把福娃的身影一下子投在了天边的云朵上，模糊起来。福娃抚摸着牛头，牛眼睛眨闭着，似幼儿享受母亲的抚摩。"河妹，你摸摸看，它很乖的。"河妹胆怯怯地伸手。"它真的乖耶，像你，嘻嘻！"

"你才像它，乖乖的！"福娃见河妹玩笑骂他，也嬉笑起来。

李春玉从地里回家，念头一转道："三女子，去把你干妹儿喊回来，人家是大富人家千金，别冻到了，咋能和我们一样！"于是三女子去把河妹先接回了家。

看看天要下冻雪的样儿，李春玉送河妹回家。"河妹，慢些走，下回来耍哟！"全家站在院坝边目送，河妹答应不迭。"小干哥，我走了噢！"不断回头，福娃微笑招手。

夜晚，福娃在蜡烛光下继续看书，那蜡烛是漆油浇注而成。不过，福娃最爱看的是《水浒传》，不知沈秀才从哪里弄得此书。

河妹回到家，像出了趟远门见了新鲜淘了见识，对全家人滔滔讲起小干哥转乱石圈的见闻，韩清风收敛起那副滑稽相，正经地说："我相信是真的，下回去看看。"心里生出了个令他欣慰的想法：女婿！

李春玉说："这事我们还在黑处，一点儿也不晓得。看福娃人小力大，可能真有古怪。"

（二）

石板山，石板山，

石板来盖房，

石炭来煮饭，

牙齿黄如虫蛀，

鼻孔黑圈圈。

这是石板山一带的真实写照。石板是大自然炒作的福祉，同时给这一方水土生有败着，出门在外，若是见到牙齿黄如虫蛀的人，那一定是石板山人的地方标志。但这里人间烟火依然袅袅升腾，依然世代生存，依然有少数富人多数贫民。

石牛乃母亲夜梦黑牛撞腹所生，体态果然渐壮如牛，个头不高，脸似钟馗，声音如牛。石牛的牙齿同样带着地方标志，不到十岁，牙齿已黄如虫蛀了。

"嗨嘿呀呀嗨嘿呀呀！"

一听见这号子似的吼声，冯保长就知道是放牛娃石牛回来了，牛铃叮叮当当。不过今日不同的是，石牛胸前挎了两个碗大的圆形石球，正中有个鸡蛋大的穿孔眼，葛麻藤套着挎在颈项上。"嗨，我说石牛，"冯保长刚从庙坝街上回来，见状问道："你那是啥玩意儿，不嫌重吗？"

"石头！"石牛边圈牛羊进圈边说。

"哪来的，那么怪？"

"山洞。"

"你贪耍，牛羊放饱了没？"

20

"你看！"

冯保长脑袋就伸进圈门看了看，点点头。又将石牛的石球掂了掂，各约十斤重。巧了，中间还有均匀的圆孔。"你整这做啥？"

"好耍。"

保长家人这时也凑拢来。"啥东西，结实吗？"冯保长的二儿子一脸疙瘩肉，说："拿铁锤砸砸看！"这个仗势横痞子，说着就回身拖来开山大锤，他才不顾别人的感受，我行我素就要动手。

"试就试！"石牛也未想到砸破了就没玩的了。

乓的一声，火星溅出。"怪了，莫不成是宝贝？"

石牛心喜，生怕他们再揣摸下去出意外，赶忙抢回挎在颈上离开冯家，回家。

"嗨嘿呀呀嗨嘿呀呀！"石牛似吼似歌的吼嘿声显得兴奋，远去。

石牛给财主冯保长放牛羊，是以劳抵租，不管饭。石牛家欠冯财主四斗租子。

只见有财主当官的，没见穷人当官的。冯财主当保长，天下被财主掌管，维护的是少数财主的利益，代表的是少数富人，石牛是文盲。

冯财主家四头牛，十只羊。

石牛在家闲来舞石锤，放牛正好耍石锤。其实那就叫流星锤式样。咔嚓一声葛麻藤绳断了，石锤飞出老远。

"爸爸，能不能给我搓个结实的绳子？"这一带人叫爸不叫爹。

于是，石牛就得到了一根缆绳似的绳子。独生子，这事还能不满足？那绳子是家麻搓成，桐油浇灌。

一副像模像样的土气流星锤，在自家院坝越舞越圆，上下翻飞，腾挪自如，摩地扫、旋身扫，舞过了几春秋，舞得爹娘心欢喜，舞出了名声。就再也不能低调做人了，人怕出名猪怕壮。

石板山的特殊水土照样也会春来百花争艳。

迎春花早已谢了，石牛也过了童年，粗茶淡饭照样长大。有意无意地戏玩，成就了石牛一身的石锤功夫，一锤射出，碗粗的小树哎哟一声倒地，阿弥陀佛！

不温不火的春末中午，石牛照常在院坝耍流星锤。以劳抵租期满，不再给冯保长放牧。

狗儿汪汪，冯家二儿子带了四个保丁来了，石牛妈赶紧找坐倒茶，冯老二挥手不屑。

"舞给我们看看！"冯老二两手叉腰说。四个保丁起哄，石牛自然认得他们，都是佃户家人，当保丁混牛皮饭吃。

"不耍。"

"把你那石锤给我，免你家今年一年的稞子。"冯老二说。黄鼠狼给鸡拜年，他们不是来看表演捧场子，而是琢磨出那东西十有八九是宝物。

"不给！"

不给？五人互递眼色，早有预谋，向石牛靠拢。

"嗨嘿呀呀！"石牛自从听冯老二说可能是宝贝就十分敏感，那已习惯成自然的嗨吼一声舞动起来："你敢？"他已明白自己有功夫。父母见状，赶紧喊道："石牛啊，别打到人，给他们！"石牛已充耳未闻。冯老二叫道："你小娃儿胆子还不小，老鼠吃猫儿——成精了！"又使个眼色，示意四保丁在前吸引，自己假装观望，从石牛背后下手。

人体背后没长眼睛是死角缺点。四保丁会意，动作。不料石牛脚下踩到一块他吃过的、乱扔的磨盘型柿子皮，仰面摔倒，一锤顺势飞向了后面，撞在了冯老二的左胸骨上，硬碰硬，那是什么效果？

冯老二哼就没能哼出一声，口鼻喷血，灵魂出窍。"老鼠吃猫儿——成精了"那是他人生说的最后一句话。四保丁哪里还敢再上前？大叫"打死人了！"石牛妈吓得哭起来，石牛也懵了。

是叫不应了，身体已经软了。人命关天，一波平一波起，后浪更比前浪高。保丁们如疯回跑，一边如疯地喊："抓杀人犯啦，你娃儿等到起！"

陡生变故，石牛家一时还转不过弯来，只是发呆。还是闻声而至的邻家人旁观者清，出主意道："娃儿哎，你撞大祸了，赶快跑，还能保命。"石牛爹哭丧着脸："往哪跑呢？"邻家说："顺木者河往上跑，在万僧寺去躲躲再说。说走就走！他妈，赶紧给石牛找点盘缠带上。"

石牛妈有气无力地说："幺儿哎，妈以后来找你。"骤然的变故，也会使人骤然成熟。邻家说："我再给你们出个主意，你俩赶紧去冯保长家请罪，就说石牛跑了，我们也拉不住，要抵命你们就赶快撵上，反正他们也没石牛跑得快，撵也撵不上。"石牛这时也稍为镇定下来，双锤一挎道："爸，妈，我走了！"言罢转身就起跑。邻家说："别忙，快给父母磕个头！"石牛旋身原地跪下三拜，又旋身如飞消失在父母视线外。

冯老二若无贪宝心，便不会丧命，石牛若顺其意，退一步亦能守原本之安稳。然可能吗？众生皆因贪嗔痴心，上演出无数悲喜剧。

石牛父母按邻家的主意去了冯保长家，冯家已乱成一团。"你们养了个好娃儿！"媳妇、儿子呼号着三支乱棍朝石牛父母身上招呼。"这事倒不怪他老的，他们也拦不住。"倒是四保丁说了句实话。冯保长一面派七保丁沿官路去追寻，派人报县衙，一面带人去石牛家。冯保长悲愤之下本欲将丧事就地摆在石牛家，但嫌其家陋，无奈只好将尸体命石牛父母抬回家去。

按风俗，凶上去的人，尸体只能停放在门外院坝。石牛父母死罪可免活罪难逃，跪灵守孝三日，还不准吃他家的饭，这还是暂时的惩罚。

七保丁沿木者河边官路追寻，哪有石牛的影子？原来，石牛也有外粗内细的时候，且显示在紧要之时。他想，若是按邻家说的沿河边大路跑，岂不叫人家撺现的？反正妈给了盘缠钱，就过河爬上山，依河而行。

乌云遮住了天空，渐渐下起了毛毛细雨。石牛慌乱之下没备带斗篷。此情此景，凄惶无助，想爹妈，毕竟十三岁少年。张望见一湾里有茅草房人家，心热了一下，不由得向那走去。

这是户普通人家，门前有几根桃梨树。门边剁猪草的半大姑娘见一半大小子临门，钟馗的脸相及行头，吓得丢下菜刀跑回屋内。"娘，外头来了个人，胸膛挂两个锤锤。"话音落，石牛已站在门口。

石牛站在门口不说话，也不动。他不说话是因为口迟言钝。屋里出来了个老翁，手拄长烟杆，烟袋随走动甩来晃去。

还是主人先开口。"娃儿，来到门前就是客，到屋坐。"老翁沙哑着声音说。

巴不得。石牛进了门，坐下，半大姑娘就习惯性地去烧茶，看来很有教养。老翁又装袋旱烟，对面坐下，似准备发话。

"娃儿，你无事不登门吧？"

"过路，躲雨。"

"走亲戚吗，远吗？"

"万……"石牛想说万僧寺，又不敢，盖到不臭揭开臭。转念道，不说出来冯家人撺来一问，见过挂双锤的来过吗？反倒容易暴露，不如说穿的好。于是补充道："万僧寺。"

万僧寺？"咋不走大路？"老翁自然判断得出这娃不是此山的人。

于是，老翁一点一滴地套出了全部实情。沉默着哑巴了一阵长烟。一磕烟斗道："娃儿，你放心，出门问路，入乡随俗，今夜你就在我家将就歇息，明天天亮若还下雨，给你找个斗篷。"

"我……我有钱！"石牛掏出钱双手递上。

"娃儿，哪个要你钱哦，人穷有义，娃儿哎，你冤枉哦，该你有难哎，那人命该丧在你手里！"

"老爷子，给你磕头！"石牛口迟言钝，这个倒一学就会，一头欲跪下。"娃儿哎，要……不得要不得！"急切间沙哑地连连咳嗽。

石牛的这一举动，把他凶煞外表下的善良一下子表现出来，半大姑娘不再害怕他，茶也上来了。

石牛吃的这顿粗茶淡饭，似乎比任何一顿都有味。入夜与老翁同床。

"嗨嘿呀呀！！"上床不久，石牛突然吼叫一声，吓了睡在那头的老翁一跳。

"娃儿哎，想开些，是祸躲不过，早些睡，明天还要赶路。"以老翁的人世阅历，听话一句，尝汤一口，他理解石牛的这一声梦话般吼叫。

老翁的感觉不错，石牛静下来就忽地想到，自己走后不知爸妈会遭啥罪了，不禁嗨嘿一声。

翌日天不晴也不下雨了。路盲人生，今夜将歇何处？好在有目标就有想头，那想头稍能慰藉茫然的少年心绪。

又一天中午，石牛下了山，过了木者河，赶紧窜上山林，见一打柴哥，打个问讯："大哥哥，这山有名字吗？"

"有哇，叫天仓山。"

（三）

大巴山顶春来迟，山下已是花谢果结，绿油油的下装，山上

25

还穿着浅绿的上装，广袤的木竹幼崽还在成年木竹脚下嘻嘻地脱壳。

百鹊女如幼竹，身材还在拉架子，不知发育成熟后是粗壮还是纤细。但马看蹄小，人看积小，看趋势将是个不细不粗的身材。虽然长得细眉小嘴大眼，却天生男娃性格，喜欢偷偷地去爬竹子、上树尖，上得愈悬愈高兴。大人看见担心死了，嗔怪道："你那像啥哟，女儿家就要有个女儿家的样子！"母亲则背过家人对百鹊教育说："你那样子哪个要你，以后找不到婆家！"

这是户憨厚人家。

夏天太阳的火辣在高山顶上打了折扣。惬意的天气中，屋外树荫下，百鹊帮二哥编竹席，一条黄号蛇莅临寒舍，蜿蜒直趋屋门，也不打个招呼。"二哥，你看咧，蛇！"百鹊惊道。蹲着编织的二哥刚转身看到，百鹊已拾起一块竹片朝那不速之客掷去，不料正好扎中蛇腰，立时回卷缩成一团。这只不懂礼貌的蛇下场可想而知了。

"幺妹，你咋这么行呢？"二哥惊喜道，"哈哈！"

百鹊自也愣神，说："一脚踢出个屁来——巧极了，嘻嘻！"二哥给了个瞪眼："女子家，口无遮拦，不像话。"脸上却挂着笑意。

从此，百鹊多了一项喜好，甩竹镖玩耍。她将用不完的竹片一头削尖，约五寸多长，那不称作竹镖是什么？

削了一大堆，二哥帮着削，削了一大篓，除开干家务、农活，随身挎上一大包竹镖，走路掷，放羊掷，掷出又捡回。

掷落了黄树叶，掷过了冬天，掷得身体早熟，十三岁少女来了经。

旋身掷，侧手掷，盲掷，掷得八丈外树身入镖哎哟一声，掷得双手指各夹四镖齐射出，要张三那根竹不会是李四，越要越有味。

26

这天百鹊在竹林边耍得正有劲，被春娃子遇见，他是苗家小伙子春娃子，惊道："哎哟，这阿妹不得了，哪个教你的？"

百鹊笑眯眯，乜斜着眼睛，想了想，也不知怎样说，手向上一指道："天！"

"学这做啥？"

"好耍！"

一乡一俗，一弯一渠，大巴山的人"耍"就是"玩"。

"你走了婆家也带上竹镖作嫁妆？"

"给你一镖！"

"哎哟！"春娃子嘻嘻哈哈逃离，回苗寨去了，苗寨与百鹊家仅二里之遥。

远处传来春娃子的山歌："阿妹子脸乖乖舍，阿哥心痒痒哎，黑了看星星舍，白天望太阳哎！"

百鹊怅然，若有所思。

翌日，百鹊爬上门前高高的柏杉树上掏鸦鹊蛋窝。憨厚的父母见怪不怪，也懒得给百鹊白眼了，任其自然。百鹊的母亲长相不赖，却比常人多一种负担——瘾瓜瓜，吊在下巴前，像个小南瓜。

"二哥，二哥，"掏鸟蛋的百鹊惊诧地喊道："弯弯那边来了一路人呢，好像身上都带的有啥！"赶紧下树，全家人闻声出来看新鲜，这地方有那么多生人过路，煞是好奇。

还真不少，足有二十人。"老表，我们走饿了，给我们整顿饭吃，有肉拿出来，有没大锅？我们人多！"说话的像个领头的，一脸和气斯文，还真是过路的。

还真是稀奇，个个有兵器，梭镖、短火枪、弓箭、大刀，十多人另背有大包袱，沉沉的样子。领头的腰别火枪、背大刀，他就是大拐山恶人、麻口山康寨主手下的四虎黄少伯。奉寨主命，出山外罗口伏击泉石县的马队，抢洋布匹。如今康寨主修改了

"土匪宪法"，兔子不吃窝边草，干大的！粮取百里外，劫财劫驮商，反正是生人，财主不例外。土匪虽然为人性堕落团伙，飞扬跋扈，但还得接受某种道理的约束，不然何以抱团成气候？寨规：一切缴获要归公，把式天天练！

"你你们那么多人，我们哪哪招呼得起？"憨直的百鹊娘见识短，不知天高地厚不识趣，见阵势，就蹦出了这句话。

"不想煮是不是？"人群中走出来一匪徒，他就是李永富，因表现积极，又是同乡，黄少伯把他从锤虎手下挖来自己麾下。李永富已学惯吆三喝四便成了小头目，向众匪一挥手，众匪抽兵器齐喝一声："煮不煮？"

看来这些个棒老儿心理已经变态，"棒性"已入膏肓，于事一点儿委婉方式也不讲了，只知道倚强凌弱。又一人走到百鹊娘面前，匕首尖顶在了她的瘾瓜瓜上，发出了娘娘腔："乖乖地给我们煮好吃的，不然的话，嘿嘿，割掉你的瘾瓜瓜，烧了你房子！"百鹊将五颗鹊蛋放回屋里，然后出来依在二哥身边，好奇中又有点儿害怕。见说割瘾瓜瓜烧房子，马上意识到棒老儿。华家人都意识到了，这年头谁没听说过棒老儿？百鹊同时意识到自己的能力有用处。脑子一转，发出了还未来得及变化的童声："娘，给他们煮，这么多客来，多热闹！"二哥胆怯怯地打圆场："是啊爹，客走旺家门。"百鹊爹说："那就只好把煮猪食的大锅腾出来，洗洗干净煮饭。"百鹊见此情景，练镖的本能反应，悄然离开，去闺房装好一大包竹镖，从喂猪的小后门拿出去，藏在草垒中。

春荒季节，华家已无腊猪肉，那就逮四只鸡杀。那只抱母鸡还带着一群可爱的绒绒雏鸡，也难幸免。百鹊娘心疼得不行，小声叨叨。

一顿饭吃到嘴里已是中午，棒老儿要起程赶路。百鹊娘又在唠叨："吃了我们快一个月的口粮，还把我抱鸡母杀了，劳慰就不喊一个，有娘生无娘教！"这话被李永富听了个明白，竟然还要面子，惹恼了他："死老婆子你说的人话？要不要我把你嘴巴封住？"黄少伯轻言细语地带着微笑说："这婆娘的瘾瓜瓜吊那么大，实在看起不顺眼，给她割了！"

百鹊娘再也忍不住，失去了仅有的憨厚理智大骂出口："你们这些有娘生无娘教的棒老儿！"家人齐来阻止："到这步田地，你还在说啥嘛！"但已不起作用，几个匪徒回身到堂屋，吼道："不想活了！"李永富真个擒住百鹊娘，动手割起瘾瓜瓜来，一声惨叫，瘾瓜瓜上布满着致命的血管，鲜血决堤而喷。这一声惨叫，激怒了华家人。"你们这些豺狼啊！"这一声豺狼，惹恼了众匪，一拥而上要逮住华家人。百鹊本有防范的意识，悲叫一声娘，从两匪缝中蹿身而出，去拿回了那大包竹镖，站在院坝，童声变了形，哭喊："坏蛋，还我娘！"两手各夹四支竹镖轮番愤射，堂屋、门边立即有四匪哎哟倒地，众匪反应过来一齐冲出门外。

百鹊二次握镖在手，见家人被揪在前，迟疑了一下，只听二哥说："快跑，百鹊，报仇！"距离已近，不好发挥镖力，百鹊返身飞跑。

匪徒七八人追，其中一匪立定取弓箭，百鹊边跑边侧身连发两手八支竹镖，慌忙之中，只有四匪倒地，其实只射中了三匪咽喉，但射箭匪徒的箭弓上中了百鹊一镖失去准头，这个世界的事物法则多不以人的意志为转移，开弓没有回头箭，箭向下冲入了最前面的同伙后颈，帮百鹊杀了一个。

稳住了阵脚，百鹊又握一把镖在手，继续飞奔，下意识地朝苗寨跑去。剩下的匪徒畏惧住脚道："我们遇到克星了，这小女娃子真想不到这样厉害！"丢下死尸后转报信。

黄少伯见情况，说："把他们关在屋里，干脆点把火把房子烧了！"他语气依然那样斯文，是他有临阵不乱的大将风度抑或

29

视人命为草芥的变态残忍心理呢？

茅庵草舍正合火魔的口味，也点燃了匪徒们的乐祸声，还想欣赏完火趣再走。

此山苗人部落真个是部落，早年间被大汉族财主势力欺压。一场武斗，仅有十几个苗人逃得性命，从贵州来到这大巴山深处落脚，孤立生存，尔今繁衍有三百多人口。有苗人望见那肯定是单家独户的汉人华家那边火光冲起，浓烟滚滚。一声急促的锣声夹杂着吆喝："救火啰——！"苗人可不像汉人各扫门前雪，靠团结生存，一声锣响，百十个人持桶、瓢、竹扫把急扑华家而去，不出半里遇百鹊。自然知晓了原因。头人格桑说："春娃子回去吼娃子们拿家伙，能来的都来，我们这些人先去！把桶啊啥的丢在这里，先找些棒棒拿上。"

既然是这样，用不着客气。百鹊带苗族同胞赶到时，棒老儿们正欲起程。

"哪里走！"格桑头人大吼一声，百十个苗人跟着齐吼壮声势："哪里走！"匪徒皆愣住，从未见过这阵势。但见对方手中只有木棍啥的。黄少伯先命八支火枪齐射，也来个声势，再命四个弓箭手齐发，射住阵脚。格桑道："先缠住他们，等我们的人拿家伙来，哼，你有镰刀我就没弯刀？先找地上的石头给我猛砸！"

双方距离也不过十多丈，百鹊的飞镖够不着，很着急。一时火枪飞石飞箭空中往来，双方躲闪，匪徒又有三人中飞石轻伤，苗家二人手臂中箭。春娃子气吁吁回寨拿起大锣一阵急敲。接着慢敲三下，那是命"带家伙"的规约信号，立时又招来百十人，心照不宣带上了长火枪、弓箭啥的。"去华家打棒老儿！"苗人青壮年也好斗，来了劲，群情激昂，飞扑华家。还未到，见头人派来人挡住，手一指道："头人叫你们从这树林小路绕到垭堂口堵棒老儿，他们人不多，十几个！"

黄少伯见百十苗装人追缠不放，知久战不利，火药、箭有限，便叫一声"溜子！"快速奔离战场。

奔至垭堂口，堵截的苗人还未赶到，但弓箭、长火枪弥补了不足，几十支火枪散弹、飞箭射向垭堂口，跟着人就到位。头人格桑听出那熟悉的长火枪声，精神大增，吆喝着飞追。一贯骄横跋扈的棒老儿气焰被勇敢团结的威势压下去了。追至垭堂口十多丈余，百鹊依仗人势，奋不顾身冲至相隔约七丈的树边，瞅匪人连发镖，一面嚷道："叫你们害我娘！"这下发挥出了水准，又有五个匪徒头、眼中镖。苗家人火力、人数都占了上风，长管火枪射程比短火枪远。不到半个时辰，匪兵已所剩无几。黄少伯、李永富与剩下的两匪徒乘乱钻树林逃离了现场，大部分罗口劫财也丢弃不顾了。

一场意外而仗义的战斗平息下来，百鹊反倒伤心地哭起来。众人安慰，却听见老远的山路上传来叫嚣声："苗蛮子们，你们等到起，有你们好看的！"脚下飞逃起来，眨眼没了身影。

众人簇拥百鹊返回，望着火墟，哪里还有家的感觉？恍若隔世，没了房子，还不是成了野地？老鸹嘎嘎的叫声，更增添了几分生命的苍凉感悟，众人沉默无语，似乎忘掉了刚才还在厮杀呐喊。待平静下来，百鹊才意识到自己已无亲人无房子了，又抽泣起来。

"百鹊丫妹咋办？"还是春娃子先开口说话。众人这才意识到不可回避的严酷现实问题，都在思索。格桑头人道："跟我们去吧，看哪家能把她收养起来。"春娃子赶紧说："要得，头人，在我家去吧，阿爸阿妈肯定喜欢。"

百鹊一揩眼泪道："头人大叔，送我到万僧寺去，听二哥说，庙里有把式高的和尚，我要去学武。"格桑头人想了想，说："要得。"

第三天，格桑头人派春娃子带上干粮，陪百鹊起程。

第四天，派人给战死的土匪收尸埋葬，得到不少洋布、银子。格桑头人将其分给参战的族人，感慨地说："那些人只不过是世界上最像野兽的人——人面兽心，只图即时快活，哪知做人的道理？各有报应的，娃子们你们听好，我们也有火枪弓箭，咋不去当棒老儿？黄瓜韭菜，根根不同，善恶一念之差哟！"

第四章 不约而同

天上的集云像一床破棉絮遮住了太阳盖住了山河，正在酝酿庄稼人期盼的第一场春雨，这时鹊鸟的喧闹声也没了。但那雷鸣声到是今年的第一声春雷，闷闷地像是不大情愿地擂起了催阵的战鼓，光打雷不下雨，不久那床破棉絮被扯得七零八落。

"太阳又钻出来了！"福娃欢呼起来。画眉鸟率先开了歌头，狗儿也汪汪地冲坡下老调重弹，有人来了！

来的是保丁。看坐、到茶。"陈乡长派我来，叫你到乡公所去一下。"保丁对刚从地里回来的李春玉说。

"派啥子差？"

"去了你就晓得了。"

"我也去，爹！"永兴跳着说。李春玉不开腔，从来都表示同意的意思。但对福娃，默许中还另有依仗感，别看他还是个少年娃。

乡公所牌子其实就挂在财主陈良福家。不过岁月又让陈良福老面了许多，那两条恶狗也老了许多。李春玉与福娃来到木者河对岸山坡乡长家，两条恶狗老当益壮，不期从猪圈巷偷窜出来直扑生人。看来狗这东西若转世为人的话，注定是个气量狭小、道寡路窄之人。

不料危急的反应，永兴的动作比狗快，早已看得真切，将两条狗提在两手中举起就要甩出去。李春玉急叫："不敢！"丰富的人生阅历，他也算得反应快，知道那一甩就会不死即伤，狗是主人面，少惹白脸祸，得饶狗时且饶狗。永兴便提着这时又显得汪汪可怜、凄鸣着的狗径直进了大院，惊动了陈府上下，永兴这才把两狗丢下，刚才的凶劲哪去了？直庆幸人口逃生正所谓夹着尾巴逃跑了，不知道从此会不会引以为戒？

陈府上下傻眼了，少不了议论、惊奇、盘问。李春玉只是代福娃答话："没啥了不起，没啥了不起。"力图浇水降温。他虽然不知道做人要低调，身藏若虚的成语，但知道人怕出名猪怕壮这句俗话。

转入正题。陈正高入座木漆椅，拉开象征办公室的抽屉，取出文房四宝、毛皮纸。那毛皮纸本地会造。

"本县要组建保安团，招兵马，打土匪，保一方平安。"陈正高操着官腔，用"本县"二字，想在老百姓面前过一把县官瘾。"你家也遭过难，乡上要派你家两个兵差，吃皇粮，反正你家弟兄多，四个中走两个不伤你家元气。"永兴一口接过去："要得，爹，笋子撅了根根在，一茬一茬长起来，土匪横行，安得不动乎？丈夫贵兼济，岂独善一身？"他已饱读诗书，心灵得到陶冶，不再是大老粗一个了。

李春玉点点头："难得官家出面，给老百姓做主，总要有人干才行。"

"那就这样定了，明天就送来乡上。"陈乡长登了记。

陈乡长隐瞒匪情从未上报，是因为黄少伯是他的舅亲，如同丝棉树叶，扯断树叶连着丝。况且有扯大旗作虎皮之威，反正又不会抢他家。他的品质，休管佃家瓦上霜，不管丰年荒年，租税一颗不能少。至于借棒老儿之威厚重家声，只是权宜之安，哪有官清民富之政行来得长治久安？但他没有那个良性的思想意识。他虽然隐瞒匪情不报，奈何棒老儿不争气，结伙抢匪如山中的乱水泉四处穿眼。县衙执事韩大几次禀报于秦县令，远定县各地匪瘤不断恶化。这才起心组建保安团，陈乡长当然不敢违抗。

日偏西，只有刨开露水草才能看见的小路上，李春玉父子回家。李春玉之所以爱带福娃出门，是因为他知道福娃非但不是还需抱母鸡庇护的雏鸡，反而是只已能庇护抱母鸡的雏鸡，有安全倚仗感。但他有涵养，喜不露形。

福娃问："爹，这么多年了，官家怎么才组建保安团？"

李春玉思索了许久，才找到话说："说到嘴上就能吃到口里，世上哪有那么容易的事情？胎儿成形，还要十个月。"他有理性的理解，也有对这个世界事理的无奈。

"爹，就算把麻口山棒匪灭了，"永兴走前，边刨草开路边说，"你不是说还有个王棒老儿王三春吗？比麻口山人还多得多，就算把王三春灭了，野火烧不尽，春风吹又生，割了的毒麻草又会长新的，治标不治本，我想非根本之法也！"他稚气可鞠却吐露出成人语言。其实又有几个成年人能有此卓识远见？就是他爹也思考不到。

父子俩一路开怀谈吐。

南来的黄莺唱个不停："日打旗阿杜儿日野耶务比哟母！"这里人把它俗称为黄巴笼，鹊鸟没有人类的诸多烦心事，无知有时比聪明好。

回到家，永山娃知情后说："爹，我去当兵，打狗日的黄少伯，给我菊姐报仇！"李春玉瞪了他一眼："都走了庄稼哪个务？"

李家送子当兵。

自菊香被黄少伯抢劫后，老大李永发再难二婚，更不可能再捡支幸运的鲜花，无牵挂地走了。倒是老二李永财有了个牵挂，媳妇桂芝人才平平却贤惠得很。

天亮后，喜鹊在房前屋后树梢喳喳不亦乐乎，似乎在报喜讯：有客来自远方！

午后，缄口了好久好久的狗儿又开了口，石牛风尘仆仆路过李家。他已成熟了些，先自开口打个问讯："请问主人家，这到万僧寺咋走，还有多远？"

同龄人总是会找到感觉，永兴见石牛那形象，首先感兴趣，道："小哥哥，不远了，还有二十五里路，你先到屋坐，歇歇再说。"石牛巴不得这样，一见之下，就对永兴有种亲敬感，那感觉又像一种遥远的记忆。

喜鹊依然不亦乐乎。四女珍儿说鸦鹊子还在叫，未必还有远客来？她已定亲还未出阁。这里人把喜鹊称为鸦鹊子，如人的乳名。

一个时辰后，惹眼的苗装小伙子与百鹊风尘仆仆出现在李家院坝边，永兴更是稀奇。李春玉首先开口："远来的客，快到屋歇脚！"慈祥的面容亲和的语气，百鹊顿感一股暖流上身，像亲人回归，忍不住泣声道："大伯……"李春玉见状，预感这女儿身后定有横厄变故。赶紧又道："女儿，快，快进屋！"

福娃知趣地走到百鹊身边说："听见没？快到屋，我给你们倒洗脸水！"

说来也是天意，石牛、百鹊皆是瞎走乱窜，居然都路过李家。李家自然要询问来龙去脉。石牛不再那么口迟言钝，谈起原委来大方多了。永兴高兴地说："爹，就叫他们先住在我家吧，反正大哥二哥走了，床铺正好也有。"

能力就是实力，永兴已能当半个家了。李春玉将将胡须说："住下，这事不小，要从长计议，不嫌我家贫，这儿就是你们的家。百鹊女儿跟珍儿睡，有事你们听福娃的。"珍儿欢喜地拉过百鹊亲热。李春玉又道："这个苗家小哥也耍几天再说回去的话，就怕你不习惯我们汉家人的生活。你们的想法呢？"石牛、百鹊、春娃子都暗自欢喜地点头，俨然开了一次会议。

李家虽是佃户，却有三间瓦房两茅草厢房。人不留客天也留客，翌日就一连三天下起了绵绵春雨。

"石牛、百鹊，你俩来一下。"歇房屋里，李春玉叫道。葛氏取出箱子里保存的布匹，夫妇俩商量要给二人作套换洗衣服。

二人进屋，葛氏二话不说，布尺就在百鹊身上比画起来。李春玉说："你们只穿了一套随身衣裳，换洗的都没有。"石牛感动地叫了声"大伯！"百鹊倒在葛氏身上，一句话也说不出来。葛氏摸摸她的脸，笑道："就认我作娘吧！我四个女子疙瘩走了三个，又白捡个女儿。我们这里兴喊妈不叫娘。"百鹊虽男娃性格，毕竟是女性，也有脆弱的时候，揩把眼泪一笑："我现在就喊妈！"夫妇俩不由乐哈哈笑起来。

第五章　今生有约

石牛、百鹊、春娃子帮助家务活，时常与永兴黏在一起，除了同龄相投，似乎早已相约今生。温馨之家的感觉胜似原出生之家，被变故抹杀的本来性格恢复，石牛推起大石磨磨包谷，嗨嘿呀呀声又出来了，百鹊的男娃性格复活。永兴说："牛弟、鹊妹，你们识不识字？我教你们好吗？我还要赶考，封个县令当当！"石牛、百鹊叫道："要得，要得！先生，先生！"一阵喜笑。春娃子看着好羡慕好羡慕。福娃说："莫称先生，叫我福娃哥吧！"

"要得要得，福娃哥，福娃哥！"

天转晴，山林百鸟出行赶场子，听土生土长的歌手化眉鸟与走江湖的黄莺歌星同台高歌原生态歌曲。天好心情好，石牛在院坝舞起了流星锤，引出全家看稀奇。这时狗儿又冲坡下汪汪，但喜鹊却未出声总有它的道理，想必它只报喜不报忧。

生来首见有品位的观众，又见狗报信，石牛更来了劲头，翻飞腾挪发挥出了极致。李春玉去院坝边张望，却见两条小路各有人到。一路是干女儿父女，一路像是上次来过的保丁。心念急转，挥手叫石牛停下，道："百鹊你们三个先进屋藏起来，莫出来！"永兴见有情况，心有默契，说："牛弟、鹊妹、苗阿哥赶紧跟我去放牛，鹊妹也带上你的镖。"急开牛羊门，忽拉拉从侧面翻小梁下了湾脚。

李家这几天真是客走旺家门。韩清风一直未兑现意愿，一则目睹永兴娃的功夫；二来好则把小算盘变成现实，定亲来了。河妹老远就喊："干爹，吃了饭没有？"这是见面打招呼的习俗。"福娃小干哥在屋没？"

保丁果然又奉命而来。陈乡长闲来又记起永兴双手提狗的情景，这娃身手了得，请他入我驮运队多好？抢匪哪个为得完？麻口山有交情，王三春却是身穿袈裟头点点一生（僧）人一个。难说不抢他驮队？听说王棒老儿眼高手也高，专干大买卖，于是派那保丁重上天仓山腰。

李家手忙脚乱立即重做饭待客，拿出所剩无几的熏腊肉，一块麂子腿。"小干哥呢，哪去了？"河妹最关心的是这事。珍儿拉过河妹悄声说："爹对他们说福娃去看外婆了，其实你的小干哥在放牛，嘻嘻，莫叫保丁听见。"河妹脸刷红："哎呀，不嫌羞！”

李春玉之所以扯谎，知道保丁饭后必走，至于对干女儿父女，他没打算隐瞒。

河坝有人以煮包谷酒为业，李春玉酒量不大却好酒，总是千方百计弄点钱买酒。今日客贵，只好拿出仅存的一壶酒。只有当家人陪客，家人只能省嘴干望侍候。桌上除开笋子炖腊肉、酸炒麂子肉，还配有漆油炸面果、洋芋丝炒瘦肉等。

韩清风欢喜地撮起那熊猫笑容樱桃小口道："亲家，你这不像穷人呢！"李春玉谦虚地微笑道："麂子是狗撵出来的，话是酒撵出来的，不怕亲家笑话，把家底都掏出来了。草鸡子（蝗虫）背门板——挣瘦劲，一来您的关照；二来勤把苦作。"保丁家远不如李家，当差混口饭吃，见此丰盛宴席，有点儿诚惶诚恐。

少不了的客套、寒暄，都是有身份的人。席间，李春玉说："请回去给陈乡长说，福娃子还太小了点，这事等福娃回来，问问他，商量商量，给你们回话。"

饭后保丁果然离去，河妹父女候留。

湾脚，那放牧不用操心的地理，那成道的摇篮，三个相约今生的少年首次聚会，别无他人只有大自然，少年的天性充分释放。百鹊、石牛没见过瀑布。"哇，好看嘞，好耍嘞！"春娃子说："百鹊阿妹，我在岩上去砍柴。"他总是随身带把弯刀。百鹊说："多捆几把，到时候我们都扛一把柴回去。"福娃说："多谢苗大哥，哦，嘿嘿，不是，是苗阿哥！"

百鹊好奇地问："福娃哥，你常来这儿耍吗？"

"从小。"永兴在伙伴面前首次显示出了一点儿骄傲的神色，"从小就看这飞瀑，直到把它看变了，初看一片片，现在看它一点点，似千军万马冲杀。"

"这本领有啥用处呢？"石牛食指钻耳朵，偏着脑袋在想。

"有呢，"永兴脑袋一扬，"不信？你拿流星锤打我，保险打不到我，因为在我眼里，你那锤再快也显得太慢。"

石牛不服气地嘿嘿两声，说："我打来你逃跑，当然打不到你。"石牛说："你那锤绳不过八尺长，我就左右不离你八尺远吧！"百鹊拍手道："要得要得，我看戏不花钱！石牛，先舞慢点，别真把福娃哥伤到了。"

石牛只好动手了。

石牛见慢不行转快，还是不沾边，首次真练，急得燥吼一声"嗨嘿呀呀！"收绳蓦地后转而走，百鹊正看得兴头上，以为他气馁放弃，觉得好败兴。石牛向前几步又以背为面后退几步，不料一锤从右腋下背射永兴，相距七尺余，百鹊哎呀一声吓坏了。

"还是太慢了！永兴已将石锤捞在手。"

"我的妈呀！"百鹊说，"我的心还在跳！要是这一锤真砸上了，我要你还我福娃哥！"手捂心口。石牛还一串咯咯笑声。

不过，这下石牛真的气馁了："我这锤还有啥用？甩掉算了。"永兴赶忙安慰说："打不到我并不说明打不到别人，能吞下你这硬馍馍的人我想不多，你厉害着呢！古人说，祸兮福兮，唉，说你们也不懂，我想意思是，万事万物皆含利弊生克。这也是以柔克刚呢。"好一个爱思索的智慧少年奇才！

百鹊听得眼皮就没眨一下，回过神来赶紧问道，生怕晃过机会似的，"啥叫以柔克刚呢？"

永兴眨巴着眼睛，咧嘴作个鬼脸，说："就是就是，这样打比方吧，你一锤砸在棉被上觉得咋样，火遇水咋样？"百鹊喜道："哦，好像明白了一点点，桐油灯光一点点，嘻嘻！"福娃说："今天你也把武艺露一手。"

百鹊一翘嘴："还是射你呢射啥？"

"外侄打灯笼！"

"哼，哪个舍得射你啊，我是说哪敢射你？"百鹊显然觉得

39

说漏了嘴，赶紧纠正。石牛、永兴却没在意。永兴一叉腰："不是说你准头好吗？这样好了，你射我头顶上的石头。"

"好哇好哇！"石牛蹦起三尺高，转身抱来百二十斤重的石头，就欲往永兴头上搁，却被笑弯了腰的百鹊逗得忍不住扑哧一声软跌于地，险些搬起石头砸自己的脚。三少年干脆开怀大笑，笑得肚子抽筋，愈发收不住势，许久才缓过气来。

不远处，牛羊无法跑，乖乖地在吃草。荒草坪上，"咩咩咩，哞哞哞"的牛羊逍遥声他们已经听而无闻。

最终，永兴的头上放了坨碗大的石头。

百鹊两射中石，石落，又放。百鹊再三射，见竹镖已在永兴手中，二人欢呼。福娃说："这算啥？我还能抓住苍蝇呢！"百鹊说："服你了，福娃哥，你是咋练成的？"

永兴手一指："那片瀑流是我的师父，还有那团乱石也是我的师父，你们跟我来！"说着跑向那乱石堆，起步踏上一石头。"你们来逮我！"

三人已闹欢，二人围转捕捉起来，笑个不停，百鹊本就男娃性格。

结果在预料中。石牛、百鹊累得气喘吁吁，一屁股坐地。"不行了，我眼睛都看花了，服了服了！"

太新奇的吸引力。百鹊说："能教我们吗？福娃哥，我拜你为师，跟你一起耍太快乐了！"福娃想了想，道："这步伐可以，其他可能不行，古人说，冰冻三尺非一日之寒，我从小只当玩耍，没想过专门练习。"石牛说："从小？你现在未必已经是老爷爷？"

嘻嘻，哈哈，石牛、百鹊干脆冲福娃齐喊起来："老爷爷，老爷爷！"永兴佯装捋胡须，一叫一应："哎，哎，乖孙子，嘴沾了蜂糖好甜，爷爷喜欢死你们了，喜欢死你们了！"又一阵死去活来的笑。

平静下来，福娃说："拜师不行，拜把子捆把儿柴行不行？"

"要得要得！"他们都听大人摆过社会上拜把子的事。"咋个说呢？还要歃歃啥血？"

"未必硬要用刀割？没得那么蠢，找三根花椒刺，刺破指蛋，有一点点血就得了！"

于是，三人面朝小瀑布跪下，没有喝血酒的碗，自有灵活的办法，将刺破的三中指蛋碰在一起，嘻嘻嘿嘿乱说一通誓言。

"同日死，同日生！"

"不不，是隔日生同日死，嘿嘿，嘻嘻！"

"行侠仗义，有难同当，永不，永不啥子？"

"永不嫁人！"

"给你一镖！"百鹊知道石牛在拿她取笑。三人相靠的中指被嬉笑分开。百鹊说："怎么叫呢？"

石牛说："这有啥难？福娃叫哥，我叫弟，你叫妹。"

百鹊脑子一转："不对，那我叫你一声看看，弟弟！"

石牛傻了眼，这听起来岂不最小？永兴会意地咯咯笑。石牛纠正说："那你叫我二弟！"百鹊再叫一声："二弟！咋样？还是显得比我小！"一脸得意，石牛弄糊涂了。

福娃笑说道："你把二弟改为二哥，她就占不到你便宜了。不对，那不是我也称你为哥，二哥，我也显得比你小了？乱了，全乱了！"三少年又哈哈大笑起来。

最终，永兴说："这样好了，我还称石牛为牛弟，百鹊为鹊妹，石牛称我为福娃哥，称百鹊为鹊妹，百鹊称我为福娃哥，石牛为牛二哥好了！"百鹊觉得既好又有趣，连喊"牛二哥牛二哥！"又一阵嬉笑。

自古誓言只是一句话，没有德行护航的诺言会触礁翻船。

这是三少年与生俱来最开怀的一天。

春娃子将砍下的柴捆成四大把，运送到草坪，三人跑过去帮手。百鹊说："大阿哥，你可惜没眼福，他俩的武艺吓死你了，你还说我凶，小河的虾没见过大海的龟！"春娃子喜道："真的吗？天上的鹰展翅，还没机会看到吗？"百鹊说："我们三人还结拜了呢！"春娃子喜上加喜："能不能算大阿哥我一个？"三少年互望一眼，心有灵犀，不约而同地说："要得，拉钩！"

哈哈，嘿嘿，苗阿哥也被童化了。珍儿领河妹来喊："小干哥哥，干妈叫你们吆牛回来吃饭！"

第六章　未负所望

河妹一如既往地以为那湾脚只有小干哥独自一人放牧，珍儿也沉得住气没告诉她，想给她一个惊奇。石牛走前手牵牛绳肩扛柴，嗨嘿呀呀吼起号子，脚下不由自主地踏起了节拍，像是很沉重其实百十来斤不算啥，只是高兴闹着玩。后面的受感染也跟着吆喝起来。

河妹在路边高台处翘首以待，见嗨嘿呀呀一路人马，牛铃叮当浩浩荡荡上来，后面还有个穿戴古怪的年轻小伙子，果然一脸惊讶。珍儿满足的虚荣心眼神像在说，看，我们家多有人气！永兴打招呼："河妹，稀客！"河妹渴望见小干哥哥却又怕见，不好意思地低头叫声"小干哥哥！"心里七上八下。纯情的男女感情就是这样别扭人，却更显得甜蜜美好，尾随回转。

珍儿对河妹耳语："你的小干哥哥是不是长得更标致了？"河妹一拐肘："哎呀姐姐，你光取笑我！"脸上却是暗动的蜜笑。"他们几个是你家啥人，怪怪的？"珍儿嗯了一声，拖延思考时间，说："远方亲戚。"

回到家，永兴见礼："干爹，稀客。"百鹊搭眼韩清风那一脸笑意的滑稽相，扑哧一声忍不住笑。韩清风未及反应，百鹊赶紧整容掩饰，见礼："干爹，稀客。"韩清风心中惊疑，怎么这女子也把我喊干爹，莫非是没过门的儿媳妇，该不是福娃吧？

李家人还真是有教养，子女不多嘴多舌，李春玉也没有炫耀增添的不寻常人气。韩清风一脸惊讶，李春玉见状，这才笑眯眯地告诉他与珍儿不谋而合说是远方亲戚。但补充说："是两姊妹来投亲，三个是好朋友，带苗家哥来耍。"韩清风同样算亲戚，李春玉却留了个心眼，浇树要浇根，交心要看人。"福娃，你们把牛羊子关进圈后，"李春玉吩咐道，"干爹专门来看你的把式，在院坝给我们正式演练演练！"

哪知这时福娃没了一点儿表演的兴趣，百鹊、石牛亦有同感。既如此心中就无底，发挥打折扣。这种心情下，神箭也要失准头，重锤也会软了力，人靠的一股精神。永兴只好支吾说："饿了。"

既是饿了，谁不明白意味着什么？李春玉当然不希望演练打折扣，就是隋唐李元霸肚子饿了也会变成李软霸。

"他妈，把留的炖肉给他们几个端出来，老子今天也想看个明白，给老子争个光！"李春玉似乎也明白了点儿什么道理，充满豪气地说出了这几句话，目的是给几个小子打气，灌注精气神。对于儿女的训教，偶尔的吼教胜过千百次雷霆，人性就是这样。李春玉一反常态的表现，永兴直觉像另一个爹了，不由得咯咯笑起来，果然精神复原。

饭后的院坝，三少年嘻嘻嘿嘿你推我搡，不好意思地出场。李春玉还专门叫二媳妇桂芝搭条火板凳出来与韩清风同坐。"这两姊妹也是练家子啊？"韩清风疑惑地问。李春玉将将有意蓄留的胡须，抽口烟，不紧不慢地说："亲家你看呢？"

三少年不知如何起势好。福娃说："牛弟，你先打院坝边上那根凉衣桩。"

"打断？"

"打断了再找根栽起。"

"嗨嘿呀呀！"声落，锤出，桩断。

"啊！"一片从未见过世面的、被压抑了的妇女惊呼声。

"鹊妹，该你了，还是湾脚那样。"兴致已发的石牛一转眼，很容易地找到一坨碗大的石头上了永兴的头。"啊？"这回的惊呼声性质大大地变了。百鹊严肃地退身距离。

嗖！一镖出，石落，人安。

自然又一片惊呼。

永兴觉得该自己了。"我不会打，咋练呢？"他对观众说。百鹊说："像湾脚那样，我们打你，你躲。"永兴说："要得！"

"那你可要小心啰！"

石牛、百鹊有了湾脚的经验，心中有底，先一镖一锤慢慢地送出，见无异于隔靴搔痒，渐渐加快了速度，观众的惊呼也愈来愈紧，百鹊怕伤到观众亲人，只在三个方向发镖，渐渐镖锤长短空隙互补。心有天生的默契，镖锤如风人如电。百鹊叫一声："福娃哥，我要齐发了，你注意！"两手指间各夹四支，轮番射出。"天啦，莫射了！"河妹吓得哭起来。却见永兴根本没把锤击当回事，双手各捞两支镖在手，另四支避过。原来，湾脚那堆乱石有天地循回模式玄机，顺则凡，逆则仙。顺天地来龙即生成世间万物万事，逆去脉而行则返本归真，成就的如风如电步伐只不过归真路上顺手牵羊罢了。那过分平常的乱石堆玄机若是随便被人识破，天下就无凡人了。

像一场实战大战，风停了，电停了，惊呼声凝固了。"小干哥哥！"河妹直出观众席，扑在她的小干哥哥身上，哭得哄哄的。这一突变的、反时代的举动又一次惊得所有人张皇发愣，心灵经历陡然的净化。那美、那纯。那爱、也许人类一步一步地现代文明演进，就是这样沧海一点一滴的举动积累推动的，珍儿出面把河妹拉开。

像一场梦，一场心灵的重组、开发，都在回味。福娃在家人心目中由透熟变得陌生了。三少年变得神圣了。

许久，韩清风醒过来："我开了眼了，见了世面了。亲家真是藏龙卧虎啊！"感受的变化，反倒觉得这门亲事有点儿高攀不上了。

接下来是春娃子眼福如愿以偿。除开俩大人，都去帮百鹊搜找飞落的竹镖。"这有几支破了！"

"不怕，鹊妹，竹子有得是，我们帮你削！"

真是凑趣，这夜的天无一丝云，只有皎洁的月满天的星。后辈人聚在院坝看神秘的星空，说闲话儿，夸三少年，轻轻地笑，轻轻地语，生怕破坏了月夜的冷美，山野间不时传来包谷鹊儿（布谷鸟）小夜曲。人世间在这时显得多么美好，唤起对人生的热爱、向往。

趁后辈都在外，堂屋里间，两前辈的话题也与人生有关，那是世间众生承前启后的天性。"他干爹，"李春玉叹一声道，"是金子要发光，福娃的本事陈乡长也晓得了，要福娃子入伙驮盐队，走罗口，我先推到的！"韩清风哎呀一声道："那可是玩刀的事，你舍得福娃我舍不得，我……你干女儿河妹也舍不得呀？"说着压低了声音，两手一摊以姿势助说话，"先前在院坝你不也看到了吗？砍脑壳的女子都是我惯养了的！"韩清风到有措词技巧，借题发挥旁敲侧击到正题上来了，两一贫一富一佃一主不同阶级的亲家抽巴着一长一短的烟杆那并非是闲聊。

李春玉明白其意也不点破，继续截断的话题："只是，亲家，那两姊妹的功夫你莫对外人说，装在心里就行了，人怕出名猪怕壮。"韩清风磕磕烟斗道："这我晓得，嘿嘿，我嘴巴小口风紧，河妹很乖也不得乱说。"韩清风再次把扯开的话题拉回来。李春玉不忍拂意，说："河妹喜欢我福娃，我这当爹的看得出来，只怕是我福娃没这福气，鸭子上竹竿——高攀不上。只怕大富人家千金不适应我们这些贫家小户，也拿不出多重的彩礼。"韩清风喜不自胜地又哎呀一声，那牵心劲儿像是他本人要嫁给李家似的，可怜天下父母心，说："亲家这你就见外了，自古媒妁之言，父母之命，亲家你晓得我的为人，不是为富不仁之辈吧？"李春玉道："那还用说？他们几个还要去万僧寺办事，等他们回来后，我跟福娃挑明说。"

乳名永远是父母的专利，即或当了皇帝又咋的？叫你乳名也是疼你。

百鹊这时离群进屋，把葛氏拉进歇房屋耳语："妈，我下身来了。"葛氏一听就明白："女儿啦，妈找块干净布夹起来，你娘教过你没有？"百鹊嗯了一声。

"唉，"葛氏叹道，"世间苦，女人更苦，一辈子没个干净的，红的、白的。"

河妹父女恋恋不舍下山回家了。春娃子恪守使命，定要陪送百鹊到万僧寺，李春玉要他们上山顶先找找沈先生。

野外，那是人无顾忌放飞之地，一路说笑。"福娃哥，"百鹊忽然说，"你那干妹儿对你有意思得很呢，嘻嘻！"永兴只是笑。春娃子笑笑道："鸭子莫说扁嘴，你呢？"

"给你一镖！"

春娃子唱起了山歌："阿妹子脸乖乖舍，阿哥我心痒痒哎，黑了望星星舍，白天看太阳哎！"

福娃道："哎，我忽然想到一个问题，牛弟、鹊妹，我们三个的武艺都是缺胳膊短腿的，你俩只会攻不会躲，我相反，你俩还要练反应。"石牛说："就是不晓得练你那石头、水我们行不行？"福娃说："那就练逮蚊子吧！"这里人把苍蝇称蚊子。

"嗬嗬，逮蚊子，逮蚊子！"说着嬉乐乱抓，飞奔上山。

沈秀才依然耕教为本，在他的概念里，永兴还是那个李永兴，面对来拜见的李永兴一行人既高兴又疑惑，吩咐家人做饭招待。了解来龙去脉后，既兴奋又忧虑。兴奋的是，这群娃似乎是他理想的希望，忧虑的是，万僧寺并无武和尚，同时这群娃初生牛犊，随流的水，无贤人指导。"这样吧，"沈秀才说："下山的溪流不回头，我带你们还是去拜见拜见无修住持，兴许能得到开示。"

万僧寺并非一万僧人常住，时常也不过五百人但这也够气势的了。无修住持近已证得明心见性，捎带宿命通。如得一器具，还得加以维修、保养、净化，方能稳固。无论现实或虚幻，这世界万事万物一理，都遵循同一法则。但无修还只能在功能状态中感知过去现在未来，还不能睁眼闭眼如一。这日清晨，听喜鹊群喳，心道，莫非有贵施主到？便入禅坐，已知其情，微笑收功起坐，不露声色，独出山门迎候，却见沈秀才领苗家青年另三少年到。

"上无下修上师！"沈秀才合掌见礼，三少年见那大师法相堂堂，颇有菩萨之风，顿生敬仰心，学沈秀才的样儿，合掌见礼。

"阿弥陀佛！"上无下修上师面露禁不住的喜色，"请到寮房叙话。"几弯几拐，领进个人寮房，吩咐一僧徒在外岗守，一律不准旁人进屋。

"上师。"沈秀才代言叙述情况，并加了理性的阐释。事实上万僧寺真的清一色文和尚没武僧。末了，说："请上师指点迷津！"

无修开言道："无始旷劫以来，众生颠倒妄执，失却本性，六道逐波随流，孤苦哀哉浑然不觉，衍生出这凶险的世界事物，

47

因果循环不已，难以觉悟。三百年后，又将到末法时代，欲求安宁需求觉悟，缘可求不可勉强。至于几位少年施主的事，水到渠成自是溪，雄鸡三鸣天自亮。"

永兴道："上师，我明白了。"

上无下修微微一笑："过来，李施主。"福娃就上前立于无修住持面前。无修又道："李施主还有啥想说吧？"

"我好像特别喜欢这庙里的气氛。"无修宽慰地道声阿弥陀佛，道："贫僧想给你取个法号，你自己说说看，取个啥法名？"言罢手抚永兴头顶。

永兴想，上师法号无修，那我就叫无为。"无为！"

虽已预知，无修还是暗暗一惊，压抑住内心的狂喜，重重地呼了声"阿弥陀佛，善哉，善哉！"一句真正带分量的话。又道："各位施主，今天的事情千万不要妄言传出，听见了吗？"大家齐声说："晓得了。"见无修一脸严肃，感到事情不简单。沈秀才更是另有深测，心生庄重又欢喜。无修又道："有为无为，无为有为，有意无意间成就无为施主，尔等今后尽量少开杀戒。"

一行人告别回转至沈秀才家。春娃子忽然说："我眼皮跳得不得了，心里也好像……"

石牛道："好像啥子嘛？大阿哥耶！"

春娃子嗫嚅着说："好像要出啥凶险大祸的样子。"又自言自语地，"是我阿爸阿妈得重病了？"又大声道，"那个逃掉的棒匪老远喊：苗蛮子们你们等到起，有你们好看的！是不是棒匪要来我苗寨报仇？"石牛、百鹊随口就叫："我们帮苗阿哥去！"沈秀才沉思，然后说："宁可信其有，有备无患，也许你那真是凶兆。也罢，你们立即起程，提醒头人预防。"拿出一吊麻钱，说，"路上给店钱买吃的！"

四人欲先返李家。临行时沈秀才说："你们快去快回，有事来找我，我给你们当军师！"

"好，好，要得要得！"三少年欢呼起来。

下山的茅茅路被夜色抹得一塌糊涂更难辨别，月亮升起来了。

第七章　随兴所遇

（一）

这回从容不迫，晴带雨伞饱带饥粮。四个身背斗篷的人，只有福娃没带武器。太阳还在山背后睡觉他们已在路途上，有备无患派上了用场，中午就一场暴雨伴行。

苗族村寨集聚在缓坡上，三面环崖，坡下平缓地带却作为农田，大概取居高临下之意吧。一色的竹楼，显得古朴恬静，那是他们人生向往的外在体现。在这高山深处近乎世外，独成部落，无汉人的封建规俗束缚，无佃户与财主之分，只有形同族长的头人。汉人官税之手似乎也懒得缏汲这里。人世社会要都这样多美好啊！唯一遗憾的是族内男女两性失衡，只有容纳汉家女子杂交繁衍，汉家女都乐意融入其间。

春娃子的家靠后面崖边。第三日正午春娃子一行人到达，首先要经过靠前的格桑头人寨楼，顺便先去头人家。

"头人，我回来了，我阿爸阿妈丫妹出啥事没得？"头人正在竹楼间盘坐抽烟，春娃子抚胸见礼，劈头就问。格桑起身

49

迎客，喜道："娃子，才飞了几天就挂牵父母，好好的有啥事啊！"春娃子一颗悬心落地。

"你去时一双，回来两对，真是北飞南归的燕子！"头人疑惑地扫视小客人，"百鹊咋地又回来了？莫非……"春娃子赶紧介绍："他们是我的结拜小弟妹，头人别看他们年小，功夫不得了，简直不是人，尤其这个小阿弟。"拉过永兴，然后极力叙述来龙去脉、所见所闻。又赶紧说道，生怕忘了："头人，沈秀才说我那感觉可能是凶兆，莫非寨子里要出啥大事？"头人道："大事？近来老鸹老是惨拉拉叫！"百鹊说："头人大叔，棒老儿会不会来报复？"

头人还真没在意，经百鹊提及，猛然皱眉，才想起那逃掉的棒老儿撂下的话。永兴说："头人大叔，"他也学百鹊的称呼，"棒匪万一来了，一点儿提防也没有，族人就有大劫了，不来当然无事，无事当有事方能无事哎！"石牛道："头，头人！我们就是来帮春娃子大阿哥打棒老儿的！"

"春娃子，"头人说："去把里屋挂在竹壁上的牛角号拿出来吹！"

具有特别音响效果的牛角号响了！

接着，左边山崖顶一支牛角号回应，那是安野猪夹子的头人大儿子在回应。接下来山野间又有四五支牛角号呼应，相互传递信号。福娃、石牛听来特别新奇。他俩还不懂得，苗族势小靠团结生存。形成自然单纯传统性格，汉人广而散，因进化先进顾虑过多反而拘谨。

顿饭工夫，寨中聚议堂前院坝便聚集了两百来号苗族大小人。三少年趁机吃了一顿头人家的待客饭，那饭已和汉族没多大分别。

格桑头人站在石台上发话了："菩萨显灵给我们提醒，苗寨可能要来豺狼，上回的麻口山棒匪可能要来报复，苗家的天上可能要起乌云了，为防万一，聚议会的七长辈留下议事，这是菩萨给我们派来的少年侠客，春娃子留下，全族大小娃子回你们的竹楼静候安排！"

"头人！"众人齐抚胸告辞。

聚事堂，格桑独坐堂前，春娃子与三少年、七长辈两边入座。

"大家议议，咋个防备？"

"头人，我们能上阵的虽然只有二百来号人，豺狼来了没话说，是祸躲不过。"

"用弓箭、火枪招待他们就是！"

"要来肯定人不少，有备而来！"

"不管他来多来少，拼了！"

"头人，"福娃说，"我把我想到的说一说，行不行？"头人微笑道："英雄出少年，你说说！"永兴抿抿嘴，露出两酒窝。"面对面硬拼，我想你们肯定拼不赢，棒匪大都练过把式。弓箭、火枪虽然避免了面对面搏斗，但你有他更有，相互对射，伤亡那就看各人的命运了哎。"

春娃子接话道："福娃弟，是到是，那咋办才好？"春娃子代表了此时众人的心思。福娃笑笑："依我想，世上再厉害的东西都有弱点、克星，古人说道高一丈魔高一尺就是这个道理哎，硬拼不过就找克星，我看这样可好……"

一席话令苗人长辈们顿开茅塞，不禁汗颜，七嘴八舌："真是菩萨派来点化我们的呀！"格桑赞道："我这一辈子见到啥叫长江后浪推前浪了！"春娃子为自己领来这样的朋友露出了自豪的表情。

永兴补充说："古人有经验，成就取决于正义，但具体到细节决定成败，是不是再想想，有啥漏洞？"

"是啊，篱笆扎得紧，野狗钻不进！"

永兴说："我看你们那三面崖，你们能上去棒老儿也能下来！"一语提醒梦中人，大家又议论开来。

"安野猪夹子，挖陷阱，韩信点兵——多多益善！"

"如果狗日的吊索子下崖，就用箭射活靶子！"

越议越细，越兴奋，好像棒老儿来定了，不来反倒扫兴。

"搞不好趁机把麻口山棒老儿灭了，官府不管，我们为民除害！"

"要是棒老儿明天就来了，我们咋来得及？"

"谋事在人，成事在天，菩萨会保佑我们的。"头人道，"大家立刻准备！"

七长辈走后，头人不禁问："永兴少侠，你怎么懂那么多？"福娃只是抿嘴笑笑。百鹊代言道："人家是读书人，还要考秀才！"

格桑感慨地说："真是天生奇才，文武双全，非池中鱼啊，三生有幸！"福娃说："头人切莫夸我，脸发烧哎！"

"哈哈哈！"

黄少伯逃回麻口山后，康寨主脸色更沉。久走夜路撞见鬼了，自出道以来还没碰到过敢摸老虎屁股的人，他们真的是凶残成性的老虎，有四虎嘛！决定报复，把苗蛮子灭了，趁机抢光他们的财物、女人。如今麻口山寨已发展到三百来人马，被苗蛮子杀了十六个，三百减去十六等于二百八十四。充分准备了一番，带足火药、弓箭，火药他们有专人配制。出动二百五加三只虎，锤虎、刀虎、钩虎。我主动他被动，说不定苗蛮子还蒙在鼓里，天亮前杀他个措手不及，床上捉双！这也是康寨主首次策划正式战斗，他知道苗蛮子贯来全民皆兵，不似汉人。

还真是等待苗人紧锣密鼓准备了四天的下午，康寨主才带领人马离苗寨五里远的山窝悄悄扎营。天也无下雨的意思，似乎有意成全这场生死杀伐的体面。这时一汉人老汉打柴回家，听见山窝里有嘈杂声，放下柴火趋前偷窥，感知是棒老儿，悄悄退回，回到家嘱咐家人一声躲藏，丢下柴火就往苗寨跑。苗寨附近散居着七八户汉家人，格桑头人派人联系，希望联防。但他们大都胆小怕事，火没烧到自己脚背上不知痛，但报信还是办得到的。格桑头人接信后，立命急敲锣六下，慢敲三响，那是带武器的信号。

还真的来了！天未黑尽，立时全寨响起了跑动声，片刻聚集头人竹楼前，格桑通报了情况。"去打他狗日的！不能干等他来打我们！"

"对头，狗日的万不会想到我们会主动去打他！"人们七嘴八舌。

永兴眼珠两转，说："头人，我想不妥。离开了寨子就失去了我们的防备优势。打他个冷不防固然可以占到一些便宜，几百人高处四面火把齐亮一声吼，吓也把他们吓个半死。"

"哈哈！"众人大笑一通，永兴接着道："但那会打草惊蛇，打消了念头不定啥时还会来，后患无穷。最好嘛，头人，趁这次灭了他们的元气。但可以去吓吓他们，消耗他们的精力，但又不能让他们感觉出是人在吓他们最好呢！"

"这我们有办法！"几个苗娃子兴奋地嚷道。

是夜，棒匪们一夜未睡好，不是这山麂子叫就是那山鬼嚎。凄厉的麂子叫声是会死人的，令人产生灰暗的联想，鬼嚎更吓人。

四更天后，棒匪出现在苗寨前，却听见四面山头响起了牛角号声，似中了千军万马的埋伏，片刻又恢复了平静。土匪哪里闻过此声势？心中七上八下，锐气减了三分，知道偷袭不成了。"康寨主，"李永富心虚地说，"我们打不打得赢？"康寨主顿了顿，说："怕啥，开弓还有回头箭吗？"钩虎道："怕死莫干棒活，你不想勾几个漂亮苗妞吗？"黄少伯仍是那般斯文道：

"英雄所见略同哎！"钩虎瞟了瞟黄少伯，戏道："哪个能和你比？"黄少伯摸摸大刀背："二哥过奖了。寨主，还挨啥子？动手吧！"

"人生地不熟，看情形苗蛮子已有准备了，这些苗蛮子还真不蛮，干脆等天亮看得清。"

天渐渐擦白，康寨主渐渐看清了地势，一块平缓耕地边缘有道土坎，坎上边捆放着百十把包谷秆草，一直排放到两边山崖，农人爱把包谷秆放在坡上，需要喂牛时才去取点儿。只有右崖边有条看得清的路径蜿蜒上那平静如常的寨楼群，只有不时的几声狗吠。

"上，莫做声！"打头阵的是匪徒，走大路而上，迎面见一张大网挡住。"割烂它！小把戏！"立即有四匪徒上前，不料一脚踩空，看似路面却是层虚盖伪装，四匪跌落坑，迎接他们的是倒栽的尖竹。又有三匪想跳远似地跨越陷坑，退身助跑飞身一跃，却不料坑长丈余，本事不济重蹈覆辙。

"让开！"钩虎一纵身飞过抓住网眼，抽出利刀就割，路边崖树后一声长火枪响，又三支箭嗖嗖飞来。钩虎腾身侧跃躲过。这时苗寨牛角号又吹响了，一阵紧锣响起，狗声伴奏。土匪干脆跑向耕地，准备正面而上。这正是防守的预计，百十个苗家青壮年吆喝着声势，直扑土坎上边缘。妇女、儿童一齐呐喊助威。在后的康寨主见状心道，苗人充其量能有多少？那么多妇女儿童都出来了，寨中一定空虚，若从后山崖下来，两边夹攻，他们就乱了，苗人就是苗人，头脑简单。便命后队二十人由李永富带领，悄悄退回绕道而去。

领队的锤虎、刀虎见苗人土坎上守卫，急命射箭，一面前冲。却见百十个包谷草把一齐挺身站立起来，苗人不见了，草把上却收到许多箭矢。接着草把后飞出来而不往非礼的箭，顿时倒下十多个匪徒，有五个匪徒避过正面欲从左边崖欺进，再一再二地遇到同样的网同样的陷坑呜呼哀哉！正面的匪徒似乎也疯了，又一阵箭雨似乎想把那包谷把射倒，却如熊击门板的隅言发的蠢气，同时不要命地冲向土坎，却又见背后耕地边缘坎下又冒出十支火枪齐射，五匪中弹哎哟声声。队后的匪徒转身反扑，十苗人早已放一枪就跑，不见了人影。

平缓的耕地上聚集了匪徒几乎全部主力，唯康寨主身边留有十来人。双方距离越来越近，够火枪射程了。一排枪弹从包谷把后飞出，匪徒又有十多人倒地，而短火枪的还击却无长管枪之威，接着又一阵乱箭、枪弹交织往来。匪众堪堪快冲到土坎边了，背后又出现了那十支火枪，返身扑杀，又是枪响人跑。

又一次好不容易地快冲到土坎了，却见几十个妇女不知提的什么东西不顾枪林弹雨奔下土坎，分别散开。六妇女中矢未能到达目的地。土坎并不高，匪徒皆能跳上去。堪堪冲到了土坎边，包谷把后妇女齐出，一瓢瓢开水泼下去，烫着的哇哇大叫后退。泼完了，一排赢得装填弹药时间的枪又近距离射出，掩护妇女飞速撤退，救回受伤妇女。

高处观战的福娃对头人说声："把包包给我！"缠上白布面罩，飞奔而下，经过土坎时甩下一句话："准备！"于是百十个草把后面挨个传话。福娃一手提包飞下土坎，旋风般在匪群中旋转，从包包中一把一把抓出辣椒面飞撒而出，须臾间众匪眼泪汪汪咳嗽连连，哪里还有战斗力？

（二）

这时，十个小苗孩手牵十条猎狗一路狂吠吆喝而下，刺耳的呼哨声，十条狗飞扑匪群中无招无式乱扑乱撕，大反攻时刻到了，石牛随苗家全民皆兵冲向匪群，狗叫、人喊、兵器声、垂死的哀号声乱奏着并不悠扬的生命交响曲。石牛不会防身，只有把流星锤舞得溜溜圆，却见一同样使流星锤的一锤向他飞来，他没有招式，只想到锤来锤挡，两锤相撞，火星迸飞，不知石牛那石锤是什么天成的宝贝玩意儿，对方的铁锤竟被磕破而飞。那锤虎一惊，石牛另一只锤已弧形砸向锤虎头顶，诧意间失机，脑浆溅出。福娃早已退场。石牛也穿苗装，狗不会咬他。

另一边，爬上后崖顶的棒匪，四人中野猪夹套，两人被做了手脚的弓形竹弹飞而亡。剩下十四人依然选好树桩、地形坠索而下，却被守候的百鹊发镖连射。三个身背火枪手握弓箭的苗家小伙子也不示弱，悬吊在半崖上的八匪哀号坠崖。又有五匪坠索而下，中矢坠崖两个，另三个侥幸脚踏实地，却见周围布满了竹尖，寸步难行。三苗人渐渐逼近，李永富感觉不对，不敢再下，与另两匪徒溜之大吉。

康寨主见偷鸡不成，岂止反蚀把米？不心痛也心疼，一声刺耳的噪音口哨："溜子——！"却见只有黄少伯刀虎、钩虎与三个手下拼命杀出来，浑身溅血，其余的永远留在了这块地上。康寨主不等黄少伯几人，信号发出折身就顺来路跑，不料那外围的十个苗族青年十支火枪早已堵住去路，一排火枪齐射，身边的随从避之不及倒下，康寨主连发石弹，两苗人青年头中弹倒下，身后还剩五条狗受命率先狂吠追来，康寨主又回身发弹，两狗中弹哀鸣倒下。苗人呐喊着压来，康寨主慌忙窜进树林，踩中野猪夹子，接下来下场可知。唯刀虎、钩虎幸运命不该绝，再一次窜进树林逃得狗命。这股骄横的土匪根本不会打仗，莫明其妙地完蛋了。生命何为起点何处是终点？

一场大战结束了，又恢复了往日的平静。喜鹊喳喳地叫，黄莺婉转地唱，像在欢呼胜利与鲜血换来的和平。

永兴望着那一大坪的死尸，其中还有五个苗家大阿哥，自言自语道："真不想杀人，惨然。"百鹊凑拢来："福娃哥，你在想啥？我今天杀了六个！"福娃说："我想，你娘要是能忍气也不会丢命，那些个匪人要是正常一点，也不会杀你娘，麻口山棒老儿要是不报复不贪财啥的，也不会丢命，能不能避免这些事？"

头人集合全寨人点了点，棒匪几乎全军覆没，苗家战死十五人、七条猎狗、八人受伤。苗人的仗义招来匪祸，又招来善果现报。春娃子说："今天我们虽然死了族人，但打得好过瘾，那个棒老儿又流眼泪又咳嗽，想招架我，狗又把他扯到起！"众苗人开心地大笑。一小伙子笑道："你就专拣软柿子捏！"众人又一阵大笑。百鹊问："福娃哥，你是咋个想到这些办法的？"永兴抿抿嘴，微笑着想了想，说："圣人曰，处处留心皆学问，万事万物一理，都能给人启示，于是乎，就能触类旁通运用其理尔！"这文绉绉的话众人如听天书。格桑头人道："小英雄，是你们救了苗寨，要不是你出主意，灯不拨不亮，我们不晓得还要多死多少人啊！"

众苗人一齐道谢，头人当众道："今后有用得着我们的时候，传一声就是！"福娃说："想必他们再也不敢来了，但棒老儿不止麻口山有。"百鹊忽然面朝家的方向哭道："爹、娘，百鹊已经给你们出气了，可那凶手跑了！"

"嗨嘿呀呀！"石牛这下子可不是提气吼号子，而是哀叹，"鹊妹你倒出气了，我爸妈不晓得为我遭的啥罪呀！"福娃说："牛弟，我们去你家乡警告一下那保长，再回天仓山。"百鹊叫声"要得！"

格桑头人说："百鹊万一还是要飞，我们不拦，今后苗寨就是你愿飞回来的鹊窝，不急，有李少侠同行我放心，收拾些盘缠、干粮再走！"

众人帮助，百鹊很快又补充了满满一挎包竹镖。

临行时全寨人相送辞别，头人拿出把匕首，说："宝贝配英雄，这把祖传的刀子削发断铁，就送给李少侠吧！"福娃道谢接过。

　　木者河的水从上木者河源源不断地涌向江河，汇入大海，流经天仓山，流经石牛的家乡。虽是上弦月，但乌云笼罩，偶尔侥幸地露出一片月光映照着熟悉的路径。

　　上半夜时，石牛爸妈听见叩门声，"爸、妈，我回来了，我回来了，开门，开门！"

　　"天啦，是石牛吗？"

　　"我是，快开门！"屋里亮起了桐油灯，灯苗晃动。

　　"天啦！儿啊，你真回来了，你回来做啥呀？"石牛妈一把抱住石牛痛哭起来。昏黄的灯光下，石牛仍看得清爸妈老多了。"爸、妈，莫怕，我现在有拜把子兄弟，冯保长欺负你们没有？"

　　石牛妈又哭道："叫我们守孝三年，稞子加倍，爹妈累死也交不起那么多啊！"福娃、百鹊安慰说："大伯大妈莫担心，我们有办法叫那保长不但取消守孝，还免稞子。"石牛说："妈，我们饿了。"石牛爸说："他妈，莫光顾哭，赶紧给弄饭吃。"然后才想起问道，"你是不是在万僧寺躲？"石牛答："没。在我这个哥哥家练功夫，过得比家里还好，爸妈放心，我们回来办完事又回哥哥那山上去。"

　　至于如何警告冯家人，三少年在长长的山行路上早已嘻嘻哈哈酝酿好了。

　　白天不出半步门，翌日入夜，三少年用锅烟抹黑了脸，对望之下不禁大笑一阵，然后去冯家。

　　冯保长家的院墙大门还敞开着。百鹊故意在门前憋声捏调吆喝一声，院内那条老狗早已嗅到生人味，哐哐跑出门外，百鹊反身逃跑，狗哪见得人跑？天性使然就追，百鹊反射一镖正中狗头，汪汪两声乱弹，石牛上前飞出一锤，砸没了叫声，百鹊迅即取回飞镖擦擦，免得落下把柄。待冯家人闻声出来，早没了人影，只有他家的看门狗壮烈牺牲。

　　"怪事，中了邪，豹子啃了？"冯家人怎么也猜不透。

没了狗，翌日入夜，福娃怀揣宝刀子，神速步伐使到了极致，只闻其风不见其人，进入冯家院内藏起来。

好难等啊，必须等到冯保长入睡。

趁冯家人进出时间差，福娃闪身进入早已记好的冯保长睡房，爬在床底下。那滋味可难受，但他能忍。

二更时，三声蛐蛐叫，三声青蛙声回答，石牛的流星锤落入院墙内，福娃抓住骑在石锤上，任由百鹊助力拉上去，那悬空上升的滋味好极了！

"咋样，办成了吗？"百鹊、石牛压瘪嗓音几乎同时问。福娃揩了揩额头汗珠，道："好玄啦，办成了。"

三少年捂着嘴巴宽心落意地笑了！

翌日冯保长起床洗脸，婆娘惊道："你头发怎么短了一截？"又见地上散落一绺头发，想起昨夜神秘死去的狗，大大疑惑起来。忽然，冯保长见桌上有张有字的皮纸，心道我没写啥呀？拿过一看，见写的是：

> 误闯锤头是他命，
> 你儿该死莫怨人，
> 速速撤孝免稞子，
> 不然下回要你命。

——山神留言

59

第八章　倒添彩礼

　　李永富与两匪从后山崖溜走，穿竹林荒径来到一片乱树林边，下去与大队人马汇合，老远见康寨主渐渐被百十个苗人围拢，不明白康寨主为何原地不动？而他的石弹在几十支火枪弓箭面前，此时显得那么微弱，片刻连石弹也不发了。又见斜对坡林边四虎黄少伯、双钩二虎几个同伙拼命逃跑，后面再无他人，叫了声"坏了！"拔腿就跑。这个想依仗匪威出人头地的怕死鬼，倒因怕死逃得性命，那个康寨主不知什么前世恶果成熟而丢了命，该死的李永富、黄少伯反倒时候未到。

　　李永富想想康寨主完了，自己还有什么光景？回天仓山家吧，他不是没想到。但家的情景在脑海一出现就觉得寡淡味，没劲头没意思，一会儿也待不住。还是依靠残存的麻口山。

　　三天后，黄少伯先到麻口山，见李永富三人姗姗而归，倒没责怪。能回来就好嘛！怎么责怪呢？鸭子莫说扁嘴，老鸹跳到猪背上——莫说人家黑。

　　黄少伯回了巢，天仓山李家还在盼家人归来。

　　"他爹，"葛氏说，"快半月了，福娃他们还没影子，信也该送到了。"李春玉说："按理说是啊！"日添一日，忧虑添一重，翘首以望，却望来了一个牵线搭桥的媒人。

　　韩清风自回家后，左思右量，怕夜长梦多，永兴娃身边活生生有个非常的百鹊喳来叫去，得不知啥时就叫没了福娃的魂？决定先下手为强。但自古只兴藤缠树，如果女方主动有违礼教失体面，如何两全其美？想来想去觉得替李家代请媒人，站在李家立场说话，这样就显得体面了。于是韩清风对媒人培训了一番。

"河妹，该给你定个亲事了。"韩清风抽着短烟杆，一脸正经地说。

"爹，哪儿的？"河妹问。

"嗯……下河陈乡长家。不错吧？"

"那把爹你嫁给他家吧！"河妹甩头、翘嘴、哼一声。

"呵呵，"韩清风正色的表情变笑脸，"爹逗你的，还不晓得你的心事？李家福娃！"

"不嫌羞！"河妹甩头、翘嘴、哼一声。但性质变了，因为她抿笑着跑开了。

媒人是个中年男人。来到天仓山，见面就是乐呵呵地，开门见山："呵呵呵呵，听说你家出了个神人，我来看看！这么好的娃儿，应该订个好亲事嘛，凤凰配凤凰，跳蚤配臭虫，这事包在我身上！"李春玉则不慌不忙，招呼请坐、上茶后才接上话题："福娃子的事，承蒙你看得起，"李春玉客气地说道，"看看有无合适的。"

"有哇，依我看，你干亲家韩财主那女子河妹，就是配你娃的凤凰，干脆把干亲家转正为亲家，我有把握撮合！"媒人经过韩清风培训及格，会说话。李春玉心中笑笑，也不点破，说："只是我们劳动人家，怕河妹吃不了那苦，再说彩礼重了吧我背不起，轻了吧不像话。"

"这个嘛，我去跟韩家说，财短义长，我相信韩家有眼光。"

"那就劳慰了，"李春玉说，"只是他哥永山娃还没定到亲，不合规矩。"媒人摇摇头："钥匙是人配的，婆娘是人睡的；规矩是人定的，河道是水改的，方圆是人画的，担心啥？"

长辈谈话后辈是不能在场的，李春玉笑了，说："你是黄巴

61

笼（黄莺）的嘴，不愧是说家子。"

媒人饭后离去，福娃三少年回来了。"怎么地这么久才回来？"

三少年你一言我一语，总算大致叙说清了故事，李家人惊得出了一身后怕的冷汗。

全家团圆，李春玉终于有机会，这回也不得不捅破河妹与福娃之间的那张纸。

"你喜不喜欢，"李春玉笑眯眯地，似乎明知故问道，"虽然儿女亲事自古都是父母之命，媒妁之言，但我也要你亲口表个态！"

福娃只是笑笑，但却脸红。

葛氏以过来人经验略微羞涩地嗔怪道："他爹，你还多说啥，还看不出来？"李春玉故意地问道："全家是不是都喜欢河妹呀？"

谁不喜欢呢？只有百鹊一脸怅然。

"嗨嘿呀呀！"石牛说，"福娃哥，等你婚了，给我也找一个！"

百鹊被逗笑了，全家笑了。李春玉说："文人吃汤圆——一个一个地来！"

福娃定亲了，算是娃娃亲。河妹做梦都笑了，叫声"小干哥！"

"死女子，看把你兴得！"河妹娘读懂了河妹的梦，并非黄粱美梦，是真的。母女已常单独同床。

韩财主果然仗义，怕李家拿不起彩礼，倒添彩礼送去李家，然后李家又以自己的名义送去韩家，都有了面子。但提出了个条件：带上石牛、百鹊助兴，只表演不对打。这可使李春玉为难了，满足亲家的虚荣心、壮韩家声势吧，石牛身负官家命案，藏都藏不及，还抛头露面？百鹊虽然有命案，性质不同。也罢，只好走一步看一步了。

定亲的日子，韩家乡人多多，三少年武艺的随便表演，无异于广告，在乡人惊奇得瞠目结舌的口风中公开飘扬。趁宴席未开，三少年手拉手欲溜去河边玩耍。河妹倒也不以为意，追身说："福娃哥哥，我也跟你们去耍！"她已改口称"福娃哥哥"了。

"嗨嘿呀呀嗨嘿呀呀！"石牛吼起了节拍，三人被石牛带动了步伐节拍，一路而去。乡人惊叹这几个"四小无猜"的娃娃，不但不说三道四，反而羡慕起来，惭愧于他们老辈人的循规蹈矩。

初夏的河水还不大适合游泳。百鹊、石牛闹腾着练抓蚊子，蹦跳着石牛就想下水，但碍于姑娘在场不便脱裤子，福娃则是旱鸭子，哗哗地河水撩拨少年情怀。

"牛弟，"福娃说："以后你教我凫水，我教会你写字！"石牛叫道："沙坝上写字——抹了又来，这不现成的吗？"百鹊欢声道："好哎好哎！"少年们就在河边沙滩地玩起沙坝写字来，河妹教百鹊。

石牛写的字老是东倒西歪，叫道："写字比练武艺还难整，我们还是要长期练武，别荒了田地长了草！"

"裤裆里冒烟——裆燃！（当然）"百鹊不假思索地随口叫道。此谚语一出，待大家反应过来，石牛、福娃笑得一屁股仰面跌倒在沙地上，河妹刷地红了脸，百鹊终于脸红了。

前仰后合笑够了，福娃说："我给爹说说，尽量每天早晨莫给我们安排活儿，给我们时间练习。"

下午李家人回山上。

"福娃啊，百鹊两姊妹，你们常来耍哟！"临走时，韩家上下人等怀着敬慕的心情送行。河妹上前给福娃说了句悄悄话，转身跑回。永兴笑了，笑得很甜。

古老封建的中国，封闭落后的山里，四川填陕西，居住分散，这湾一户那梁一家，自古人类趋居河边，越向山顶人烟越少，似乎只是生命本能的延续，有什么乐趣呢？人们相互往来走动走动，便是种新鲜事，或红白喜事，便是最热闹的场合。

第九章　　有缘有故

日子似乎清闲下来了。

但韩清风不清闲了。定亲后第六天，陈财主家的媒人来到韩财主家，可谓姗姗来迟。陈良福家已是大娃儿陈正高陈乡长当家，见河妹如出水芙蓉，欲为其子陈再一定亲，陈再一年方十六，可谓门当户对。陈家虽有势力，但韩家仗着有大儿子韩大在县衙公干，这又有李家三少年添虎威，也不心虚。

"哎呀，缘分啦，"韩清风惋惜的口气，"几天前刚和李家老幺定亲。"

媒人把"哎"字闪了个拖音弯儿，表示不以为然："哎，又没过门怕啥？再者说，这个这个门户也不当嘛！"

理有千说，一番论理较量，韩清风道："常言说，嫁出去的女泼出去的水，这事还有商量的余地？笑话！"

不过，这事还真是有点儿麻烦了。媒人吃顿饭走后，韩清风想到，反正娃娃亲，过门还早。陈家人是坟地的夜猫子——不是只好鸟。

谁会把女儿特意给你陈家留着？陈乡长没料到李家捷足先

登，又碰一鼻子灰，心生嗔念。哼，要你入驮运队你推三挪四，一朵鲜花又被你插在牛粪上，冤家路窄还真是我陈家对头了，岂有此理！

真是理通天下，什么人都要讲个理，歪有歪理。陈乡长心有不甘，哼！得想个法子。

可没过几天，陈乡长就听到了李家三少年的传说，不但觉得蹊跷而且事情越来越不简单。

人们总是喜好晴天出行。又几天后的晴天，天仓山李家来了两个同样蹊跷的客人，陈乡长与陈三麻子的女儿大大。大大与三少年几乎是同龄人，双眼皮，眼睛乌黑明亮，衣服上两肘一补丁，肩上一补丁，显然是洗干净且是最好的衣服了，头上有朵用红色染成的花，白里透红的皮肤略显营养不良，但掩饰不住含苞待放的诱色，若再有一套体面的衣装，又会是什么效果？大大、百鹊、河妹其亮点各有千秋。

"哎呀，李大表叔，"陈乡长抱拳作揖，"听说您家旺象得很，特来凑个热闹！"李春玉还礼，客气道："大驾光临，茅舍添彩添彩！"福娃见过陈家人，也打招呼："乡长稀客！"家人惊疑。

李家刚吃过饭，又得手忙脚乱重新做饭招待客人。大大生平未没吃过这等好饭菜，真有点儿不好意思动筷子夹菜，老是埋着头吃饭，如数米粒。李春玉见状，不时给她夹夹菜。"女子，吃，好好吃！"

李家人大都上坡干活去了。饭后，陈乡长开始了正式话题，大大知趣地一边去了。"李大表叔……"

李春玉作揖戏道："不敢当，陈大乡长！"

陈乡长接叙道："我来有两件事，一是仰慕您家三少年了得，请他们加入我驮盐队，押运护送，工俸加倍，您家也多一项生活补贴，"李春玉捋须聆听，等他把话说完。"二是把我这同

65

族女子给您家老幺福娃说成亲事，您看这女子还配得上吧？"

李春玉没有立即回答，沉默片刻，慎重地说："承乡长看得起，这第一件，您三番两次请，可以商量，还得问问三个娃娃。这第二件事，恐怕不得不得罪乡长了，福娃已跟韩家河妹定下亲。我看这样地行不行？我这当老的的人也不讲啥礼数了，我家还有两个娃娃没成亲，看大大看得来哪一个。"

陈乡长暗道，你还会就汤下面顺手牵羊，哼，我岂不赔了夫人又折兵？"哎！这事我已经晓得，我就是来与您商量的，大大是劳动人家，适合你家，河妹大户千金，不适合你家，我也是为你们着想。"李春玉说："话是怎么个理，可这种男女婚爱的事，好像有些事不是理能讲得通的，做不得！"

陈乡长说："这事只要您李大表叔松口，就好办多了。"

"这么办，把娃娃们喊回来，"李春玉说，"看福娃答不答应。"陈乡长道："父母之命，您松口不就行了？"李春玉斩钉截铁道："那不行！"唤葛氏去叫。

永山娃与三少年回来了，大大悄悄地却是美美地看了福娃几眼，又实实地看了石牛几眼。她看石牛是因为石牛形象特别。石牛悄悄对福娃耳语："那女子看了我几眼，她长得好看得很，叫你妈给我说到起！"福娃扑哧一笑："要得，还不晓得乡长带她来做啥子的。"

李春玉把他们叫到一边叙说事情，百鹊跳起来："当乡长还打么样地歪主意？不行，河妹是我福娃哥的，河妹好！"石牛叫道："砸他！"福娃紧闭嘴唇瞪圆了眼睛。

商量许久，李春玉回话："我们几爷子是这么决定的，第一件事答应先去试试看能行不？如不行两件事都办不到！"因为石牛、百鹊跃跃欲试，他俩出于少年对外面世界的好奇，福娃也点点头，总得满足陈乡长一下才好。陈乡长作皆大欢喜状："这也好，这也好！"心中却冷冷地哼了一声，告辞下山。

这世界人难作，没本事不行，只能成为弱势群体，有了本事更过不安宁，多仅为一生争利夺名，不明生命之道德真谛。

众生蛇有蛇洞，鸟有鸟窝，土匪也要有个根据地。黄少伯与钩虎、李永富逃回麻口山，留守的老三箭虎只因箭法超匪被提拔，山寨仅剩四十来人，匪心涣散，今后怎么办？

"还能怎么办？"黄少伯的语气也没有往日平静了，"水还能倒流吗？我来当家，想法子！"

也只有黄少伯能当这个家了，众匪无言，表示默认。

远定县保安团团长黄一甲已有支驳壳枪在手，团丁半数汉阳造枪半数长矛，训练有限还不能上阵。这日训练时，岗丁报告说："有一个名叫黄少伯的人求见，说是您的堂侄。"

说得有名有路，大概假不了。"让他进来，领到里屋去。"李家当兵的两弟兄眼睁睁看到黄少伯进屋，却不认识。凭这两弟兄的智商，认出来又能怎样呢？

黄少伯放下包银子。

"哈哈，你这个扫把星，我不来剿灭你麻口山就是好的，亏你脸皮子厚，收归你的弟兄不难，我人越多越好，可你们做的事，晓得我手下弟兄有多少是你的仇家？你想搞垮我的队伍？"

"那请你们去灭了苗蛮子行不行？"

"哪个叫你们去……算了算了，莫给我出难题！"

"那我们就这样……"

"你先维持现状，我不动你没人动你。上头催得紧，再有个多月，我就要打王棒儿王三春了。"

黄少伯放下颗心。

五天后，陈乡长家将一个客人引进内室……

"真没想到，苗人那么厉害，绝呀！"驮队头领陈正兴深吸一口气。

"有个使流星锤的娃娃，老大锤虎就打不过他死掉，还有个

67

娃娃横冲直撞撒辣椒面，快得我们连影子都看不清！"黄少伯的声音。

"嗯？我们这也有一个使啥流星锤的娃娃，还有个手比狗快的，不会是他们吧？"陈乡长的声音。

"哦，听李永富说，好像还有一个使镖的女娃子。"

"巧了，我们这也有一个使竹镖的女娃子。"

"竹镖？他们啥样？"

一番人物形象描述。

"那就去灭了李家！"

"不，他们已答应……"

第十章　母鸡啼鸣

万物经过春天的发育，进入朝气蓬勃的青年夏季。大山是百鸟的乐园，天气炎热起来。一个和尚满头大汗来到李家："阿弥陀佛！李永兴李施主，上无下修上师请三位少施主随我去趟万僧寺，要我见到就起程。"

看看天，还未吃一天中的第一顿饭，太阳还未晒圆。既如此，赶紧派媳妇桂芝去湾脚叫人，同时赶忙捏燕麦汤圆煮起来。平日锅儿不沾荤，自然满足了和尚。

三少年回来狼吞虎咽后随和尚出发了。

狗又叫了。

"修磨子啰！"一个外地口音从院坝坎冒起，光头短衫，脚穿草鞋。

李家大石磨是该修得了，来人有生意。"怎么修？"

"两文钱一副，管顿饭，老板发财恭喜！"江湖调子。

恭喜？还真是月亮坝里捡个钻——当真（针），李家正筹谋着给永山娃定亲，既然陈乡长引见个大大姑娘来，不管是钻子或是针，那就假戏真做，已请了媒人。石牛喜欢大大，但福娃还未给父母通气，李春玉自然先己后人。

但石牛为何没相思到百鹊？或许他有不明不白的潜意识，百鹊与福娃为何无近水楼台之便？天知道。

汪汪汪！又有客来。多事之门，多事之夏，三上天仓山腰的那保丁差人传话：后天驮运队上路，要三少年明日晚前去集合。

百鹊一行过了沈秀才家，又穿沟过梁向万僧寺疾步而行，永兴折了根树棍拿在手中玩。

太阳时隐时现，忽见左边小路上一男子追一女子，朝他们所在方向爬上来，那女子大有慌不择路之势，片刻来到面前，呼呼惊愕喘气，穿着、身高竟与百鹊一模一样，只是头包白帕。百鹊惊奇，顿生调皮劲儿，说："你的白帕子真好看，给我戴戴！"伸手就拿过戴在头上。几人未及开口询问，那女子急对和尚说道："师傅快救我，他是个大坏蛋，我要到万僧寺出家他要杀我！"说话间只听下面路边树枝已沙沙作响，百鹊这时不知为何反应那么快，一把将那女子拉向身后挡着，和尚这几人见机，立即跨前几步将求救女子严实地挡在身后。福娃脑子急转，灵机一动叫道："鹊妹快跑！"同时指指百鹊的头。真是天生默契前生有缘，百鹊明白，起脚就顺路向万僧寺方向跑。

来人高头大马，全身着黑装，串脸胡，眼角上翘，翻嘴皮，抬眼见有人，愣神之下见他要追杀的女子已溜，便不理睬这几人，窜身追去。和尚几人便也启动脚步，形成两面夹击之势。百鹊放慢跑步，待够镖距，反身发一镖。那人万没料到他要追杀的

69

这女人怎么突然变成会功夫？躲闪不及左肩中镖。大叫一声右手已取飞碟旋出，嗡嗡破空直飞百鹊。百鹊哎呀一声闪身树后，头上白帕被削掉差点儿未躲过。飞碟竟穿越树木空当飞回那人右手中。

后面福娃见状立刻发声吸引追杀者注意力，石牛也嗨吼一声。那人方明白上当，他们是同伙，原来他追杀的人在后面，便又向后发飞碟。跑前的福娃见飞蝶近，他是何等眼力看得真真切切，飞碟中间是空的，一扬手中树棍将飞碟挑在棍上旋转起来玩耍。原来与其说是飞碟不如说是飞环，想必是空心碟比实心碟握来方便，然任何事物有利就有弊，被福娃利用，若是实心碟，那将出现另外的情节。百鹊趁那人向后发碟，知其厉害，一手急发四镖，那人因受伤在前躲过了三镖躲不过第四支，颈部中镖倒地。无意有意间，他们发挥了距离之利，避免了近身搏斗的弱项。百鹊两经杀场对死人已经习惯，和尚阿弥陀佛一声，将死者抱到路边岩窝处放下，继续前行，这才细细地你言我语询问起女子来龙去脉。

女子名扬枝水，年方十八，却只与百鹊等高，山外阴县人，只有母女相依，一场意外火星自焚了茅屋，母亲烧成重伤而死，侥幸在外的女儿躲过生死劫。受母亲信佛的熏陶，扬枝水也虔诚起来。观音菩萨扬枝水洒凡尘，我不谋而合也名为扬枝水，房子家什一火断后是要我勇往直前削发修行吗？万僧寺的故事流传深远，于是一路叫化舍身前往，风餐露宿一路打问，翻过不知多少匹山多少条河，一日又上一山，行走在夕阳下无人烟处，怪石嶙峋荒草萋萋，斜眼见一茅庵，本能地挪动脚步，见屋内一人盘腿打坐于草墩上。

"大……大叔，找口饭吃行吗，您一个人吗？"

那大叔睁开眼，扬枝水只觉得他眼神怪怪的，心道，未必修禅打坐的就是这样的吗？

"罐子里有剩洋芋，你自己拿碗。"

扬枝水道声谢就动手狼吞虎咽起来。

"你一个人到哪去？"打坐人依然不动。

"我去万僧寺出家为尼。"扬枝水见他亦是打坐人，便实言相告。

"去万僧寺？"打坐人忽然两眼发光。

"不准去，去我杀了你！"原来，他也是修禅人，已到一种境界中。多好的感受啊，千万别弄丢了，不懂大道谛理的他，强求意境过分执着形象，已走火入魔，邪念忽起失控。他知道万僧寺要合一万个僧人之数，亦知如今只差几数了。心中哼道，我偏不让你合上万名之劫数，偏叫你凑不够，有趣极了！这邪念泛起是那样地使他亢奋，如吃了海洛因般失常。扬枝水见势不妙，一头冲出茅屋，那打坐人起身就追……

一行人到达万僧寺，无修率众院僧头早在主山门前迎候。扬枝水一头爬下，激动地说："上师，我来了！"无修庄重地："阿弥陀佛！孩子，到家了，无家是真家！"

带人的和尚交了差。福娃合十道："师父，找我们来何事？"无修一个小哈哈："找你们来该做的事，你们在途中已经做了，几位施主用过斋饭再走。"福娃几人面面相觑。

三少年回到家时，木者河对岸山边的晚霞也在消失，进屋就哈哈连天，述说百鹊无意中换头帕哄人的事，家人凑拢，听得惊心又欢喜。葛氏说："天啦，我们屋里咋出了这样的娃娃！"

"你这几个娃娃不是河里的鱼，是海里的龙！"一直静听的修磨艺人发话了，"大嫂啊，祖坟埋得好啊！"石牛三人见修磨人热情，凑拢看他操钻抡锤。修磨人见状滔滔讲来，口音娃子们听得很费力："我不但会打磨修齿，还会算命呢，没有两下子咋个走三山？我行走江湖见得多了，像你们这样的少年人难逢难遇！"石牛、百鹊嚷道："那你给我们说说，山外头是啥样？"

71

"山外头哇，我们这个国大得很，与我们交界的四川那边正在闹红军，东洋大海那边有个小国日本，派百万军队侵占我们国家土地，中国和日本人打得天昏地暗，国军打日本人胸膛，红军打日本人屁股。"

"啊？"李家人听新鲜，他们生来只见山。"那，日本国人得不得打到我们这儿来？"修磨人眼珠转转："那该不会吧？"

千叮万嘱，李春玉翌日就要亲送三少年去集合。

今夜的鸡鸣怎么不对劲？李春玉醒了睡意侧耳听了起来。

是不对头，是母亲啼鸣！俗话说公鸡不啼鸣照样天亮。怪了！"他爹，好像是母鸡在叫鸣？"葛氏也听出了异样。

翌日起床，全家人都在议论。是不是有啥不祥预兆？修磨人道："我来给你们算一卦，好坏都不收钱。"拿出茅山占法摆弄起来。

"嗯……"修磨人良久说道，"我这么给你们解卦象吧，正好用你们的鸡叫作比喻：阴差阳错，公鸡不鸣母鸡鸣，不就是阴差阳错吗？"

"啥叫阴差阳错？"永山娃问。修磨人想想说："再给你们举个例子吧，昨天你们几个娃不是在摆嘛，百鹊开玩笑把那女子的头帕戴在自个头上，结果那人以为百鹊就是他要撺杀的人，阴差阳错嘛！"

李家人心头种上了一层阴霾。

第十一章　阴差阳错

"嗨嘿呀呀嗨嘿呀呀！"

平阳大川响起了石牛的吆喝声。出山时，他们被阻碍太久的眼光突然被广袤大气的八百里秦川放长得没边，眼球放光。世界好大呀！山外原来无山，山外原来是这个样呀？虽然莽莽群山磅礴之势未必就不令平川人震撼了，但他们并未因另种人文地理而诧生、虚怯，只宽了胸襟长了精神。

他们平安地返程了，驮运队新式运输工具就是替人类这个高级动物减轻重负的马。马是外地进口的马，七人七马石牛他们就占三，终点就是汉仲府盐庄。

又完了平川到山根了，山与川交界处会使人产生差异思想。

罗口这客栈开得风险开得是地方，三教九流南商北运东黑西白无不歇脚，却也相安无事至今，似乎都心照不宣地自觉维护憩息之所。这世道，有能耐贪大的也是在刀口上舔饭吃，平常人在夹缝中求平安。这客栈设计特别，客房一律环绕于椭圆形天井，也许出于管理方便；这客栈想得周到，一律男伙计，也许出于安全考虑，觉得扫兴那别住。每个房间床位两张，方位相似。

今天已有一拨客到，共四人住楼上。第二拨客黄昏到，总管招呼道："小兄弟们，转来了，伙计们，接客！"他已喜爱上三少年。永兴见礼道："总管老哥哥好！"卸下货物安顿劳累的马儿。

73

　　陈正兴安排说："三位小兄妹今黑了就不守夜了，住一间屋，我就住隔壁。"百鹊无异议，因为来时就已是这样，夏天不用脱衣服，她一人一床，石牛、永兴一床二人。"好喂！"石牛高兴得跳起来，"陈老板真好！"高兴的是可以不守夜。

　　陈正兴补充说："但你们也不能睡得太死，半夜时起来把蜡烛点上，门莫上栓，表示你们没睡死，不然扣你们工钱。"

　　擦黑时分，又一拨客到，共十人，内中有一戴黑布面罩的人，不知为何见不得人，或许是烧伤变形吧。

　　江湖偶遇各走半边路，一般不打招呼。不宽敞的餐庭各自为桌各尽其用。陈正兴见其他两路客划拳举杯兴头愈高，便也畅怀痛饮，不然就显得小家子气，亦不担心醉酒误事，自信没有对己方不利之事，况且出山又不是大姑娘进洞房——头一回？

　　今晚的月亮为何那么亮？无云的夜空星星眨着眼睛，像在与地球人类逗趣又像在讥笑。隔壁的陈正兴心安理得地呼呼醉睡，似对一切都那么看得开，拥有一颗平常心。其实安心的是一切早已筹划妥当。服侍的同伙老过来催三少年早睡。

　　人说前三十年睡不醒，少年人瞌睡多又不多。福娃躺下又爬起，道："这一觉睡过了头忘了点灯怎么办？月亮好，干脆不睡，我们出去耍，到时回来把蜡烛点亮再睡，要不要得？"石牛、百鹊睡意立消："要得！"虚掩门轻手轻脚溜出。武器随身、三人不分离、吃饭喝水不抢先是爹的嘱咐。穿过隔壁厕所门，沿臭味巷道去后花园台上坐，白天他们已去过。

　　"福娃哥，人要是能到星星上去耍耍多好哇！"石牛忽然变得隽秀起来，美好的大自然总会升华人的心灵。

　　"福娃哥，人怎个不长翅膀呢？"百鹊也向读书人讨教。见福娃不吭声，又道，"你喜欢山吗喜欢平川？"

　　读书人终于思索出答案："天地间好像各有优缺点，没有十全十美哎！"

"福娃哥，你不像细娃儿呢，像大人。"

"那个女子……扬枝水为啥拼死也要当尼姑？"

"你莫去当和尚喔，河妹会跳河的。"

多安逸的闲谈啊，多神秘的星空。此时，阴谋与死亡正欲扑灭少年的遐想。历经变故的百鹊、石牛找到了李家就心中有了底。至于长大后如何，人们通常是想不到那么多的。

醉睡意更浓，不如吹吹风。陈正兴呕吐又要上厕所，伙计扶他他雄道："老子……又不是醉了要……你扶？"伙计只好随后。减负后陈正兴扶墙回房，醉眼见虚掩的房门便趔趄而进，进了三少年的歇房。因为他出来时的客房门就是虚掩着的，而椭圆形房间格调一致如迷宫。跟随伙计说："错了……"陈正兴说："我还有错……你比我能？"摸着床沿甩身倒下。月亮追太阳去了西山边，只有余光微映窗内。伙计摸见永兴三人不在，心道，反正客房条件一样，睡就睡吧，待会儿叫永兴他们换换就是。便把陈正兴弄正身子盖上薄被，为照料醉酒人，点上蜡烛，然后俩伙计也就倒头同床，不同的是两人盖一床薄被，片刻便滑进另一个世界。

第二拨客人见这间客房亮灯，那是约定的信号，悄然来到窗前侍候。确定熟睡后蹑手蹑脚而入，急忙蜂拥而上，因为三少年的功夫不由得他们不抢先机。入睡的三人忽然就感到呼吸不畅，四肢难动，须臾中断了延续生命的呼吸链节，永远地睡着了。"不对头，不是有个女娃吗，怎的是三个男人？"带黑面罩的那人这时也去了面罩出现，原来是黄少伯！"活路做完了吗？"

"不对呀，不是说就是这间客房吗？"阴差阳错，黄少伯一看之下，傻眼了！

原来，陈乡长弟兄要在山外谋害永山三少年人，黄少伯也报报仇，这样河妹就可以进他陈家门了，回去就说遇到抢匪。这密谋陈正兴能给伙计们透风吗？黄少伯心念急转，立即溜了吧，谁不怀疑是我们干的？况且目的还未达到，等天亮发现，从容离去，还可嫁祸于三个娃娃，便命将三尸移回隔壁原客房，床铺整理还原状。黄少伯哼了一声，心道，这三个仇人娃娃怎么就有了防备，又搞错了房间，这是咋回事？三娃娃既有了防备，肯定不会回房间了，那就嫁祸于他们，再收拾他们。

夜，并不沉寂，生命和死亡、灵与肉还在悄悄地搏斗。

永兴三人返回，见烛光将尽泪始干，重又点支，睡下。

天刚发白，客栈大门未开，两守货的伙计去陈正兴房间催促起程，却见门未上栓。

"死人了，陈老板死了！"声惊客栈。楼上那拨四人客也下来了。客栈老板吼："谁坏了规矩，污了我客栈从来的清净？伙计们，拿上家伙守住大门！"

"肯定是内伙人干的，那三个娃娃最有可能。"带黑面罩的首先发话。但谁会相信？两伙计也不信。"嗨嘿呀呀！"石牛气得一声吼，"放你娘的棒老儿屁！"提锤就要冲过去。对方剑拔弩张，昨日空手而进，此时却样样家伙在手。

"你有什么证据？"四人一拨中的一人发话了，是个长者，身穿蚕丝衬衣。

"昨夜我上茅房，见那屋灯亮着，人却不在。"

"你咋晓得是我们三个住那客房？"福娃三尺短棍在手，他已习惯这武器了。是啊，你怎么知道的？所有人心头一亮。"三位少年过来，我问你。"长者招呼道。福娃三人就走到长者身边。

"你们真的不在房里吗？"福娃叙述了情由经过。长者点点头道："那位壮士，请把你面罩脱下来，以示清白，不然，你们嫌疑最大。"黄少伯戴面罩就是怕被认出。知道赖得过初五赖不过十五，喊一声："不关我们事，开门，我们走！"福娃脑子反应不比动作慢，闪身欺进面罩人，面罩被取，又闪身回到原地，黄少伯反应都来不及。

"叫你多嘴！"黄少伯抬手照老者扣动枪机，永兴把枪弹来路看得清清楚楚，直如飞瀑变水滴。"让开！"永兴大叫一声同时猛力推老者，作用力与反作用力相等，二人同时弹开，四五颗枪弹飞入老者身后的客房门板。

"是他，棒老儿，杀了我全家烧房子！"百鹊悲烈大叫，哪里还吝啬包中的竹镖？抓一把喷射向众匪。未倒下的匪徒一齐扣动枪机簇拥着黄少伯向大门退去。这一排枪弹过来，石牛、百鹊知道厉害，见对方举枪就退出射程外，还能叫你消停地装填弹药吗？长者方三人与百鹊方三人齐出，守门的店伙计不敢拦挡闪开，黄少伯并非浪得四虎虚名，一刀背砸掉门锁冲出，九个卖命的匪徒就这样减价把命卖。百鹊三人追出，眼看福娃伸手就能抓住，黄少伯一纵身跳入罗河深潭，福娃不会水，待石牛赶到，黄少伯已爬上对岸山根。"算了，先回去。"福娃说。

回到客栈，老者四人笑迎道："小英雄，你救了我一命。我看他们是专来害你们的，知道为什么要害你们吗？"福娃想了想，将来龙去脉讲述了一遍。"原来你们就是帮苗人杀匪的三少侠啊，可敬可佩！你读过书吗？"百鹊接嘴说："他读了六年书，还在看书，想考秀才当县官呢！"老者大笑，道："文武奇才呀，都叫什么名字？"石牛抢着介绍三人："他叫李永兴，小名福娃，我叫付石牛，她叫华百鹊。"

幸存性命的两伙计说："这咋得了，我们回去咋个交代？"老者说："这样，把遗体驮到山上找个地点埋了，炎热天，等到运回去已经生蛆。我写道文书，请李少侠亲自送给远定县秦县令，保你们没事。"写毕，拿出大印盖章。永兴道："请问你们是啥人？"随从道："他是知府扬大人！"百鹊扬声问："知府有县长大吗？"随从哈哈道："比县长大大的！"原来，扬知府回乾阳省亲返汉仲。"李少侠，尔等以后有事来汉仲找我。"扬大人已喜爱上这三个少年。

福娃他们打马上了山，埋了陈正兴三人。正欲启程下山，前面山下传来长杆火枪声，只见三人快速跑上山来，前面是一戴礼帽者，其中一人显然是女性。后面近二十人跟踪追击。石牛说："肯定又是棒老儿抢人，打！"百鹊说："我们藏起来等他们！"福娃说："让过三个被追的人，我们挡住追赶的棒老儿！"

待到镖距内，百鹊突然起身连发竹镖，猝不及防那伙人顷刻倒下八九人，福娃、石牛趁势冲去，棒敲手腕锤舞圈，那个虎入羊群呀，不几分钟，搞定！

打错了没有？果真是棒老儿，是王三春的手下路过随机抢人，见是戴礼帽的判断是有钱人。

惊呆的三人反倒成了观众，返身来道谢。"三位小英雄，为什么出手相助？"石牛说："他们是土匪！"戴礼帽的说："土匪是明吃人，世上还有多少暗吃人的人！"福娃不假思索地说："财主、坏官。"那人一愣，随即严肃地说："小英雄不简单啦，不想问问我们是什么人吗？"石牛说："一看你们是大生意客麻！土匪爱抢大生意客。"那三人哈哈大笑，"我们做的生意大得很，听说过八路军吗？"福娃兴趣盎然，"听说过红军呢，八路军又是啥？"那人说："这就对了，我们就是当年的红军，去西安执行任务。"

"红军？你们这个样就是红军呀？"福娃道。

"不不不，"那人赶紧纠正，生怕降低了红军威信，"我们这是便衣，红军头上有红五星，领口有长方形红领章。我们三人的功夫比起三位小英雄就相形见绌啰！"皆大欢笑起来。那女的道："小兄弟小妹妹，你们叫什么名字，哪里人？"

于是互道姓名。

萍水相逢，那女红军一一捧过三少年脸来，各亲一口，以示留念，她亲福娃时嘴唇碰上了嘴唇，不知是故意或者是一个不小心，嘻嘻哈哈中分道扬镳。

"记住喔——，我叫许芬，说不定还会见面——！"女红军的声音老远传来。

天似在酝酿连阴雨，多少事，从来急，决定先回家，然后石牛、百鹊陪福娃再去县城。

第十二章　再一再二

（一）

回乡交差的结果，陈乡长不但无法欲加其罪，还想巴结三少年，工钱加倍。

"爹、妈、大伯、大妈，我们回来了！"父母永远是温馨的代名词，家是辛苦归来安息的港湾。

五天后，乡长带来消息带来抚恤金，李家老大、老二战死了！

事情是这样的，土匪越来越猖狂，保安团没来得及去摸王三春的屁股，王三春反倒夜袭保安团抢枪，怎么不等我拉好架势再打呢？遭遇战中，李家两弟兄不幸中弹牺牲。

李家人的情绪可想而知。

"妈，莫怄气，还有我。"百鹊默哀许久，安慰葛氏。

"大妈，还有我。"石牛没了笑脸。

连阴雨终于酝酿成气候了，不过这不影响媒人的到来，是大大与李永山的媒人。这使福娃记起一件事，对爹说："石牛喜欢大大。"福娃胳膊向外拐。

李春玉叹口气道："天意，难怪修磨子的人说阴差阳错，大大对你哥永山娃也没意思，她说跟福娃配不上，看石牛有不有意思，这样吧，把你二嫂桂芝转房给永山，就圆石牛与大大的愿。"

"哈哈，要得要得！"福娃高兴得跳起来。"走，我们耍去！"拉起百鹊就跑。

永山这娃还真是，总是与嫂子有缘。

雨停了，天渐渐露出喜悦的脸。三少年准备启程了。

"石牛，"李春玉想想地说，你还是莫进城了，"你怕衙门捕快找不到你呀？衙门嘴巴张得圆圆的专往它嘴巴里送！"少年人好动图新鲜，早已按捺不住去意，石牛见说留在家里，一时转不过弯，找理由说："我们回去警告过，他还敢？"百鹊说："那人家之前就报了官呢。"福娃说："也好，你留下照看家里，多练反应，等我们回来。"又道："爹，妈，我先去看看河妹，反正要下山，顺便。知府大人也没催我们。"李春玉正有此意，说："但也不能耽搁太久，去把你的情况给老丈人说说，他应该晓得。"福娃说："牛弟，我们走后有啥事听爹的，姜还是老的辣耶！"几人不禁皆大欢喜笑起来。

好久不见福娃哥了，河妹心里没有一天断过福娃哥的影子，常常望着天苍山，那山便是福娃的象征。他家那条狗也逝世了，也许因为不堪忍受绳套之无期徒刑。一条接班的小狗操着童音汪汪起来。

福娃哥来了！河妹一阵狂喜，飞去迎接。"河妹！"百鹊首先欢快地打招呼。福娃欢喜地问候道："河妹，你还好吗？"韩家上下人都出来迎接，视为贵客。

河妹多想与福娃哥单独耍耍呀，依然去河边沙地耍耍，摸摸细细的沙手感好，摸摸哥哥的手，亲亲哥哥的脸蛋，那时代没有亲嘴的风俗，除非在被窝里，才是开放的世界。

是夜，福娃、百鹊在韩家人饶有兴趣，时而惊心地往来问答中，如说书般讲了他们的故事。韩家人心目中的三少年几乎升到天边去了，河妹心目中的福娃哥呢？模糊、陌生起来，像天边的菩萨，想理清却无头绪，只好自我调解回到现实，不管他怎么样，他是我的是事实。

翌日临行，河妹说："福娃哥哥，你坐下。"从背后拿出一双洋布鞋，捉住永兴的脚就要给他换上。韩家人乐呵呵笑起来，那是天伦之乐欣慰的笑，福娃也咯咯地笑起来。"福娃哥哥，莫嫌孬，我才跟娘学做的，把你脚上穿的留在我家里，你回来换。"

百鹊、福娃上路了。

天仓山上，李春玉看的日子就在后天，早与桂芝阳家沟娘家人沟通，一日双喜。一来给桂芝、永山娃圆房，二则给石牛定亲。前一天，石牛拿出挣得的铜钱说："大伯，给！"李春玉笑嘻嘻地道："也好，娃娃有出息了，挣钱说媳妇了。"接过。

李家媒人中午出发去河对岸山洞陈三麻子家定亲，给大大做了套新衣服，两父母则一人一单件合起来才是一套，另备了米和漆油，知道陈三麻子穷出了名，来点实惠的。

陈乡长已知晓这门亲事，那是陈三麻子亲口对他炫耀的，除了假惺惺表示赞赏，还能怎么样呢？乌龟吃亮火虫——（萤火虫）心里明白，还不是因为他半推半就心理给弄假成真？不甘心吧，老财主已过世，弟弟陈正兴也死去，人气减弱，死去的驮运队伙计家属不顾死活来跪哭家门，只好多给点钱平衡人家一点儿心理，心劲失落，一时半会儿还真提不起那份报复的心情，况且李家如今走红运如日中天，又碰个知府大人尚方宝剑，为穷鬼撑腰？无奈只好自我解嘲，也好，自己才是真正的媒人呢！想开了，他失落的心情元气恢复不少。自人类文明进化以来，为官者大都世故、势利，瞻前顾后，权衡所谓的利弊得失，其实何等肤浅尔？

摆礼、点蜡烛。蜡烛自然是两支，成双成对嘛。几样简单的礼物摆放在无脚的石板饭桌上。简单的仪式，不过还是要跪拜改口不再称表叔表婶了。不冲穴居的龌龊，冲大大的引力，石牛也能够真诚地喊声爹妈了。陈三麻子不但摆不起老丈人的架子，反倒受宠若惊手足无措。

李家这边人就要大大及父母马上把衣服换上看看。大大不好意思地去侧洞门里换了身她用人之常情换来的新衣服，又特地用李家带来的梳子梳了梳头，洗了洗脸，只可惜没有镜子。这个世界众生最大的缺点就是只能看见别人脸上的黑痣看不到自己背后的胎记。但这无关紧要，石牛看得到就行，却惊呆了，才仅仅如此，大大那原本乌黑的眼睛、白皙的脸色，此刻又来了精神起了红晕，便如同出土的金子，庆幸中直怀疑起缘分的真假来，不过十五岁的少年这种思维意识至少是懵懂的，何况是石牛？

一顿饭那是必须招待的，那可真叫粗茶淡饭，有盐无味。但媒方一行人似乎早有谅解的思想准备。

烧红的晚霞渐渐灰熄火烬，天渐渐暗黑了脸色，但这并非天妒良缘，日出日落它也无奈。怎么办？夜宿是不可能的，本来寒碜的床铺能容纳客人吗？黑灯瞎火的那可是名副其实的洞房，仅有柴火放出有限的灯光，山洞的少主什娃儿依旧光棍呢，那并非他看破红尘想当和尚。不过，石牛有大大的引力洞房返璞归真的新鲜，定要留下来耍耍。其余的人和媒人带上备用的火把，夜返天仓山李家回话。临行时，媒人笑石牛："石牛兄弟，耍一天就回来，别猪八戒吃猪肉——忘了自己姓啥！"石牛嘿嘿地与陈家人站在洞门前送客。

大大那外在的神态天生的丽质，内向不善言语，正因为如此，造就了月光似的冷美。只是显然看得出欠缺文化。但这时代就这样，经过文化陶冶的凤毛麟角，何况大山人，洞穴之女？但这勾去快成熟的石牛的魂已是绰绰有余了。

翌日，石牛帮陈家薅包谷草，末了又单独和大大去砍柴。岩坡树林中，石牛踩滑了脚，扑在大大身上，却不闪身，一不小心嘴撞嘴，品尝之下味道极好极特别，便不肯离开。其实哪里是一不小心？借势罢了，大大也就顺其自然。人类的亲昵行为就是这样在历史长河中一点一滴积累开放的，鸟儿早有亲嘴的行为。众生哟，就这么一下子便得到一时的抚慰。火点燃了，十五岁早已能够冲动。是晚霞烧得太红了么？夜莺叫得太急了么？大大的脸够红了传染上了耳朵，呼吸够急的了！"不，等过门了……再……"抽身离开。

大大终于开了金口。

石牛心里真的满足了。

"大大，我以后教你认字。"石牛当大大的先生到是合格。

"嗯。"大大说了第二句话，一个字。

万僧寺附近近几日有个陌生年轻人游荡，长相总像一个人，只是年轻了些，看神色来得好辛苦，因为他要凭蛛丝马迹不得不学习推理，像破案一般追寻父亲的下落。

他名叫吕在二。又到七天给父亲送生活的时间了，吕在二上山顶茅庵，感觉反常，因为每次上山父亲都在，怎么今日不见人影？凡事有个例外吧？放下一应生活用品就回了。话虽如此，但总不相信自己。两天后再次提前上山，见所放生活用品原封未动，只是米口袋被毛老鼠咬破，就四处寻找，越走范围越广，终于打听得一线希望。听人说，有个人打问见到一个姑娘没有，她去万僧寺。描绘特征，像他父亲。就返回家备了些干粮、银钱，跋山涉水去万僧寺方向。父亲只传了他飞碟技术。

吕在二来到了万僧寺附近，反倒一颗悬心放下，觉得快要水落石出，便不急于进万僧寺打听。寻农户找口饭吃，东溜西逛，先清查外围口风。这日逛至一山湾见一新坟墓，他读过两年书，

83

见碑文上写："无名人士，善使飞碟，追杀一女，阻其入寺剃度，路遇护法，打斗身亡。"昭然若揭，真相浮出，极可能是父亲。一阵激动。

护法？是僧人或是俗家？谁埋的？为什么还要立个碑文？父亲是不是要阻止万名和尚之数圆满？这就是父亲的不对了，不可能！父亲为什么要这样做？谁这么厉害能杀我父亲？一系列悬疑来了个化繁为简：不管它，继续查证，属实就为父报仇不会错！

吕在二具碑文之意推敲，杀父者肯定就在本地。几天来一路查寻，思维能力大有长进。要报仇只有留下来，要留下就要有落脚处，练功夫。落脚何处？入寺！栽不活的枯木、饿不死的和尚，也好看看那被追杀的女人何许人也！

吕在二入寺首遇大和尚心智，心智大和尚对来人感觉不好，道："贫僧带你去见上师，看他的意见再决定。但上师闭关修炼还有三日方出，施主有心可等。"

这三日内，吕在二就食宿在寺内，打探扬枝水、葬父之人，却水泄不通。原来扬枝水剃度为尼，法名心了。无修上师知其根底不浅，点化禅修要谛，打发她上路去终南山尼姑庵。吕在二再出庙门打听，行经一平缓树林中，怀中掏出双碟随练起来，功夫与其父已相差无几，嗖嗖破空声已能收发自如。

"哎呀，爹，"陈再一惊道："前面是啥子声音还好听呢！"父子俩快步趋前，见吕在二收发飞碟情形，惊愕之下，陈正高讨好似地行见面礼："神人啦，敢问不是本地人吧，高姓大名？"

"吕在二。"

"哎呀，我是麻柳乡乡长，小儿陈再一，"陈正高灵机一动，"真是有缘千里来相会！"吕在二一听之下也来了兴趣，收碟入怀道："常言说再一再二，这么巧，碰在一起了，怕是缘分吧！"吕在二远来无亲，再一也想结交神人，于是寻干净处坐下相谈，一见如故。原来陈乡长因近来变故，心情不好，便想去庙里求神拜佛，途遇吕在二，也是孽缘。陈乡长的无知有代表性，心生邪念，不修德善，恶果现报，求菩萨也不中用。

这时候彼此倒也遵循圣训，交树要浇根，交人要交心，坦诚告。

这一交心，三交两交，三推两敲，渐渐显山露水，天地之宽，偏偏他们相逢，福娃三少年嫌疑最大，舍他们其谁？李春玉恐怕遮掩不住了。"这样，"陈正高说，"您也不用待在万僧寺，在二兄弟去我家，就当是您的家，也可练武，我家还供得起三五十个人！还可以给您说个好媳妇！反正您母亲已去世。"陈正高心中有他的小九九，陈府威势又将复苏崛起，还用得着去万僧寺虔诚地磕头许愿吗？路上遇到个活菩萨。

江湖套话此时不用何时用？"恭敬不如从命，那就愧受陈乡长大德了！"

这也称大德吗？看来人世间还是"德行"占上风，谁都拿它当大旗。

（二）

韩财主韩清风家的狗儿汪汪报信的眼中来客，是无贵贱之分的，一视同仁，狗随其主。

"小兄弟稀客，从哪来？"出来的管家不认识来客。陈再一答："过路的，走渴了找口水喝。"管家道："那请到屋喝茶。"

韩清风不在家，与次子去了木者河下三十五里外龙兴街赶集。陈再一进屋却坐不住，端杯仆人递上的茶东望望西晃晃。见河妹从外回来，手里拿把薅锄，也不晃动了。河妹一怔，不知如何对这位不速之客招呼见礼。再一一见之下断定就是河妹，眼睛直了，那柔得能把人化成烂泥的气韵，又正值劳动后激发的润色，直如发的气功，使再一三魂已飞了四魂，合不拢的嘴还能说出话来？失态直盯着河妹进了屋。

"他是哪个？怪怪的！"河妹问仆人。仆人说："不晓得，过路喝水的。"再一醒过神来进屋放下茶杯。"你……你……是河妹？"河妹出于礼貌招呼道："来的客，坐嘛。你朗个认得我？"

"我……我是陈……家的，陈乡长是我爹。"

"啊？"河妹想起爹爹曾与她开过的玩笑话，就是他？眼前的这个人？紧张起来，"你……你来做啥？"

"过路，多谢，我，不渴了……我，走了。"

真有点儿莫明其妙。

吕在二的融入，虚岁年方十七的陈再一比以往神气多了。原来，陈再一忽然想起山上李家抢了他的好事，河妹他还没见过，借故去看看。"爹，我去上河韩家看看河妹，到底长啥样？"

父子俩倒也无代沟，融洽得很。陈正高应允。这一看，完了！再一心里翻江倒海波涛不息，愈离开愈成相思，与梁山伯相思祝英台的故事有得一比。

"爹呀，把河妹给我说到起呀！我要河妹呀！"再一有气无力地说，因为他茶不思饭不想已两日。"娃儿啦，爹现在不便出面，有本事自己缠去！常言说，好女子怕赖皮汉！他爹顺着女儿，你只要缠成就成。"陈乡长支招点拨。吕在二吃人家的饭端人家的碗，是非不论自然向着陈家："少爷莫急，待我灭了仇家，河妹自然是你的。"再一的情绪好转了些。

爹叫我自己缠去，总要找个借口吧？上回说是过路口渴找水喝，下回呢……想不到借口就直来直去，堂堂陈家还需要找啥借口？再一自打气，气壮多了。

他疯了，发疯似的再登河妹的门。

他怎么个又来了？平白无故。河妹已有忌惮心，躲躲闪闪。

韩清风认得乡长公子，听河妹说过上次的事，既专来登门，无事不登三宝殿嘛，只是招呼，也不问来路。"韩表叔，吃了饭没？"再一与上次不同的是这次有礼貌些了，进屋见面时连打招呼，"河妹，河妹吃了没有？"

但再一待不住，只一个劲像是横了心，河妹走哪跟哪，河妹避他去地里他跟着出门，河妹又进闺房他也跟进，正宗的跟屁虫忠诚的保镖。韩家人这就感到出格了。招待吃饭后，韩清风正色地说："陈公子，你来我家有啥事？"

"我……我来看河妹。"这太出格了，这里的风俗，从无本人登门亲口直言的，虽不算明言，话外音谁不明白？河妹嘟起了脸："我不要你看，你走！"韩清风见女儿变脸，也道："没其他事公子就请回吧！"

"不，不是，"再一被激，灵机一动，"爹叫我来问表叔的生日是哪天，他要来吃生。"

"哦，再过十天就是，欢迎乡长大人光临。"韩清风觉得没必要拒绝。

再一——万个不想离开。

"爹，他要再来我找石牛去！"河妹嚷道。韩清风说："石牛要来的，我已给亲家带了信，生日把石牛带上。"

河妹望着门外："福娃哥哥啊，快点回来呀！"

不知是否所有人类都讲究过生日，亦不知是怎样形成的这风俗。但有一点可以肯定，人们似乎很庆幸成为高级动物人类来到这个世界，其实生日早已随时光流逝，此一时彼一时也！皆是虚幻有什么意义？大户人家过生日，便是一重要的公共场所，四亲六戚，还有远亲不如近邻的佃户、穷人。远水解不了近渴，有个大烦小事，还得大都非亲非故的团转四邻人救急。韩清风深谙这一为人处世俗理，不摆财主架子倒也不是出于交际考虑，而是天之良性使然。

　　韩清风五十六岁生日，陈乡长早早率再一前来，身后还有个吕在二，目的不仅是光耀显摆。主客自是寒暄客套一番，外加介绍。认识陈乡长的佃人亦鞠笑行礼："乡长稀客！"

　　李春玉携石牛到来时，主家及众客齐出，见礼打招呼，表情真诚多了，人气之差，陈乡长心里不是敬慕而是嫉妒。韩清风与乡长和李家为主的客人堂屋叙话，陈再一早已溜开，到处找河妹。

　　三方有过节的人叙话，客套大于真诚，多是虚与委蛇。陈乡长很快扯上主题了："李大表叔，你家这位小兄弟没去县城啊？听说你们家三兄妹武艺不得了，在万僧寺附近打死了一个追杀……要出家的姑娘，路见不平，可敬可敬！"

　　李春玉摸摸胡须："这事没听说过，今天才听新鲜。石牛你听说过没有？"石牛摇摇头。

　　吕在二聆听对话，细细观察李家人的表情。河妹忽然闯进堂屋，说："石牛弟，你出来我跟你说个话。"石牛作客拘谨，巴不得出去自由。到背静处，河妹说："那个陈再一来过两回了，老缠我。先前我见他又来了，躲进厨房帮厨，他就像狗闻气色一样找进来，我转身出来找你。"石牛说："我懂了。"说话间，再一又找来了，一边呼"河妹！"

　　冷不丁他已被石牛揪胸提起，虽知个子比石牛高亦知惹不起。"你再缠河妹把你丢进粪坑去！"河妹转身进屋，再一耿耿离开，石牛也就在外闲荡，不时与佃客们点点头，笑一笑打招呼。

　　河妹去后院茅厕方便，回转时劈头遇见陈再一。"河妹！"再一叫一声，如获至宝，一把抱住河妹，异样的感觉更刺激了他，狂风暴雨般乱亲，河妹因为爱情，感觉到的不是情欲而是恶心，尖叫声引来了家仆，愤怒地扯开陈再一，随后而来的石牛见情形，啪啪给了陈再一两耳刮子，嘴巴流血，揪住就往茅厕粪坑边拖，河妹跑回扑进母亲怀里哭声滚滚。惊动所有主客聚拢，河妹哭着跑出门外，韩清风忙唤管家派仆人去经管女儿。

粪坑边，石牛将再一悬提坑沿："好你个不要脸的财主公子，再一再二，信不信把你丢下去吃吃屎看香不香？"再一连连告饶："不了不了，不敢了。"被石牛揪住回转。众人的眼神似乎一齐发问，河妹母亲虽然明白三分但不知情。家仆愤恨地说："你们问他！"手指陈再一。再一赶紧站在乡长、吕在二身边。"到底咋了？"家仆叙说所见，众客摇头的摇头，怒斥的怒斥，这时也顾不上什么"前留三步好走后留三步好行"的为人之道，骂道："有娘生无娘教的东西！"

"给韩家给河妹跪下！"

"看李家福娃回来咋收拾你！"

"给李家也磕三个响头认错！"

佃家人吼得最响，似乎因此提起了祖辈沉默的精气神。陈乡长正欲开口解尴尬，李春玉、韩清风亦欲发话，吕在二的话音抢了先："你嘴巴边还有血，谁打你的？"他此时不出来替主子解围更待何时？陈再一这时才想起有个靠背山，赶忙说："是石牛！"吕在二道："听说你很能打，这样，我们比比，若你赢了，再一兄弟当众磕头认错，输就免了！"

石牛三少年向来配合，取长补短，屡占优势，这下石牛单独应付得了吗？

"好你个再一在二，真是天生一对呀，"石牛也会冷言冷语了，"再一再二地耍赖皮！"

"我在二初来，咋个就成了耍赖皮？说下去，说下去！"

"你……"石牛本欲说你老子做坏事死了，你又来了，不是再一再二是啥？因为他见吕在二取出一对飞碟来，又在打听，长相与使飞碟的那人真他妈一对双胞胎，立即刹车改口道："你在二他再一不是再一再二耍赖皮是啥？"吕在二本想套石牛的话，以分析是否杀父仇家，又道："想必你见过这东西啰！"晃晃飞碟。

石牛吼道："你那玩意儿是你妈给你套的牛脖子响铃，我这东西才是你妈就没见过的宝贝呢！"吕在二叫道："小东西口毒，到外边去给你长长见识！"

主题被转移了。"比就比！"少年人初生牛犊。众人齐到院坝。石牛说："恁么个比法？真打假打都来！"

吕在二说："真打怕伤了你，露一手就能吓得你尿裤子！"吕在二还真不想随便伤人结仇，万一杀错了岂不还是未报得杀父之仇？右手一扬飞蝶，破空之声萦绕，飞回手中，随即左手飞碟出，直插七丈外院内风景桂花树。

"嗨嘿呀呀！"石牛声随锤出，那流星锤成直线脱手飞出，头锤击中飞碟，直把大半身子在外的飞碟送没了身子，埋入大树腰中。"啊……啊哟！"这些土生土长的惊呼声代替了原来的愤怒情绪。如今咋地冒出来恁么多怪人？天下怕要出大事了，木者河的水怕是要浑了。

众人心中有杆秤，这一场文明比试，半斤八两。"还要咋个比？你把它用双手取出来算你赢！"石牛吼一声。吕在二用惯了双碟，这缺了一碟，被砸入树身难取，自觉输了一截。韩清风见机，急唤家仆拿斧头砍挖飞碟周围，待取出飞碟，大树已近摇摇欲倒。陈乡长吆喝一声："我们走！"赖掉磕头之举，饭也不吃，溜了。主人也不强留。

隔阂结下了。

谁怕谁？李家、韩家、陈家。人世社会多是各有千秋，实力的较劲。

河妹跑到河边，那原来的沙地上，伤心地哭，哭。福娃哥哥呀，你在哪里呀，怎么个还不回来呀？哗哗的河流陪她哭，追来的仆人止不住她的哭声。

石牛来了，河妹一头扑在石牛身上，那是永兴的象征。"福娃哥哥就没沾过我，被他先沾了，我不甘心呀，石牛弟，带我去找福娃哥哥，要不我去山上住，跟你们在一起……"

第十三章　一去不回

（一）

韩清风懂得河妹受了刺激，父女连心他也受到刺激。"也罢，"他说，"就让河妹上山耍几天散散心。"李春玉说："亲家您放心，我们会照顾好河妹的。"

河妹就这样上山了，李家后生多，心情渐渐好转，一耍就近半个月。李家人与河妹望坡脚大路望河对岸五峰山的眼光越来越忧虑了。

"福娃弟他们咋个还不见影子？"

"这几个娃娃呀，上回去苗寨传话，一去就是二十天，这回也只是送个信，往来七八天也够了，一去快两月，莫非又遇啥事了？叫人担心死了！"

日子链环中的一天，依然日作夜憩，山中幽幽夜，夜夜莺几声。石牛说："大伯、大妈，我明早去河对岸五峰山看看大大，下午就回来，行不行？"李春玉说："心里慌了？想去就去吧，地里大忙已过，活儿哪有做得完的，今年包谷虫害多，洋芋是些屎疙瘩，荞也长不大，唉！日子怕要难过啰！"

河妹与珍儿单间同床，放飞的少女心，只有这时才抛开了文明传教，说着百说不厌的私房话儿。"摸到好安逸呀，难怪男人……""嘻嘻，你的长得要圆了，你那来了没……"

昼与夜交接班时，石牛对起早的李春玉夫妇道了声"大伯、大妈我走了！"开大门就快步下坡。忽听左边阴坡林中有说话声，似有不少人，好奇地停住脚步。当他断定是朝李家而来，便折身返回，想看个究竟。

石牛当然快捷一步到家。"大伯，有一伙人朝我家来了，要拢了！"

"啥？"这一说反倒引起李春玉的警惕。"快吼他们都起床！叫河妹两姊妹快跑出去躲，当心是棒老儿！"

惊醒了贪恋的睡意，惊快了起床速度，说时迟那时快，李家人还未来得及按照人类文明的习惯洗脸，十二个来人已来到院坝，堵住了出路。要不是石牛之行，李家后生们还光溜溜在床呢！来者正是黄少伯一伙，还有个吕在二。黄少伯真个走的轻车熟路，再度涉及李家。

自罗口客栈暗害福娃三少年未遂，厚颜逃回麻口山，这个不安分守己的恶人黄少伯，出手就丢人，再三再四地丢人，自取灭亡，一堆熊熊燃起的匪火就要被他折腾熄灭，剩下凋零的众匪怨声载道士气低落。"弟兄们，"黄少伯召集匪徒于主寨，处惊不变的斯文语气中掩饰不住没落感，"先安稳下来，我带弟兄们去投我叔叔黄一甲，我又去过保安团，叔叔说他需要补充兵马，但只能悄悄入伙，把我们编为团部侍卫排。"这一说又燃起了希望的星火。侍卫排？大有柳暗花明之感。"另外，我还将带一位高人给叔叔作贴身保镖，现在，我带十个弟兄去木者河迎接这位高人。"

黄少伯已去过陈乡长家，深感幸运结识了吕在二，吕在二亦感到身入江湖，生活的路越修越宽，不再是过去那种井蛙扑腾，欣然同意。黄少伯亦以为吕在二为自己壮了行色，陈正高亦为东山再起、社会关系网越织越密实而欣慰。但黄少伯这次带十个弟兄去迎接高人是借口，"三个娃娃相互配合恐难对付，既然只有石牛一人在家好对付，少了一个石牛他们就削弱一分力量，去灭了他烧了房子断他们的后路！"至于吕在二，黄少伯是这样作通思想工作的："错不了，你的杀父仇人除开他们找不出第二个！"

异曲同工的追求，人以类分，吕在二就作了帮凶上了天仓山李家。时光每一刻又很平静，但谁能防备着平静下孕育着的歪心邪念呢？平常人等也没有那么成熟细微的远虑深谋，李春玉家就这样摊上暗算了。黄少伯叫一声："把他们绑了，女人给我拉出来，找草点房子！"珍儿一听拉着河妹一头冲进睡房。土匪的吼声、李家人的怒骂尖叫声中只听李春玉放高叫一声："石牛快堵住门保护河妹！"说时迟那时快，石牛狂吼一声"嗨嘿呀呀！"早已舞开流星锤荡开扑身擒拿他的黄少伯加三个匪徒。刚好扫开进珍儿睡房的路，跳身站在门前，成为护花小天神，见土匪们举起火枪的刹那，石牛闪身进屋，顺势关门，十支火枪弹洒进门板的推动力，石牛差点儿抵挡不住而后仰。

河妹本想上山躲清静，反倒误入陷坑。福娃、百鹊一去不归，麻绳从细处断，凝聚的力量落了单，石牛啊，你一人如何对付得了这场面？你又能撑多久？恐怕在劫难逃了！不过话又说回来，幸亏还有石牛在，不然李家一丝希望也没有了。匪徒集中主要力量先砸烂石牛这个绊脚石，来不及装弹药就趁势扑上来猛撞门板。河妹、珍儿这时还能怎样想？二嫂菊香的下场、棒老儿的没人性，深知一门之隔便是羞辱与自在之界，只有上前帮石牛拼死抵门，至于结果如何，人的本能是挨得一时是一时，如同坠崖人抓住树枝只有实在无力时才肯松手。不曾知河妹、珍儿情急无暇之下竟然爆发出超常能量，吕在二四人竟然撞不开，僵持着。另一边，媳妇桂芝、葛氏已被绑在晾衣桩上脱掉了衣裤，羞愧号嗬，永山的嘴已被一把草堵上，两间茅草厢房已是熊烟滚滚。完了，李家大劫了！

“住手——！”一个超乎寻常的洪亮声音从滚梁上传下来，直如来自天上。接着二百个和尚一齐吼：“住手——！”声震山湾，手持木棒飞扑而下。

救星来了！

突如其来的声威之势拈了匪徒的胆，全都停止了动作，不过还没想到溜。

二百和尚飞到就将匪徒团团围住，却不动手，茅草厢房已无可救药。早有僧人解开被绑李家人，黄少伯亮刀欲阻止，却见无修上师双眼一瞪：“放下！”那刀当啷落地。黄少伯欲弯腰捡刀，只见无修上师右手一指：“跪下！”黄少伯一万个不愿意却不听使唤双膝已着地。二百和尚齐吼一声：“跪下！”匪徒们懵了神，不明白寨主黄少伯为什么那样听话，令他跪下就跪下，当无修上师向他们再一挥手时才明白，原来自己也莫名其妙地跪下了，好像两条腿不属于自己。被黄少伯称为高人的吕在二就能例外吗？这是什么功夫？

匪徒们哪里懂得平常人也不懂得，无修上师那已不叫功夫，而是已入菩萨道行、品位。“尔等掏出所带银钱，赔偿李家被烧粮物、重新修房之用，略恕其罪。”匪徒们迟疑不动，是懵了还是不情愿？只听和尚们山摇地动一声吼：“掏不掏？！”震得匪徒们的手伸进了自己的腰包。

无修上师又道：“尔等速速离去，不得再来作恶，尔等愚昧无知，不明生命谛理，还自以为是，只图一时一世快事，作恶多端，再不放下屠刀，恶之现报不久矣！死后还得下地狱难以超生，滚！”

“滚！”

又一浪山摇地动的吼声，后浪更比前浪高。和尚们被修养化灭的个性似乎想借此爆发一下。匪徒们滚了后，二百和尚果然哈哈连天，开怀大笑起来。无修上师对李家人道："阿弥陀佛！施主们受惊了。"惊魂未定的李家人自是感激不尽。李春玉道："都给师父们跪谢大德大恩！"和尚们齐呼一声"阿弥陀佛！"无修道："施主们请起，一切皆是缘，与你李家缘更深。我们能救得了一家救不了万家，只有人人觉悟大道，世间方能勿躁稍安。"

河妹的话代表了李家人的心声："上……上师伯伯，"这不伦不类的称呼把上师及众僧逗乐了。"你怎么晓得我们李家要出事呢？"无修逗她说："我梦见河妹哭鼻子想念福娃哥哥就来了！"河妹干脆耍赖："那你晓得福娃哥哥啥时回来？"

无修意味深长地，眼望五峰山，像是自言自语道："该回来时就回来，该回来时就回来。"

石牛暂时也不提去看大大了。

（二）

天仓山下，木者河边土质肥沃，盛产稻谷，不知何时誉为天仓，但今年竹子普遍开花，"要改朝换代了！"老百姓如是说。庄稼虫害突现，似乎摧残得不过瘾，又一连五天筑地暴雨，山洪如梳，洪流如峰，棒老儿没来抢粮，无人祸有天灾，庄稼被老天爷虏荡去三分之一强。

哐哐哐哐哐哐——！

古寨子五面大锣照例响了，不过今年那可是催命的信息，庄稼歉收，不幸中有幸的是人无瘟疫，只是猪瘟流行，但也够雪上加霜了。这世间事理就是糟糕，锦上的易添花，穷途的愈末路，一荣俱荣，一损俱损。佃家人减租的要求被拒绝，乡公所公告，租子一颗不少，皇税一文不少，还要加收保安费，人均二文。

人的善恶天性不知是如何形成分别的，韩清风则根据年成的特殊，稞子减半，但善举之光只能辐射到他屋檐下的佃户。

于是，佃户人家传出更多的绝望声、哭声。大路上、街道、城里叫花子队伍人气陡增，但其中没有韩财主的佃人。

陈乡长的佃户尤贵儿一家三口独子，交够所有颗粒不剩。"求你们了，开开恩，"两口子跪下求情，"把我们饿死了，哪个给你们陈家种地，你们也少了一份收入嘛！"犹如存蓄，世人多不知慈悲积德，放眼永恒之开花结果，尽做短见事，上门催租的管家带了五个保丁，说："这我们管不着，只要交够数啥事没有，交！"

不交不行，尤贵儿租子这头事了了，可自家过不去了。尤贵儿觉着暗无天日，棒老儿不抢官家来逼，其实有啥区别？一念勇敢紧闭眼睛如跳水运动员般栽入木者河深滩。

母子俩虽不跳河，却东家西家要口饭吃，初得邻近周济，毕竟有度，好死不如赖活着是大多数人的本能，越要越远，不经意中成了乞丐，走寻深山无人烟处，欲自种自吃，至于劳动工具，找好地方再回来拿。

陈三麻子今年欠租数一下子长了一大截，倒贴就差一大截，除非贴个人抵今年欠租数。

"要不叫大大去你家帮长年？"陈三麻子说。

还真是默契，陈乡长正有此意，顺水推舟道："看在陈姓家门的分上，要得。"好个陈三麻子！怎么不长一脸痔疮？

大大穿上李家定亲的衣服进了陈府，职业是养五头猪。陈家粮仓有吃不完的陈谷子烂米，大富人家的猪生活水平也高一等，以包谷为主粮，间拌些猪食植物，狗也改变了吃屎的本性与陈家人同食，这现象在木者河两岸独一无二，因为其他人家的狗依然无条件改变吃屎的本性，贫家小户的猪只有以植物为主粮。

这事应该给石牛说一声嘛，大大心想，石牛啥时才得来？

第一天，大大给猪喂完午食，背起背篼上坡扯猪食植物。压得实实的猪草快满一冒捎背篼了，却见陈再一来到跟前。

　　"再一侄，你来做啥？"

　　再一说："来看看你背不背得起。"大大心想，这再一心还好，就蹲身起篼欲回。再一说："来，我帮你提起来。"将篼系穿上大大两肩，助力提背篼起立。大大欲起步走，却觉迈不开步，被再一连人带背篼扯翻在地。再一自强亲过河妹后尝到了滋味，富家公子无所事事老想着那事，大大那少女初熟的魅力使他找回了失落，早已打起了主意。再一转身就扑在大大胸脯上。

　　"你做啥？"大大挣扎却双手被背系连着爬不起来。"河妹，不，大大，亲亲！"一边说一边上下急不可耐地蠕动起来。大大被骚扰得面红耳赤，但理智占了上风，我是定了亲的石牛的人。拼命挣扎，再一始终按不住她，下面已经遗出，累得满头大汗，再无力了，只得作罢。大大背起猪草就跑。这世间人类，为了品味那片刻的至醉感受，上演出无数悲喜剧，强求与自愿一念之差便成为正邪之分，而传宗与欲乐同行，是一对矛盾。

　　大大回到陈府放下背篼，一头跑进属于她的睡屋，坐在床沿上，呆呆地，头脑一片空白。也不知何因，陈家给她单独安排的这间屋子倒是偏僻清静得很。

　　陈正高见大大那梨花带雨的样儿回来又急忙跑进屋里，后边再一的神色有异样，心道，莫非这小子占了先……

　　黄少伯与吕在二被和尚制住滚出李家，不敢光天化日带众匪去陈府，雁过留影，当然是怕陈家影响不好，借夜晚的掩护溜进陈府交谈了情况。陈正高深感李家不好惹，你李家叫我吃了那么多有苦说不出的暗亏，我也叫你吃个暗亏，心理方得平衡。强盗有强盗逻辑，似乎他是在理的被动受害者。把你们石牛的媳妇儿先行弄了，叫你们也吃个哑巴亏，因此陈正高早有预谋。他借故问候进了大大的屋，看看大大那样儿愈发动了心。

　　"大大咋了？"挨大大坐下，伸手搂过。大大未及反应已被按在床上，大大两次受这类事刺激有些麻木，待反应过来挣扎，陈正高照大大的双腿双臂砸了四拳，大大哎哟连声无力挣扎了，被轻松地脱光。

　　哎哟我的妈呀，陈正高兴奋不已……真他妈比我那半老徐娘就是舒服得多！我也报仇了，一举两得。

　　无声的夜，无声的大大。夜在过去，大大在清醒，用她那有限的少女智商在想，星星眨巴着眼睛在想……

　　翌日下午趁大大进了那屋，陈正高吃香了嘴又溜进去，不同昨日的是满脸笑容伸手把大大拉到床边。"大哥，"大大说，"那你答应我两件事。"陈正高喜不可耐："你说你说我答应！"

　　"只准这一回，明天我回去。还要免我家明年一年稞子，你不答应我就死在你屋里，我已给石牛带了信，我死了他要来找你的，石牛的脾气你晓得，还有福娃、百鹊。"忍耐不住的陈乡长二次点头称好……

　　大大当日傍晚就离开了陈府。快到山洞之家时，坐在路边石上，这才痛哭一场。再怎么说她也能思考些事理了。

　　石牛啊，对不起你了，莫怨我，我没办法，没有你们三兄妹那样的本事……福娃哥、百鹊啊，你们不该走啊，怎么还不回来啊……

　　李家人盼望亲人归来的心情随着又一场秋末之雨更加糟糕，亦未因天晴好转。

　　"啪、啪、啪！"三声汉阳造枪声回音荡漾李家山湾。这祖辈没听见过的枪声惊动了李家人，全都立于院坝边观看，该不会又是棒老儿吧？

　　"爹、妈、石牛，我回来了——！"只见福娃、百鹊蹦跳着喊叫，身边还有一排背负行装扛枪的士兵。

第十四章　进城使命

　　远定县城距木者河一百四十里。福娃、百鹊去县城，五峰山是必翻之山，山不在高却很险要，多是荒无人烟处。这方水土无可怕的野兽但是路生，这不打紧，嘴巴就是路。包袱里有洋芋粑粑、小麦面粉蒸馍，便是李、韩两家贫富差别的象征。

　　多像一对少年侠侣呀，生死相依，阵战与共，月老是不是恶作剧牵错了红线，难道他们此生有缘无分？你看他们一路说笑扯淡就是扯不响爱情的弦，或许情窦未开？

　　远定县衙或者称为县府，因为秦县令已可称为秦县长了，但封建遗风犹在，习惯旧称谓。秦县令轮换新鲜五个老婆，当官的有权有钱嘛。韩大任职事官，一揽县令秘书文档内外通达具体事宜，凭资历也能住套县衙公宅了，拖妻带子两女一男，只有过年回家看看。

　　二少年翌日早后到达县城，他们已出山见过大世面，对小小县城并不稀奇，虽然是麻布洗脸——粗（初）见面。韩大还未用餐，见一门岗来报："韩秘书官，这两姊妹说是您的弟妹。"福娃、百鹊互望一眼，像事先约定齐声道："大哥好！"见韩大长相略似其父。这可搞懵了韩大，哪来这么俊俏的两弟妹？脑筋急转弯，忽地想到三少年，但眼前只两个呀，听说三人从不分开。"你们是……"李永兴道："我是福娃，她是百鹊。"

　　那哨兵听说，大喜过望一般："原来你们就是大名远扬的那三个少年啦，"抱拳行礼，"那……还有一个呢？"百鹊接话道："二哥在家。"韩大何尝不惊喜欣慰？原来是自己的未来妹夫！给他长面子了。"弟妹快到屋坐，青儿、兰儿她妈，快出来见弟妹！"

欢欢喜喜用饭，自然要交流情况。韩大是太监拜天地——忧喜交加。喜的是结交上知府扬大人，忧的是，石牛到天仓山落脚后怎么不改个名字？冯保长当时就派人来报了案，县捕快查访无线索，虽然后来再没来催案，但秦县令收了人家五十两银子，这事还经我手，不打算松手。后来你们的名声传开，知道有个使流星锤的人名叫石牛，要去天仓山捉拿，是我说他与百鹊是苗族人，两姊妹，李家祖上也是苗人，与石牛、百鹊同根同祖，这我一清二楚。秦县令半信半疑，拖到如今，但却将了我一军，责令我负责查找真凶，限期三个月，否则定拿石牛查处，现只剩半月限期……

还幸得"朝中有人"。永兴打断韩大的话道："大哥，不怕不怕，等会儿见县令再说哎！"

虽然已是民国时代，县府大堂还延续着清朝升堂拍案的风格，似乎觉得那样才显威严。太阳升起老高，还未到"升堂"办公时，可见官风之涣，山高皇帝远。还懒在官宅里的秦县令见韩大领人求见："草民叩见秦大人！"百鹊、永兴拱手行礼，那是韩大教的礼貌。

"韩大呀，你们坐坐坐！"秦县令招呼。韩大介绍说："秦大人，他俩是来下达市府官文的。"秦县令说："既是上方官文，按惯例，待会儿当堂宣读，两位差官请随我上堂。"秦县令这样做是为了表示政通人和，心中却道，也不知扬大人这次怎么派两个娃娃下来。

要是石牛也一道来，人的思维习惯，说不定秦县令就会意识到三少年及命案，但眼前只两人，他无反应。

早些年上堂议政的只有县衙捕头、衙役、左右官史，如今文有各科官史，武有保安团团长及营、连长左武右文两边坐。"现在，请差官当众拆开知府官文卷，宣示！"县令发话。永兴广庭之上本就有些局促，拆开小小文卷筒儿，瞟眼之下更不好意思。

韩大道："咋了？念呀！"永兴只顾嘻嘻地笑，道："大哥你念！"众人见小差官称韩大为大哥，疑惑的眼神是那么整齐。韩大说："按老规矩是你们来宣示，然后交县令。"永兴强敛嬉笑正容说："我请大哥转达行吧？"秦县令挥挥手道："差官发话，也行也行，作数。"

韩大接过高声宣读起来，声调、表情有些不正常了："远定县秦县令听令：今有送信者李永兴乃本府忘年生死之交，其弟石牛之案底本府已知其原委真相，休咎罪愆，除匪保安有功于地方，永兴、石牛、百鹊天生少年奇才，匪患猖獗，建议重用为职，协助剿匪，限期三个月如再无果，撤销其保安团团长之职，县令降薪一级……"

啊？传说往往越传越神秘，三少年远在天边，突现眼前，几乎对人的心理是一种突然袭击。受惊的不止惊愕还有惊心、惊喜。惊心的是黄一甲、秦县令。

原来你们就是与我堂侄黄少伯几度过不去的人噢！

原来你们就是扬名三少年啊！

感受不尽相同却有异曲同工的复杂心理，正想找你的开心却又成了知府的忘年交，人说不怕县官只怕现管，知府那可是直接上司保安司令啊！如何对待，一时还理不出官场世故的头绪。秦县令后悔自己马虎大意的处优生活习惯，这才拿过官文亲自过目，验明正文。

"秦大人，让我们看看可以吗？"班中闪出黄一甲来。"可以可以！"韩大巴不得人人过目，多嘴道。

真的假不了。多么希望是假的呢？秦县令拿出了求之不得的态度，装作早已知情的神态："本县出此少年奇才乃本县及百姓之福，深感荣耀，封任李永兴为巡官，石牛、百鹊为保安团教头，俸禄连级！协同剿匪，早日灭了王棒老儿，百姓安居乐业！"

自王棒老儿王三春先下手为强抢劫保安团枪支，损失人三十、枪二十五，保安团去寻巢报复，却不及王棒老儿智商，人家在县城早有地下探子，寻个险要突然枪箭如雨打了个伏击措手不及，又丢下大片人贡献三十支枪。尽管他黄团长驳壳双枪乱点一通，人家在暗我在明处无济于事，再打下去不是剿匪而是灭己。不定几个娃娃是来保我乌纱帽的呢？黄一甲、秦县令作如是想。"速派人催石牛归任！"秦县令下令。永兴说："秦大人，我们回去叫他就行了。"秦县令向来随便，道："也好，不急一时，这边二位的住宅我们收拾好等你们，快去快回。下午请二位在我家吃饭。韩大呀，你也来陪客。"

县衙后院，浓缩的大自然假山假水风景，别有韵致，显衬出上流社会中人的典雅生活。

"哎耶，这个小哥长得好俊啰，还有个乖妹儿，是不是一对？"四个县令太太凑拢来欣赏，伸手就摸永兴脸蛋。永兴本能地避开。"哎哟，还不叫摸哎，偏要摸摸！"索性嘻嘻嘿嘿调戏。永兴躲避，女人们便围扑开来，永兴也索性逗她们："来呀来呀！"惹得秦县令哈哈连声，笑如孩童，世故空虚的成年人秦县令捡回了一次童性。

秦县令私宴招待如今是下属的永兴三人，出于拉关系，人家是上司的生死之交啊。

饭后告辞，韩大执意要未来的妹夫去他家歇息到也合乎常情。

"福娃哥，我们是不是做官了？"走出县府，百鹊问道。永兴笑笑："好像是嘛。"

"听你那口气，好像还嫌官小。"

永兴嘿嘿一笑："大哥，巡官是干啥的？"韩大未及回答，保安团团长黄一甲迎面而来，说："请客不如撞客，弟兄们都想见识二位小兄妹的把式，开开眼，不会推辞吧？我去请秦县令到场观看二位演武。"

还真成了江湖卖艺的，走到哪里都要耍耍场子。永兴说："团长大人，能否等我石牛弟来后三人一齐耍？"黄一甲道："来了再耍，一两次说不定还看不够呢！"韩大也急于想看看妹夫的功夫，而且可以添面子，他相信永兴，虽然只是耳闻。怂恿道："也好，随意。"

"大哥，"永兴道："我还有好多你们官场、军事方面的常识要向你请教呢！"韩大欢欣道："知无不言，贤弟，你聪明得很，啥事过目即明。"

第十五章　不是军师

小城尾端的保安团营区，距县衙二里路。校场跨步高的看台上，秦县令在遮阳伞下摇着鹅毛扇兴致勃勃。黄一甲呢？自有卫兵替他煽凉。永兴与百鹊也应邀坐在台上，台上台下那便是等级的区别，而百鹊、永兴却是靠真本事赢得的地位。士兵们翘首以待，只是亏待了营门哨兵不能到场。两遇匪火，黄一甲现在也学乖了些，即是观看表演也一律荷枪实弹，守望营区的河坝那边小山峁树林中，驻扎着一排枪兵守卫弹药库，并外围机动警戒。

秦县令开场讲话："弟兄们，今天，我们请李永兴李巡官、华百鹊华教头表演武艺，他们俩姊妹就是名声远扬的，嗯……这个这个，救苗族、救知府扬大人的，这个这个……三少年，也就是你们中间的兄弟，嗯……阵亡了的，李家兄弟兵的幺弟幺妹！"黄一甲听得有些不自在。

"嚯！"全体将士无命令自动霍地起立欢呼，百鹊、永兴腼腆地拱手还礼。黄一甲受感染，干脆来了个口令："全体立正——！向烈士的弟妹敬礼——！"这一下鼓舞士气的作用远胜于教条，也感染了百鹊二人，这场合已非乡下，该拿足精神了。

四面几百双有品位的眼睛，二人跳下台入场，拉开距离，事先已有大致的商量。众人见永兴手中不过三尺长木棍，不知有何用途。百鹊环顾了一下，从挎包里取出八支竹镖各夹四支在手，叫声："福娃哥，当心了！"侧身、左右两边同时抖手，四镖扎入八丈外旗杆一溜排开，另四镖飞向永兴，被击落三支，捞一支在手，泰然无事。

"嚯！"震耳的惊呼。

未待欢呼停息，永兴高声叫道："下面请上来二十个兵大哥与我对打，可用长矛，逮得住我算你们赢！"大多数兵大哥不敢，怕伤了永兴，却有一枪兵头道："恭敬不如从命，弟兄们上！"百鹊退立场边。

校场上团团舞，越转越快，快得最后只见兵不见永兴，那个枪兵头却来的真格。须臾间，二十个兵大哥动不了手使不得矛，因为矛全掉地上了，因为他们的手被那不起眼的木棍敲中麻筋。

"哗！"那是五体投地的欢呼。枪兵头摸揉着麻筋处归位，道："听说李少侠，哦，李巡官能躲过子弹，能不能让弟兄们开开眼？"

"啊？！"一片善良的担心声同时自然发出。永兴迟疑了一下，又见刚才那人动真格，心中思量着。"看来巡官不敢了？"枪兵头激将道。黄一甲、秦县令正邪之念斗争激烈，权衡之下拿不定主意，枪兵头又道："黄团长不开腔就是默许咯！"

黄一甲正不知如何是好，却听永兴道："好，嘿嘿，本巡官允许打三枪，十丈外，来吧！"他似乎把人命关天的珍贵生命当棵草那么随便地处理，那可是玩命的事，生就的呆笨人体与人类自己创造出来的、象征文明先进科技的枪弹速度的极限对抗。

"不得无礼！你来试试看！"兵众中有人叫道。引起一大片共鸣："算了吧！"枪兵头道："饱鬼不怕胀死，你叫花子倒着急啥？"言罢提枪出场。

双方对峙。多少人手心出汗，多少人憋住了呼吸。

叭！叭！叭！枪兵头连扣单发，不想让对方有喘息之机，来者不善，那飞来的子弹多么像湾脚那瀑布变水滴，两响让过落空那要的是超凡的速度，一响用棍身挡住。

哗！全体起立欢呼，山摇地动，回音荡山，一群兵大哥不顾兵规擅自冲进场中把永兴抛向半空、狂欢起来，热泪盈眶。"肃静肃静！"台上的黄一甲令道，"回位回位！"兵士们平息下来归原位。

永兴纵步欲上台，却听背后又一声枪响，顺势侧跃。永兴早有防备戒心，又是那枪兵头打黑枪。原来，那枪兵头名赵安，是个排长，乃王三春早年精心安插下的奸细。今日之王三春已非单纯土匪性质，发展有千人马，讲究训练有素，二打保安团吃香了嘴，想捞一次大油水收手屯兵，养晦待时局。既是干大的、最后一次，便起用赵安，与城内细作互通情报，精心设计，但却没把半路出现的永兴计算在内。一根稻草的重量也许就改变天平的倾斜，何况今日一见之下岂是根稻草？头脑灵动的赵安决定剪去这额外生枝，于是就出现了校场这幕压轴戏，既消灭了敌人又能名正言顺保全自己，要是头脑没几根弯弯骨头也不会派他当奸细。然而终归有他算计不到处，永兴那一早存戒心的侧跃躲过了背后的黑心丸，让给秦县令吃了！

"抓住他！"早已归心于永兴一方的兵士们一拥而上，赵安却无永兴般的本事，下场在他算计之外。校场一时大乱，张皇失措。

"啪啪啪——！"似在县衙那边又响起了枪声，接着噼里啪啦连响像是黄一甲才听到过的机关枪声。真他妈的乱上添乱，莫非又是王棒老儿那狗日的来打县府？这种时候最是考验军事指挥官才能、素质的时候。黄一甲没把王三春搞头痛，反倒被王三春把自己搞得头痛。怎么判断、布置、孰轻孰重？黄一甲紧急动员大脑思维神经，却一团乱麻。永兴这时也在动脑筋。"黄团长，"永兴问，"那噼里啪啦不断是啥枪声？"黄一甲说："他妈的还真邪了，哪来的机关枪声？"

"你们没有这样的枪吗？"

"步枪都不到一半，每营配一连枪，还有那家伙？"

"我明白了，那是鞭炮放在铁桶里放。"

"哎呀他妈地老实……"未待黄团长说下去，永兴急问道："你们的弹药放在哪儿的？"黄一甲又哎呀他妈的一声："在山上有一排人专门守卫，想抢我的弹药库，声东击西，难怪山上没动静！"立即有了头绪，高声下令："一营，火速上山，增援弹药库，二营刚才那狗日的赵安那个排，去县衙那边，其余守营！"

永兴道："慢着团长，知府扬大人命我协助剿匪，不仅应该身体力行，还应该出主意。原因来不及解释，我建议团长这样，你看县衙那边机关枪声步枪声这会儿不是越响越急嘛，立即派两个营冲喊着去县衙，行到拐弯处隐蔽停下来，等山上打响了，立刻返回包围山峁，县城那边派一个班足矣，另外守营区的也只留一排人，再派一排枪兵火速出发，去上次土匪伏击你们的地点埋伏起来，阻他退路，要动脑筋，其余全部参加围攻弹药库。另叫去县衙的士兵鸣锣叫街，动员老百姓拿家伙打棒老儿助威。说不定好戏还在后头哎！"黄一甲大叫一声好，立即下令。

果不出所料，当两营人故意造声势奔县衙隐蔽后，弹药库山崩树林喊杀声枪声大作，王三春果然集中了绝对优势兵力，企图速战速决抢了弹药库走人，两营兵立马返身飞扑弹药库。永兴说："鹊妹你随黄团长，给我一个长矛排随我冲上山去向下压，如我成功，你们只需四面围住山脚打。"兵士们见永兴带他们，像吃了定心丸，群情激昂，士气起来了，士气早在校场就起来了！

保安团在急速运动，永兴在运动但他不能跑得太快，因为他要带一排人冲开匪阵上山。

短兵相接了，后面的士兵借树木遮挡，前头永兴使出神速扫荡扑向身后战士的匪兵，也有照顾不到处。洋枪声、土枪声、呐喊声，声声要命，生力军遇上生力军，山脚围攻的士兵已沾上了攻山匪兵的屁股。山上的守卫排仗着弹足枪洋、有利工事，抵抗倒也像个样。但那是七百匪徒二十支枪啊，当永兴率剩下的二十五个战士杀条血路冲上山时，一排弹药兵三十六人已倒下八人。汇合起来增加了力量，共五十三人外加永兴，战士们备受鼓舞。

永兴问长矛兵："你们学过打枪吗？"长矛兵回答："都学过。"那排长说："可是没多余的枪。"永兴想带长矛兵就地来回冲杀，防卫一面，但担心要不了两个回合，这些长矛兵恐怕就所剩无几了，只有能者多劳了。

由于抢得了时间，弹药库暂时安然无恙。永兴他们上得山来，还能容你从容不迫？三面密集的匪兵已近营房不足十丈。土匪虽然知道已遭到保安团反包围，形成内外夹击，仍不甘心，因为在他们心中，保安团是他们的柔面团。

虽是两面夹击反包围，这场人数相当的战斗胜负取决于什么呢？这些拿枪的士兵只有依托工事射击才占优势，贴身肉搏非棒匪对手。如果匪兵不顾死活前赴后继踏着同伙尸体上来，弹药库早就完了，他们干吗要那么卖命呢？为国为民之正义正气而战吗？无底气的战斗第二，要命第一，只想尽量捡便宜得手，永兴他们亦只有拼死坚持。

趁匪兵枪声悄疏时，永兴叫一声"我去也！"腾身跃出掩体，旋风入匪阵，况且还有树木掩护，匪徒只有挨打的份无还击的影子。这一趟出击，有二三十匪徒手无缚鸡之力了。凭着已超凡脱俗的神速和眼力，永兴身挎四支洋枪晃地飞回掩体内，同时叫一声"还给你们！"

这还有什么不明白的？四支洋枪立即欣狂地投入射击。

有点儿累了，永兴喘息片刻，又叫一声"我去也！"晃身不见其影。

当永兴二次跃回掩体，缴回了三支枪。

有点儿累了，喘息片刻，再叫一声"我去也！"

当永兴三次跃回掩体，只带回两支枪。微笑着大口地喘气，他实在太累了。战争虽然邪不胜正，战场不仅需要精神，但单兵素质能力、细节决定成败。攻山的洋枪声没有了，只有跟不上距离的火药枪不时虚放几响。只能把匪徒阻挡在十丈外，扑拢来装弹都来不及。战斗进入僵持状态。但土匪依然愈来愈近，借助树木的掩护，最近的不过五丈了。永兴第四次出击，坚持、坚持，运用那神速，敲打敌兵，山头的压力减轻了。

山下的黄一甲见永兴还没按约定压下来，估计情况严重，决定向山上压。战争没有数学公式，死板教条的不行，乖兵非将才。这一上压，扯回了大部分匪徒，又一次大大减轻了山头压力，永兴见时机已到，叫声："带足子弹，二人一组，轮换射击，掩护另一人装子弹，向山下压！"

正在这时，五六百县城百姓也不知拿些啥武器，人未到声先至，声势浩浩而来。土匪们见状，开始泄气了，久战显然对对方有利，便打算突围。前攻变后卫，阻挡自上而下的攻击。

山头的坚持，百姓的介入，僵局见破，天平开始倾斜了。黄一甲见匪兵猛扑下山，有点吃不住阵脚，便按约定发令向山根边打边退，永兴趁势指挥下压。保安团退过山根，退到河滩、农田平地，见百姓扑地而至，备受鼓舞，激发出正义慷慨气魄："枪上刺刀，准备就地拼杀！"永兴这时单独杀下山来，百鹊高喊一声："福娃哥！"刻不容缓，双方已对上了冷兵器。黄一甲与卫兵隐于土坎背靠背，他两支驳壳枪专注着危急的肉搏，不时解危。至于他的安危，身边有百鹊的镖、卫兵的枪。

一场平缓地带舒展痛快而痛苦的肉搏战，百鹊的百支镖用完了，黄一甲五十发子弹所剩无几了，战阵中，一股洪流所向披靡，那是因为永兴是浪头。田野淌血，残阳如血，匪徒只有拼死撕开血路逃命，战场甩下五百多匪尸，八十来个战士、百姓伤亡不大，六七人，他们不自觉地打法很简单，敲边鼓，不分散，往往七八个人打一个匪徒，锤棒斧头一窝蜂递去，还讲什么招式？只会武术中一招，死打蛮缠。百鹊在打扫战场——找镖，战士们也在帮助寻找匪尸身上的镖。

永兴来到黄一甲面前，浑身血渍，说："黄团长，要追呀，一鼓作气，虽说穷寇莫追？一次性解决他们，免除后患。但要留一个连守弹药库，至少有两排枪兵。"黄一甲这才明白过来："对呀！"永兴又道："我们饿他们也是空肚子，比的是精神，可以组织城内百姓跟随追击部队供应生活，这一点我们就占上风。"

"报告团长，"一个兵趋前道，"县衙那边果然是放鞭炮，十来个土匪虏走了秦县令四个太太，还剩一个！"黄一甲啊地惊一声，接着道："晓得了！"

"追！带上斗篷、干粮！"黄一甲下令、安排。"不得有误，误事者查办！"

王三春率残余不足二百来号人逃往来路，瘦死的骆驼比马大，这也比麻口山强多了。行至四十里外，来到他曾伏击保安团得意之作的狭口之地，已是上夜。看看后无追兵的影子，便埋锅造饭吃干粮，准备翌日天明继续跑。是人都得吃饭补充能量，吃是众生最大的麻烦，要不保安团早已追上了，于是相安无事一夜。而狭口的另一边也有一伙人安息，竟然彼此无知觉。不过这些个人不在路边而是在岩林中结帐而栖。

谁能听出这黑夜野外的酣息声？只有天知道大地感觉得到，因为天哭了，稀稀拉拉掉眼泪，那是悲悯众生昧蒙贪嗔痴，演绎恶果罪孽，却还自以为是。黎明时分，天擦去眼泪，露出依然明净的眼光，注视着她并不感兴趣的人间正邪之争，看着王三春吆喝起身。

忽然，狭口两边曾经伏击保安兵的岩林中，如花雨点般子弹射向王三春他们，顿时八人中弹，紧接着一排箭雨，又有五人中矢。"冲过去！"接着互补空隙的枪弹与箭矢封住了狭口出处。屁股后面弯梁背后又远远传来喊杀声，似乎生怕匪徒不知道先声报报信。知道是追兵到了，匪兵四散分别逃命，真个兵败如山倒，丧家之犬。

两军会合，永兴、百鹊也到了。山岩林中排长高喊、欢呼："团长——！李巡官——！华教头——！"

众军欢呼。

"直捣九拱山！端了王棒老儿的窝！"黄一甲下令。

第十六章　花明柳暗

（一）

　　九拱山，王三春的根据地，因两次得胜，这个骄兵必败的王三春倾巢出动，九拱山仅有二百来号还有吃闲饭的家眷等人。王三春老道失算，半路杀出个两少年，偷鸡不成，阴沟翻船。天也命也！若不是永兴出现，保安团定入他的套，满载三胜而归，尔今是末路可归，因为他算定保安团会趁热打铁毁他老窝，事实也正如此。

　　但老道就是老道，大小都会留一手。分散的匪兵在约会地点青岗坪山凹中会合了，在县衙虚张声势的手下也等来了。不过使众头领惊喜的是，还带来了四个妖艳的女人，这大大扫了晦气振奋了精神头，因为这四个女人是顺手牵羊捞的外快，不在原计划内，谁叫县衙空虚呢？四个女人还不知道，这时候县衙正在将她们的七品官人盖棺定论呢！

　　"天啦，你们就是大名鼎鼎的王棒老儿的人吗！"口气轻松并不惊恐，那是樱红小口女人发出的声音。

　　众匪见她随和地直呼他们为"棒老儿"，倒被逗得哈哈大笑，干脆释放恶气狂笑一通。女人们给他们带来了落魄的慰藉。不过也有一个女人略带惊惧口气说："我们是县令太太，你们就不怕招祸吗？"众匪依然以狂笑作答。其中一个像是二当家的吼

111

道："我们亲自割些草，给太太们铺得软软的垫上，今晚先让大当家的来，我们要叫太太们饱餐一顿四川麻辣香肠！"又一阵按捺不住的狂笑。

樱红小口嘴一翘："哼，我们就怕了？"心里还有一句想吐未出的话。

两性之乐，究竟是以性为重还是以情为主呢？无情的性有同样的乐趣分量吗？

今夜是个月黑头。望着黢黑的夜空，王三春哼了一声……

保安团翌日中午到达九拱山下，封锁出入路口、造饭。永兴说："王棒老儿不傻，肯定远近放有明暗哨。"

战争，会使人肠胃功能紊乱，哪里能容你规律进食，讲究饭后半个时辰不宜大动？丢碗就直奔山顶，却一路平安。

到得山顶才发现，啊？！

这九拱山顶风景还真好，盘龙卧虎地形，百花百鸟松林，透出瑞气哪有匪气？太不和谐的气氛了。有诗情画意灵秀之心者，还真不忍动干戈，亵渎这能净化人心灵的祥和境地。然九拱山确有九拱，四通八达。拱拱住九十匪人左右。

这怎么剿？九个拱分兵包围吧，太分散，兵力显得不足，黄一甲采纳永兴的意见留了一营人在家，眼下七百来兵平均每拱分九十来个兵包围，空隙大。挨个打吧，枪一响，岂不成了惊弓之鸟？早惊飞了。永兴说："我化装成讨口子，先去转转探探。"黄一甲连连点头："对对对，知己知彼嘛！多加小心。"好歹他还关照了一句。永兴心里道，你个团长连知己知彼这句通常用语就无知的话，回家种红薯好了。

百鹊对于化装成叫花子一下子就恢复了少年心，永兴还未抹花脸撕破衣裤，她已先咯咯地笑了起来，一边笑不成声道："好好地撕破真可惜了。"周围军士笑道："旧的不去新的不来！"永兴化装是为以防万一遭遇找借口，实则悄悄地干活。

半个时辰后，永兴突然出现在黄一甲面前，手拄树枝，伸出双手憋声憋气地说："行行好，给口饭吃吧！"难得逗出黄一甲真挚的玩笑，"给，可怜的小东西！"掏出一块银元真个就塞进了永兴的衣兜。这气氛搞得不像在打仗。

　　"咋样？一块银子买你一句话，哈哈！"

　　永兴手指山拱直摆手不作声。"到底咋了？"永兴慢腾腾地，道："昔人已乘黄鹤去，下一句谁知道？"黄一甲道："啥意思啥意思？"旁边副官接道："此地空有黄鹤楼，团长，土匪全跑了！"

　　"啊？"黄一甲惊一声："他妈的！晓得了底细，我们就拿得住轻重了。烧了寨、房子，收兵回营！"

　　永兴说："黄团长，动作也要快，完成后也应该日夜兼程火速返回为好，小心无大错。"黄一甲已秉服于这个奇少年，明白其意，说："好，就这样！"

　　翌日上午行至彼此打伏击的狭口处，永兴突然坐下，以掌为扇煽凉不走了。待黄一甲随一营队后走过，他拉住二营长嘻嘻耳语，命令停下，直到一营队尾消失在弯弯山路。

　　黄一甲触景生情，与身边将士感慨道："真他妈有趣，上次王三春在此伏击我们，我他妈没想到，这回我们兜他屁股还在这里伏击了他们，他狗日的也没料到吧！"

　　当一营行至狭口中，突然两边岩林近百支箭、几十支长火枪倾泻而下，顿时倒下十几个将士，急退出口。重复之地重复的伏击，鸭子莫说扁嘴，这回黄一甲更是意料不到。

　　这股土匪真不赖，他们就是留守九拱山的土匪，还真像游击队战术，知道大兵压境，肯定攻城的大当家王三春出师失利，老窝保不住了，索性放弃，来过反常的再而三的伏击，打不赢跑就是了。

　　永兴这玩笑开大了，他本可向团长事先警示的，毕竟还是个

113

少年，一不小心爱戏玩。一营朝岩林开枪还击只是无的放矢。又一阵枪弹箭矢泄向路途的一营，又伤了几人。黄一甲气得两把驳壳枪一气点出也只是发蠢气，一面骂道"二营他妈的还不跟上来？"却听见狭口两边岩林上方一阵阵像打猎人撵麂子似的吆喝着，那是被永兴留后的二营向下压来，黄一甲还不明白，土匪可明白了，见势不妙打不赢就跑呗！二营将士出现在狭口上方高呼"团长！"并嘻嘻哈哈为"撵麂子"乐喝，黄一甲这才明白过来，又气又喜。"分散追！"黄一甲气恼地发令。

百鹊随永兴攀沿下来，"不用追了黄团长，"永兴说，"我们来的时候，在这儿就没有追散逃的王三春，土匪比我们贼路熟，漫无边际地分散追，将士们会着道，牺牲不少，撒大网捞小虾是笨办法，得不偿失。河里的鱼儿总有蹦出水面的时候。我们应该撒便衣探子，掌握王三春下一步动向，有的放矢，捞一网就有一网，伤重了才爬不起来嘛！"众将士见说，道："团长，听李巡官的吧！"

保安团火速行军，翌日傍晚返回县城，该腾出心思料理秦县令后事，休息休息了。正义之战，无非是换取和平。而和平生活中人就和平了吗？

"啪，啪——！"上半夜，弹药库山峁枪声打紧了放松的神经。怎么又响起来了？黄一甲这才懂得李永兴催他及时回兵深意，肯定是王三春杀回马枪。果然，棒老儿碰上了半山腰三面安上的牛响铃绳索，铃响、报警、枪响。不然，若半夜土匪悄悄扑上山，单凭哨兵顶个屁事，啥都来不及。那办法是永兴出发前对守山排长耳语交代的，并要其备好松油火把，不然黢黑的夜你朝谁开枪？摸到你鼻子你还以为是战友上茅厕回来逗你玩。

这边保安团端王三春老窝，王三春昨夜望空哼了一声岂是白哼的？我再去拆你老窝你保安团长万也料不到吧？这回你全团主力都不在县城，九拱山总能拖你半天，等今晚摸你的夜螺丝也来得及。他哪知留守的部下头目自作聪明，不战而弃，而去半路上打保安团伏击，倒也算是小聪明。

保安团听从永兴的建议，并未因消庭无事从容不迫，而是依然以强行军速度赶路，虽然在王三春预计外的翌日傍晚回了县城，但放下了防患意识。不过这也不打紧，永兴给留守三营长也耳语过。

枪声就是号令。山上的松明火把亮得煞是好看，三营两个连人熟地熟乘月色悄悄接近了山根。回营的黄一甲眼下在县衙，急命传令官去韩大家找永兴、百鹊，虽然迟动一步也在动。

王三春触动响铃绳索感到又遇不妙，却实在不甘心，管它响不响，冲上山看看再说，时间似乎还来得及尝试一下。霍地近二百人冲上山顶营房边，似乎收势不住，因为火光下环形掩体内六十多支洋枪早已等候，招呼不速之客，显得既热情又镇静。一时实在难以靠拢，先机已失，便急于冲下山。却见山下突起吆喝，前面枪兵后面紧随弓箭兵，再后火把兵，三人一组成战斗队形包围而上，谁说故伎不可重演？匪徒下山了，山上也不能死板地闲着，又是跃出掩体向下压，再缠上半个时辰小菜一碟，一营二营也就赶到了，这仗打得不慌不忙。

当匪兵冲破包围下山，欲顺原路逃走时，增援的一营二营霍地喊起了杀声，又有不少百姓自发跟上，匪军屁股后面的浪头又卷了下来，又是重复的一场平缓地混战，不同昨日的是另有壮观的火把，火把也是另种武器，一手刀一手火把烧你砍你。黑夜有利也有弊，万事万物皆有利有弊。因为夜的掩护，王三春三十来匪还是夹着尾巴逃遁了！

战争具体到打仗，胜负的因素，正气、勇气、智谋各占多少比例？不过这一次，保安团可以真正地安息一下了，王三春不安守本分，贪得无厌自取灭亡，元气大伤，从此将一蹶不振。

机会是有的，是蚂蚱就会蹦跶。"伤重才爬不起来！"这万事万物一理的朴素原理被永兴领悟运用，触类旁通。

保安团设宴庆功，如不邀请李巡官到场，将士也不答应。只是没了县令一时群龙无首，而县令不是谁想兵变夺权就能得到的座位，那得省府任命。作为已故秦县令的执事秘书官，韩大目前应暂时出头。

黄一甲酒后吐真言："我黄一甲志大才疏，打毕了我还有些不明白之处，请李巡官给我们说说好不好？就当长见识！"

"好！"人起立，掌声不是勉强。

永兴这时反倒腼腆起来。百鹊揪了他一把："说嘛！"

永兴抓抓头，慢悠悠地道："没啥好说哎，王三春攻打县衙对他有啥意义，抢公文吗，公文对他有啥用？只有枪支弹药最需要，所以他声东击西想把保安团多数兵力吸引到县衙这边来，他才集中优势兵力，想在我们发现上当，赶回山峁之前拿了弹药就跑，打时间差。如果我们不将计就计假装中套，他就有防备，全歼他就不一定了。后面的情形大家已晓得。至于后来的反伏击、算计、细节安排，我们无事当有事地火速赶回，这么说哎，好比下棋，走一步要看三步，处处有后着，看远些，不能就事论事，目光短浅。尤其长官，思考得周到不周到，关系将士死得多与少……"

"好！"一阵发自内心感激的欢呼，打断了永兴的话。"嘿嘿，我还没说完呢，我说这些，黄团长、各位大哥不要多心。"跟永兴"撵麂子"的二营长赶紧打圆场道："啥，与君啥？"

人中总会有人，立即有部下补充说："与君一席话，胜读十年书嘛！"

"对对对，就是这句话，我们叫先生都来不及，还会多啥心，是嘛团长？"众意之下，黄一甲当然无话可说，只有说："那是当然，那是当然。"

韩大出面了："黄团长，诸位营、连、排长，我代表不幸遇难的秦县令及家属祝贺全团将士打了胜仗，向阵亡的将士，这个，还有牺牲的百姓表示哀悼，眼下兵有头民无主，我准备把你们的战功写成官文，亲自去汉仲府报告，同时请上面尽快派个县令来主持大局，我打算把永兴、百鹊带上，这段时间就请黄团长多操心了，各位说要不要得？"

"好！"众口一致。黄一甲说："我们当兵里头的人通文墨有限，本来也要上报，既然这样更好。"

韩大说："那就这样定了，相当军政连席议政会。"

三天后，韩大与永兴、百鹊出发了！

离开市井人群，到了外面大自然怀抱，少年心又放开了，何况少年？韩大也回归了，虽然打仗亦在野外大自然中，心境不同；何况三人至亲关系，其乐融融。三人各负包袱，那里面装的有大巴山中的特产腊猪蹄子、板栗、核桃，送礼用的，这也在常情中，算什么行贿进贡？

"阿妹子脸乖乖舍，阿哥心痒痒哎，黑了看星星舍，白天望太阳哎！"出门到了无人烟的敞扬山上，永兴唱起了歌，百鹊定定地欣赏着他唱歌时两个酒窝一开一闭。

"福娃哥，你咋把我们老家的苗族歌偷去了？"

"抢的不是偷的，从你春娃子大哥那儿抢来的不行吗？"

"嗬嗬，兄弟也会唱情歌了，是不是想我妹妹了？"

"当哥哥的说这话不嫌羞！"

"哈哈哈哈！"

此情此景，没有了老少、高低之分。

永兴低头看了看脚上那双河妹做的洋布鞋。

（二）

韩大他们一去一月不归。黄少伯、吕在二与三十多个麻口山匪人来了，来投黄一甲。

他会收吗，他真会收吗？

永兴他们屁股后面要冒烟了。

又几天后，韩大三人回来了，换了一身新装，身后还有一排扛洋枪的兵，其中一个与黄一甲有得比，腰别两把驳壳枪，官小级别高，大世面中人，比黄一甲气质强多了。

还是那个县令官宅，还是那个县衙大堂，军、政要员齐聚，腰别驳壳双枪的军官宣读省府官文：

“今有远定县李永兴，有志不在年高，少年老成，文武奇才，可担重任，仿古任人唯贤，不拘一格，特封任李永兴为远定县县令，其妹百鹊为远定县巡官，其弟石牛为副巡官，急急如令……”

“嘍！嘍！”大堂嚯地欢腾起来，多是下级军、政人员。

黄一甲呢？不服不行。那军官俯身对永兴小声道：“贤弟，你人气了不得呀，这种情景我这个大哥还没见过。”

接着宣读第二道官文：“远定县保安团几经战火洗礼，训练有素，剿匪有功，根据党国戡乱大业需要，转为正规野战军，编入西北新七军，团长黄一甲晋级为少校团长，营长晋级为少尉营长，自二等兵以上最少十块大洋犒劳，自接委任状之日起，整饬军务，一个月内开赴康安市入列新七军。黄团长黄一甲接委任状！”蹦蹦心跳的黄一甲军礼接过，一看，是真的！

保安团长了羽毛要飞走，远定县无保安团团长了吗？那个腰别双驳壳的人，名邱大耿，原为汉仲县保安团连长，永兴的过命之交。

三日后，县府门前、街道边出现了县府告示：“凡在剿匪战中阵亡将士一律给予抚恤大洋二百块，支援参与剿匪之阵亡城中百姓烈属奖抚恤大洋二百块，请到县府衙登记，有专人接待，查证后领取，凡参与战斗的百姓人等，由甲、保负责核实登记，每人大洋十块，并向参战父老乡亲致敬！远定县县令李永兴、保安团团长邱大耿。”

小城沸腾了，自古以来没有过的事！

“新县令是他呀？”小城小孩都知道永兴、百鹊还有石牛。

“新保安团团长是不是那个背两把家伙的？”

“看样儿那人跟李县令私交深得很，跟着好人学好人，跟着端公跳假神……”老百姓不通文墨，不会说“近朱者赤，近墨者黑”。

“错不了，肯定也是个好人。老百姓该好过些了！”

自人类进化以来，什么是官？无论什么朝政，取决于为官者品性修养，好则为人民服务之公仆，歹则为己为少数权贵谋利益，仅此而已。

还是那个县衙大堂，还是那个官宅，真要改朝换代了。“这么多钱从哪来？库银存放不多。”韩大说。他依然、当然乐意继续秘书官工作。

“有钱不用干啥哎？别看只顾了眼前，回报大得很！”永兴现在说话有分量了。老百姓不知“人微言轻”这个成语，却有他另一种朴素的成语解释：老百姓放个香屁是臭的，当官的放个臭屁也是香的。但此说法这回就显得有片面性了，因为他们的少年县令本身就是放童子香屁的人。

百鹊已有属于她的住房，但多是往永兴的官宅跑。嘿！巡官嘛就要巡，保护百姓安宁。不过不再是独身而行，有几个跟随。她因祸得福，命运改变了，不再是大巴山顶竹林中的土喜鹊。

县府告示出现的翌日中午，百鹊跑进县衙，对永兴说：“福娃哥，外面涌来好多好多人……”永兴道：“该不是棒老儿又杀回马枪吧？”百鹊说：“我还没把话说完啦，你就打断我的话。”永兴咧嘴一笑。百鹊续道：“男女老少都有，说要看看你。”永兴抿嘴一笑：“邱大哥，我们出去看看。”他俩几乎形影不离。

三人出现在衙门外。

啊？一双双惊喜欣慰的眼光，啊声不由自主地发出，老人的眼光、媳妇儿的眼光、小伙的眼光、小孩子的眼光，光光不同，像在观赏珍稀动物。百鹊如花，邱大耿的英武，永兴的年少，合奏出瑞祥正气，有这样的大树躲荫凉，穷百姓看到了希望。人决定人的命运，强者决定弱者的命运，弱者养活着强者。于弱者有始终如一的怜悯心，除非为官者具有菩萨的觉悟，否则只有看众生的造化运气了。

邱大耿出面道："我叫邱大耿，是新来的保安团团长，这两位不用我介绍，今天就顺便与父老乡亲见个面，希望今后官民合作愉快，共保平安！"一老者出面，立现补丁衣裤，道："给李县令几位大人请安！"言罢下跪，引得大小人等纷纷下跪。"哎呀，"李永兴受此顶礼是大姑娘坐轿——头一回，不习惯，有点儿嫌重，"各位大叔大娘大哥小弟小妹妹，我还小受不起，快请起，现在不兴下跪了！"百鹊、邱大耿趋前扶人。"各位大叔大哥大娘，请你们放心，我会尽我的力量为你们着想！"

百姓满足地散去。邱大耿这才说："好感动人，我差点掉泪，自发的行为，百姓打心里爱你啊！一看就知道你是个好县官。"永兴说："这话太早了吧？"

又一天，街上、衙门外贴出了第二号县府告示：

本县重组保安团，符合下列条件者均可报名应选。第一，年满十七周岁以上二十八周岁以下；第二，身体较好、无传染病，精神、头脑好使者；第三，有志保境安民、品性良好者。

入选者其家为军属，受政府保护，是佃户的租子减半，国税照缴。有破坏此法者，可上告县警督科，查证确实者，严办不贷！

此县文告同时发送各地乡公所。

韩大说："县令兄弟，你这新招新政，不拉壮丁求自愿，恐怕到时人满为患，反倒招架不住，更担心的是，招致佃人喜欢财主不满。这可是从来没有过的事。"永兴笑笑，说："那么你们家呢？"韩大一个哈哈："你说呢？"接着，二人一起会心地大笑。永兴又道："至于人满为患的事，到时我叫鹊妹、牛弟把关挑选。"

永兴出身于佃农。佃农出身者当权就会为劳苦大众撑起一片青天吗？不一定。富豪出身的官只会为少数富豪说话吗？不一定，取决于人天之品性、认识。

永兴新官上任两把火，出手就代表广大人民群众利益，那并非出于拉拢人心之策略，那是自幼心性的自我修养，出自真挚情感。

果真立即有了反应，黄一甲不高兴了。因为他大拐山老家就是一小土财主，有佃户六七家，若其中有娃子选中当兵，租子减半，岂不伤了他家的收入？但他势在必行，他的侍卫排自然嫁鸡随鸡。黄少伯、吕在二等巴不得高升，这倒使永兴化险为夷，定时炸弹危来险去永兴并不知情。

百废待兴，从容自如，少年单纯而不傻。

知道永兴三少年当政时，黄少伯如雷贯耳，吕在二发呆。黄少伯心道，这小子总是我头上的一座山，更不便报仇了。吕在二思量，这伙人又入朝为了官，杀父凶手八成又是他们……

另有一人更是别有一番滋味在心间，李永富。虽然从未与堂弟李永兴正面接触过，那是极次要的问题了。当初黄少伯抢走叔叔的二儿媳妇菊香，他想活个不受欺的强人，不但不救菊香反而入伙，作下不少伤天害理事，世事的变化岂是他的智商所能预料的，如今小堂弟福娃……越想越不安。初进保安团，黄一甲对他们也是有所顾忌，语重心长了一番："猪八戒吃猪肉——莫忘了各人姓啥，要低调，把你们的习气给老子收敛收敛，莫又随便抢

121

东西搞民女，给我找难堪就叫你们滚回麻口山，本来保安团可以先剿灭你们的。现在好了，李家三少年又成了精，好在你个倒霉蛋黄少伯将随我飞出他们的笼罩之下，只是我们开拔后，小子搞那一套成了我的后顾之忧。"

"叔叔，"黄少伯不失时机地进言，"我们作了他。"

"作了他？"这问题黄一甲倒没想过。当他意识到这个问题时，并不显得惊讶。"你作得了他吗？原来就作不了现在就容易作了？放毒我们又不懂，灌醉酒他不得喝。"

既是同命相连，总是要为同一方着想。吕在二道："整人的方法多得是，虽然我还没决定是不是杀他。"而李永富呢？只有躲，过着反而不开心的日子，参言他还无那品位。

"办法总会有的。"黄一甲淡淡地说。

第十七章　二度飞碟

是城都靠河边，即使有条小河。

夕阳下，小河边，一人不时仰望天边红霞，捡片薄石打打水漂。

多像一个失落的秀才。

他没有诗人的文思但在构思，他不是秀才是黄少伯，身着军服。

他在构思陷害李县令的腹稿。

这世间多少人怎么就想不开，老是执着纠缠，累己累人。退一步不好走吗？王三春已经想开了吗？

不过，此时黄少伯真的想休息休息，因为他感到疲倦，很累很累，便向回走去。此时，黄一甲团长去找侍卫排长黄少伯说事，推开寝室门，却见一只虎卧在床上，大惊失色，拔枪照虎头急扣扳机，枪响后却不见了卧床老虎。

怪事！惊动兵营。

而黄一甲拔枪击中老虎头时，回营路上的黄少伯忽觉额头剧痛，回营就倒睡于床。

三日后，黄少伯额头长出毒疮，内服外敷医治无回天之力，第七日奔地狱去了。他陷害永兴的腹稿永远成了腹稿，天知地知。

此异象哗然，流传久远。这个始终不愿向堂侄黄少伯开枪的黄一甲，最终还是枪毙了隐形之侄子。福娃的一场潜伏危机消于无形，天意！

保安团快开拔了。上午，副官带一顶轿子来到县衙请县令："全团弟兄们都要求再见您一面，团部设辞行宴，请务必去给兄弟们说上几句话！"永兴愣神："有这个必要吗？"副官想说这是官场规矩，改口说道："大人还没经历过，这种事一点儿也不奇怪。"

"行，"吩咐执勤大哥，"去把华巡官、邱团长叫来陪我去赴宴。行吗？"永兴已开始使唤人了。

"那是自然，已去请了，您请上轿。"

"不坐！不坐！我等华巡官、邱团长一路去。"态度坚决。

"鹊妹，邱大哥，走！"见到二人，永兴绽出了笑容，手拉手出了府衙。到底是个大孩子。轿夫、副官抿笑摇头，空轿跟随。

"黄团长！"

"邱团长！"

123

团长与团长拱手见礼，新团长与旧团长见面，脸上堆满了客套的笑意。宴会最是官场虚与委蛇的社交场合，当然有将无卒。

醉语豪言，杯觥交错，最是看重，不喝够敬酒杯数便是扫了面子。永兴却不理那俗套甚至轻蔑，一杯应百杯。百鹊点滴不沾只是尴尬地不时夹菜吃，她并非因初见大宴而怯场，毕竟有些女儿情态。邱大耿当然能应付几下。

"邱大哥，"永兴小声问："这酒杯边的话就那么当真吗？"邱大耿笑意有点儿暧昧，道："你看呢？"

说话间，只见一大个子拱手行礼，高声道："李县令李少侠英名远扬，听说有个去万僧寺出家的女子，被一个武艺高强的人阻止追杀，被李少侠三兄妹撞见，路见不平，拔刀相救，大战一场，杀了那追杀女子的人，可敬可敬，不知是不是虚传？请给我们讲讲，让我们享个耳福！"永兴听其言观其人，已有感觉，答道："这个事本县听说过。"

众人多么希望是李县令本人的故事呢？不免有点儿失望。

先宴会后集会，思乡的士兵多么希望留下来跟李县令干呢？但不可能。

永兴三人回转的途中，邱大耿说："贤弟，宴会上那个人说的事，我看你神情不对，八成是你们干的是不是呀？"永兴笑笑："你问鹊妹。"他俩经历过生死交，那就浇树浇根，交人交心。百鹊便一路嘻嘻哈哈，没头没尾地吐出真情。若是叫她写成文章，肯定是乱七八糟。永兴说："我叫百鹊问过，那人是侍卫排长，名叫吕在二。可能要来找我哎，你们多注意。"

邱大耿带来的一排"钦差兵"暂无住处。遇难秦县令的家眷已回古阳县老家，空荡的大院一人为主多没意思，除仆人、侍从外加二三十人不闲挤。永兴就叫"钦差排"住进自己的县令专属官宅享受享受，乐坏了这些兵。

下午，执勤兵报邱大耿："一个大个子人要见李县令。"邱大耿有感知，即带兵出衙门，见是宴会上发问之人，已换为民服，故意问道："来者何人？有事我转达，县令岂是你随便想见就见的！"

"草民有要紧事定要见李县令，不见到不走！"露出坚决的神态。

"凶了你了？！"士兵们霍地推弹挺枪围起大个子，邱团长默许。

"想动手？你们这阵势恐怕枪不起作用了！"说着亮出怀中双碟示威，随手向斜上空飞出一碟，嗡翁旋飞，又回到手中，随即旋出另一只。只听啪的一声，飞碟被邱团长驳壳枪击落，回不了大个子手中，反应之灵敏，果然非等闲。

大个子也真是时乖运蹇，如此奇特的武艺、兵器，再度尴尬，被对方弄丢。急剧的变化，枪和碟都失去了本来的威势。大个子突然大转变，一头跪下拱手道："求你们了，我一定要见见李县令，不然我跪死！"士兵们被神奇、骤变的一幕弄得发愣。邱团长道："这还差不多，去请李县令！"

永兴出来了，一见便知。"你为何不穿军服来？"

"啊？这……是草民的私事。"

"你是追杀扬枝水出家的那个人的儿子吗？叫吕在二是吗？请站起来说话吧！"大个子又是啊地一惊："草民正是，请问……"永兴打断他的话，占据主动："你的武艺有你父亲高吗？"

"这……"吕在二一直被动张皇，"差不多吧。"

"你为啥不改个名字哎？"

"这……我改名字做啥？"他没想到会提出这么个问题。

"你不是叫在二吗？你爹作恶，你也想步后尘再一再二吗？"军士们抬起一笑。

"人是我杀的，也是我们家人去埋的，碑是万僧寺无修上师叫立的，你想报仇吗？"

"啊？！"吕在二这一惊非同小可，包含复杂心理。水落石出、杀父之仇、埋葬却又是善举，他的心也在善恶间徘徊，反倒拿不定主意。永兴说："你若报仇，行之为恶，罪上加罪，信不信我定拿你下大狱，这样行不行？我可以跟你比一场，你若输，回去慢慢想，想通道理，想不通再来找我！"给了对方台阶又满足其心理，艺高人胆大。

"你输了呢？"

"邱大哥，去把我短棍拿来。你以为我会输吗？"

百鹊来了，永兴对她笑着耳语。

短棍拿来了。"跟我哥动手你不够格，我来就行了，把木棍给我！"百鹊笑笑说，"我是巡官，专门维护治安的！"

"哈哈哈哈！"兵将抬起一笑，笑虚了吕在二。

既如此，吕在二来真的。

百鹊何尝以为假？比拼结果，百鹊虽然伤不了对方，却也快如飞，只是闪跳腾挪，累得吕在二大口喘气大颗汗滴。百鹊进步了。

二人罢战。吕在二气喘吁吁道："请问你们师传何人？"

永兴道："天地为师。世上第一个会功夫的人谁来教他？"

吕在二没趣地走了。

第十八章 未雨绸缪

翌日，保安团开拔，小城百姓出来目送。县衙官吏出来送行。

客走主人安。县府议政堂，永兴安排家事，他不用别人提示，自己晓得。当然，特殊的县官，还不够党国党员资格。"本县明天打算下乡访查民情，顺便回家告慰父母，带石牛回县就职，尽量去去就回。我来的时候，奉秦县令之命，打算第二天就回去接石牛，没想到事随境迁，现在方能勉强脱身哎。现在我安排几件事。一件事，百鹊与保安兄弟一个班随行，其余两班兄弟立即搬进兵营新家，准备考查、接待新兵弟兄；二件事，我离开这段时间，委托韩大秘书官与邱大耿团长配合主持大局。请三科一室军政各位长辈大哥哥们视为己任同心配合啦！"一面微笑行礼。

"李县令请放心去，您回乡探亲我们尽心都应该！"不仅是官气，人气更好。人总是好人多。

不过，很多事不宜正式场合讲。县令官宅里，永兴对邱大耿说："邱大哥，我走后，你还住我这里，生活料理还是原班人马，我已嘱咐过。"

"那大哥哥我就不谢啦！"却抱拳行礼。

"你带来的人就是保安团的火种，枪支弹药的事，尽量多向上要，还有你说的什么手榴弹、机关枪，欲善其事，必先利其器，我胃口大哎！"

"尽量胀破贤弟的肚子！"

"机关枪、手榴弹你弄得我满意了，我回乡给你带个满意的媳妇儿回来！"

"哈哈！"

"王三春死火未尽，难说不星火燎原？探子的事你安排好了吗？"

"已找到四个人才，正在谋划。"

"邱大哥，你只身来到我们山里，委屈你了，既来之则安之……"

"不委曲，我不跳级当团长了吗？"

"哈哈！"二人又玩笑了。

"邱大哥，你我难得阴差阳错有此际遇，珍惜它，干一番百姓称颂的事业吧！"

"生死不背叛，合作愉快！"又一阵开心的玩笑。

这一大一小一高一矮有什么过命之交，交对人了吗……

永兴、百鹊原为送信来到县城，却遇连连烽火卷入其中，赴汉仲府亦未得平静。这民国时代之国体，满身的铜钱癣皮肤病——匪患。其病因当然不在表而在其里。多是气血失调，阴阳两虚，邪胜于正，虚火所致，毒泛其表，而这正是知府扬大人考察永兴当县令的理论问题，党国里也并非皆是人以群居，物以类分的坏人，青青原上草，总有花一枝。而这理论问题，正中永兴下怀，那是他早已想到的问题。

于是，扬大人向省府递送推荐书，那得翻越名扬中国的秦岭。以秦岭为界，中国分南北方。趁候命期间，扬大人便命永兴、百鹊协助身手不凡的邱大耿连长，侦破一犯罪团伙，这团伙近来昼伏夜出，神出鬼没于汉仲城，抢劫商铺、银行、闺阁之女，几乎靠吃汉中城养生。已大致确定犯罪团伙有根据地，在横过平川那边的二石山。邱大耿揣一手枪，带永兴二人便衣前往侦察，以便有的放矢，派保安兵前去剿灭。

平川大道上，人来熙往。"邱连……不，邱大哥，"百鹊问，"怎么叫二石山呢？"邱大耿只听说二石山就是山下有两尊巨石，巨石后面小山坡有个不深却宽大的岩洞。却瞎编故事逗百鹊："二石山下有二石，二石背后有个洞，洞里有二十个野猪精，我们去捉野猪精你怕不怕？"百鹊明知是玩笑话，却也顺口道："怕野猪就不当这个猎人了。"永兴道："你们的谈话不妥哎！隔墙有耳，况大路乎？"

三人来到二石山根下，四下望不见人烟房舍，身旁一道溪流穿林而出。循山根去二巨石处还需约半个时辰，便坐在山溪旁憩息。这时，林中忽拉拉窜出一伙人来，清一色的年轻人清一色的手斧，不声不响步步逼近，邱大耿三人不自觉地退下平川地，邱大耿边退边道："你们是什么人想干什么？"其中一人发了话："先问你们想干什么！"邱大耿已有推断，道："我们是来入伙的。"还是那人发话："你不是在路上说来捉二十个野猪精的吗？你们不是从府里出来的吗？"原来这伙混混刚好二十人，不弄假成真才怪！其中又一人道："既来入伙，不会拒绝搜身吧？搜！"

手枪能让搜去吗？邱大耿喊一声："就是这伙人！"已掏枪在手。

"给我砍！"立时一窝蜂而上。

一场人数悬殊的打斗，结果，二石山二十人不死即伤。邱大耿要把伤者带回交案，检查现场。永兴见一堆尸体下在蠕动，一支手枪口已对准了邱大耿，永兴大叫一声"邱连长！"身扑邱大耿身前。说时迟那时快，枪已响了，不过邱大耿没中弹，永兴的又一根新的短棍中弹了，连人带棍倒在邱大耿身上。容不得那人开第二枪，邱大耿的子弹先到……

这还不能成为过命之交吗？当然是邱大耿主动伸出过命之手。

永兴回乡了。

翻了一次五峰山，去时的福娃、百鹊与今日之福娃、百鹊像变魔术似的。衣锦还乡、荣归故里这两成语刚好找到了用处。那气魄、那精神，韩清风直佩服自己的眼光。

河妹的心思不在于此，那受强亲之辱、那山上生死之玄乎，那入心入肺的思念，一肚子幽怨倒出来，顺着眼泪流，滴到永兴肩上，顾不得众目之下，哄哄地抽泣，梨花带雨，柔上加柔，把永兴也化成了一摊水。"福……福娃哥……哥，带……带我走，我要跟……你走！"永兴揩了揩湿润的眼睛，温声道："嗯，我答应，带你走。好了嘛，别哭。"韩清风在抹眼泪，百鹊低下了头，众军士默默无语。

别看永兴还是少年，少年老成，心细得很，给河妹准备了套棉花布，给她父母及自己的父母各一套蓝色棉布，可都是稀奇东西，从汉仲带回远定县，带回乡里。韩大也给家里捎回了蒸馍等食品。"福娃哥哥，你上次走的时候那双草鞋还要不要？"永兴笑笑，说："河妹给我收起的，我怎能不要？天晴下雨都能穿。"

"河妹，等着我，等我们办完事来接你。"见过韩家人，吃顿饭，永兴、百鹊便急着要上山见父母亲、家人，因为他已知道了一去不归的变故。还未到家，看得到家了，便请随行兵士放三枪报信。

李春玉门庭光耀，忧心陡然变为欢心了。三少年经历磨炼重逢，石牛换上了官服，直望着永兴和官兵嘿嘿地笑，那是新奇又宽心地笑。"这就是石牛啊？"官兵们都是些年轻人，如走亲戚，欢喜自在。李春玉说："永山娃，去河对岸把大大也叫来！"

大大来了，见场面，先是诚惶诚恐，继而这种心态从脸上消失，拿出一双粗布鞋。别看是粗布鞋，对穷苦儿女来说来之不易，更显得贵重。"石牛，莫嫌弃。"她要给石牛亲自穿上，那是估量着作的。穿着穿着，几颗粗大的眼泪落地。那内疚而无奈的眼泪，石牛也许永远不会明白。"大大，你怎么了？"

大大收回了眼泪，说："没事，没事。"

大大突然变得主动、殷勤起来，对李家的家务杂事，见啥做啥，晚上又给石牛洗脚，用大锅给官兵、李家人烧洗脚水、倒水。

看看近日天气尚好，永兴吩咐道："永山哥，石牛、鹊妹，你们三人两天内通知到麻柳乡各保长，后天请各家各户至少派一人到陈正高乡长家集会，就说我有话对乡亲父老讲，刘排长带两弟兄立即去陈乡长家传令，驻守等我们后天来。另外，请爹去请沈先生到我家。"

沈秀才先行来到李家，他已大致知情，怦怦跳动的心一直按捺不住，进屋见到永兴就哭起来。"天啦，我没想到啊，世道还能有这种变化呀，老百姓有指望了，有指望了！"永兴扶着沈秀才安慰道："先生莫激动，我请先生同我回县衙，辅助我理政、坐镇，官名我早想好了，就叫县令助理。"

其实，这何尝不是沈秀才几乎磨灭的抱负？如今突然焕发，不受宠若惊才怪？

第三日，不得了！陈乡长家人山人海，破烂老少男女，院内院外地里都站满了人，那是少年县令的感召，祖辈没见过的亲切而新鲜的事。韩清风领着河妹来了。"福娃哥哥！"父女找见永兴，见永兴与百鹊、石牛、四个兵站在院内台沿上。永兴招呼道："爹，河妹，你们来了，过来坐。"拉过河妹的手。

这时，刘排长高声道："今天，当着父老乡亲的面，宣读远定县衙三条公告。第一条，远定县警署公告，今有麻柳乡乡长陈正高勾结原麻口山土匪，危害地方，陷害李家三少年永兴、石牛、百鹊，逼死佃户尤贵儿，为张正义，除害安良，立即枪决！

第二条，按人口平分陈正高家拥有的土地，免去其所属佃户的租契，从此一律自种自吃，只交国税不交租子！陈家仓库的陈粮充公，运送县城作为保安团军粮，凡运送军粮者每百斤领取两块银元劳务费！第三条，委任韩清风为麻柳乡乡长！"

乡民对这突如其来的变化一时还反应不过来，许久，才有一个年轻人回味醒悟，大喊一声："青天大老爷，穷人有好日子过了，给县官他们几位大人磕头！"接着众乡亲也慢慢醒悟过来，陆续跪下，口念青天大老爷！永兴这才出面讲话："父老乡亲们，请起来，都有饭吃有衣穿，我心里才高兴，也是我的愿望！"

啪啪！早已五花大绑的陈正高被兵士推出院门枪决。"请乡亲们给他收尸安埋！"刘排长说。

这是实力的翻身，早些年，永兴能这样作吗？

集会散了，接下来，有很多细节安排，如何监督土地平分落实、如何运粮、如何用人，永兴面授刘排长，刘排长面授韩清风。"那个带头喊青天大老爷的年轻人可用。"刘排长说。

永兴说："牛弟，回县衙的时候，把大大也带上，给他家送些粮食去！"石牛高兴得蹦起来。

"别高兴得太早，"永兴说，"不是带去拜堂，我们都还小。"

回到天仓山，夜里，李家堂屋成了议政堂。没有等级身份之别。

永兴道："天下问题，多是贫富差别太大所致，财主不劳而食占地圈山，大多数人出生在这个世界却无立锥之地，靠租种财主的土地，在财主的大锅里舀得一羹半勺残食生存，我要把全县恶财主的土地想办法全部分给穷苦劳动人，就像今天这样！百姓家家有自己的土地，定能改善生活，庄稼增产，安居乐业，于国于民大有裨益。大家想想，好不好？"兵士们都是庄户人出身，一点即明，"要是能这样，那就开天眼了！"石牛跳起来："要得，干！有了土地再饿肚子，那就是懒汉了！"

永兴说："沈先生，这不正是你的希望吗？"沈秀才激动地说："孩子，是你成全我的意愿，我虽然教过你几天书理，青出于蓝，跟你干，万死不辞！只是，这事业可能要闹大，是个大问题，如同太平天国均田地之举……"永兴说："这我想过哎，我们新组建的保安团，我要叫他们成为名副其实的保家为民的保安团，这些事回去再商议。"

李春玉聆听儿子的讲话，这时笑眯眯地道："今天，我这个庄稼老汉也能当回官，参加参加你们县啥……县议政会，说两句，行不行？"

"哈……！"

刘排长笑意未尽道："大伯，您请开金口！"

李春玉道："你们干的是大事，计划一定要想周到啊，俗话说，前看三步好走，后看三步好行。"

"没了？"

"没了，就这两句。"

"哈……！"

永兴欢快地说，"后天带你们去万僧寺，喜不喜欢？"

"好哎好哎！"众人欢叫起来。

天仓山起风了，木着的河面起了涟漪。

第十九章　初雪飘飘

永兴为何后天才去万僧寺呢？因为明日他要独自去久违的湾脚，那使他脱胎换骨的地点。

一种渴求，如有酒瘾。多次的征战杀伐，自己的心灵在陌生，在变态，他感觉百鹊就有些麻木不仁了。他不愿意失去原来的心境，那心境比现在安逸得多，他要重温，要拾回，要净化一下。

翌日无雨就叫晴天吧。永兴走至湾脚边，急切向那瀑布、乱石堆望去就有感觉了，那是习惯的激活、气场的条件反射。

哎，好安逸的感觉，站在瀑布前，依然视瀑布为颗颗水滴，似千军万马呐喊冲杀。还好，经验证功能未退步。他又渐渐听不见了呐喊声，渐渐忘记了自己是县令，忘了山，忘了水，忘了天，忘了地，忘了自身躯体。

"李县令独行，不行，"刘排长说，"我们有责任跟随，去两位弟兄！"百鹊说："他不许打扰，说要安静一下。"

"老远看着就是，不作声。"

百鹊说："这倒要得，这么多人帮我家栽洋芋，嘻嘻哈哈当玩耍，要不多久就把那块地栽完了，然后我们都去。"

河妹上山来了，首次单身独行，那是天仓山的磁场给了她胆量。她等不及福娃哥哥临行带她走，理由是也想去万僧寺看看。那是昨天分别时福娃哥哥对她说的。长了这么大，只见过簸箕大个天，土气得眼睛没见过耳朵，未免太窝囊了吧？河妹撒娇对父亲如是说。

韩清风一下子由闲人变成了忙人。忙政事，按人口平分陈财主家土地，那得有骨干，跑腿的，查户籍，没空送河妹。河妹说，我恁大的人了，不要哪个送。

大大来到天仓山，这么多没见识过的人物，这比她家景气三倍半的李家，打内心想赖着不走了，何况昨日已经有人给麻子爹送去了过年才能吃到的大米，何况石牛要带她走？更是丢心落意。

李家人见河妹一人上山很是惊喜。河妹见大大："你是大大呀？"大大见河妹："你是河妹呀？"共同的命运，两人手拉在一起更有亲热感。河妹说："爹，我爹叫我给您带个话，以后你们家就不要再交租子了。"李春玉道："多谢你爹大仁大义"心里却在笑，你现在还好意思要吗？

李家解放了，永兴先解放了自己，后解放了自家，解放了百姓。世上也出救世主，要解放全靠自己。

这些习惯平川庄稼活的兵士，在李家人技术指导下，别扭而快活地种了一大块地，便到湾脚边看永兴，永兴看瀑布。河妹与大大也来到湾脚边，融入悄悄的气氛中，专注一念，仿佛也忘了自己。

永兴回过神来，活动热身，跳上乱石堆跑起来，晃若如光圈，见圈不见人，让这些山外平川出身的兵士反倒来这山里见了世面。

"福娃哥哥——！"只有特别关系的河妹随便，带头呼唤，将他的福娃哥哥呼唤回现实。

"河妹，你怎么也来了——！"

"我也要跟你一起去万僧寺——！"

"我也去！"大大瞟一眼石牛，小声说。脸蛋随声飘起一片

135

红霞。百鹊把河妹、大大两边用力一夹，道："好哇，小姑奶奶带你们！"

"哎哟！"俩姑娘被夹痛，却在笑。

沈秀才先行回家有充分的理由。命运突变，官运亨通，比永兴的衣锦还乡感还要浓。急切切早回家报喜，房屋周围爱报喜的鸦鹊喳喳现在已显得多余了，不过这虚荣心将成为他正面的精神动力。永兴给邱大哥甩下的许诺没有疏忽，他透露给沈秀才，沈秀才任县令助理的第一件理事就是为永兴分忧，他的侄女沈欣阳，年方十七，相貌虽非优秀但也良好，知书识礼。人说编炕席的睡光床，当爹妈的卖儿郎，他秀才家却不存在文盲。带侄女进县衙门，那当然不是为了送进大牢，要是他有合适的亲生女，还会带侄女吗？

该汇合了，三少年、三半大姑娘、十二个山外平川军士，行进在山路上，无身份之别，其乐融融，青春如潮。

来到万僧寺，真有点儿声势浩荡，修行僧亦见之新鲜，打量这一行人。军士们见僧人、四周的庙塔亦为之新鲜。永兴道："兵哥哥们是随我见上师呢还是逛庙？"刘排长说："先见后逛也行嘛！"永兴笑笑道："你们是不是些吝啬鬼，愿不愿意种个善因呢？"军士们不解。百鹊说："就是给庙里施舍点钱。"永兴道："既是种善因，需各人掏腰包，我这个县令包办不了，也没有多余的钱，走的时候还要给家里留几个。施舍多少随意哎！"大家齐说："要得！"

无修上师早已摆开接待的架势。永兴带头行礼："上师，我回来了。"

"阿弥陀佛，施主们随贫僧先用过斋饭，再到后殿叙话。"

河妹吃着没有猪油的斋菜，新奇地说："这就是吃斋呀？一辈子……那不拖坏了？"无修上师微笑道："小施主，你看我拖坏了没有？肉并非生活必需品，众生杀生以为天经地义，实则莫大的错觉啊，习以为常而麻木不仁，岂不知杀伐恶果循环不已，而生来世仇怨，而生战争。"河妹哦的一声，似有所醒。

永兴来万僧寺的目的，就是想聆听无修上师的开示。饭后来到后殿，无修跏趺端坐殿堂蒲团。其菩萨之风，令人不恭自敬。

百鹊合十道："多谢上师和师父们搭救我李家。"众人一齐行礼道谢。无修道声佛号，道："世人最可悲的是愚昧，因愚而行不端，因昧只知一世，只图一世，实在目光短浅。"

刘排长忽然问道："请教上师，人死了，到底有没有灵魂，来世？"他冷不丁提出这样一个问题，大家一齐向他望去。

上师微微一笑道："万物有种，比如白菜种子，其实实理与虚理同为一理，人死后也有生命自身的种子，生生不息，遇气候土壤又发芽生长。人死只是肉身坏，其实种子长存，于是何来生死？但种子有优劣，种子结果成熟期有长短。优劣生境不同，因果成熟期快则现世报，慢则隔世，同一棵果树上的果子成熟还有先后呢！可悲众生不明大小、实虚之万事万物皆天地同一法则的衍生现象！"

永兴听得拍起掌来："好哎好哎！"发现自己失态。无修却暗自欣慰。

河妹忽然娇声道："上师伯伯啊，我爹逗我，问世上先有蛋后有鸡还是先有鸡后有蛋？"众人抿嘴掩笑，无修也忍将不住咧嘴笑笑，道："圆圈的起始先后在哪里？天地初生，本无先后。你是不是还想知道，世上第一个人是谁生的？其实，我世间人初祖，原本来自外星，非但外星，还来自天外呢，只因贪婪这世界之色，失去返回的能力，就繁衍下来。你们中有人将来会亲自看到这个事实的。"

啊？

永兴问："上师，世上人穷富也是因果吧？这因果是啥根源？"

无修道："空为万物真相，因果万有法则。起心动念皆成因，令虚空震动。怜财惜物，舍得而得，舍不得不得，一言一行可种福德之因亦可种穷途之因。话虽玄奥，终有透解，语言为假，语意为实，一切说法，终是勉强得很。"

众人如坠云雾，唯永兴得其所哉，道："我想叫无土地之人有了土地，就有了饭吃，这因果成熟是不是就叫快报呢？"

"心是万因之源，貌似快报，实则藤长根深，施主，你认为可为的去为就是。"

百鹊问道："上师，我们救的那个扬枝水呢？"无修说："她法号心了，你们还有缘相见的。"

叙谈结束，一行人出了后殿，开始第二项程序，逛庙。三姑娘一伙。

大大说："走进庙里，我心……好安逸也！"河妹说："那你也当尼姑吧？嘻嘻嘻！"

欣赏罢万僧寺，一行人打道回李家。路过沈秀才家，小河纳溪流，又卷入了两个人，沈秀才和侄女沈欣阳。

要回城了。"爹、妈，跟我们进城住吧！"永兴说。石牛及三姑娘更希望慈父慈母随行。军士们也嚷道，大伯大妈养育这么多儿女，说含辛茹苦还轻了，享几天清福应该的。李春玉说："有这个心意就行了，算了，衙门我肯定不习惯，一辈子劳动惯了，金窝银窝，不如我这狗窝。"

翌日启程告辞。永兴给爹妈磕头。百鹊、石牛、河妹、大大见状也跪下。"爹、妈，孩儿不能膝下尽孝，请三哥三嫂替我多代劳。"葛氏流泪说："你这一走，不知妈还能不能见到你。"葛氏生九胎，身体已百病丛生。永兴出门时摸了摸春喜弟的头，以示告别。李永富当了棒老儿，李家至今不知其下落。李永富父母亲已死，其妻改嫁到上木者河，其子春喜被李春玉收养。

永兴一行还要下山到河妹家那是势在必行。一则向老丈人告辞，二来具体交代分土地事宜。

"爹，"河妹说，"福娃哥的事就是我的事，我是你女儿，所以嘛，也是你的事，办好点噢！"

又出发了。一路话多，何况有四个妙龄姑娘同行。

"牛二哥，"百鹊说，"你的牙齿怎么还是黄色，像虫蛀过的，走到哪里都晓得你是石板山的人。"

永兴道："牛弟现在不用担心了，下次派任务公私兼顾，派你回石板山，顺便看望你爸妈。"

百鹊说："我的家在哪？在天仓山。"

石牛说："那是你婆家。"

"给你一镖！"

百鹊啊，都在下爱情海了，你还在岸上。

"鹊妹，到时请你回一趟苗寨，给头人送封信。不知春娃子阿哥现在怎样？"

天空储备了大量乌云，飘飘初雪落在行人身上，很快化掉。

永兴他们真的是回县衙吗？不。

永兴本打算既出来，干脆多转几个乡，查处有人命或欺压百姓的恶财主，分其土地免其租子，他想当官的目的是利用职权为大多数人民谋利。但觉得不如培训大批骨干人员同时分配下乡效率高，况且事事躬亲，不是个办法。但世上多少事，从来急，要想在来年秋收前完成全县义举，时间紧迫，只好实行不是办法的办法，多转转，尽量取得经验，以免片面性。世上事两难全，皆因万事万物有利弊两面性，人们不过是尽量取利祛弊。四个姑娘随行，一可锻炼，二可为大家洗衣服。

吕在二并未随军开拔，回到了他父亲修禅的茅庵，下定决心苦练飞碟。两次双蝶落单，理智斗不过自尊心。

"补锅啰！"

"修磨子嘞！"

远定县山乡常见匠人串乡走寨，那是侦察王三春下落的探子。

李春玉对永兴说："不怕贼偷，只怕贼想念你。"

第二十章　紧锣密鼓

高山总是以生硬的态度对待雪的来临。雪过天晴，还被拒之大地门外不得入内，大巴山顶与天仓山就是这样，而矮山之下早已热情地接待了它触于无形。对于出行，下雪总比下雨好。李春玉家来了一位雪山顶上的人，春娃子，那可真是稀客。

苗家人感情更丰富，可春娃子至今没有对上情歌。只是依然爱哼："阿妹子脸乖乖舍，阿哥我心痒痒哎，黑了望星星舍，白天看太阳哎！"

真的，春娃子歌如其行，常常痴望着星星，星孤心独，心星相惜，从爱的折磨中酿出一壶不能过量的美酒。"春娃子，"格桑头人来找他，说，"不晓得永兴少侠他们现今是啥情况，你去看看，盘缠我给。"

正中情怀，春娃子踏破积雪，跑得比风还快……

李春玉说："他们走了三四天了。福娃他们自从你们苗寨回来，又经过了不少战事，福娃说他还从没用过头人赠送的宝刀子杀人。他现在需要用人，你去县衙找他，当个兵呀啥的。"葛氏说："顺便给他带点燕麦炒面，他喜欢拌饭吃。"春娃子说："好，只是身上没干粮了。"葛氏说："娃儿你还愁这个呀？还要给你炕几个白面巴巴呢！"当天收拾好，翌日早春娃子折身就走。

永兴带队走访民间，县府那边邱大耿紧锣密鼓接待、审查各乡送来的志愿兵。人性化的军属优惠条件古来罕见，还用得着绳索捆绑拉壮丁吗？何况是广为传颂的少侠县令大旗之下？果然人满不为患，几乎清一色佃农出身。按整编制一千零八人多出了一百二十七人。永兴早已运筹帷幄，走一步棋看三步，远定县共一百四十个乡，他要培训至少一百四十个取名为特工队员。邱大耿带来的军士分别任营、连、排长。至于武器弹药，"他妈的也该快到达了！"邱大耿望着汉仲方向焦虑道。早在汉仲时，扬大人已派员带队去省军务厅报批、等候。暂时没有枪，那就练队列，用黄一甲扔下的长矛练拼刺、弓箭练射击。农民意识转变为军人意识，还得个小小的脱胎换骨。

特工队的特训课程也够特殊，室外站岗室内宣誓："保守秘密，自愿献身！"课训的内容一，紧急扫盲；内容二，觉悟认识。

"穷人为什么穷？"

"没有文化、没有土地！"

"靠谁去改变？"

"我们自己！"

邱大耿并非佃农出身却是永兴的铁杆哥们儿，当然前提是良好的品性，忠实地执行永兴的思想政纲。人操控人的生死，政治景观永远是当权者个人品性的映射。

木者河麻柳乡平分恶财主土地之举，一石击破水中天。并非恶财主的韩清风亦惊觉反应过来。当然不算兔死狐悲，却也起到了旁敲侧击的作用。他在想，平分土地，自劳自吃，那就意味着财主的土地版图大大萎缩，拿扇子的得拿锄头了。也好，体力锻炼，气血舒展。大家贫富差别不大，想想该是多么和谐的社会关系？会想的人就是想得开，海阔天空。

而韩家的佃户人也引起了思量，韩财主虽为良家之主，但他们也希望平分其土地呀？

龙兴镇是木者河中游唯一的集镇。二、五、八之二逢集日，十二个枪兵进了区公所。枪和军服成了抢眼的风景亮点。左右纷纷探头，屁股后滚动着越来越大的小孩团。永兴七人身着麻布粗服分别进了一家茶馆、一家面皮店，永兴与河妹为一组，进了面皮店。这家店有三个桌位，一桌四座，两桌客满，永兴二人寻空位刚坐下，随即进来一中年人，相对坐下，瞅眼之下一惊，道："这位小兄弟是……"河妹说："赶场的，这位大哥，街上有卖花布的吗？"中年人说："有，在街头，小兄弟长得太像我们的李县令了！"立即引来邻桌好奇："你见过那娃娃县令？"

中年人口气自豪："李县令是我们麻柳乡的人，法办陈乡长那天，我老远看到李县令，哎哟，那人多得，我挤不拢去。"

"你是不是陈良福的佃户？"

"我倒不是，要是就好啰！不交秫子，有了各人的土地。"

"是啊，要是都这样就好啰，这辈子投胎投错了地方。"

河妹问道："你们喜欢这个小县令吗？"她多么想炫耀一下他的福娃哥哥远在天边呢？可是不能。

"哪个不喜欢？心黑的财主不喜欢，害怕。"……

区公所门口，有一男一女半大人径直往里走。"站住，干啥的？"门卫小伙儿干涉。

"你们郑区长是我的舅佬倌，"永兴指指河妹，"她是郑区长的幺妹儿，也就是我的没过门的媳妇儿。"

"好哇！你占我便宜，小偷撞进衙门，晓得我是哪个吗？我就是郑区长的三弟。"

永兴鞠躬："哎呀哎，有眼不识泰山，我没有你这个舅佬倌呀，你是冒牌的！"河妹忍不住笑。小伙儿却未看出端倪，岂有此理，还真是黑的说成白的，成了冤案了。"你俩等到起，我去叫才来的兵把你这个捣蛋鬼抓起来！怕了吧？"

郑区长陪刘排长出来。"李县令，请！"

啊？门卫小伙儿傻了眼。天啦，那一个莫非就是百鹊？永兴拱手："门卫哥哥，玩笑了！"

门卫小伙摸摸脑袋，喜道，他称我为哥哥，嘿嘿，要真是他舅佬倌就好了！随后，百鹊、沈秀才他们到了区公所。

郑区长对永兴不仅有对上司的唯诺，更有对传说的敬畏，所以他没理由看不起娃娃县令。当永兴问："郑区长，本县在你龙兴区辖地做了个小手脚，有什么反应？"

郑区长为在娃娃县令面前表示年长成熟，直谏官风，道："民间广为传颂三少年侠风，法办陈乡长顺民意得民心，只是另有议论，免租分其土地，有些过分，有悖于自古之律。"这是永兴召开的取名为听政会，郑区长希望通过他在会上的大胆谏言，能使李县令仅限于报私仇性质，不会星火燎原殃及同类。

"那么你是怎么看的呢？"石牛忍不住声如吼，吓了郑区长一跳。

"我，下官与民同意。"

永兴诚恳道："本县年少，少不更事，还请多指教。"郑区长观其言察其色，心下稍安。

接下来，永兴一行得到的自然是优待。以往官史下来，都要找个姑娘陪夜，开支由区财务出水，这次看来他们自带姑娘，想必不用。郑区长却没想到刘排长对他传令，饭菜开支不得奢侈，我们要按规矩付钱。

远定县天要变了！郑区长并不因此欣慰，反而倒吸一口气。郑区长出身财主，至于本质如何，永兴问沈秀才："我请先生探听，如何？"沈秀才道："此人荒年逼租逼死过佃户，老成世故，穷百姓对他无好感，说明他并不代表多数百姓利益。说喊怨叫曲的佃人翻不过他这道坎，有人看见叫花子向他伸手，他看都不看一眼，足以说明德性如何。"永兴说："听政会上他一番话，凭我的感觉，相信这一点哎。"心中已有数。沈秀才说："此区长在我们家乡后院，越是老谋子越危险，对我们施政于民不利。"

永兴他们走访不广，抽样调查有限，但觉得已具有代表性。投石问路，打击陈乡长无论是敲山震虎、旁敲侧击、打草惊蛇，点到为止的好。然后待风平浪静，准备就绪，来过十面埋伏，突然袭击，一举成功。

"速回县衙，停止走访！"永兴感到就此继续一路高调，将额外生枝，于战略计划不利，纠正错误还来得及抑或恰到好处。郑区长之老谋岂能比得上少年县令的深算？

百鹊传达旨令："郑区长，我家李县令有感您直言，言如其人，请随我们升县衙辅政，区长将另行委任。"郑区长多半惊喜少半顾虑。

出发了，翌日翻越五峰山。无人烟处，寻地坐下憩息片刻。永兴挥手大喊道："刘排长，把郑区长给我处决了！"郑区长的少半顾虑成真。刘排长先是一愣，立即反应过来，掏出手枪，郑区长在长叹一声后只听见了枪声。永兴说："你别不安，这人是我杀的，顺我者昌！"

好个逆我者亡，动机不好吗？毕竟初出茅庐，少年冲动。"把他埋了。"永兴吩咐道。

县府衙门口，来了个苗装人。躬身抚胸行礼："请通报一声李县令，结拜阿哥春娃子请求晋见。"

"你是我们李县令的结拜兄弟？李县令还没回衙，我去禀报韩秘书官。"

韩大接待了令全家大小耳目一新的苗人。"既是我妹夫的结拜兄弟，先在我这里住下，等他回来。"春娃子说："听他爹说，他需要用人，我愿意当兵。"韩大道："那就给邱团长说一声吧。"最小的兰儿说："他穿的衣裳比我的好看，妈妈，给我也要一件！"春娃子道："小阿妹，阿哥下回给你带一套！"

邱大耿见到春娃子时，苗装给了他好感。他听永兴讲过春娃子的故事。"你既是他兄弟也就是我的兄弟，"看看他身上背的弓箭，重重一掌按在春娃子肩上："不必说，你是个猎手，当个排长吧！"

永兴在春娃子来后第四天下午回县府，各部门大小人员像候亲人般迎接，招呼不迭，他们在少年县令麾下工作愉快而有主人感精神。邱大耿带春娃子来拜见永兴，满脸带着期盼的高兴神情，有了主心骨，欢欣不已。永兴说："春娃子阿哥，你怎么找来了？我正想叫鹊妹上苗寨。"春娃子叙述了经过，说："大妈给你带的炒面我放在韩大哥那里的，百鹊、石牛呢？"永兴说："他们回了警所。"邱大耿道："我叫他当个排长，没委曲他吧？"永兴说："还要多学，有了枪你的弓箭不能丢，土洋各有利弊、作用。"

翌日议政前，河妹、大大、百鹊、沈秀才、沈欣阳、邱大耿与春娃子相见在韩大家聚餐。百鹊见到春娃子，大喜过望："春娃子大阿哥，想死我了！"春娃子心中忐忑、狂喜，轻唱道："阿妹子脸乖乖舍……"众人反应不及，待回味过来，笑黄了百鹊。

误解，其实百鹊那句话并无那种含意。沈欣阳老是偷视邱大耿。邱大耿也预感到此女的来头。眼光不时在沈欣阳身上舔来舔去，目光相撞，沈欣阳赶紧闪开，心怦怦跳，跳红了脸。永兴拿出炒面，与大家分享。

大大、河妹、沈秀才及侄女安排暂住县令官宅。永兴对石牛说："议政会后，你带大大去看看你的屋舍。"又私下对邱大耿说："感觉怎样？她可识文断字，差点儿就要定亲了，沈先生赶

145

紧退话。"

邱大耿不答话。

永兴以为他看不上眼。

"嘿嘿嘿，哈哈哈！"邱大耿突然怪声怪气笑起来，"大哥给你磕头了！"

"你啥意思？"永兴任他下跪。

"太满意了！"

"别得意忘形，拿十挺机关枪来换，一手交枪一手交人。"

"成交！"邱大耿赶紧爬起来。

"拉钩！"

邱大耿心中笑了起来。我以为你心厚，原来连行情也不懂。全团九个连强，十挺机关枪每个连仅能分一挺，要是你要求至少每个排装备一挺，共需二十七挺，妈呀我怎么办得到？邱大耿暗自庆幸，永兴却是想的"心厚不得"，要多了办不到。"保安团情况如何，特工队呢？"永兴急于了解。

永兴也在织社会关系网。这是张良性关系网，并非为私利，有意无意间织的，出于情义并非权术。今日"上朝议政"，主题是介绍沈秀才、推举龙兴区区长人选。下来后沈秀才对永兴说："我懂得，大家是信任你才信任我，要真正服人，还得靠自己。"

石牛将要张贴的布告是：今有龙兴区区长不满县令枪决陈正高行为，欲暗害李县令，被当场枪决，其区长不日另行委任。

石牛带走大大，带她去参观他的屋子，两室一厨。石牛终于有了属于自己的窝。除了被子、简单用具，添置还得靠自己的俸薪。百鹊已用自己的薪水买了套蚕丝衣服。大大看看房间，从岩洞到眼前，恍如穿越时空，不知自己处在何位置，身心随波逐流。"有啥要看的，石牛。"倒在求之不得的石牛怀里。

月光似的冷美内含火山，咚咚地心跳地表的升温，预示着火山即将爆发，愈将二人焚化。门早已顺手插栓，当石牛抱起大大走向床边时就感到大大不会再推辞了。大大是想亡羊补牢，正因为推辞，让不该尝鲜的尝了鲜。不同之处是，这次是带感情色彩的行为，浓度更醉人。哭、笑是人类本能、性是众生先天就会的手艺，否则世界无法延续。而知识还得重新去学习，道门还得重新去敲开，造物主安排得有道理。

石牛的第一次冲锋被打退，缓过气来，经上级批准又发起第二次冲锋。大大带着弥补的心态，两次紧密配合胜利完成了作战任务。

石牛被大大的指挥才能彻底征服了，立即又被大大吊起了胃口，更会令石牛死心踏地追随。因为大大说："以后，过了门才准。衣裳裤子脏了拿过来我给你洗。吃饭你们有膳堂，有病了带个信过来，福娃哥那里就算是我娘家。好好做事，莫一天光想……"

石牛嘿嘿笑，使劲搓耳朵。

第二十一章　万事皆备

（一）

曲径通幽的县令官宅，姑娘们的乐园，有种归宿感，常常因兴奋而失眠。这世代深邃的官府，如今将因人而异，变得明亮起来。

这夜姑娘们又聚在河妹房间叽叽喳喳、烤火。百鹊有自己的单位住房，常常是人往热处走，夜不归宿家似寄。

"哎，姑娘们，"百鹊说，"虽然你们一天有事务做，就这样当小姑奶奶养起，不觉得无聊吗？未必我们天生就只能这个样子？"

河妹道："哎呀，鹊妹你这么一说，灯一拨就亮，我也想到过，"陡然转变为轻言细语夜色掩护了脸红，"福娃……哥哥作大事忙，我们攒不上劲，能不能帮帮他？"大大说："怎么帮呢，最没用的是我，又不识字。"

沈姑娘年龄最大个最高，近水楼台文化也最高，这时就显得优越了，拉拉大大的手道："大大，莫这么说，我教你。"百鹊道："那我也是两……母女俩比奶奶——差不多！"

"哎呀！羞死了。"姑娘们刷地低下头，扑哧一笑，"百鹊啊，你说话这么蛮实！"

河妹说："老实话，叫福……娃哥哥给我们办个学堂，叫沈姐姐当，嘻嘻，当先生，我们都去念书学写字。"大大、百鹊连连嚷道："要得要得！"

杂役们已经睡去，只有执勤人还在陪夜。前院正屋里，并非闲聊。

沈秀才对永兴说："特工队员的觉悟教育我义不容辞，识字的事，可不可以叫沈欣阳去给我当助手？"永兴恍然大悟："哎呀！"欢欣道，"嘿嘿，背起娃娃找娃娃，我怎么就没想到？先生培养的人才有用处了！"一经提醒，永兴触类旁通："可以叫大大、百鹊、石牛他们都去当学生，我们以……以县府名义还可以办一个学堂，那才好哎！这事请先生操办。"沈秀才欣慰道："李县令所见极是，与我不谋而合，永兴啊，像个好官，哈哈！"永兴摸摸头，嘿嘿两声。然后道："我涉水不深，走的路不长，未得深水之龙、路遥之马，龙兴区区长人选无着落。我想，为官者，统治一方，关系民生，品性、魄力当为要素。"沈先生道："你的思想青出于蓝，议政会上你已强调过了，相信有反应。"永兴道："也会有不同的反应，不满。"斩钉截铁道，"我才不管你那么多呢！学古人不拘一格用人。"福娃所读的书理全都应用上了。

"李县令，早点睡，莫累到了。"

"先生，你也早点休息。"

沈秀才去后院叫道："欣阳，你们散得伙了！"姑娘们答应一声："喔勒！"

河妹给永兴端来洗脚水，说："福娃哥哥，让我给你洗洗嘛，我想摸摸你的脚，好耍也！"永兴见她如此说，不禁笑了。"好吧，就一次。"

河妹呢，言传身教，她爹的脚通常是她妈给洗的。而整理床铺也是学她妈的样子。"你回去睡吧，河妹。"永兴上床的时候说。

"不，我想挨你坐会儿。"

永兴想了想，咧嘴笑笑："准奏！"

终于一点一滴凑拢。终于首次正式品味肌肤之亲。

唉，众生，鹊鸟也要亲亲嘴，得到片刻的慰藉，足慰人生，是这世间太苦了吗？

"福娃哥哥，我想……我想……给你。"声音低得后来几乎听不清，也许怕福娃不解其意，伸出柔和的小手去摸福娃的根以示通知，而脸蛋的火辣福娃却感受到事态的严重性。他也有些挺不住了，欲将跳入焚烧灵魂的大火中。

福娃就是福娃。

"河妹，忍忍吧，等成亲再说。那样我觉得好些，一次性走了，走到白头偕老。"

河妹哭了。"不，福娃哥哥，我要……先给你，才，才放心，免……免得被别人占……占先。"渐渐哭发了，又是哄哄地哭。"陈再一他……"

永兴默然无语。片刻才道:"我晓得,河妹。"拥过河妹,透过衣服,完全投入的亲热抚摸。

许久,许久。

"行了,河妹,忍住吧,听我的话。"这一番首次激情开发,不亚于正式,河妹感到满足了。

"你能忍,我也能。"渐渐恢复了平静。

"福娃哥哥,给我们办一个学堂好吗?还有,我们都想帮你,你们的大事她们都想出力。"

"我的好河妹,那就再加一个亲亲。"

"哎呀!"

睡吧,宝贝,北斗星守候着你们。

而冬天野山中的低等动物们不知怎样过夜的。它们冷吗?

当北斗星消失在鱼肚白后,世间众生从休眠中蠢蠢欲动,世界又活跃起来。

膳房大师傅尹天应私人求见李县令,他四十出头,中等个,显然违背了一夜休眠生理规律,熬夜的样子。清瘦的身体,是否说明无偷吃捞嘴习性,作人有德呢?县官不是什么人想见就见的,近水楼台,他是衙内各部门膳食大师傅。沈秀才领他去见县令,进屋,看坐。

"二位大人请坐,草民初次求见,应当站着说话。"

"尹大叔,你有何话?"

"李大人在草民看来,雄才韬略,品性之良,百年难出的奇人,当个县令就委屈了……"

"尹大叔过奖哎,我毕竟年少,当个县令足够了。我只不过自幼性格不那么活跃,爱思索问题……"尹天应打断永兴的话:"这正是性格内向的成就,天下有智慧的人多是内向者,试想一个成天咋咋呼呼的性情,头脑有静思条理的空间吗?而智慧出自冥思条理，对平凡事物的观察。"

永兴与沈秀才对望了一眼。

"听人纷纷议论，说李大人要不拘一格选举区长一职……"聪明的人听话一句，尝汤一口，永兴再次打断尹天应的话："尹大叔是想荐举呢，还是毛遂自荐？"

"草民思索一夜，斗胆毛遂自荐。我知道你一定会问我为什么想当官，那我明确地禀告大人，追随二位大人，"永兴正欲追问，尹天应又打断话头说："我知道大人会问我为什么追随你，那我明确地禀告大人，凭你法办麻柳乡乡长，免租均田地之举。"

永兴与沈秀才又对望一眼。

"你读过书吗？"

"读了一年，读不起了。"

"好，"永兴说，"今日下午，你自掏腰包，钱带充裕些，亲自上街买些菜，我和沈理事官要品尝你大师傅的手艺。此事如何，吃了再说。但你要作好两种心理准备。"

"想了一夜，啥没想到？那……草民告辞。"一面回转，心中却道，岂不是要我出水请客吗？唉，依然难脱官场劣习。也罢。

永兴长出一口气。

"嘿嘿，沈先生，你嫉妒他吗？"

"世上人多妒贤嫉能，我羡慕还来不及，此人超过我。真是芸芸蓬蒿埋真人啦！"本来高嗓门的他，又嗨的一声一拳砸在墙壁上。"这人当个区长小了！"人世社会因缘造就，机遇良性之人多，则事易成，遇小人一个，便难成事。永兴道："听先生一言，我又长了知识。请先生去把百鹊、石牛叫来，我有事情交代。"

"勤务大哥，去把沈欣阳叫来。"

沈姑娘来了，永兴说："沈姐姐除了去教特工队员识字，平时就在我这里教石牛、大大、百鹊写字。等学堂办起了你们都过去。在特工队那边要遵守特工制度。今天就开始当先生吧，世上多少事，从来急。"

"是，县令弟弟。"

永兴嘿嘿地笑了。少年县令，日理万机，三少年与河妹、大大都是同龄人，十六岁余。

沈欣阳初进大场面，面对那么多兵，初有些怯场，不过有穷书香门第熏陶、亲事的精神动力，很快趋于自然。特工队员幸运有这么一位姑娘当先生，精神为之一振，学习更认真。邱大耿在后面欣赏场面，自然多聚焦于沈姑娘。

沈姑娘长相良好不算优秀，但端庄、丰满，莺歌般的声音弥补了不足，是最有吸引力的风景亮点，整个地把邱大耿征服了。世上男女不一定都只在乎外表，沈姑娘亦有内在文秀气质的配合。

时间到，沈姑娘碰见故意在门口等待的他。"邱……邱团长！"她不好意思地打招呼，开口说第一句话。邱大耿伸手欲握，一面紧张地说出早已酝酿在胸的话，如打仗要准备，不然临时会结巴的："沈姑娘辛苦了！"沈欣阳见对方要握手，一愣之下从娘肚子下地也没这习惯，不过反应很快，羞涩地侧过头伸出了手。

邱大耿感觉那手是那么丰腴而细刷。那滋味，嗨！

人世间的夫妻，要是永远有初恋的神妙感多好啊，可是，世界事物的属性就是"熟悉的地方没风景"，因为有个"习以为常"成语作怪。

百鹊、石牛听了永兴交办的事情，笑得前仰后合。

尹天应出门上街置办菜肴，却见一个老叫花子向他乞讨，城里哪能绝了叫花子身影？但他就是少遇。

"大人行行好，给个钱吧，我还没弄到早饭吃！"

尹天应给个铜板："大叔，拿去买个馍！"

没前行到八丈远，又有四五个小叫花子围上来要钱。尹天应想了想，一人打发一个铜板，一面口中念念有词："唉，我济得人一次，济不了人一生和世道啊，不是根本办法。"

尹天应亲手操作的饭菜，永兴他们去吃了，吃得很开心，却白吃白不吃，没有拍板定锤。尹天应只好作最坏的思想准备。

翌日县衙议政例会，尹天应接令，请他也参加。

有门道了，尹天应失望变为心喜。当韩大宣布委任尹天应为龙兴区区长时，他由心喜变为心跳、激动。全场惊异，继而为这从未见过的新奇事鼓掌。

会议结束，尹天应被留当场。韩大代言详述，笑道："尹师傅，哦，不是，该叫你尹区长了，你以为一顿饭就能换个区长嘛，你已通过了一次考查……"

"考查？"

"你上街买菜遇到几次叫花子，说了些什么话，我们都知道，那是故意安排考查你的。"

尹天应又是啊的一声："好玄啦，幸亏我心不坏，也没说坏话。"沈秀才说："就是专门考查你的品行的，这事就我也没料到，哈哈！恭喜你！"伸出手，狠劲地握，握得尹天应手生痛却笑得开心。原来，永兴交代百鹊、石牛的事就是找叫花子，找不到也要找几个不是叫花子的装扮叫花子，你说百鹊、石牛乐不乐？

"要是能消灭叫花子社会现象就好啰！"永兴如是想过。

邱大耿目前最急的是公私兼顾的事：十挺机关枪一手交枪一手交人。

永兴设置探子的眼界不会那么狭隘，仅限于侦探王三春，联络伸向了山外、罗口、汉仲。无意中合了军事战略上的内线、外线之举。放的长线还真个起了作用，从汉仲一站传一站，快马来报，武器弹药已运抵汉仲，要保安团亲自去押运回远定。邱大耿兴奋中担心的不是押运安全，而是机关枪支数量，虽然原申报的十二挺，如不够，打算绝不装尿丢面子，亲自继续上行强求。永兴说："黄一甲只留下了部分弹药，枪一支未留，此去用土家伙押运洋家伙，又不会使用，安全第一，作事周到，方可防患万一。要么你们就地换装备，学会了打枪才起程返回，况且当今又不是太平盛世。要么这事得我与百鹊、石牛随行。"商讨的结果，邱大耿巴不得有三少侠仗胆。

出发了。保安团出动了一营人，其中有春娃子。

将士们兴高采烈，春娃子的山歌得到允许，放声高歌。邱大耿想，这也不影响什么，还怕招来土匪吗？他也爱听苗人山歌。

"阿妹子脸乖乖舍，阿哥我心痒痒哎，黑了看星星舍，白天望太阳哎……"百鹊首次听来暗暗怦怦心跳。这山歌，她首次听到时，是春娃子唱给她听的。

去汉仲的结果，啊！顺利！大吉！

十二挺轻机关，千二支汉阳老枪总也是枪，子弹三万发，手榴弹五十箱，每箱五十颗。"李县令，你太有面子了！"抱起永兴甩转转，永兴咯咯地笑，众军士欢呼。给扬大人送了土特产厚礼，扬大人欢喜道："有李县令，我放心，什么也不用交代！"

邱团长呼道："弟兄们，再怎么重，压死我们也要盘回去！"

（二）

永兴的心思砝码倾向了保安团那边，县府这边公案、诉讼、常务有沈秀才学习打理。他心里忽然发笑了，肯定又有了个什么歪主意。他请来邱大耿，给一张本地造黄标纸、毛笔，说："我有几笔账，你用笔在纸上给我算算。"邱大耿瞪圆了眼睛："你叫我来就为这？还用得着请我当先生吗？"永兴道："我要自己算何必请你来？听好了，第一笔，三万发子弹按一千二百人平分，每人分多少？手榴弹一箱五十颗，五十箱一千人每人配多少颗？"邱大耿算罢，永兴又报第二笔："一个兵每人每天按两文铜钱花费，一年一千二百人要多少铜钱养兵？"

邱大耿伸手道："再……再给一张纸。"永兴笑了，拿过他那张用过的算纸看了看，又是一笑："行了，我知道了，你忙去吧。"邱大耿莫名其妙，走了。

"啪啪啪！"那是曾经与王三春匪兵混战的山根下，保安团在练实弹射击，每人三发，每个士兵都想过把瘾。

"轰，轰！"那是实弹投掷体验，每个士兵都想尝一尝。

"弟兄们，"邱大耿挥手高调，"我尽量满足你们！"

永兴三少年也和士兵们一起爬卧练习，还有吵嚷的河妹与跟屁虫大大。虽非军人，规矩对特殊人物的限制失去效力，规矩是人定的人是活的，一切相对。河妹羞于爬卧射击，立端射枪又嫌重。不过河妹明白，假如叫福娃哥哥手把手教她瞄准射击，她永远也射不准。大大忽然变得勇敢，一头爬下地，士兵们见新鲜事，心有所分，射击多是飞了靶。大大、百鹊射击准头好，不时得意地笑笑。石牛可就一般般了。

将士们兴奋地关注特殊人物的投弹。石牛不习惯正规投弹姿势，倔强地以出锤习惯投弹，轰的一声十八丈远，约合现代量法六十米！永兴五十米强，人各有长短，这是他俩的强项，用人就在于各尽其能，扬长避短。

要知道梨子的滋味，就得亲口尝一尝，现代人叫体验生活，调查研究。但要知道海水的滋味，不一定要把大海水喝干。永兴有了体验，把邱大耿叫一边去，又有话说。"邱大哥，晓得我那天为啥叫你拿纸算账吗？才画了一笔账，你就大而划之把一张纸用得没空处，伸手向我要第二张纸，测试出你是个大手大脚，不会处家过日子的人哎，嘿嘿，我当时就想给你点破，但又不自信，今日又见你训练出手阔绰，又大喊尽量满足每个人实弹要求，更相信了我的测试法，我在想，这是一个人的性格反应哎。"

邱大耿一拍大腿道："哎呀你真神了，小时候我妈就这样说过我，可李县令你阅历浅，比老道还老道……"永兴咧嘴笑笑："还多呢，我在想，一个战场指挥官的决策取舍，是不是由性格在左右？古时候军事一方总想利用对方指挥官的性格弱点投机取巧，不乏其例哎！言归正传，我是想提醒你，这军事上也一样，要会处家过日子，实弹训练每人只限一发，手榴弹用同形同重的东西代替训练，不省吃俭用，战场上又乱放一通，浪费不起，最后过日子就显得紧巴巴的穷酸了。"邱大耿正要发话，永兴道，"你先别急，听我把话说完，这又使我想到一个问题，你听好了，全团给我找二百个训练成神射手，一百个神投手，半年后我验收，达到了目的，我马上叫沈姑娘跟你进洞房……"

邱团长扑哧喷出个大哈哈："我说你不懂生意，又叫大哥看走了眼，还是个奸商！"永兴咯咯笑个不停。末了，装老者样道："本县命你再准备六十副爬崖爪，学苗人攀爬，不得有误！还有，第一，部队怎样练出速度、拼杀功夫，那是你的事；第二，三个臭皮匠，赛过诸葛亮，你可以要求将士们献计献策，怎样有用就怎样训练，制订出军训计划，照章执行，免得乱套，我的话完了！还有还有哎，我感到射击主要是心静，我在想，假如你面对仇恨，或者情绪烦躁，你怎么射得准？我看这就是射击心法，神枪手必备的教养，叫将士们也议议。"接着自言自语道："杀人的时候也得忘记仇恨才行，看来这射击也通道门哎！"

智愚的差别，同样在射击，唯永兴有理性感悟。

"多谢李县令点拨，坚决照办，早日迎亲！"邱大耿啪地立定，军礼。

君子之言重于信，沈姑娘没成亲已定亲。邱大耿已改口称沈秀才为"大爹"。沈秀才也不客气地改口称邱团长为大耿。永兴不准闹排场，定亲的日子，邱大耿"随嫁"的平川亲兵们凑分子买了花布一丈、鞭炮两挂。邱大耿呢？用自己的俸薪买了花布八尺、针头花线、发卡，另五尺粗布是孝敬大爹的，至于相认亲丈母娘，似乎显得次要，日后再说吧。鞭炮放在衙门外，聘礼摆在永兴官宅里，那里是姑娘们临时娘家，再怎么从简娘家也得摆几桌客。

散客送客时，沈姑娘壮起胆低着头说："邱团……邱大哥，衣裳脏了拿过来我洗！"言未尽，害羞地起身跑里屋躲起来，心还在咚咚跳，这是封建与开放的冲撞。

邱大耿见沈姑娘的悦耳语音，羞涩情态，心里那个甜呀，直想一枪毙了自己！

春娃子排长本不够资格参加从简定亲宴，但他是三少年结拜兄弟，与百鹊呼吸有别但共命运，岁月中眼看着并蒂莲从眼前飘现，人家是千里有缘来相会，自己却无缘对面不敢认。借助一点酒胆泡上苗家人传统的直肠，轻轻地却是公然在县府内放肆情歌："阿妹子脸乖乖舍，阿哥我心痒痒哎，黑了看星星舍，白天望太阳哎！"万千相思，寄托于歌声，比往日更哀怨深情，十五岁余的百鹊你是不懂音乐还是情窦未开？"春娃子大阿哥，你是不是喝醉了，"百鹊见状道，"河妹，大大，牛二哥，我们送送他。"几人应声而至，簇拥着春娃子阿哥上了路。

这么好的兄弟姐妹情，令春娃子心灵升华、奋发："阿弟阿妹们莫送了，回去吧，大阿哥知足，大阿哥不作刺笼的麻雀要作天上的岩鹰，一定干出个样子给你们看！"

这一年的皇历书就要翻完，只剩最后一页了。县府衙门外边贴出了一张县府公告："凡来县府恭贺新任县令的、拜年的各区区长、乡长一律不收礼，收礼还收银百两，一律向左拐，交教育督学处登记功德名，用于本县修建县立学堂。"围观者络绎不绝，明事者喜笑颜开，向周围人讲解。

好一场大雪！大山顷刻间白了头，纷纷扬扬，前赴后继，踏没同伴的身体，终于占领了山河，一统江山，似乎要把大地众生封锁包围在家不能动弹。

据探子回报，王三春与残匪已脱离远定县境，逃往紫阴县嘉临江一带大山中。

远定县雪山路上，同一天，一百四十个本乡特工队员同时行动，各带两名便衣兄弟，翻山越岭，脚印伸向四面八方，伸向自己的家乡。带着公干经费，带着保密使命，搜集排查本乡命案财主、坏财主、坏区、乡、保长情报，来年正月二十统一回县交情报，同时带着千叮万嘱，不得误查冤枉，不得泄露口风，误事者军法从事。回龙兴区县令后院的特工队员驾轻就熟，因为有区长尹天应同道为谋。

石板山付家孤苦两夫妇，守着岁月摧残的石化小屋，一盏经常断油的桐油灯，不是风烛残年胜似风烛残年。傍晚，有三人登门。主客相见，还是客方先开口。"大婶、大叔，我们看你们来了。"

"你们是……"

"我们是石牛的兄弟。"

"啊？石牛在哪，怎个不回来？"

"石牛这次不回来，下次回来。这是石牛给二老带的布匹，叫你们缝套衣裳，还有点心，叫你们尝尝，他想回来，这次不方便叫他回来，回来不了，我们走的时候他哭了。"石牛妈叫了声"天啦，我的石牛哇！"哇的一声哭起来。

男人就是与女人不同，石牛爸露出惊喜的笑容："这些……布是石牛扯的？他有钱了？"

"他比我们有出息了，大婶莫哭，石牛还定了亲，我们下次回来后，就没人敢欺负你们了。"

这消息可止住了石牛妈的哭声。破涕为笑："真的呀？"

"他妈，给石牛的弟兄烧个茶，煮个饭吃。"看看光景，三人说："不了，我们还忙。"

远定县李县令不准下官送礼、拜年，但城中老百姓给县衙开天辟地头一次拜年，李县令等众官却喜笑颜开接受了，锣鼓喧天，鞭炮喜爆，彩龙船耍到县府内院，耍到保安团军营内。

翌年正月底，保安团校场台上集聚着李县令、沈秀才、韩大、邱团长，石牛、百鹊等官吏，台下一百四十个特工队员、一千多名荷枪实弹将士。他们将同时分赴远定县山山水水，护驾、执行当场枪决恶命财主、免租分土地任务。对无命案的坏财主实行镇压，只分其土地，强迫自食其力。对阻难均田者，杀！

"弟兄们！"邱大耿团长高吼动员令，心情激动，"我们干的是一种为劳苦大众行侠仗义的大事业，一件前人没干过的光荣事业让我们干了！为了大众，也为自己战斗，有没有信心完成任务？"

"有！"山摇地动。

"出发！"

邱大耿那几句动员令是沈秀才教的。

一股股分流沿着上次踩出的熟门熟路而去，上次是悄悄地干活，这次是明火执仗，同时大行动，收突然袭击之功效。时间，限十天内完成枪决任务，春末完成免租分地任务。雷厉风行，一鼓作气。

石牛公私兼顾，随队回石板山看爹娘。率队的是刘排长现在是三营营长，带一名原特工、五名士兵。可以大大方方地回去了！永兴交代给石牛他们的政策是，冯保长的土地暂不动，一则可显石牛大量，可感动一下冯保长；二来因为你石牛毕竟欠人家一条人命，虽然是被逼的无心过失，没坐牢是你年幼，天大的造化了。

"嗨嘿呀呀，嗨嘿呀呀！"无人烟山路上，石牛的吼声又复

159

苏了。

迎春花开了，万物在它的带领下伸伸懒腰，睁开睡眼，打个哈欠，纷纷起床了。

第二十二章　星火燎原

石牛所在的乡名为板石乡，乃远定县最偏远辖地，与紫阴县交界。板石乡早已确定有一逼死佃户命案财主、四坏财主，其中两保长、乡长在坏财主之列。拖泥带水，顺手牵羊。持尚方宝剑，又情报在握，熟门熟路，镇压恶命财主容易，一声吆喝，召集乡民大会即可，分地难，非一蹴而就的事。

刘营长第三日率队到达板石乡，看看正中午，直驱乡政府，即命层层通知，明日召集乡民大会，锁定之主，派保丁专程请到位，声言请乡绅名流到会镇台。石牛则早已悄悄离队回家看望父母，一是回避以免先行露面打草惊蛇；二是急切想知道父母情况。

翌日乡民大会，乡长煞有介事地以东道主身份张罗大会，另四财主已被请到台上就座，冯保长也在应邀之列。五个军士持枪守卫，斜挎子弹带，腰缠五颗乡民新奇的手榴弹，不过觉得那肯定不是什么好玩意儿，威风凛凛是整个大会的风景亮点。

一财主悄声问冯保长："今日所为何事？"冯保长道："不晓得，总是有什么大事嘛！"与所有人一样，冯保长蒙在鼓里，从未见过这么大的集会。他万也想不到会对他们那层人不利，因为在他的思维定式里，官府就是维护他们少数特权阶层利益的。人大都有好热闹的性情，新鲜稀奇，财主们当然不例外，并为自己被请到台上就座，大大荣耀了一把沾沾自喜。冯保长兴致勃勃想与威风凛凛的军士套近乎，却见人家鼻孔朝上。

当刘营长宣布大会开始并将就座于台上的嘉宾"绑了！"，石牛现身并帮忙捆绑之时，冯保长方料今日大会会不妙。

"石牛，石牛，那是石牛！"有人似乎明白什么了。

台下有人兴奋地小声议论："好个石牛，去时夹着尾巴落荒而逃，回时搬来雄师，士别三日，刮目相看！"像是有些文墨的人议论。

"我们犯了什么法？"被绑者自然会反抗，只能用语言反抗。

不用解释，刘营长宣读公告用了个小计巧，他一个一个地宣判，先宣读枪决令，犯人立时被石牛随即提起，取过刘营长手枪，单人匹马推出，众人纷纷让道，都知道石牛的故事石牛的厉害，哪个敢挡？况且仗势。推至十丈远的河边顶了脑门，人们听枪声也是件顶好的新奇事。

接着，刘营长手拿张公告，又高声道："第二个……"天啦，都要枪毙，剩下的三个如是作垂死想。当他们听明白所犯之罪处罚只是分地免租时，就觉得万幸了，失地少租就显得无关紧要了，石牛的适时出现，刘营长宣读公告的方式，皆是使的心理计。

正邪对垒，就看谁的力量占上风。这下，看谁还敢仗势压迫欺负老百姓？宣判完毕，三财主松绑，仍命坐于台上。冯保长幸免，一身冷汗。刘营长拉过特工队员贾其成，宣读最后一张公告："远定县县府委任状，委任贾其成为远定县板石乡乡长，自公布之日起上任，不得有误。贾其成，接委任状。"

贾其成向台下鞠一躬，就开始履行职责。不雷厉风行，趁热

161

打铁，难道还要下次重新召集组织，那算什么工作效率？"父老乡亲们，本乡长将带领大家都有饭吃有衣穿，下面请有关的佃户人朝前站，布置土地分法，核计免租事项。识字的站最前面！"一阵骚动，趔趔趄趄向前。

许久无人说话。

一群弱势，甘心屈命。或许，是他们脑子木讷无法急转弯？

又许久，还是那个似有点文墨的人打破僵局，人类历史很大程度靠智者推动。"父老乡亲们啦，有县衙、县令给你们撑腰，"看来他是个局外人。"人杀的杀了，乡长就换了，事作到这个份上了，你们还叫政府把饭一口一口地喂你们吗？这么懦弱厕泡尿淹死算了！"看来，社会众生就是强者掌握弱者的命运，唤起大众就是唤醒愚昧。众人这才慢慢有了反应。愚昧啊，可悲。

集会散去。接下来就是最烦琐的工作，发动、组织所属佃户自己动手核查、分地。

不过，人们渐渐醒悟过来了，很快适应性地暴发出激情、勇敢和知恩之心。

冯保长冷静下来，实在适应不了这骤然巨变。是那个娃娃县令想扭转乾坤，给穷人出头吗？值得吗？他图个啥？石牛又怎么摇身变为县吏？能随便取刘营长手枪，凭这一点就看出石牛的身份不一般。怎么突然现身，又网开一面，没找我的麻烦，幸喜得没敢继续追究他。真是三十年河东，三十年河西。

"嗨嘿呀呀，嗨嘿呀呀！"冯保长这回听到这吼声，毛骨悚然，再不是从前那个味儿。不过他绝对相信自己没听错，不是石牛来了是谁？石牛亦是故意放信。

"冯保长，不，你现在不是保长了，我来了！"

"石……石牛侄稀客，快坐快请坐！"昔日的牛倌今日的座上宾，有多少事急于想弄明白。"请问石牛侄现在是？"

"警督副巡官！"

"啊？多谢巡官网开一面！"

"那过去的事我们一笔勾销！"

"不敢记怀！"

"现在可以跟你面谈，不追杀我了吧？"

"不敢不敢！"

"那现在你听得进我讲实情了吧？是你家老二几个人说我这石头是宝贝，围住抢我，我舞锤扫开他们，我脚下踩到一块柿子皮滑倒，不料锤就撞上他胸膛，我不是故意的。"

"是老二该死，该死！他不去抢你也不会发生。"现在他倒通情达理起来，理在什么条件下才讲得伸？

"那我走了！"

"巡官慢走！"

板石乡就这样解决了，远定县其他乡呢？最轻松的是龙兴区，那里有基础，影响在先。全县共换了乡、保长八十个、区长两个、枪决三十五。山中的毒菇菌被摘掉了，还了山林的纯洁。有搞错的吗？冤案吗？浪涛之下，难以顾及每根无辜的小草吧。

声势浩大的第一轮波涛卷过，又一轮更汹涌的卷起，因为它是受影响自发的，星火燎原，剩下的那些心地较好的财主所属佃户顾不得主人面子，眼红坐不住了！也要求免租均地。

远定县府一纸官文飞传各地，对这类善财主令其减租一半，分其田地一半。

大势所趋，身不由己，周围的坏财主都分地免租了，何况孤立的好财主？很多心好的财主自动分地，韩清风就是这样。

第二年夏末，所剩无几的东家也撑不住，半推半就分了田地。而这一切流程，从以人命案为由头开始，都是永兴的算计。风起云涌，仅一年半时间，远定县县泰民安，老百姓安居乐业，生产积极性大增，产量猛增，百姓贫富差距不大，县富民强，国税充盈，一派生机勃勃新气象，皆大欢喜。

只瞧得起少数富豪、代表少数人利益的为官者，其品性嫌贫爱富、为恶道行；怜悯广大穷苦人、代表大多数人利益的为官者，其品性具有菩萨慈悲心，为正道行。

古朴封建的大山中出现了一种革命性画卷：四体不勤，似乎天经地义养尊处优的财主东家也拿起锄头下地上坡干体力活了。自食其力，不好吗？

"人这个东西才是个贱皮子哎，"韩清风感受到出汗后洗一把的爽意，"以往身上这不舒服那里发僵，如今身体也好了！"

"人累狠了不行，耍狠了也不行，劳逸适合，要能达到这样的程度，就看人有没有那个命。"河妹娘道出了生活真谛，那是对生活现象的感悟。

不是吗？天下多少人苦苦劳作仍难温饱，还能容你有劳逸适度作息吗？

永兴于乱世中独辟一片蓝天，他撑得住吗？

第二十三章　永兴出巡

大大的身高用现代长度度量和计算方法，四舍五入已有十六岁一米六。但她的潜质不是量出来的而是打出来的，跟屁虫似的瞎掺合射击训练，那一靶心擦边擦出了闪光点，成为自信心的发酵面。"福娃哥，你去跟邱团长说，叫我加入神枪练习行不行？"她似乎很吝啬气血，话多伤气，十六个甲子以来说了第一句最长的一句话。

"你？"永兴说了最短的一句话，显然是话里有话只能算作半句话。

"求你了我给你跪下！"大大开天辟地以来又说了连标点符号也没有的急切话。

"准！"一个字一声吼，大大只蹲了个马步便被吼起身来，因为她被福娃抚头一串咯咯笑声弄得莫名其妙，不知意味着什么。而永兴的心理刹那间已翻过了唐、宋、元、明、清五朝代史书第五页。那是奇智童心天真开心的笑。

大大心里从此多搭了把太师椅：枪和子弹，把壮实的石牛给挤扁了。

两月后，大大绽开了有生来最灿烂的笑容："石牛，我三枪只穿了一个孔，那些兵哥哥的舌头吊得像狗舌头长，差点儿缩不转去！"大大开始话多了，虽然冷美才是她的特色。石牛使劲搓耳朵，半天才酝酿出一句得体的话："你比我能了，那你不是要翻到我的肚皮上来了？"

大大又恢复了梅香暗动的冷美，半个字也多余，扭身就走，带上依然绯红的脸与心跳走掉了。

大大成了神枪手不是吹来的，因为风对子弹飞行的影响是她首先体会到并吹给将士们。现在，大大找到了自己的位置，不再是无能的大大，感到可以和名声远播的三少年媲美了，邱大耿也它妈近朱者赤，不拘一格，给大大乐呵呵套上军服，聘为射击教头，这下子大大不多说话也不行了。

邱大耿心情当然好了，他已通过验收，二百神射手一百神投手永兴的批语是：将就！于是世界上又一次验证了"顺理成章"成语，他单枪匹马攻破了沈欣阳最后一道姑娘防线，成亲入洞房了。

百鹊的姑娘防线依然固若金汤，因为没有"棒老儿"来攻击，春娃子的那点儿火力她无反应。不过，这次主动去军营找春娃子大阿哥了。春娃子奋发图强，如今也打了翻身仗，挂上了神射手队长光环。

"春娃子大哥，"百鹊两手叉腰，说，"我们要陪福娃哥巡访去了，想来跟你打个招呼！"春娃子有点儿气馁，原来你为这事啊，我还以为凤凰来落架。但也欣慰道："鸦鹊儿要飞，麻雀没本事同行，有你们去，大阿哥我更放心，敬礼！"

百鹊笑了。

春娃子并未因军人的转型而转变为豪气的性格，外甥打灯笼——照旧（舅），也许血与火的洗礼还不够，也许兔子永远变不成骚公鸡。不变的，还有苗人的放歌。

"鹊阿妹，我送送你喜欢吗？"

百鹊点点头："嗯啦，那你给我唱歌，小声一点儿唱。"

"阿妹子脸乖乖舍……"春娃子依然老调重弹开歌头，接下来就让百鹊新鲜。

"遍山的映山红（杜鹃花）哎，哪比得上玫瑰花，温顺的花儿哎，哪比得带刺的花，阿哥好想摘哎，就怕把手扎。"春娃子这时之所以老调重弹，无非想唤起百鹊的联想，可惜百鹊是汉家人，不会对情歌，不便委婉地表达心声。

"大阿哥，我叫福娃哥给你也相个姐姐，你该有个，有个她了。"

这下子春娃子情歌似哭："石磨有心竹无心，阿哥有情妹无情，有心栽花花不开，阿哥眼泪流背心。"春娃子以歌作答，百鹊鸦鹊无声。

哥送妹妹拢屋门，道声大阿哥你回去吧，鹊妹我把你歌装在心。

永兴愈出府巡访民间，体味山水乡音百姓声，至于是微服私访抑或公开，觉得随机应变的好。原打算让百鹊，石牛留守。百鹊说："福娃哥，当初结拜是咋个说的？你只带两个随从兵兄弟我不放心。既是巡官我也该巡。"永兴乜斜着眼睛想了想，道："理由好像还充分，行哎！只是石牛老落单，嘿嘿，该不又会出个啥事吧？"

"福娃哥哥，"河妹说，"你又要离开我，我怕！"

"乖，听哥哥的话，你和沈姑娘都成了学堂先生，有沈先生、你大哥、春娃子大阿哥，好多人照顾你，不怕。"

永兴率两随从兵大哥赵明明、魏正根、百鹊晨早出发了。邱大耿也来送行。赵明明、魏正根两人乃神枪队员出身，各背铺盖卷，暗带一支手枪、上路了，永兴说："我的脚印就是县衙大印，我想江山尽盖印，行吗？"魏正根想想道："县令的脚印就是一幅图案，要看怎个画法。"百鹊说："就画那年我们见到的，红军说的五角星，按五星路线走，嘿嘿，好耍好耍耶！"

永兴不听劝，不看黄道吉日，但选择晴天出行。初秋的景色随着人的好心情变得更美好。百鹊的心情更更好，似乎又找回了属于她的某种感觉。

石牛也该独当一面了。年幼单纯不知道耍耍官架子，公务日常业务知识，属下也乐意教他，平日就溜达小城治安，最爱去的是学堂，大大定时去读三字经，已能背能写了。只是不懂经，第一句"人之初，性本善"还尝得出那么一点儿味道，第二句"性相近，习相远"就山羊吃薄荷——不知其味了。全城的娃娃开始脱离私塾性质，进公立大学堂，改称先生为老师。永兴与沈秀才为关顾穷人孩子，广种薄收，沈欣阳、河妹与城里人士思举人三老师百十来学娃，大大、石牛自然是孩子王了，其乐融融。

十来个孩子围攻石牛，搬腿、骑肩、推搡，就是巍巍不动。四只小手伸向了石牛裆部腿根、腋窝抠痒痒，还真是弱点，石牛忍不住笑软了腰轰然仰面倒地，一个临空侧翻脱离孩群失去平衡，习惯的右肘撑向地面，等待右肘的是块石头，右肘骨折了！石牛侧翻脱离是怕压坏小同学，但伤了自己，那也比伤了别人强。

三少年中两次轮到石牛落单，每次落单就出事，第一次落单天仓山李家遇黄少伯率匪为难；石牛老爱失蹄，第一次失蹄惹下人命案，第二次林中失足跌了个与大大嘴对嘴，倒也占了些便宜，是吉运上签。这一次失蹄可是下签了。

"哈哈哈哈！哎哟！"石牛呻吟一声依然笑得开心，是庆幸没伤到孩群，惊坏了大大，惊呆了河妹、思举人。不过这不是不治之症，五千年人类文明进化史接骨斗损算得了什么？石牛宁愿久伤不愈，因为招来了大大的殷勤照料。"石牛，还痛吗？"

石牛嘿嘿笑："看到你就忘了痛了！"

黄一甲的出生之家至多称得上个小土财主，却因被免租分地怨恨最大，最终不发不行。已半截黄土埋身的、七十有余的黄老太爷愤愤道："凤凰变鸡，缺了德了，叫我们亲自拿锄头下地，自种自收，还真他娘的变成了锄禾日当午，汗滴禾下土，受这份罪！"为了自家利益也有为众财主出头的自豪，就在永兴出巡的五天后，命三儿子三黄带上盘缠，出山去找大儿子黄一甲。

"去叫大黄带队伍回来把娃娃知县给我灭了！还我祖宗福德，别的县都没整财主，没分土地，量他娃儿屙不起来三尺高的尿！"

永兴一行不走大路专寻小路径，不歇区、乡政府专窜农家屋，触角边境地。于是向东北方向直驱子碾区，将以此为基点，沿远定县边境走一圈是也！如画县域地图，行踪在出发前留下了情报。他们当天翻子星山，下山路过一村落，不过五六户人。稀少的田里，农人正在用拌桶打谷，坡上有人在砍包谷杆，这里的农作习惯，先扳掉包谷棒子，后才回收其草。百鹊说："福娃哥，我们去讨饭吃，没饭吃找开水吃干粮，饿了。"这是正道中人行为，不似棒老儿强取恶要。赵明明可不能直呼其乳名福娃，道："李县令，歇会儿吧，也不在乎急。"

走进院落，没见看家狗出面欢迎。就是有狗出来，永兴已用不着像当年进陈乡长家那样擒狗。进哪家门呢？总不可能因那家都可以选择而难抉择，一家也进不了，那不成了寓言笑话？随机去一门户前。

正屋有个中年人在编竹背篼。魏正根发话："主人家，给我们烧个茶喝，要干净。"主人依然编织着，未打算动弹。"你们到哪去？屋里人都上坡了。"冷淡的语气。"我们到子碾区，路过。"百鹊道："我们另找一家，走！"

离开这家，见几个老小各扛把包谷杆回来，却是主人先开口："几位稀客从哪来，我看到你们从阎家出来，到屋坐到屋坐！难怪昨夜梦见我的房子闪金光，果然有贵客来。"显然智商高一些，待人接物热情。进门不用表明来意茶壶早已挂在了火上。

赵明明道："多谢主人，我们去子碾区，找杯茶喝吃干粮，吃了又走。"主人道："哎呀，太阳落山还有一竹竿高，前头野猪山二十五里无人烟，我看你们铺盖就带了两床，就歇下，明天早再走吧！"真是出门由路不由人，百鹊望了眼永兴，然后肯定地说："要得，麻烦你们了，那就给我们煮饭吃，我们给食宿费。"

主人年约四十，高而不瘦，性格开朗，一脸老农风霜形色，看来是个好客性情："先不说钱的话，出门人嘛，要得好，打个颠倒。管你们四个一辈子管不起，管几顿饭还是没问题的，现如今各家都有了土地，又没棒老儿抢，几顿饭算啥？只是你们先前去的阎家，从来不好客，生怕客人添麻烦，一年四季很少有人迈他的门槛，结果呢？做庄稼请不到帮忙的，你说有啥意思？听说我们的娃娃县令是观音菩萨身边的善财童子下凡，来普度众生的，"指指永兴道，"听说只有你们这位小老弟这么高。"大家乐意听他一个人叙唠个没完，暗中发笑。

　　铁罐煮的包谷米洋芋饭特别上口，还有脆锅巴，谁都爱搂罐底铲一块捞在碗里。

　　正吃饭，院外传来吆喝声："做木活路啰！"一行二人，望了望赵明明一伙人，摆摆手，去了另一家。魏正根愣神，欲言又止，随后跟了出去。

　　是夜，村落人不召自来凑热闹看稀客。百鹊三人出面与之闲聊，永兴只出两张耳朵听。睡觉百鹊与女主人及小女同床，把男主人挤跑了，跑到另一家去挤床，给永兴单独空出了一张床。卫生呢？看看还不错，那就不劳随带的备用床单的大驾了。让它依然躺在包袱里睡懒觉。

　　翌日早起身，赵明明取出一块大洋付食宿费，主人说："算了舍，话都说到这份上，我咋得还向你们收钱？"百鹊说："大叔你过来，把你耳朵借给我用用。"耳语道，"他就是你说的那个善财童子，给的钱你能不收吗？"待主人反应过来，一行人已快速离去。

　　主人一头瘫软在地："天啦，没见过啊，我祖上积了德呀！"待消息传开，村落人齐至路头，望着上山的一行人重新回味、自豪。

　　永兴的身份，允许放马后炮。

　　那个阎家主人，多少有些后悔。

　　另一家，两个木匠手艺人也起了身。

　　啊！惊喜。野猪山并未见到成群的野猪，却见到满山开裂的板栗、未红透的柿子、野梨，大自然似乎专为弥补此地无人烟的不足，为行者充饥解渴那可是何家女嫁给郑家——正合适（郑何氏）。阴阴的天气未能冲淡他们的欢喜心情，正是显露儿时本领的时候，百鹊率先爬上高大的梨树，永兴、赵明明、魏正根则爬上板栗树猛摇，笑声和板栗瓣里啪啦雨点般掉下，早已惊飞了林中穿戴华丽的锦鸡和着装朴素的野鸡，而锦鸡与野鸡的叫声也有雅俗之别。

永远美好的大自然耶！别破坏了它。

永兴在树丫上荡秋千玩耍，一边欢道："落那么多，多可惜了啊，未必真是叫我们吃不完兜着走？"另一棵树上有人回答："这野山的果子本来就是百鹊百兽的生活嘛！"也不知是无意或是有意，树尖上的百鹊耳朵没闲着，以为他们有意拿她名字取乐，已然喜笑道："那你们都给我留下，不许抢我的生活哎！"

下树拾果，拿回路边，正在享用山珍，两木匠手艺人随后而至，那就分享成果吧！魏正根似乎认识手艺人，笑道："一块儿走吗？"一手艺人神秘一笑："道不同。"另一人道："不与为伴。"

子碾区是浅山区，人类宜居地，人烟稠密。南北方向各有一屁屁石、鸡鸡石相映成趣，似乎因风水之故，这里姑娘风流成名。幺妹河不需远途劳顿就投入嘉陵江怀抱。幺妹河河道紧，水深可撑船，是外埠码头。永兴一行进入子碾境内是在翌日太阳出山时，这时的阳光显得格外有朝气。远远一股炊烟源于一家瓦房大院，唢呐声正酣，那就意味着不是过喜事就是有悲事。赵明明说："听唢呐调子肯定是接媳妇嫁女。"

百鹊翘嘴："你咋晓得？"

魏正根笑道："人家接了婆娘的！"

永兴道："想必原来是家财主哎！"

百鹊说："不晓得是个坏财主好财主。"

赵明明感悟似的说："有幸随李县令出外逛逛，长长见识，人一辈子窝地老，只看见筛子大个天，划不来，有啥意思？"

永兴受感染道："当一回县官，辖地都没留过足迹更没有道理。走，我们去赶酒席，正好人多哎！我们也去送个礼，嘿嘿，不愁没好吃喝！"

第二十四章　茅厕诡计

（一）

这原是一家姓阙的善财主，名阙有得。世间百态，与姓付的省长一样，即或是正省长，至死也当不上正省长，因为人们永远称他为付（副）省长。阙有得有德偏偏就"缺有德"，若是改名为阙有财，那就太谦虚了。

永兴掀起一场分田免租突然袭击浪潮席卷全县财主，并未瓜分其房产。阙财主原善待佃户与韩清风有得一比，故他有红白之事佃家乐意帮忙，何况接儿媳妇是喜事？按乡俗，今日是支客，明日才是正酒去接亲。人们把结婚与死去看得比出生重要想必有些道理，有谁呱呱坠地时受到敲锣打鼓吹唢呐隆重热烈欢迎？更没有啦啦队喊"加油！加油！"因为那一声非欢即悲的哭，意味着一趟人生苦行，结侣视为人生苦行最大的慰藉，死亡是解脱。

候客的支客师见四个行色异样的外乡人到来，职业性地吆喝起来："三里的乡亲十里的亲戚远方的朋友，这山的化眉那山的鸦鹊远方的黄巴笼（黄莺），来的都是贵客，找烟的找烟，倒茶的倒茶啰！"一对吹鼓手应声鼓起腮帮子吹起了唢呐表示迎客。

"几位面生，是主家的远房亲戚？"

赵明明在这方面就有素养了，正是显示的机会，出头行礼道："在家有门，出门有路，三山有桃四山有李（礼），我们去吊钟区，请喜不如撞喜，路过贵地讨个喜！"言罢掏出四块大银挂礼。

支客师惊愕礼重，吆喝道："老少外家姑舅姨表，八方朋友，上了红的道谢啰！"众客好奇于其中有俩背铺盖卷的，还有百鹊腰缠的红镖带，百鹊早已用雅观的镖带取代了麻布挎包那是应该的并非忘本。一司茶大姑娘奉上茶来永兴他们接受，但一小伙子奉上的旱烟每人一匹谁会接受？百鹊会抽烟吗？

"做木活路啰！"两手艺人跟屁虫似的又在附近吆喝出现，进了别的家门。

永兴他们醉翁之意不在酒。出去随便溜达，田间地头、集市街道。渴了饿了呢？既送了重礼就当吃客，食宿还用得着自己操心吗？

人尽其才，赵明明显得活跃，谁不以为他是四人中的主角？无话找话说。"你家分了地吗？"屋外天井，人众中，他挑了个小姑娘劈头就问话。小姑娘瞪着怯生的眼光，使用了方便的肢体语言，点了点头。赵明明换副和蔼的态度微笑地发问也以姿势助说话："包谷棒子有这么长吗？还饿饭吗？"连续的问号，小姑娘不知点头好还是摇头好。一个头缠黑帕子的老汉闻声接话道"嘿，这给自己做的庄稼哪个不来劲了？谷子、包谷、黄豆都比往年饱粒得多，有政府人有我们的娃娃县令给穷庄稼人遮风挡雨，我们还怕啥？"

又有人搭腔道："难说啊，也就是我们县有福，你看幺妹河那边安陵县就没变，佃户人眼红我们，东家恨我们，我敢说我们县四周都要……都再起风了。"搭腔人好不容易找到措词。

"唉，晓得我们县能撑多久啊？打江山易，保江山难。"

"我们咋能给县令帮上忙呢？"

"你们这儿有去县里当兵的吗？"

"有哇，他就是军……哦，军属。"

"好哇！庄稼做得出来吗？"

"就是……就是嫌人手不够，团转人互相帮忙。"

永兴这时眉头一皱，又咧嘴抿笑一下。

喜事场合人多座位少，客人大都只能坐立不安，自寻坐处。司茶姑娘在一边闲听人们谈话，按常理注意点应该在活跃人身上，可她一直关注着不吭声的永兴。

是永兴长得俊，酒窝好玩儿，还是见魏、赵二大人对这个大孩子的尊敬？专给大孩子找来个凳子坐，而他们却站着说话不腰疼。于是去倒缸茶递给永兴："小兄弟，请用茶！"顺便就摸了摸永兴的手。

永兴正视奉茶大姑娘，道："谢姐姐。"人看人都是目光对视才算正视。既是司茶的就是场面人物，无姿也有三分色，姑娘的眼睛与百鹊有得一比，只不过百鹊的男娃性格使她的妩媚大大打了折扣。那个司烟的小伙子是司茶姑娘将要拜堂的那位，看来双方有意事先混混场合淘淘见识。小伙子见姑娘给永兴献殷勤，带了点儿醋意上前，给永兴奉上一匹明知这伙人不抽的旱烟，道："请用烟！"司茶姑娘见他那位凑上来，头一甩，甩出说不清的表情转身退去。百鹊拦接过递上的烟，亦学奉烟礼节对小伙子道："请用烟！"小伙子见陌生美女跟他搭话，有点儿受宠若惊，只是觉得态度有些生硬。

魏正根顺便就问奉烟人："你家有多远，分田地了吗？"小伙子顿了顿，眼神掠过一丝不易察觉的恨意道："分田？田分了！"似乎不敢明言，甩身离开。

一行三人，又有客来，知客师吆喝："乡长大人驾到，找烟的找烟，倒茶的倒茶咧，唢呐吹起来咧！"群众招呼不迭："张乡长稀客！"张乡长看到永兴四人，惊疑地就要张嘴："李……"百鹊急嘟嘴摆手阻止。

来人名张秋水，紧急扫盲培训的特工队员，还能不认识永兴四人？立时明白过来。但视若无睹于情于理一万个讲不通，到也算得反应快，久当乡长临时当一把演戏的，那自然是带着笑容，拱手行礼道："几位面生，远来的客吧？山野之地，招待不周，请多包涵！"

永兴忽然觉得很有乐趣，也想体验一下演戏说假话的滋味，嘿嘿客套道："大哥不客气不客气，请多关照请多关照！"张乡长见县令称他为大哥，局促不安，自古的封建礼教"官念"就是官大为尊，连连道："不敢不敢，待会儿见待会儿见！"匆匆离开。

张乡长匆匆离开有他的道理，心里早已转了七湾八梁，永兴一行是上上级官是主子是百姓的菩萨本乡长的恩人是贵贵客，但来到此地自己就是气魄的东道主。招待，保密，公开，如何应对？

张乡长名张秋水。截至今日此时不小也不老二十七岁另两月。张秋水性情喜乐，人皆习惯其爱开玩笑，无官架子却有魄力。他去礼簿挂礼，只拿出来一个麻钱。

"咦！堂堂乡长只送一文麻钱啊？"书写礼簿的"秀才"一脸乐哈，"哈哈，没听说过'一文不值'吗？"开惯的玩笑不得罪人，即或玩笑中带刺，反之易伤人面子，人就是这样一种莫名其妙的东西。

张乡长以牙还牙："你想陷我于不义呀？没听说过'礼轻仁义重'吗？也罢，再添四文钱，乖，拿去街街上买糖糖吃，这回不哭了吧？"

张秋水找到主人家阙财主，揪揪他的耳朵道："表叔你给我听好了，晓得来了四个外乡过路客吗？"阙财主说："晓得，听说还送的重礼，人多难顾周到。"

"给我单独腾出个房间，好好地招呼周到！您积德行善，前辈子烧了高香了。"

175

"应该应该，既是乡长说话，他们是……是您的姐夫？"阙财主开他的玩笑。

张秋水溜惯了嘴，本欲回敬"去你妈的！"觉得与长辈开这种玩笑就不当了，换口道："去你表叔的！姐夫吓不倒你，他们可别把您表叔吓成个哑巴。"

"他们到底是啥人？"

"他……他们……你晓得我们的娃娃县令吗？"他实在忍不住兴奋，实在觉得应该荣幸一把。看来张秋水沉不住气，不宜作保密工作。

"啊？你是说他……他就是传神了的娃娃县令？"果然不幸被言中，阙财主目瞪口呆。

（二）

够了，张秋水不再点明，转身离开。他本来是因随礼私事来赶酒席，这下假私济公，有公事了。阙财主田地被分租被免，祖制被改，心地再好也未免有些过意不去，光阴能抹治百病，现在他已习惯过来。

没一袋烟功夫，永兴他们周围人众聚拢，四人成了欣赏品。大人、细娃儿，眼光怯怯地、新奇的、神秘的、敬畏的，试图品味、读懂他，没有这样的眼光那才不正常，弄得百鹊她们本身也自豪起来。原来阙财主也深感荣耀，机不可失，赶忙把消息透露出去。

"他就是那个县令呀？"司烟小伙子惊奇之下鼻孔哼了一声。司茶姑娘欣喜不已："他把我叫过姐姐呀！除了我，哪个还摸到过他的手？"决定去开开玩笑，看他说不说话。凑前到永兴面前，这回却是带着怦怦心跳红彤彤的脸，人还是那个人，怎么就不一样了？

"小……小兄弟，姐姐给你换个热茶。"扑哧一笑。众人被她的风流大方弄笑了。永兴却是被她的风趣弄笑了，鞠一躬，已然取乐道："姐姐好，有劳姐姐了！"众人哄笑，司茶姑娘大大地露了把脸。人群中有个胖乎乎的中年人说道："原来你们与我们说闲话不是扯闲，是有原因。乡亲们，我们帮不上啥忙，凡是分到田地的客，都来给县令及几位磕个头吧，感谢县令大恩大德！"说着带头下跪，司茶姑娘第二个响应，带动了所有在场人，司烟小伙子溜走，一溜烟出了阙家。

永兴窘迫地揉揉脑袋，道："大家请起来说话，我一个人力量小，还要靠大家共同维护得到的利益。"带头人带头起来，抱拳道："要我们咋做，你说！"永兴望望张秋水道："这事日后由你们张乡长给大家说。"

虽然地球人类随日月光阴已形成日作夜息生理习惯，但喜事之夜客人并非都有安睡之处，不少客人只能如丧事般"坐夜"。但永兴他们身份已暴露，便会得到特别关注，比关注新娘子还上心。张秋水要带永兴四人离开另行安居，阙财主哪里舍得放走蓬荜生辉的上上宾？死活要他们过了正酒天再走，众客人亦希望县令多待些时候。

司烟小伙子已返回阙财主家，汗流浃背带回三人，更是热情挽留永兴。司茶姑娘呢？一万个舍不得。好吧！永兴自然也有被"盛情难却"左右意志的时候，行动并非十万火急的，本身随机性很大，否则永兴不会答应。

夜宿的安排顺理成章，县令一人一床，赵、魏二人同床异枕，但三人同房，百鹊一人一床。房间呢？男女有别，被迫分散。这大大地挤兑了其他客人，通常一张床会挤三人以上将就的。特殊的待遇，客人们不但不多心，反而对这样的安排满意。司茶小伙子特意外出买了十二颗鸡蛋，亲自动手煮了四碗韭菜荷包蛋汤，至于县令的那一份，他亲自送到。"各位大人，这是主家的心意，给各位当晚点，请用。"永兴他们呢？正需要，谢受了。

是夜，司茶姑娘端来洗脚水，仍是嬉皮笑脸，不过改了一半称呼："李县令，姐姐给你洗个脚。"永兴连连推辞："不用不用。"司茶姑娘一头跪下，没了嬉皮笑脸："李县令，你就答应姐姐个要求嘛，能给你洗个脚，姐姐这一辈子也满足了。"赵、魏二人见状，道："行嘛，让她洗。"永兴既感动又好笑。"好吧，姐姐。"

她慢慢地柔摸，分明在拖延时间，在体味。永兴呢？触景生情，想起了河妹。静静的屋，静静地洗，分明流水有情。司茶姑娘洗罢，出一口气，鞠一躬，无声地退出。

众生吃喝拉撒为首要，抑或是尊贵的皇帝，也有露出拉撒丑态之时。但永兴却不正常，半夜后，猛地爬起道："赵大哥魏大哥，我怎么拉肚子，快忍不住了！"赵、魏二人翻身而起，手忙脚乱穿衣蹬鞋，越忙越糟。"忍住，我们送你去茅厕。"永兴已下床："不行，我先出去了。"

喜事场合，无月亮有通明灯火，茅厕边是重点，挂有灯笼。古老的山中并无单独的人厕地位，无非是猪圈下面挖一蓄粪池，圈外坑边搭一人字茅厕架，架内搁几块木板，以为蹲身方便用。讲究的，茅厕门挂块布帘以遮挡拉撒丑态，穷得自顾不暇的，还能给茅房打扮一下吗？

永兴捂住屁股，狼狈得步伐变了形，坚持再坚持，坚持就是胜利，到了！早有思想准备，裤腰已从裤腰带上扯出，闲着的另一只手掀开布帘，还未蹲下就是扑哧一声喷出，洒在了用以蹲身的木板上，更是狼狈。高尚不等于无龌龊，唯心干净方为净。

啊！解决了。人体是个过滤器，人有时高傲有时嫌自己脏，而肮脏与干净化学循环，粪土肥庄稼，庄稼又人吃，千万别看透了这个世界。

永兴正松口气，有人掀布帘，永兴叫一声"有人！"上厕所最能体现"先入为主"的硬道理。

来人才不管你有人无人，一包石灰洒向永兴，永兴于明枪明刀硬场合机灵，但在和平生活人际软场合，也能保持防暗箭警惕心吗？智者千虑必有一失，何况是少年何况正在拉撒？功夫至高的人最软弱之时就是拉撒之时，除非已臻于无修上师的修为。永兴意未尽哎呀一声眼睛已如火烧，灰到人扑，四个人抓住了永兴，永兴一手搂着裤子一手狠命击向一人胸膛，这人哎哟一声跌倒，千钧一发之际，赵、魏二人已至，感觉出意外，直扑厕门，大吼一声"什么人干什么？！"一面拔枪。永兴睁不开眼，听力未损大叫一声"赵大哥快来救我！"

魏正根啪地朝天放一枪，接着赵明明又一枪。这两响把四行凶人堵了个正着惊动了阙府惊动了夜空。"出来！信不信我们立即杀了你们？"未见过枪听枪声知道利害，四人退出，伙地拔腿就跑，

"打！"早想过过枪瘾，魏正根大吼一声毫不犹豫，那是神枪队员训练出来的心理素质。啪啪两枪，两人栽倒，另两人吓得立正稍息。

赵、魏二人枪抵立正二人回阙府内，同时扶着永兴。可怜永兴裤裆糊了不少稀便，出大丑了！赵、魏二人应急有主张，不然也不会挑选他俩随行，大喊"张乡长！快出来，大家快起来！"须臾，众客先后来到天井，七嘴八舌问："出了啥事？"

赵明明吩咐道："请你们先赶快给李县令洗眼睛、洗澡换衣裳！"见张秋水整衣来到，又道："张乡长，找几个年轻人把这两个人先绑起来，外面还打伤了两个，只打的腿没死！去把那两人抬回来，审问！"

百鹊闻声而至，不问三七二十一上前先揪住二人犯，几乎带着哭腔问："福娃哥，你咋了？"又愤怒道，"狗胆包天，你们把我……李县令咋了？咋了？原来是你！"

179

第二十五章　紧急行动

（一）

赵明明说明情况："四个人趁李县令上茅房，先洒石灰烧他的眼睛，然后一拥而上要害他，只怪我们没跟上，我怀疑李县令拉肚子就是这伙人捣的鬼，我们李县令身体向来好好的！"说着就哭了。"我们李县令有一双神眼，这下怕是完了！"禁不住蹲下身捂头号啕大哭起来。

原来百鹊认出的人就是司烟小伙子，另几个就是他带回的同伙。不等百鹊发作，司茶姑娘上前就赏给了未婚男人两耳刮子！那个说给县令帮不上手、带头跪恩的胖乎乎中年人名叫何田发吼一声"给我打！"一时群情激昂，拳脚乱踢。

外面两个受伤人犯带回来了，魏正根才制止道："莫打了，我们要审问！"阙财主与即将娶亲的二儿子这才有机会上前，一人补了一耳刮子，边打边道："妈的逼扫把星，我们过喜事你来作坏事扫兴，我们倒八辈子霉了！"

"说，为啥要陷害李县令？"

胖中年人道："那还用说，他家是财主，分了他的田地！他叫王正虎。另外三个也是。"

王正虎口鼻流血，狠狠道："是又咋地？给所有东家出气！"

"是不是你在鸡蛋汤里下了泻药？说！"

"没给你们下巴豆我后悔！"

王正虎的算计，也许正是黄少伯未了的心计。

"杀了他！"人群中有人喊。好个百鹊，从赵明明腰中拔过手枪，拽起王正虎就拖向外边，果断地扣动了扳机，绝不拖泥带水。然后返回，两手叉腰："父老乡亲们，我县有法令，可能你们都听讲过，凡是反对、阻止分田免租的，一律杀无赦！我华百鹊你们早已晓得，现在我还告诉你们，我就是专管执法的巡官！想报复的，百鹊杀过很多土匪棒老儿的飞镖等着他！"

"我们拥戴李县令，我们支持百鹊巡官！"众人七嘴八舌欢呼，都是原佃家人。魏正根道："为了不给主人家喜事触霉头，今晚就把这三人带走，受伤的医治，把他们带回县里受法！"张秋水说："这事我有责，发生在我这里，我，我没保护好李县令，我给大家谢罪了！"说着磕了三个响头。魏正根道："这事不怪你，我们都有责任，都没经验，不细心。"张秋水说："这两个人交给我们，请百鹊巡官你们三位照看好李县令，拜托了！我立即派人去街上请医生，死犯后事理当我们来处理。"有年轻人争抢道："我去我去请医生！"

住在阙府附近的两"木匠手艺人"听见枪声，思想不对劲，赶来现场。

永兴出巡走后，沈秀才虽然相信永兴的自我保护能力，左思右想怕出意外，一切的一切，深感这娃存在的重要性，不能有半点闪失。与韩大商量，决定请邱团长出十个军士，以县城为定点，永兴为动点，两点之间建立一条联络直线，直线上分布若干联络点，架起了一条最原始的"电话线"跑接力，以便掌握永兴动静，出动紧急援助。没有电话的大山多难呢，这时期电话科技刚伸及到汉仲专署，两木匠手艺人便是机动联络员。尽管如此，永兴还带有随从，看似周全，还是出了纰漏，出在了时间差、细节上。魏正根三人商量，便决定其中一联络人速递消息回县衙，速派一个排兵力来，看接下来怎么办？是否立即取消巡访，回县城医治。

那石灰是生石灰，遇水即反应，沸化成细末，人眼睛有水……

屋里，早挤来男女，为永兴洗眼的大嫂、大婶虽不知事情经过，一看也猜出三分，永兴浑身石灰，还有屎臭味，眼睛已红肿。这个传说如神的少年奇侠、这个神圣的娃娃县令，赤条条，细皮嫩肉，眼下却似自己的孩子，衣服早已脱掉有人拿去洗。为孩子洗惯了屎尿布的母亲还会嫌弃臭味吗？大婶心疼地说："那砍脑壳的造孽哟，该死！"大嫂说："哪去找这号县官啰，为佃家人撑腰，肯定是王正虎不满嘛，想搬倒穷人躲荫凉的大树！"

再怎么脏也得先洗眼睛，洗眼洗身几乎同时进行。大婶一面操作一面慈爱地说："李县令你揉眼睛没？"永兴说："我不敢揉，怕越揉越坏。"大婶说："那就好那就好，越揉石粉越入眼啦，先用细柔的蚕丝绸给你擦，再用盐水洗，我们有的时候啊，就是用盐水消毒的。"

司茶姑娘甩了未婚夫两耳光后，一点儿也不痛心她的那二分之一被当场枪毙，只是有些惊骇。她也是佃家人，只因王正虎家瓦屋大院，父母慕其家境好定了亲，虽然土地被分，瘦死的骆驼比马大，底子厚，未能伤筋动骨，至于人品，父母之命，天下人哪有都要讲求人品的？如是，天下人品差的岂不都成了光棍？

司茶姑娘急进屋，见永兴已换了衣服，要是见到的是光身子，此时她也不会顾忌的。"李县令，好点了吗？我是……是你姐姐。"这时自称姐姐已没了玩笑的味道，变得正经、深情。紧闭眼睛的永兴勉强笑笑："好点了，还是如火烧。你是上茶姐姐嘛，多谢你们了，我出丑了！"司茶姑娘抽泣起来："对……对不起。"周围人黯然神伤。有人说："你是穷人的救星，来到我们这里出事，是我们对不起你。"

永兴说："我自幼看到天下太不公，想改变它，奇运成全我当了县令，有了权才能实现愿望，只是……只是我这眼睛……"永兴哭了，大颗大颗的眼泪滚出。

百鹊、赵、魏二人、阙财主这时才抽得身来急急进屋探视，正听见有守护人说："李县令，我们听说过，你的眼睛能看清子弹，别担心，你是菩萨落难，难满了就会恢复的。"百鹊跪下抽泣，此时她已没了官气，而是平常的少年百鹊。阙财主、赵、魏二人也跪下，魏正根道："李县令，是我们失职，大意。"永兴镇定了情绪，说："百密一疏，古人说智者千虑必有一失，不怪你们。要不是我在……在方便，他们能得手？只是不该过早暴露我的身份。"而赵明明他们三人最迫切想问的是："好点了吗？"永兴一笑，说："怎么我……嘿嘿，刚才丢脸哭了一阵，当县令还哭啊，屎尿弄了一身，羞人！不过我好像一哭，眼睛感觉好些了。"

众人转悲为喜。大姊、大嫂都抢着说："不羞人不羞人，都是人。"又有人说："李县令，想哭就再哭一场，狠狠地哭，你感觉又好些了，想必，肯定是，没错，对头，是你眼泪从内向外流，把石灰末冲洗了一下，这效果比外洗来事！"众人被逗笑了。永兴笑笑说："我不是戏子，哪能没感情也能挤出眼泪？"又哎呀一声，"坏了，丢人也没法子哎，我又要拉肚子了！是不是给我的鸡蛋汤里下了啥泻药？"机灵的赵明明说："快，把夜壶拿出来，你们先出去，我来服侍。就是那司茶人下了泻药。"

去街上请医生的三个佃家青年人，打起干竹火把，月黑头亦是一路急奔，深一脚浅一脚，好在路熟，胸臆间荡漾着一种陌生的神圣使命感。那是县令，百姓爱戴的娃娃县令，是在给县令服务啊！而且是娃娃县令啊，神奇，又长得不但姑娘喜欢，谁不喜欢？更明白早一点请到医治希望就大一些。凭这些来头心中早已酝酿好措词在医生面前风风火火一把，然后在返回的路上再滔滔讲述今晚发生的故事。

张秋水乡长派人弄走了犯人，三时辰后，中年医生急呼呼亦是激动地来到阙家。医生急急掰开永兴的眼睛，烛光映照下用肉眼细瞧，一面问道："你们咋个急救的？"大嫂说："我们也不懂，只是估摸着来，先用细布擦，再用盐水洗。"梅医生欣慰道："歪打正着啊，你们若是先用水洗，生石灰最喜欢的就是水呀，所以应先尽量擦去灰末。"末了，沉思片刻，道："李县令体察民情，光顾我们边远之地，能为你看病是我的荣幸，我本事一般，先救急，内服外敷，这样行不行？马上送李县令去我家，我贱姓梅，我会尽最大努力抢救县令的眼睛，唉，烧伤了眼膜，太严重了。"永兴说："要得，我们马上离开，免得霉了人家的喜事哎。"遂去向主家告辞。

何田发主动吆喝了七人押送三人犯。他愁帮不上李县令的忙，说风就起雨，马上就有了他尽力的机会。没受伤的被五花大绑，受伤二人只绑缚住双手。"哼，做了坏事还要我们抬你们去治伤，好福气！"

受伤人犯要抬送，永兴则用人背。阙家一下子走了十多个得力人手，明日去接亲抬轿、抬嫁妆就显得人手不足了，只得再凑合。黑夜的路上两支火把照顾九人、两担架，光照范围就显得勉强了。抬担架的人可没把担架上的人当新娘子，甚至只当抬的货物，直颠得人犯骨头散架。

（二）

翌日早，送永兴的与送伤犯的两路人，不约而同进了街上梅医生家，想必梅医生是当地一把手了。张秋水算得应付自如，连夜被招的四个保丁也到位，原奔看押而来，这下子多了项意外光荣而自豪的任务，看护县令。两方人马见状，不由得感到有些滑稽，张秋水说："把犯人弄到别的医家去，别跟李县令在一起。"永兴笑笑道："不是冤家不聚头，既然与本县令缘分不浅，那就随缘吧！"而他的眼睛已似两颗欲熟的桃子了，这是外形，内感呢？烧痛感已波及头痛了。路途上又拉过一次肚子，形神已弱，只是精神未减。

梅医生可没工夫也没那闲心给两犯人取子弹，命徒弟动手术。这徒弟亦是分田受益人，知情后狠狠地哼了一声，然后冷笑一下。麻药呢？可用中药配制熬水加针灸，但徒弟却不用，拿起尖刀直剜起来，痛得人犯撕天裂地，直喊阎王来救命。徒弟道："叫春啦？没听说过关公刮毒嘛，亏你还是个财主狗崽，怕只读过《女儿经》！"一面手术一面嘀咕："这两位还真是神啦，说打的腿就是腿，没想要你们的命！"

手术刚结束，受伤人犯的娘老子闻讯撺到梅医生家。其中一人犯的老娘抱住张乡长的腿呼天号地犯泼："还我娃儿的脚哇，打残废了哇……！"百鹊正无处出气，哪有什么孩子与长辈区别、尊老爱幼观念？只有敌对概念，况且她明白自己是官，上去扯开那老娘，啪啪两耳光口鼻见红："赵大哥，魏大哥，命令你两个给我把她也捆起来！该打死你儿子还少麻烦！"二人毫不犹豫应声去找绳子。

百鹊不尊敬那老娘，却尊称部下为"大哥"，她是懂礼貌的知分寸的。犯人家属这才吃罚酒，连连告罪，也不呼天号地耍死皮了。那么捆绑也就免了。

巡察的性质变了，百鹊三人成了护士。梅医生苦读一夜《本草纲目》，想从书山采得灵丹妙药，当他终于选得一有勇有谋方子时，觉得医术大大提高了一步。深感一副方子就是作一篇文章，阴阳生克利弊，既不能太保守又不能太莽撞，需拿捏得恰如其分。第二日，永兴腹泻停止了。

如风的传言吹来人山人海，梅医生门庭从此将大大光耀起来。"我们要看望李县令！""剜了那两个歹毒的家伙！"

百鹊他们只得把永兴梳妆打扮一番，以恢复一点本来神气。赵、魏二人将永兴似小孩子般抬架起来，以增加高度提高视野，在人海的挤让下游走街道。百鹊、张秋水紧随其后。此情此景，双方谁不动情、激动？

人们望见娃娃县令眼缠白布，从那时隐时现的酒窝、恭正的嘴唇，便可猜想一定是个俊俏的少年。只听娃娃县令开口道："父老乡亲们，哥哥姐姐弟妹们，我乳名叫福娃，福娃给你们还礼了！"双手抱拳，"福娃感动，别把我惹哭了，你们给了我力量，我愿为广大百姓粉身碎骨！"行至街头，一人爬下叩头："下官是区长，迎大人来迟！"永兴说："既是区长，随我回梅医家去。"人海中，有小孩喊了一声"福娃哥！"接着有三几声试探着呼应喊"福娃哥！"又带起了一片，一片带动了全体呼喊，直呼县令乳名。

还会怪罪他们吗？那是百姓的亲昵、爱戴。你听：

"福娃哥！福娃哥……！"

"福娃哥！百鹊！"

"福娃哥！百鹊……！"

渐渐有了节拍的呼喊如吼号子，经久不息。受伤人犯娘老子也身处其中，不知可有那智商作何感想？这时谁想陷害福娃，岂不会被踏成肉泥？浩大的声浪随永兴一路滚动起伏，强大的精神力量灌注永兴、百鹊及赵、魏等随行，净化了心灵，何尝不激动、升华？直到送回梅家门。这就是正道，这就是力量源泉，这就是回报，够了，值了，还有什么不满足的呢？此情此景，直想、立即去为他们，为百姓殉道成仁。永兴哭了，百鹊眼湿了，赵、魏二人鼻子发酸。

第一个送来煮鸡蛋、梨子慰问品的，是一位二里外的大婶，这回吃一堑长一智，经梅医生同意收下。接下来便招架不住了，慰问品蜂拥而至，但在永兴授意下全谢收了，并一一登记，专用了间屋子堆放慰问品。有心计的人永远有心计，还愁叫你吃不完兜着走吗？几十个兵将来到正好分享。要得好打个颠倒，如今百姓生活改观，送来又叫他提回去他会是个什么心情？而收下并登记他感到多么有面子？这不是受贿，收下的是百姓的一片心意啊！至于防毒，只能叫猪狗低等动物检验了，因为梅医生未习得识毒本领。

出了这等变故，孰轻孰重，司茶姑娘只有表示歉意，毅然辞去阙家喜事司茶职事，回家禀告事故。如果她无动于衷依然笑微微端茶递水下去，反倒说明她不是低能儿就是轻浮了。又执意拎着包袱去街上梅医生药铺。看来这大姑娘瓜熟蒂黄，已具有独立自主心劲了。她进门时遇两门岗保丁阻挡："干啥的？"

"我……我要找百鹊妹妹。"

"百鹊妹妹？哼，好笑，百鹊巡官还是你妹妹？"

"李县令还称呼我为姐姐呢！"扑哧一笑，暂时又还原了喜乐的性格。

"好吧，我进去通报一声，你等着。"

她被准许入内。

"是你呀？上茶姐姐！"百鹊喜迎道，"找我做啥？"

"我来替……替罪。"

"哈哈，姐姐你有啥罪？"

"请你领我见李县令。"

"李县令，姐姐来看你来了。"

看来她想把县令的姐姐当定了，便宜占定了。

县令眼睛依然包扎着，她只看得见永兴咧嘴一笑，说："一听声音就知道是你，虽然只听过那么几声叫。"永兴也开起了玩笑，因为爱开玩笑的人感染了他。"幸亏我未受伤前看见过你，有话给我说吗，重要吗？"

"我，我那个人害了你，他该死，我来给他替罪，我来服侍你，跟你们走。"

理由倒充分，心里还打有什么顺理成章的算盘？如是，她的命运也将随之改观。

"他是你什么人？"

"他……他是我快要成亲的男……男人。日子就定了的。"

"叫什么名字？"

"阙一芯，小名芯芯。"

至此，才知晓司茶姑娘之名。

永兴笑笑："你有二心吗？"

"一心一意。"芯芯马上明白过来，佯恼道，"县令编排我！"

百鹊笑意不正常，去对永兴耳语。

永兴开心一笑，道："看来你这个姐姐当定了！好哎好哎！"

与爱乐趣的人相处就是与快乐相处。原来百鹊要给春娃子阿哥牵红线。三少年皆把春娃子称大阿哥也就是汉族称呼的大哥了，芯芯不正好为姐吗？

阙一芯如愿以偿。

联络传信的，一站接一站昼夜兼程，翌日下午县令受害的消息传到了终点。永兴对区长说："兵马未到，粮草先行，我有一排将士可能已动身，请你准备好吃住。"

又一个第三天，永兴的眼睛消肿了，烧痛感大大减轻，再次拆开包扎，梅医生说："请李县令慢慢睁开眼睛看看！"

好紧张的心情啊，这一拆就是验证他老梅一夜挑灯是否没有白辛苦，百鹊直喊："福娃哥，加油！福娃哥，加油！"

岂是"加油"能济事的吗？区、乡长等人亦是捏一把汗。"怎么样？"

永兴没回答，也没他们希望的笑，但也没哭。百鹊急了："说呀，到底怎么样？"

"睁开第一眼，看到的世界花花斑斑，嘿嘿，"永兴笑笑，"是不是眨眼间世界变了？"

众人却笑不出来。神情黯然。

"不过看第二眼好多了哎！梅医生，不错，继续。"众人稍安，梅医生长出一口气。

区长说："李县令莫焦，常言说，病来如山倒，病好如抽丝，李县令不是凡人，会有奇迹发生的。"

永兴说"你们在外候着吧，我要回房间静一会儿。"

静什么？他是想哭。谁舍得那一双神眼？就这样丢了吗？

哭，不能出声，只是泪如泉涌，此刻最脆弱，想起了爹妈想起了河妹众哥们，也想起了无修上师、吕在二、黄一甲。蓦然想起了众百姓的欢呼，立时精神一振，值！任重道远，黄瓜才起蒂，有多少事还要去筹划哎！

永兴调整情绪，打算安心地睡一觉，也只有安心才能睡得着。一觉睡到日当午。

永兴醒来习惯地睁眼，却依然一片漆黑。摸摸仍被包缠着的眼睛，但觉又恢复了不少。真是眼泪的作用吗？嘿嘿，那就哭他个天昏地暗，日月无光吧！可真是有眼无珠了，成了聋子的耳朵——摆设。心灵的窗户被破坏，神眼昙花一现，未必花花斑斑暗暗淡淡的世界从此属于我？属于我的，还有平庸无能？

街上响起了一排兵将整齐的跑步声，铿锵叮咚，震得地皮发怵，震得居民开天辟地见稀奇，那是春娃子焦急地故意显摆声威，春娃子的兵风尘仆仆到了！算得上快速反应。春娃子一百个想来，挂牵的，不止永兴一人。

第二十六章　义聚群星

"福娃哥哥！"

"福娃哥！"

"福娃弟！"

"李县令！"

"怎么样了？"熟悉的声音蜂拥而至，堆满了屋子挤在了门外，声音有河妹的、石牛的、大大、春娃子、邱大耿。永兴甜甜一笑，轻声玩笑道："该来的都来了哎，都来了城空了，棒老儿来打县府怎么办？"

这是一群正义的集合，一群正义的"狐朋狗党"，人间正道是沧桑。所有的哥们弟兄都近床前拉拉永兴的手，倒轮不上河妹了。拉拉手，心灵的传递与慰藉，来这么多人有什么价值、意义呢？无非一种关怀，心灵的互助，这世间就这样。大大在此种情况下也没了顾忌，拉拉永兴的手，第一次肌肤接触，那可不是同性的斥力，是这世界天生的异性引力，她得到了些许补偿，当初排在喜爱首位的、不正是从这只手出发的、那整个人嘛？永兴却没感觉到异样，说道："河妹，你怎么也来了？既来之则安之，过来！"

何需永兴招呼？河妹早已忍不住泣声，过去坐在永兴身边，也只有她最有优先权，摸着她的福娃哥哥的眼部，埋怨道："看，看嘛，我要跟你来，你不准，就出事了。"

永兴微笑道："是啊，早知你跟我一路来就不会出事，该叫你来的。"阙一芯的风趣似乎陶冶了永兴，他也爱说趣话了。河妹呢？纵然福娃哥哥眼睛残废，心中也没有过丝毫嫌弃的闪念，反而更心疼，那是自幼形成的美好成见。"既然大家都来了，"永兴正经地说："我有件私事要大家尤其众军士们帮忙才行呢！"

邱大耿说："你开口就得了，什么帮忙？"永兴笑道："去把堆放了一屋的果品食物帮忙给我吃了，河妹你也去！"

原来如此，逗乐了气氛。"然后我该与邱团长、春娃子排长、石牛、百鹊说事了。人多我们就去区公所住。"邱大耿说："我们正有好多急事禀报，要你拿主意！"

石牛一只手还挎着绷带，看望了永兴，还挂念着另外几个人，犯人，吆喝着急欲去"看望看望"，保丁领他们去见。

三人犯见邱大耿、春娃子军装、驳壳枪家伙、石牛等人气势，知来者不善，连连拱手："我晓得错了，莫杀我莫杀我！"

石牛托起一人犯下巴："让我看看你长得乖不乖！"然后说："想活命是吗？好，用石灰把自己眼睛弄瞎就饶了你们！"

春娃子、邱大耿见状也托起另两人犯下巴，不说话，久久地端详，直看得犯人心里发麻。邱大耿冷冷道："小子你行，不干坏事你们还有资格见到我们？"一身军装的大大也凶一把，扯着一犯人耳朵说："猪耳朵听好了，晓得我们是啥人吗？远定县保安团团长、排长啥的！"

石牛道："河妹姐，给我出出气！"

河妹生来没与小孩打个架，不习惯，那就开个张吧，不会扇耳刮子揪鼻子也行，死劲揪，首次学发狠劲："揪死你揪死你，害我福娃哥哥！"

三人犯痛得眼泪哗哗，哪还顾得推测此乖乖女可能是县令的亲妹妹呢？此场合还敢还手行凶吗？

尹天应为永兴守后院——龙兴区，其人德才，沈秀才、永兴一百个放心。尹天应自也感其知遇之恩，将看顾的手逆木者河伸向了四十里远的辖地——天仓山李春玉家。

这两年的重阳节，古寨子的五面催粮款的铜锣不再响起，因为响锣不需重锤了，卸掉东家租子大头，为自家干劲十足有奔头，管理精细多了，地里产量猛增，亦无官人盘剥，手里钱也活泛多多，区区皇粮国税不算啥。

下春一日，狗儿报信，李家坡下上来三个身着官服的客人，李家人已见识过官服。如今民国时代，不便利的长辫子、长衫终会在进化中退化，生长无土，直至铲草除根，年轻一代几乎清一色短打扮，只是超领式衣裳、布纽扣、大裤腰裤子，外侄打灯笼——照旧（舅），就是统一制式的官服亦如此，官帽制式已不讲究，你喜欢光头也并非和尚的专利。大山的进步缓慢总也在变，领导潮流时尚的，不是戏子而是保安团军人，他们已是直领短衣服、带扣裤子。永兴呢？当然不喜欢长大褂，但长衫大褂仍有老一辈市场，李春玉走亲访友就爱长衫出门，甚至为自己准备的离世寿衣那绝对要的是长衫。

今日为首的来客尹天应一身短打扮，进门行礼，自报家门。"李老太爷、老大妈，下官给二老叩头了！"李春玉赶紧道："免礼免礼，原来是区长大驾光临荒山！"尹天应道："哎，我算啥大驾，您儿子李县令才算大驾出世啊，也不知后世可有才子把这传奇事写成书？"

看坐上茶，李春玉的见识思想，倒也像个县令的父亲，捋着有意蓄留的长须道："人生在世，活的一口气，若说寿诞有多长，我看就一口气那么长，过了啥都过了，只活在当时一刻，就是皇上又咋地？死了后最多被人记忆记忆，光阴埋没一切，人生作事，只图良心过意就行了，作人不为给别人看，我穿衣裳只为自个，不是穿给别人看的。"尹天应三人哈哈一笑："老太爷说话趣得很！"

李春玉为老太爷当之无愧，他已年方六十七，至今宝刀未锈，葛氏却已无还手之力，身体一损俱损，走下坡路。

尹天应见情形，翌日临行丢下十块大洋丢下一句话："家中有啥事需要，支人来报我。"

智者就是智者。尹天应眼光不仅限于龙兴区井蛙之地，关注天仓山关注大拐山黄一甲家属，且放眼全县放眼全国，有心为永兴洞察辅佐，深知这片蓝天四面乌云，危在旦夕，如头顶碗水，一不小心碗落地。他撒出的情报网络织得比永兴大气，翻秦岭西安城就有专职眼线。这情报网没有白织，很快就有了动静。

大拐山眼线来报，黄一甲之三弟三黄已出山寻找黄一甲部队，目的明确，要黄一甲带兵回来杀永兴，收回被分土地，恢复财主利益。尹天应立即起草文书，顺便也把李母卧床不起病危消息带上，派两心腹下属翻五峰山送县衙李县令，早作准备。永兴不在，此信便交沈秀才，永兴出事的消息也在翌日传递到县衙，惊动了应该惊动的人，惊动了河妹这下子才不管你那么多，孤身前往也要去看永兴。远定县主要人物紧急商议应对之策。

子碾区政府内，永兴戴着眼睛绷带召开议政会，门外是荷枪实弹的兵站岗。参会者，永兴看不见人，便点名听声音。邱大耿发言说："我先禀报两件事，第一，我们商议的结果是，请李县令取消巡访，回县送你去省城医治眼睛，我们本想带医生来，县城的医生也没几个像样的，保安团也没医官。你家母的病，我们派人代你去天仓山看望。第二，赵明明、魏正根二人疏于职守，致坏人钻空子，令其回县受罚，禁闭一月，另留人随从。"

永兴沉默片刻，说："第一件事，我不去省城，秦岭艰险，路途遥远，等我到了省城，恐怕早已死不瞑目了。我眼睛还看得到，我要回天仓山看妈；第二件事，经过这次教训，我相信赵明明、魏正根就长一智了，他俩已熟门熟路，受罚我看就免了吧！我再添一件事，活着的三个凶犯虽然是想杀我，其实就是反对分田地之政策也，一律当杀！以免后患，但既在医治两凶手的枪伤，既在医治又要杀，岂不多此一举？通通判为无期牢狱好了，至于后事如何，再说吧，大家以为如何？"

石牛嘿嘿冷笑："那就边走边看吧！"

百鹊直接嚷道："杀！"

春娃子、邱大耿嚷道："流汤洒水，不如来个痛快的！"

永兴笑笑，道："那我就说我的了，请作记录的记录清楚，一、鼓励老百姓劳动互助，保、甲要照顾孤寡的春种秋收；二、鼓励老百姓做大小生意，但必须取财有道；三、立即扩充保安团兵力，再招收一个团，本县民富县强，多一个团也养活得起，只是缺枪；四、眼下太平显不出重要性，万一打起仗来枪伤、刀伤流血牺牲，就显示出医疗的重要性了，堂堂一个加强团无军医太荒唐，这是我年幼无知的责任，火速招贤纳士成立军医院，火速训练救死扶伤，亡羊补牢哎！这事限邱团长、沈常务执事官两个月内办到位；五、立即在本县边境要道，主要是东边渔乡、西边罗口派驻明察暗哨，或阻止或监视入境军队举动。黄一甲如果真要明来倒好办，只怕来暗的、阴的；六、各区乡通喻百姓，发动百姓，监控原坏财主，盘查可疑分子，预防万一，准备为保卫土地而战。并统计出黄一甲团的将士家属名单，上报保安团部；七、保安团要进行实战式演练。此六条回县府通过议政会，行文下达各区乡。邱团长你们后天押送凶犯返城，与沈常务官等官员先行着手计划、部署军事防务于万一哎，一切拜托了！我们原班人马随我回天仓山一行，尔后速回县府。"

世上两方人马斗争，也许只为一信念。一切缘起而有，缘散而无。要是只有永兴一人，能成什么事？就是有人，无人听从实施，又怎么样？

运筹不定大学文，从来睿智多草民，天地无头人有脑，只信书理假圣人。

第二十七章　百鹊不哭

急急忙忙，有空办私事了。百鹊说："春娃子大阿哥，到我住的房间去，有话给你说。"

百鹊有话说？那是春娃子多年的期盼啊，期盼百鹊说的是那种话！

她先讲了这次的故事，故事的主角放在了阙一芯身上。"这人你见到了，你说她是不是个好姐姐？"

"行啦，很不错。"

"我想把她给一个军官牵上红线，大阿哥你说好不好？"

"那还用说，哪个？"

"春娃子排长。"

"啊……？"春娃子语塞。

"大阿哥，阙姑娘适合你。带她走吧，她一定喜欢。为了你，我们才留下她的，这也是福娃哥的意思。"

"为啥不是你？"他终于吐出了多年的心思。

"我……我不知道。"百鹊低下了头。

"我知道大阿哥从小喜欢我，莫再折磨自己了，把事情看简单些。我折磨了大阿哥，说明我不适合你。我们永远是拜把子好兄妹。"

"我试试看吧，"春娃子说，"看转不转得过弯。只要是小阿妹你说的话我就听。我再给阿妹唱一次歌好吗？"这时的心情已回到从前，忘了自己现在的身份。百鹊点点头。

他轻轻地吟唱："阿妹子脸乖乖舍，阿哥我心痒痒哎，黑了望星星舍……"他反复吟唱，唱着唱着，歌声渐渐变成了哭泣声，感染得百鹊眼眶湿润。他陡然收势，揩把眼泪，说："好了，行了，舒畅了！"

百鹊道："大阿哥，过来。"春娃子反倒不知所以，靠拢百鹊身边。猛地，春娃子感到百鹊射来的，不是要命的飞镖而是飞吻。这实实在在的吻，是安慰，是补偿，是句号。

区公所人来熙往。百鹊忽对阙姑娘说："姐姐，我送你个宝贵礼物！"阙姑娘说："巡官大人的宝物我受不起，"却又好奇："是啥子嘛？"百鹊手指往来中的一人道："我要把那个小军官送给你！"突然袭击，阙姑娘措手不及。不过女人对这种事的反应是世界上最敏感的，哎呀一声满脸通红。百鹊正经地说："我们就是为他留下的你，他就是你们传说中的我们三少年的拜把子大哥，故事消停给你讲。"

还是三少年的大哥，不神更待何时？威武的军装，长相又正常，烧高香了。百鹊说："喜欢你就点头三下，不喜欢摆头三下。"

阙一芯当真点头三下。喜笑说："难怪李县令说我把他的姐姐当定了，原来早就算计我。"心中却扑扑急跳。看来情之物是叫人不安宁。百鹊欢欣道："好得很，今夜我带你去他房间面对面说话。"

"百鹊妹妹，你呢？"阙一芯顺便就问。

"我……我……"

"我看出来了？你是不是喜欢你的福娃哥？有人把他叫福娃哥哥，比你还多一个'哥'字，叫得比你还甜还柔，我还看不出来？说呀，咋不说话？"

就是严刑逼供，百鹊这时也是"宁死不屈"了。

夜里，百鹊把红线两头接上了"电源"，退身而出。有句乡土谚语说，大姑娘说媒——往各人（自己）面前刨，这谚语可以休息了。

屋里，不知在对什么样的苗、汉情歌，怎样开的歌头，不过却知道结尾。

阙姑娘说："郎君你耐心等等我，奴家不能信口开河，待我服侍得县令好，一同回城随郎君发落。"言罢一个轻飘飘的吻在春娃子脸上盖上了私章，快速撤离作案现场。

干吗心虚？

春娃子这一天是怎么了？连得两次吻，运气真好，不虚此行。难怪他又轻哼起了山歌："阿妹子脸乖乖舍……"是不是已转过弯了呢？

永兴的巡访计划算是被破坏，不但无法继续，连幺妹河码头也不去了。但奔生奔死，母亲病危那是要回去看望的，人与人之间就这个来头。"你到底行不行？别勉强了！"不同的称呼，相同的担心。"我试试看。"永兴拆开绷带，再次缓缓睁眼，向空荡处走去。魏、赵二人已得教训，亦知永兴为他俩免去禁闭，寸步不离紧随其后，听到永兴一句众人想听的话："还行。"

这人世间是人决定人的命运，大人决定下人的命运，强者决定弱者的命运，幸运的是，这是一群正道人的集合，没有大奸之人捣乱。

大队人马准备启程，魏正根取公费五块大洋付医药费，梅医生大叫起来："要给就把李县令的县长位子给我！"

向来不善言笑的魏正根笑了："你要价太高，我们穷，给不起，就当收个纪念吧！"

梅医生说："这倒也是噢，收下收下！天变蓝了，天变蓝了，从前哪见这样的官？"

魏正根又道："愿不愿意去保安团当医官？营级俸禄，我们急需像你这样会麻药的医生。"梅医生说:"好,我认真考虑考虑。"

随着春娃子"出发!"的口令发出,街上响起了锣鼓声,附近的大人细娃男人女人闻风而至。煮鸡鸭蛋干粮又来了,两横幅上无声胜有声:"福娃哥一路走好""李县令我们拥护你"。有什么比这更能感动将士们的呢?

两路人马同行二十里分道。众人再次担心永兴,到底、究竟、真的行不行?大大说:"福娃哥,快些治好眼睛,带的药要按时,早些回来,我们不能没有你。"

众军士嚷道:"干脆我们抬李县令回城。"永兴说:"走吧,后会有期哎,石牛又要与我们分开,回去早些治好手,我与百鹊不在,万一有啥事故你也许能出上大力。坐镇县城,拜托各位了!"

邱大耿说:"有老子在,你放一百八个心!"

阙一芯再次走到春娃子身边,理理春娃子衣领:"等我回来。"俨然老相好。回答她的是啪的一声,但不是打耳光,而是立正行军礼捎带笑容。

河妹是甩不掉了,与永兴一路。

望着永兴远去,将士们才动身。

永兴身边可是美女簇拥,而众将士这一路仅有大大是异性,不知走路是否有精神?

说不清来了还是去了,不知是对还是错,依山带水峰回路转,情义连接你我。有一天我们血洒山岗,进退共予,呐喊如歌!

邱大耿这路人马行有五里路,至一悬崖处,石牛忽道:"众位兵大哥站住,本副巡官有话说!"接着把邱大耿、春娃子叫到一边,指手画脚不知说些什么,只见邱团长、春娃子排长连连点头,摩拳擦掌。石牛嗨嘿呀呀地走到行军队伍前,冷冷地道:

"兵大哥们，这两个受伤凶手你们抬累了没有？"

"哪个愿意抬？作坏事还高贵，还坐轿子，真想把他们扔下崖去！"军士们七嘴八舌正想发牢骚。

"他们害李县令，哪个不明白，就是不满我们分了他们的田地！"

石牛咬牙切齿说："这样的人该不该活？"

火被点燃，群情激昂："杀了龟儿子！"

石牛说："那一年我们路过龙兴区，郑区长只露出了不满的意思，就被李县令下令杀了，这两个人的罪行比郑区长怎样？"

"那还用说？杀了这两个龟儿子！"

军士中有人领头喊："杀、杀、杀！"接着一齐吼：

"杀、杀、杀！杀、杀、杀……"

"饶命啊，我们知错了，知错了，饶了我吧！"邱大耿走到犯人身边，嘿嘿地一笑："知错了？早些干啥子去了？"春娃子掏枪，说："让我来过过枪瘾！十丈外打眉心，看枪法这些日子丢了没？"石牛说："这两个人没资格吃定心丸，别浪费了，让我来送龟儿子驾鹤登仙！"军士们嚷道："舍不得子弹好说，用枪托！交给我们活动活动筋骨！"不由分说，两犯人在饱餐了一顿枪托后，灵魂被击打出窍，悬崖下便是葬身之所。

人说眼睛容不下微粒沙子，永兴的眼睛沙坑多多。那感受还会舒服吗？虽未失明，感光效果大减，只不过硬撑罢了。日当午行至一山坪，一群白色野兔横穿而过，三女惊呼："啊，好好看啦！好美呀！逮几只回家养起，多好呀！"永兴说一声："我试试！"人已飞动。他真的想试试，试试神眼受损后神速是否依旧？

速度到也还是那么快，眼见就抓住落尾兔子的尾巴，眼光却失去配合，一脚踏空入坑摔倒，两手本能的撑向荒草地面，右手却觉碰上了一种东西，不过立刻就明白了，负痛的一盘怪样的蛇出于本能张口弹向他的手腕。虽然他依然算得上手疾眼快，惊叫一声将蛇抓住扔出了约五丈远，但蛇已咬他在先。永兴有两弱点，一不会游泳；二怕蛇。蛇的长相令人心里发怵，真不明白耍蛇人是否人身蛇心，前生是蛇类？跟踪而至的赵明明他们还以为县令扑到了野兔，却听永兴说："坏了，我被蛇咬了哎！蛇被我扔死了。"

"啊？刚才空中飞的是条蛇？"

"天啦，这怎么办啦？"河妹快哭了，众女惊怕，扶永兴回路边石上坐下。魏正根寻找到死蛇，提在手中向回走，一面说道："这是条什么蛇，怎么没见过，颜色皮纹这么怪？"众女害怕永兴更害怕，掉头一边连连向后挥手说："快把它扔掉，我最怕看见蛇。"须臾间，永兴的右手粗肿起来。可怜这些人一个也不懂急救知识，蛇体内本身有物可攻蛇毒。

赵明明说："我听人说可以用嘴巴对准伤口吸毒，然后吐出来！"说着就俯身欲吸。百鹊见说，推开赵明明，拉过永兴的手就下口。阙姑娘掀开百鹊说："该我来，让我尽个心。"河妹见状，挤身说："哪个都不应该，该我来！"却拉不动别人。阙姑娘说："划拳，哪个赢了哪个来！"百鹊见说，道："要得，赵大哥、魏大哥都来划！石头、剪子、布，快点！"

按现代数学知识来看，五人三种拳的排列组合数，要想一次性决出胜负不可能。但实际哪有那么玄乎？很快就有三人被淘汰，剩下的魏正根一拳定音，布包石头赢了阙姑娘。

河妹带着哭腔说："你们抢了我的生意！"

疼痛中的永兴已感到有些昏迷，被逗得咯咯地笑了。魏正根说："端公斗法，病人遭殃，我们已失过职，是该我们补过了，"大吼一声，"让开！"

经过处理，只能减少部分蛇毒，其余大部依然肆虐冲突。只有赶紧找户人家，看是否有会治蛇毒的草医或验方。两男人轮换背着永兴奋力疾行，还是望不见人户。颠簸之下，蛇毒运行更畅。永兴喃喃地说道："放下我，放下我，我不行了哎。"

百鹊哇的一声如小孩般号哭起来，一屁股坐在地上。

永兴用最后一点撑住的神志道："百鹊不哭，百鹊不哭，我们同过生死，共命运，值。"众姐妹扶百鹊起来："快走，鹊妹！"百鹊大吼一声，变得可怕："你们先滚，让我一个人待会儿行嘛？我还追不上你们嘛？！"百鹊已练达老练，荒山野岭落单不害怕，河妹他们只好先走。"那你快来呀！"

百鹊在哭，河妹反倒不哭了。待河妹她们离开，百鹊哭诉，捶胸顿足，嚎天呼地，大有死而后已之势。山里人是不是都爱哭？

"福娃哥呀，你有个三长两短，我还有啥兴趣活呀，你本来应该是我的呀！呜呜呜，哇哇哇……"

埋得太深的爱，一旦喷泻出来，更是汹涌澎湃。

莫道流水无情，却为大海流去。轻风摇曳絮语，海啸撕裂情海。滚滚红尘迷人，几人去得彼岸？

第二十八章　依山带水

（一）

身后的脚步声人声打断了百鹊的哭声，百鹊认得那是个尼姑着装的人快跑而至，尼姑见百鹊急说："姑娘快跟我跑，后面有五个人不怀好意追贫尼！"

相似的情形条件反射，百鹊立刻联想起几年前救扬枝水的事。立刻没了哭意说："你走前，小姑奶奶正想找几个出气筒！"飞镖早已夹满双手以待。当追者出现在镖距内，狠狠地连发，身后的尼姑阿弥陀佛也来不及念，急道："不可伤性命！"但出手没有回头的镖，这世界物理不是寻常人所能驾驭的，五人纷纷倒下，全是致命的喉、胸处。尼姑来不及道声阿弥陀佛，因为同样产生了相似的回忆。

二人这才有空闲端详对方。百鹊觉得尼姑怎么像那年的扬枝水？但怎么也难相信时光倒回头，比原来更细嫩滋润，尼姑看百鹊到已有三分把握。

"你是……"二人几乎异口同声。

"你是百鹊？"

"你是扬枝水？"

百鹊暂时忘却了悲伤，欣狂道："天啦，真是巧他爹打巧他娘——巧上加巧！难怪无修上师说，我们还有见面的缘分呢！"扬枝水这才有闲暇欣慰地道声阿弥陀佛："贫尼法名心了，百鹊施主为何在此悲伤？"百鹊简要地叙述了缘由情况。

心了道："善哉善哉，我经远定县内，百姓皆在称颂他们的娃娃县令，原来就是李永兴李施主救苦救难，惠泽百姓。几年前你们救助于贫尼，善哉善哉，天意所归，现在也许贫尼能救得了李施主。"百鹊见说，真个是喜出望外："那我们快跑！"出家人总是给人信赖感。心了正当青春年华，虽早于老成持重，但语音如莺歌。

扬枝水，心了，这是俩不同的人吗？百鹊丝毫不怀疑一个平凡人怎么这样快就脱胎换骨变为圣僧的，更来不及追问心了的经历。

魏正根因吸毒亦感不畅，赵明明替换魏正根背永兴。却听百鹊气喘吁吁大叫"停下！停下！"当二人追上同伴后，只见心了就黄挎包中取出一葫芦，给永兴灌水，并洗眼睛。众人相信那葫芦中一定不是平凡的水。心了道："半个时辰若李施主好转，眼睛也好转，说明我这水真个就是甘露水了！我们暂停下，就地歇息等待吧。"心了似乎是在实验，心存侥幸却又自信。

等待中永兴醒来，感觉迥然不同，一好俱好，眼睛亦舒服很多，起身道："嘿嘿，你们是人是鬼？"瞅见心了尼姑，倒真疑神疑鬼起来。

百鹊道："福娃哥，你认得她是谁吗？"

河妹拉着永兴的手直摇："福娃哥哥，快给我认出来呀！"等待中，百鹊已向众人大致介绍了三少年与扬枝水的故事。

"扬枝水，是吗？"

三姑娘霍地欢呼起来，眼泪哗哗！

谁说眼泪只是悲哀的专利品？魏正根激动地说："我们与李县令、百鹊巡官朝夕相处，已是见怪不怪，但我还是要说，你们真是一伙奇人啦！"

心了双手合十，道："恭喜李施主，见过李县令！"

永兴还礼道："喜见故人，倍感亲热，山不转水转，嘿嘿，天仓山，山娃子，扬枝水，真是依山带水，这是怎么回事？"

河妹抢着说："她不叫扬枝水，她叫心了姐姐，是她葫芦的水救了你！"永兴道："多谢搭救，心了师姐，你葫芦里究竟卖的什么药，是不是观世音菩萨派你来洒甘露，扬枝水？这几年你是怎么过来的？"百鹊说："对呀，老实交代，我们还没问你的来历！"

心了笑笑："真人面前不说假话，你们不也一样吗？一言难尽。"赵明明说："干脆你们都坦白交代，我们也想听听你们的故事。"

永兴说："自那年与你在万僧寺分别，我们又去过万僧寺打听，无修上师说你法号心了，去了终南山哎，追杀你的那个人的儿子吕在二几番报杀父之仇，后来在县衙大门外被我们制服，当时他是黄一甲的侍卫排排长，随黄一甲从军去了。"

心了说："贫尼已知此事，无修师父告诉贫尼，吕在二并未去从军，回山卧薪尝胆练绝技，就是想打败你，还会阻挠万名僧侣劫数圆满啦，世人争名夺利，到头想来又怎样？我这次就是奉师父之命，去柳林县两极山点化吕在二。"接着叹息一声道："谋事在人，成事在天啦，天下冥顽不灵还盛气凌人者多多！"似乎对自己此行效果已有预知。心了讲了一通，却只字未提葫芦里水的事，而这是大家最好奇的事。

永兴疑问道："原来如此哎，心了师姐去过万僧寺了？"这是顺理成章的疑问。心了微笑，所问非所答："你们李家一直不知道下落的、但想知道的李永富，先是去麻口山为匪，如今是黄一甲军队里的警卫排长，害百鹊娘他是主犯。皆是前因后果，冤冤相报啊，阿弥陀佛！"

"啊？"众人惊诧。

永兴对百鹊说："鹊妹，天下路宽，冤家路窄哎，想不到第一个动手害你娘的是我们李氏家族的人，对不起！"百鹊气嘟嘟道："蛇有蛇路，狼有狼迹，关你屁事！"忽然想起三年前，在罗口客栈后花园三少年赏月说过的话，问道："扬姐姐，你为啥要出家当尼姑？"

这一问令扬枝水意外，随即欣然道："人各有根，根有深有浅，修身养性，明心见性，返本归真才是脱离生死轮回苦海的真正出路啊，妹妹你的杀业虽重，得不知也有幡然醒悟，立地成佛之时呢？"又道，"这样吧，出门由路不由人，贫尼我也改变主意，暂缓去柳林县，这水对李施主既有奇效，李施主就随贫尼回云梦山继续疗伤，意下如何？"

"这……"这令永兴始料不及，大出意外，"我要……回天苍山看望病危的母亲。"

"李施主是聪明人，慧根更是非凡，虽然这世上聪明不等于智慧。你身系万民安危，已是公众之需，身体康健首要啊，忠孝两难全，孰轻孰重，切莫感情用事，这并不就说明你不孝，无情，尤其我们修行人，当你参透了世间万事，生命谛理，就会明白的。"众人都说道："心了师姐说得对！"

永兴哭了。

理智与感情斗争，斗出了悲壮的眼泪。他猛地抹一把眼睛，毅然道："好吧！"

姑娘们的情绪随永兴的转变而转变，叫道："好哎好哎！"赵、魏二人亦是欣喜。没有谁认为随永兴而行不是顺理成章的事。

新的行动纲领明确，但跟着就产生了新问题，是统一行动或是分开行动，天仓山李母可否兼顾，如果统一行动，县府岂不失去讯息？原来架设的那条机动"通信线路"已经撤去，想想谁都有不能离开永兴的十足理由，谁都希望随永兴纵情山水一把。还真难取舍呀，手心手背都是肉，几年前处决郑区长犹豫过吗？人的性格，不，准确地说是永兴的性格首次遇到检验，是优柔寡断还是果断？这时最需要的是果断，只要是果断错的也是对的。心了笑说道："欢迎诸位施主到云梦山，云梦山可就一时不安宁了，贫尼可有些招架不住噢，没吃有喝，别进山是猪八戒出山变成孙猴子了。"

这么难抉择的问题却迎刃而解，魏正根说："我与阙姑娘去天仓山，然后回县报信，也好叫阙姑娘早些回……回军营。"那意思是早与春娃子团聚。这恐怕是最佳方案了。永兴说："有劳魏大哥、阙姑娘了，那就这么定了。"魏正根以成熟人的理智行事，而阙姑娘九十九个感情过不去一个无奈，因为她也明白这是最好不过的选择。

205

永兴如果继续巡访下去，得不知还会遇几个阙一芯似的丫头片子呢？分走了两人，心了的生活负担的确减轻了。

这下该吃干粮了，给人体这部"自行车"加油。姑娘们拿过鸡蛋给心了，心了推辞道："蛋也属于肉类，不吃。"百鹊说："天啦，你们修行人为什么要这样刻薄自己？"只好另取面粉小饼。心了微笑说："在修行人眼中，这世间一切需要谨慎小心，如履薄冰，方能洁身自好于利弊夹缝中。"百鹊听不懂。其他人只有永兴微笑，神会一二。

这一行人又要一分为二了，互相道别。西边的太阳就要落山了，月亮从东边追上来了，竟然在光天化日之下追求太阳，却如农家大石磨转头轴，这一端永远追不上那一端。抓紧在天黑前再吼一阵的蝉鸣鸟唱道："太阳太阳你快些走，月亮月亮你慢些走！"

扬枝水自万僧寺得法号心了，如同老百姓换套军装就摇身一变俨然成了军人，换套漠视春夏秋冬的僧服就成了尼姑。人还是那个人，衣服脱掉呢？其实重在心境变化。终南山远在郑南县，天生的心理成就，手持衣钵一路如叫花子般乞食并不觉得失面子。庙宇并非世外殿堂，僧人脱俗但离不开俗，如鱼儿离不开水，僧人多靠俗人供养，于是乎僧人的成就里多有俗人的功德因素，心了这样想道。

晓行夜宿，歇息打坐，出山穿过平川又见山。眼前的山气质形象没有远定县的山那么暴戾，那么高，心了驻足品味，但见苍松芸芸起伏，薄雾腾腾不定，内秀隐隐若揭，崖骨嶙嶙昭然，直使心了抛却尘念，坚定修行信念。但一般人哪有此感应？两个时辰行至山脚下，人烟稀少，迎面碰见五个行路人，青壮不一，挑担有二，挎刀有三，一色粗衣超领短着装，见心了快语问长问短。"姑娘一人哪去？"

"咋这身打扮？"看来少见多怪。"这姑娘像块香腊肉，馋得我吞口水！"

"哈嗨，那就吃吧！你不能一个人独吞！"

"这里四处无人，口福不错，过路还能打个野味！"这伙人放下担子，围住心了，开始擒拿。心了奋力挣脱一人，撒腿就跑，五人嘻嘻哈哈堵截，其中有人道："把她往山沟里圈，看她还能往哪跑！"

心了还真无奈被迫进了沟，狭窄的小河沟那就顺沟奋力乱抓乱爬吧，当然有得选择，总不能抓刺吧，至于能否在劫能逃，只有谋事在人，成事在天啰！

爬呀爬，逮呀逮，似乎已有前人踩出了依稀可辨的路径。眼前一小片稀拉斑竹，却不知有两根斑竹在搞什么名堂，一齐头点地似乎在拜堂叩首，那当然被人作了手脚，大概是猎人吧。这伙人吆吆喝喝真像撵野兔，前面一人伸手可及，已沾上心了的背包了，心了一奋力，却顾头未顾尾，碰上了绊脚石，一个扑摔躺在了双竹叩首头上，本能地抓住，不料双竹头呼地弹起，心了如同飞侠轻功般脱手飞向了小河沟的另一面，这时的她还能作生命的主人吗？被动地落在了一棵大松树上顺手抓住树丫，她稳住了噼里啪啦下坠的惯性地球的引力，本能地瞅眼俯望树下地势，因为人类早已从树上下地定居了，她不可能永不下树，却见树旁是一岩台。伤痛这时算什么？

下得树来上岩台，却又有新发现，下面的人上不来上面的人下不去了！下面有人说道："见新奇了，这姑娘不是凡人，会飞！罢了！"一伙人灰心转去。

心了未被这伙人尝到鲜，却被岩松托起捡了便宜，也不怜香惜玉，浑身乱戳，戳破包袱戳破玉体，谁叫你投怀送抱呢？好在包里东西未掉。下不去就随意吧，总得寻觅出路。又饿又疼造成的虚汗虚弱，那是初修行者也回避不了的难受感。不过，心了心境就是不一般，与石牛好有一比，石牛爱落单、"马失前蹄"，心了爱被人追赶。她不但不以为意，反而如获至宝，修行需得劫难磨，刀越磨越光，成就越大磨难越大，直至蓦然辟地开天。云消雾散。

左一脚右一脚，深一脚浅一脚，爬呀爬，走啊走，上了一小山岗，却发现只有通向前面的山谷有路可寻。时值晚秋，初升的太阳朝气蓬勃，谷里云蒸雾腾，不尽滚滚，也看不清谷那边是否有出路，但有一点可以肯定，这地方她心了是第一个人类贵客，也不知这里的花草树木动物是否感到蓬荜生辉？

喘息片刻，体力稍复，心了拽枝攀石摸索可踩之处，放眼前面立足当前，下得谷底，见侧边有一干净岩窝，便欲去坐下作第二次喘息。走至岩窝门口，一只大母麂子带着两小麂子冲撞而出，显然是母子关系，吓得心了退避闪让，得不知是她吓着了麂子呢，麂子何尝不担心来者是何动物会吃了它？但心了却认识麂子，她早就见过，这东西不会伤人。这一惊暂时忘记了虚弱振奋了精神，自然打量起岩窝来。这岩窝约三丈进身丈多开间，向上有三级不规则台阶，三级台阶边又一小岩洞便是麂子一家三口的寝室，从痕迹可看出。但不知当家的为何不在家？也许外出嫖娼去了。

继续搜查，却听见水滴声，侧眼见一水窝，还在泛涟漪。这水窝显然是水滴石穿所致。心了不管亦不曾想过水是否有毒，捧来便喝，取出一个化缘而来的荞麦饼子吃将起来。休息片刻，精神大振，放下包袱出去观察，还会担心小偷拿走包袱吗？谷雾一丝不剩随大流上天去了，地势尽收眼底。

好爽的山谷啊！不爽的是，心了来经血了，出家人就不来经了吗？这世界就这样，人活得麻烦，女人活得更麻烦。只有习以为常。这世界难道不麻烦吗？还要吃饭，吃了还要拉，拉不出去就过不去。既然吃下去为什么还要拉出去呢？难道人体是个过滤器，仅仅是个自我使用的工具，这世界一切只是一种过程、一种流程？

心了胡思乱想，好爽的山谷啊，松木高大但却稀疏，除来路外，身前左右山坡山石嶙峋，面目可狰，好在被朵朵岩松美化，那朵朵岩松如梳了头的帅小伙，心了也认不得那是什么松。松树大家族中，间杂着核桃、野核桃、野板栗、野猕猴桃、柿子等异姓人家。未见过的萋萋芳草，未听过的欢唱鸟语，如同拉二胡的没听过西洋号，这么好的乐器、歌星却没有指挥。好绝情的山谷啊，这小山谷边前面倒有一匹不高的小山岗，除来路外，小山岗外三面悬崖峭壁，显然是这个原因无人涉足，心了感到被囚禁了。来时远望此山，隐隐仙山气韵，直使她心灵净化，如今身如其中，当事者迷，那感觉只能是想象中的意境画面，世间一切仿佛都那么虚幻，心了想道。

出路总会有的，虽然天有绝人之路。

（二）

心了四处寻查出路，一时间思路也难成熟，便捡些瓜熟蒂落的核桃、板栗回岩窝，吃的问题得以缓解，只是没大米。难道人类自始就有大米可吃吗？但喝的问题呢？岩窝里那水滴吊儿郎当半天掉一滴，供不应求，虽然水滴击打声听来很悦耳，总得洗澡吧？低等动物们也要洗澡的。还得找找生存的第二希望，水源。

心了寻思道，要想找出路，绳索套钩是少不了的，还得练抛钩技艺、飞跃、爬绳，克服人类不及动物比如麂子的飞跃弱点，人类强就强在了一强胜百弱的智能优势。

心了首先去找葛藤，用来搓绳索，至谷边一处，望见边坡上有葛藤，便动手掀开挡路的一团浓浓的草本植物，卷袖的双手蓦地负痛而缩，感觉如被野蜂蛰，须臾间更起了若干亮泡，痛痒难忍。总不能吊死在一棵树上，望望别处还有不？有，却难上去，只有经过这团草本植物领地，方能采收到葛藤。

奇痒痛感就是立念阿弥陀佛也远水解不了近渴，那得深厚的慧根抑或亿万次念动，量变趋于质变方得灵念，只好退回岩窝。急躁之下就用水窝的水，双手互相帮助捧来揉洗。须臾间不痛不痒了，亮泡在消失。这使得心了十分惊奇，她不懂此水含有何种化学物质，亦不知蛰她的草本阔叶植物名为毒禾麻是也！那毒禾麻叶浑身长绒刺，原本是植物生命体的一种自卫方式，这东西哪里分好坏乱蛰一通，连尼姑也蛰，看来此物非善类也，比不得牡丹花之类那样善良。这世间皆含生克，有毒的必有克毒的。不幸中有幸。毒禾麻见被打退的心了第二次手中出现了新式武器，干木棒。只见她先礼后兵，双手合掌，对毒禾麻道："阿弥陀佛，贫尼得罪了！"一顿敲打，踏过毒禾麻领地，爬上山坡。

这葛藤倒是正值壮年又粗又长，怎么弄断呢？没有刀只能用原始办法，石头砸。但这得有体力、手劲，而这正是心了的弱项，虽然她非并大家闺秀四体不勤，但毕竟是常人不是男人，而坚强的毅力对心了来说那是真佛子必备的先天心理素质。功夫是练达出来的潜力。

看来一时是走不了了，心了就收集大量野果。柿子可以晒干储存，核桃、板栗更不用说，唯有野猕猴桃只能现吃。飞抓钩子可用结实的天然树杈，最难的也是这树杈，只能爬上树用石块砸，爬树就是第一关难事，需长期锻炼，还得揣上石块上树，上了树先得顾及身体平衡再抢石砸树枝，要么用手折断。手举起石块三五下就酸软了，因酸软拿不住，石块掉落，又得下树重找，反反复复，俨然成了有意安排的练功程序，她想练少林三十六房功夫吗？坚韧不拔百折不挠的身心重新改造，求生逼迫出人的潜质。但心了不仅是为了求生吧？夜晚回到被她侵略而占领的家，岩窝深处，散盘打坐，这才是她的人生主旋律。

麂子是不敢回领地了，孤独的人类成了主人，但夜空中传来的麂子叫声意味着什么呢？

心了不害怕吗？这么好的山水，虎狼豹从来看都不看一眼，没有调查怎么就下结论呢？太主观武断了，要是为官，定是一群败事有余的庸官。

天分极好的心了，打坐极易消失杂念，渐入佳境，忘了身心忘了黑夜，当然也忘却害怕了。就这样吧，一省百省，很好。

灯，火！最要紧的还有火。若是走不出去，冬天怎么办？庆幸啊，心了知识钻木取火法，拾来干松枝杂草等，很费事地溅出了火花，点燃了！修行人这时也免不了喜不自胜。闪动的火苗顿时使她有了亲切感、安全感，宛如身边出现了保镖，抑或说护法神祇。

心了翌日继续准备生活，以便带上为探路作准备，打算日探一程，渐渐延伸。她爬上岩坡上摘野核桃。这野核桃树天生侏矮，不太费事。但野核桃比一般核桃坚硬，想吃到它的内脏几乎需用针挑。但其营养、味道骗你味觉没商量，这世界事物之理原本就这样，家的没有野的香，这自然之理被人类运用得烂熟。心了正摘得起劲，枝丫惊动了岩石下的野岩蜂，这可不是家养蜜蜂，如现代飞机群嗡嗡扑来，人类这个在野蜂眼中的庞然大物此情之下就显示出笨拙弱点了。

跑，野蜂最喜欢追击，但只能跑，那个蜇呀，世上没有人被野蜂蜇死的先例吗？那被蜂蜇的感受恐怕只有被蜇过的人才知道，要知道梨子的滋味最好亲口尝一尝。心了连滚带爬拼命跑，好在岩蜂追击能力有限，待跑回洞居，浑身重灾区在手、脸上，仿佛孙悟空摇身一变已如肥婆。急用洞中滴水洗抹，顿饭功夫就还了本相。急病乱投医，歪打正着，福也命也，心了更坚信这水能解百毒。她欢喜地自言自语："我扬枝水，不，心了，命中带圣水，甘露水，嘿嘿！"这是她入谷来说的第一句话，第一次笑。不是自言自语，难道是在与花草树木动物聊天吗？不过，心

211

了相信万物有情，有灵性。谁说"人非草木，孰能无情"？

心了日采果，砍树叉，练飞绳，起跳跃，无人世风俗、《女儿经》忌讳，为所欲为，夜来打坐，坐去了睡魔，坐得一坐不想起，坐得神清气爽。

衣服总会被穿烂的，劳动时那就脱光衣服，省着出山穿，难道还怕鹊鸟笑话？没有水，就用树棍、石条在低洼处刨坑储水，用来洗澡也可饮用，天总会下雨的，还有雪水呢？冬天采来野绳撕细，编织了一套粗针大脚的绒草衣裤，衣如此鞋亦如此，正宗的野人了，皮肤本该变粗变黑，兴许是洞中滴水之效，不粗不黑反而更细嫩。天然素食，无须故意戒荤。

心了渐渐习惯了这原始而又得天独厚的环境，成了这里众生的武则天，真正的"孤家"。岩前独静坐，圆月当天耀，万象影现中，一轮本无照。廓然神自清，含虚洞玄妙。修行不在于文化高，成就者多是憨直人。

嗨！心了忽然记起了一件忽视的事，没在意进谷日期。话又说回来，她哪知会进谷呢？日复一日，雪已下过三场了，下雪天，那蒲团似的松树托起朵朵白雪花朵，如她在家时所纳鞋底上的绣花，绘成好看的图案。看看自己在洞壁上刻画的道痕，八九不离十腊月中旬了吧？

心了修禅，不惧、不贪恋前进路途中出现的任何景象，冷眼旁观，视若平常，任其自然，因此一路自然过关斩将，不会如吕在二之父走火入魔。何况还有真言咒印护持呢？有意无意中勇猛精进，已上了三乘。一里外的细微动静已能感知，与师父无修上师亦能感应了。不过她懂得，她不贪恋，这种类似的功能只是真修行人前进路上产生的副产物，既是副产物能当真吗？那是小家子气，不懂道理。

内练一颗心，外练筋骨皮，心了自觉已能胜任攀爬跳跃了，亦能用石头砸断她手腕粗的树杆，就带上干粮，身负近五十市斤重的绳索飞钩，开始将心目中已酝酿成形的线路图纸变为现实。

忽然哎呀一声，自嘲地笑了："既感到有了信心，为何还要死心眼，舍易求难向前探路呢？顺来路返转不更好吗？真是死心眼！"

此一时彼一时，那道被抛射上来下不去的高崖台，现在对心了来说就显得不屑了。真是退一步海阔天空，人的思维习惯往往只知进不知退，不善于逆向思维。心了大智若愚了吗？

再见了，不知名的山，无名的谷！不知者无罪。

心了反转至被双竹抛上的岩台，将绳索套在曾经拥抱过她的松树，还能忘记曾经的情人吗？她清楚地记得是这棵树。"是的，是它！"她再次肯定道。

现在她觉得下崖不是难事了，那是被逼练出的自信。

心了坠索下得悬岩，长出的那口气是很有意味的，望望高度，约八丈吧，绳索还绰绰有余，就让它留那里吧，自己的种种锻炼似乎白练了，迈步向下的脚步这时感到是那么轻松，心情陡然变了。

忽然，她顿住脚步，说道："怎么这般死心眼呢？干吗硬要去终南山？这无名的谷不是好好的吗？还有那水，那神奇的水！此露只有此谷有，瑶池天宫量也无！修行在何处，何处不修行？不如去找户人家，弄些粮食，她包袱中有银钱，作几套衣裳。"

"回去！"回头望了望那吊起的绳索，方显得更有价值了。

心了初进谷时，无言以对，刀不磨要生锈，发觉渐渐口吃言钝，便有意常磨磨，自言自语，以保持语言不生锈。

出来了！下到当初的回忆入口，顺山边去一里处见到人家，这家姓胡。道声："阿弥陀佛，贫尼打扰了。"女主人见着装，知是出家尼姑，问："小师父，从哪来？"

这话问得正点，心了正想知道。便将问话送回了对方："请问施主，你家背后这山有名字吗？"女主人答："有，叫云雾

213

山。"

心了道:"哦,我从云雾山中下来。"她没有必要隐瞒,平常人上不去,佛子亦戒诳语。心了至此才知晓云雾山,只缘身在此山中,不识庐山真面目。

主家大小五人,稀奇僧人到。"这山背后上不去,我们从没有上去过,小师父你是咋回事啊?"心了只是笑笑作答。然后就开始操办此行之事。

心了就这样隐居世外三年,万事亲躬,整天一大忙人,劳作、练功作息养成规律。禅进楼上楼。一日禅态中,似听见师父无修上师语音:"心了尼儿,速起程,去柳林县两极山点化吕在二,他快如其父,走火入魔了,将步其父后尘,阻挡万僧劫数圆满,去尽尽人事吧,哈哈,带上你的洞中甘露水吧,途中有大用。"

心了疑惑不定,是真是假?管它,去验证不就得了?便打点起程。如今想来,要不是心了遇色心歹人,会有今日之成就吗?会得到岩洞里"甘露水"吗?祸兮福兮皆是缘,原来是一种成全。

心了晓行夜宿,六天后行至一山岗,又遇一伙人,见心了踽踽独行,诱色可餐,便起淫心。如今的心了已非当初的心了,且不论禅修境界,身手亦非平常人了,只是不知身怀其技,只是本能的反应,跑!正巧遇上号哭的百鹊,惊喜相认,知道了永兴眼睛被害、蛇咬之事,心道,原来真是无修师父在点示我,带上神水是为救李永兴。

梦来是真,真来不假,转来转去,缘去缘回,颠沛不息,渺渺红尘,何所相依?我在哪里?

第二十九章　秋风瑟瑟

（一）

　　心了权衡轻重，决定暂缓去解吕在二走火之危，先治永兴的眼睛，乃人之常情也！蛇毒已解，心了葫芦的水吝啬着为永兴的眼睛用。返至云雾山下，心了乐哈哈道："爬得上去的进山，爬不上去的留在胡家，为我们供应生活！现在我们就去赶考！"

　　河妹有自知之明："啊？这不存心想甩掉我吗？"

　　一行来到小小悬岩下，那绳索依然健在，百鹊跃跃欲试，卷袖露肘，使出增强摩擦的原始方法，吐口唾沫在手掌搓搓，兴奋道："小姑奶奶我肯定夺状元！"永兴笑道："不一定，你以往爬的是竹子、树，树硬绳软哎！"百鹊说："母女俩比奶奶——差不多！"这个百鹊，不知为何心理极端，心口如一，想啥说啥，她不害羞，说得当男人的永兴、赵明明都害羞，掩嘴偷笑。

　　演戏的不急看戏的急，百鹊上去了！

　　永兴开始了，八丈高，好不容易上了顶，当然最后一步百鹊助了一臂之力，大口喘气。爬绳不是他强项，但也触类旁通，有一副好臂力。"怎么样？"永兴问百鹊，"什么感觉？"百鹊笑嘻嘻说："心空荡荡的，好耍耶！没爬过的人肯定害怕！"

　　下面的人套上物品，永兴、百鹊拉上来再放绳索，一连三次。

215

河妹孤独害怕起来，高喊："福娃哥哥，你不管我了？"

永兴向下双手作喇叭状："我叫百鹊下来背你！"

河妹忸怩，虽然永兴看不见她的动作："我要你背！"

永兴答："你是千金，千斤重我背不动——！"诡笑道："鹊妹，你再下去一次，敢不？"百鹊道声"遵命！"

下去可就容易多了，有地球引力帮助。这世界事理就这样糟糕，学坏不难学好难，成佛不易成魔易，下行不难上行难。待百鹊下地，永兴高喊："心了师姐上来，鹊妹你们几个留下给我送生活，五天一送，每天练习爬绳，什么时候能行了，再进谷见我！"心了听说，便安排交代一番，河妹几人恋恋不舍退去。

魏正根与阙一芯姑娘若与大伙儿同行，多有乐趣呢？但魏正根理智而行，取其义分其忧，奔天仓山为永兴探望老母。不过他吃亏不大，正点的男女搭配，走路不累。孤男寡女，山野人稀，亦非冬天寒地，秋天的草地上又不是躺不下去？该不会发生意外吧？女人家最不喜欢那种事情的。

阙姑娘现在跳了格，融入了上层社会活动，命运即将改变，心境在变。

二人行至天仓山李家坡下，时值下午。唢呐声从李家传来，人来熙往，说道："坏了，可能李母已经逝世，我们还是没赶上。"

魏正根、阙一芯没赶上，但隆兴区区长尹天应派的人赶在了李母落气前。少不了老乡长加亲家的韩清风，魏、阙二人可就代表了县衙而来。世上事往往有些蹊跷，阙姑娘可是连赶两场，赶了喜事赶悲事。

官家就是不一样，大小捧场，风风光光，万僧寺僧人来做道场，死比生重要，生来受苦累，相思累，操劳累，乐也累，苦也累，闲也累，身苦心苦，死前一刻还在盘算明日该作什么事。死是解脱，所以人们把死看得比生重要吧？然世人多至死不明生命

216

之所以，不明白生前为什么要手指动一动，手指就能动一动，被动地逐波随流于六道轮回，悲哉生命的奴隶！

李母生九子，人生如开一次花，果熟花谢，随棺木另寻安息地，无中生有，哪来哪去。只有这时，方能勾起人对生命的思考。世上众生一茬茬死去，一茬茬人生来，前赴后继，波起浪息，苦海无边。

送老归山后，魏正根、阚姑娘急返县城，通风报信。春娃子感情开始转移，喜欢上阚姑娘了。不过，他的情歌从此"马放南山"。人生不如意十常八九，当你想通了，也没什么过不去的，无非是一块心结。

春娃子虽只是个排长，但关系特殊，李县令的结拜大哥呗。速战速决，兵营为春娃子、阚一芯举行了洞房仪式。春娃子排的士兵们七嘴八舌凑咏了一副洞房喜联：

冲锋陷阵一杆枪，久攻不下两山头。

横批是：败下阵来。

以下犯上，但你能关他们禁闭？

阚一芯明白自己身价的上涨，高攀了，尽其温柔讨好事，却拿捏得张弛有度，不卑不亢，以免物极必反。出自善良的心计未尝不好。"春郎，轻点。""痛吗？""你莫管……"

给你，我的灵魂，我的肉体，融为一体，不知道是我还是你，人生情感胜过性感，无尽的生命苦海仅此偎依。感情一定要千锤百炼吗？那会折磨得死去活来，活来死去，何必？既是人生辛苦中的欢浴，何必折磨自己？随遇而安有什么不好，同样会到达安然栖息的墓地。

稍事休息了。生活现象的玩味给阚一芯潜意识里种上了一种若有若无的理念：温柔不等于温顺。一味地温顺可能会适得其反，使某种男人感到无味。"春郎啊，"她抚摸着他的属于她的胸膛，有胸毛的胸膛，滑滑的好受，吹起了枕边风，"春郎啊，我不能白吃你的饭，当白娘子，叫我去当医护兵吧，不是要成立军医院吗？女的也要。"春娃子抚摸着于他占领的她的两山包，细细地好舒服，道："我阿妹懂事，比我会想。"

"有空带我回你苗寨看看你阿爸、阿妈。"春娃子道："我阿妹贤惠。"又道，"我回过寨子，告诉头人，福娃弟是县令了，头人高兴得不得了，说他眼光不错，老百姓有福气了。头人现在老了，我阿爸也老了！"

丢下人生万般辛劳事，两颗相伴的心灵，此时得到安息，彼此慰藉。阙姑娘问："邱团长屋里生了，生了个啥？"春娃子想了想，咧笑说："生了个邱小耿。"

天暂停下雨，要下只有下雪了，风雨有碍，风雪无阻，百鹊、河妹、赵明明就天天去练一场爬绳。赵明明只练神枪，没练过飞抓攀爬。虽不懂得任何一种锻炼有个疲劳期，但都在坚持渡过。近一月下来，百鹊劲力更是如虎添翼。赵明明四舍五入及格，河妹只爬得一半，便筋疲力尽。不过这也进步不小。

再过几天，永兴就要出山。既来一趟，谷就未进，岂能甘心？这是三人的共同心愿。于是在一个晴朗的下午，百鹊、赵明明二人先上，然后如拉物品一般将河妹拉上去了。剩下来的攀爬难度虽是常人能力的极限考验，总能发挥，不发挥行吗？他们本是山人，劳动出身。

"啊，好好哇！"爬上小山岗，见那无名谷平抹一层秋色的风景韵致，河妹、百鹊不懂得用什么语言形容，只有发出最基本最朴实的欢呼，"好好哇！"情不自禁，这描绘景色的形容词不好吗？好好哇！赵明明亦是喜不自胜，侥幸、差点儿有虚此行，莫道军人只会武，诗情画意根原有。百鹊说："河妹，我们喊吧，叫他们来接我们下去！"

"福娃哥哥！"

"心了师姐！"

"李县令！"

声波四处碰壁，荡来荡去，荡回山谷……

三天后，无名谷中人倾巢出山了，永兴神采焕然，并得心了点拨初禅道。但神眼是否恢复，尚待检验。

心了与永兴一行道别，她该去找吕在二了。

心了此行沿原路线东去，再未遇什么麻烦。她非习武之人，又是吕在二间接仇人，此去凶险叵测。然真修行者何顾之有，只管向前，无愧现实。来到两极山下，揩把汗水，抬眼观望，但见此山枫叶如火，煞是霸道，燃遍两极山，瑟瑟秋风，似在炫耀此山的靓丽特色。但心了并不知两极山的典故。传说很久很久以前，古时候有一个赶考的读书人，赴长安赶考，行至此山，打开包袱里七个饼子放在地上，准备充饥，一次只能吃一个。他拿起一个饼子就往嘴边送，忽然想到，怎么该吃这个饼子呢，难道另一个不该吃？于是放下眼看到嘴的饼子，随机取另一个。正欲往嘴边送，又想到，怎么该吃这个呢？另一个也有可能嘛？于是放下，又取另一个。如此反复，拿不准主意。罢了罢了！继续前行。实在饿昏了头，又放下包袱取饼，更加推理不准。我到底该先吃哪一个呢？罢了，罢了！继续前行。读书人最终饿死在路边，一个饼子未动。

另一个典故，也是在很久很久以前，有一个单身农夫，他家侧边有两口天然井水泉，一口井水面常长浮藻，农夫嫌脏，只用来给牛羊饮水用；另一口井水面常年清澈，自然用来人喝。有一年天大旱，人饮井干枯了，畜饮井依然如常。农夫死活不用畜饮井水，唠叨不断，那不是人喝的，那不是人喝的……最后渴死在畜饮井边。一个过分灵活一个过分死板，一个太相对一个太绝对，走极端，于是，不知哪个有头脑的人给此山取名为两极山。

两极山下有条小河，小河有座石拱桥。心了要过座石拱小桥，小桥流水人家，秋风红叶山崖。小桥有名，名曰远见桥。传

219

说古时候，这清清的小河上，有一根闲搭的独木桥，鲜有人过。一日，两少年伙伴力力、见见乘烧红的晚霞来河边玩耍，见独木桥那头美少女远远独坐石上，捧脸望河相思。二少年见状，顿起戏乐心。见见丢石于河，惊起远远抬头。见见叫道："远远，想嫁人了？嘻嘻，那你就嫁给我吧！"力力也叫道："你不要嫁给见见，嘿嘿，你就嫁给我力力吧！"不料远远一反常态大方地玩笑说："哪个过得来独木桥我就嫁给谁！"

"当真？"二少年几乎异口同声嘻嘻地问。

"不假！"远远笑笑地答。

"算数？"

"不错！"

"好！"

"来！"

力力抢先上独木桥，眼盯脚下，一步二步，未到中途，失去平衡摔了个落汤鸡，受伤嬉笑爬起。见见退三步，眼望桥前方，一溜烟过了桥。远远的脸像晚霞一样烧红了。

后来玩笑成真。远远嫁给见见了。力力是个木匠，见见成了富豪。后人造石拱桥于此，取名远见桥。

两极山啊，两极山，看来你不是个好山！徒有好水。

吕在二一点自尊心结解不开，刚穿上军服又脱掉，放弃正常前途，毅然回山，算得行事果断，非优柔寡断性情。他发狠苦练功夫，要的是时间。生活从哪来？若自食其力做庄稼，要的是时间，二者难兼容，两难全。唯有出嫁的妹妹是亲人，不供生活也得供，他利害，他霸道，换个方位，他也是妹妹的唯一在世亲人。妹妹有光沾吗？算得有吧，远近人包括东家，无人敢欺负她家。吕在二继承了父亲的茅庵并整饬一新，开始在两极山肆意发挥苦练，山上的青年树木成年树木老年树木，无论姓柏姓枫姓桃姓李都成了他的仇家，被他的飞碟打得伤痕累累怨声载道，只是他无那修为听不见抗议声，有些树木伤愈后又再一再二被重伤。

春来的百花他无诗情，秋来层林尽染他无画意，即是成婚立家他也不在意。是看破红尘吗？非也！他无那慧根。变态心理，未修禅已先行走火入魔了。直到大碗粗的树木一碟断腰，众树的劫难才慢慢过去。妹妹说："哥哥，你这样下去不是个事，给你说个媳妇！"吕在二大手一挥，封住了妹妹的嘴，不再言语。他爱武不爱人吗，武痴吗？也不是。他模棱两可的心境说明了这一点，只能说智商偏颇有问题。

吕在二不但练飞碟，也依样画葫芦练禅坐。当初翻箱倒柜时，翻出了一本《禅坐入门》。那是他父亲留下的书。父亲从何而得此书，吕在二不得而知。只知道父亲出过远门，回来就变成了另外一个父亲。

吕在二现在并不孤独，收了三个徒弟，徒弟的贡奉缓和了妹夫家的生活供养压力，吕在二算是吃得一碗技艺饭了。其中有个徒弟最有钱，就是陈再一。虽然陈财主家道败落，土地被分，财产原封未动，家底深厚。难怪陈再一这些年销声匿迹，不见出面了，原来在这里！吕在二去过一趟木者河陈家，你有心我有意，二人便捆绑在一起，回到两极山。

吕在二不时打坐修禅，日久见一景象，金光佛陀现前，喜不胜收，以为开窍得道了。此后每坐有意求之，渐渐精神恍惚，喜狂癫笑，时好时坏。狂时狂呼："我是佛祖！我是罗汉！"声震山岳，飞碟狂舞，更显威风。时而蔫如干茄，狂时徒弟们退避三舍，蔫时感觉无了主心骨。徒弟虽不懂道，亦感觉不对劲，趁师父正常时探问其现象，吕在二如醉汉一样不承认自己喝醉了酒。

心了上得山来，正遇吕在二狂舞飞碟，直搅得叶落尘飞，只听吕在二边舞边吼："来者是何方妖孽？吃我一碟！"

（二）

吕在二一碟直飞心了而去，心了身边仅有棵遮不住身的树，换句话说，这棵树没有心了身体粗，抑或说它的身体比心了身体细，但心了身边别无粗壮的保镖啊，只好将就将就，急闪身树后。岂不知吕在二并未真心打击心了，而是吓唬，击打的就是心了身边的这棵树。真是心往一处想，树身咔嚓断裂，心了躲闪不及，树干扫中了左膀。吕在二随后跟进，三徒弟远远而至。陈再一喊："师父，抓住那尼姑，是个女的！"逃跑似乎成为心了的专利、惯例，她负痛而奔，逢坎跳远，遇岩跳高，云雾山练出的多余的工夫眼下有了用武之地。各有所习，吕在二只习飞碟不练跳腾，弱点对弈强项，哪里追得上？是追击而不是追求，追呀追，追出了领地。

心了无意中逃跑的路线吕在二竟然未曾涉足过。吕在二追不上只好再次掷飞碟，击中了刚过的高大枫树，哪知枫树顶有一比铁罐大的野蜂包，被飞碟震脱，一窝蜂而至狂亲吕在二，亲得吕在二好爽好爽，手舞足蹈狂呼乱叫往回跑，飞碟失去了威力，能打野蜂吗？徒弟们纵是上前解救，只能是舍己救不了人。

奔跑的心了见状知情，如赖皮一般又折身返回，进茅庵打个问询，明知故问："敢问施主是不是被皇蜂所蛰？"吕在二经皇蜂一蛰，反倒清醒过来，恢复了常态，只是那模样比心了当初所遇更有起色，皇蜂嘛！"你是尼姑，我恨尼姑和和尚，"吕在二道，"到这何干，你从哪来？"心了合十："阿弥陀佛，不要问我从哪里来，我来救你，给你治蜂毒，也治心病。"说着脱掉吕在二衣服，卷其裤腿，倒出早有心留下的葫芦中水，给吕在二先重后轻地抹起来。

吕在二傻望着随着心了的动作转，不明白这个尼姑为何反倒不忌讳男女授受不亲？不懂得正觉之人不在于形式在于心，俗理近乎荒唐。吕在二从未被女人摸过，这感觉是不一样，温温地，暖暖地，柔柔地，近近地，她微喘的女性气息吹来，冰冻的心有点儿融化了。心了在揉抹中不禁"哎哟"一声，倒吸口气。吕在二问："咋啦？"心了坦白地说："施主是真不知道？你打断了树，树砸在了我肩膀上。"吕在二若有所思。

顿饭功夫，吕在二由胖官回复本相，蜂毒已祛。"你这个尼姑我好像不恨了。你叫什么名字？"

心了道："人名如衣服，真亦假，假亦真，修禅如是一般，只因看不透世间万物色相，如你禅相中幻影，执假为真，何以得悟心性真谛，只有着魔。真谛无形无相，空灵玄妙，世界万事一理，有所不取方有所取，有所失才有所得，全失全得，一无所有全有，俗言舍得舍得，有舍才有得，即道门也，有为而不为，方得之蓦然，山重水复疑无路，蓦然柳暗花明又一村，万物皆有道，自然皆我师，道门玄而不玄，简单是大道。施主，记住常思量思量贫尼说的这些话，这就是禅机，对你修禅大有好处。"

吕在二说："你要走吗？"心了道："该来的时候来，该走的时候走。你总该给贫尼弄口水喝，做个斋饭吃吧？"吕在二向徒弟支支嘴，徒弟领命操作去了。陈再一初对心了有轻薄意，见如此，只有恭敬了。

人以类分，人世间，是什么使这些个智商有限根底浅薄的人聚在一起？孽缘。

心了怎么会忘记她曾经路过两极山呢？山不转水转，而今又来点化其子了，没必要暴露她就是扬枝水，瞒得一时是一时。饭后半个时辰后，心了带功，命吕在二打坐。心了现在已非凡人，功能状态中已融入宇宙，妙妙玄通无碍，只是还不能睁眼闭目如一。无修上师派她来，即是知其已能胜任矣。

许久，心了真性见吕在二境中又在贪恋幻境之相，便融入其

223

境，以心声传话："无形无相为真性，拭镜拂尘见明心，舍得舍得，有舍才有得，切莫惊喜贪恋，顺其自然！"吕在二瞬间明白，立放下，好险啊！修道之人道行愈高，魔现愈重，或恐吓、或引诱。如世上人事，愈出头、出类，愈遭嫉妒，愈显眼。平庸之辈谁理你？枪打出头鸟，大盗下手的是大富。大魔才看不起无得小修为呢！不过，魔起自心，自心清静，何来魔相？

心了睡哪里呢？修行人随遇而安。不过，心了还是应该讲究的，因为她是风华正茂的首先是女人其次才是尼姑身份。得不知陈再一行动不敢心里正在强奸呢？还有另两徒弟、吕在二怎么样呢？不必要的麻烦能免就免。

难得细心一次，为防万一，心了说："我去山下人家住，明日再来。"徒弟们说，那你一定来哟！他们多么希望这个女菩萨跟他们挤一铺呢？

心了一连三日上山为吕在二带功，开导，希望引导他上正道。又做饭、洗衣服。久旱遇甘露，山上突现一朵野玫瑰，生活气氛变了，这些人心灵有些柔和了，滋阴补阳，吕在二这几天没再发狂，老是痴痴地看心了的一举一动。

心了此行上山的过程，碟杀、皇蜂、逃跑、返回，貌似随机，谁说得清正是命中安排的进见情节呢？

见好就收。心了要离去了。吕在二说："你能不能不走？"心了说："贫尼还有要事，该来时贫尼会来的，你好自为之，多领悟我给你讲的话，修禅就顺利了。"

心了走了，山上人心里觉得空荡荡的，像失落了什么。山上原本如此，突然充实了一下，失去了无非是还原本来，可感受就是不一样，像丢失了原本就有的东西。

心了走了，走得愈远、愈久，吕在二相思得愈重。打坐中金光佛陀不出现了，老是出现女人的身影。这还能修得成佛吗？吕在二脱一种魔又入另一种魔。

习习秋风夹带着冷意了，木者河两岸山的枫树可比不上两极山枫树，只三三两两散居群山，万丛山中几点红，倒别有韵致。

永兴赶回天仓山，母亲已成隔世人，只在想象中，只有跪在坟前哭祭一通。人生纵为亲情，皆各安因果天命。

李春玉已显龙钟老态，他对永兴说："去给你妈烧几炷香吧！和尚师父说，烧纸钱是无知陋俗，做道场超度亡灵是正经，我以后死了也给我请和尚诵经。"

李家得力的就永山娃及媳妇桂芝了，养子春喜刚步入少年，李家当年的旺象已不复存在。人世沧桑，不过如此，唯有追求永恒大道，才是根本。

葛氏埋在当门坡梁上，这里的乡俗，坟墓形如人的鼻子。永兴跪在坟前想起母亲一生含辛茹苦，默默无闻，一股生命的苍凉感袭上心头，更坚定了只有天知地知自知的一种信念。哭的是屎一泡尿一泡的养育之恩未得点滴之报，未能两全，死前眼巴巴地不能回来说句话。河妹陪着他跪在身旁，百鹊何尝没随其左右？百鹊哭，更有十足的理由真哭。死了个妈，幸运又有了个妈，却又去了，看来要想再有个妈，只有拜堂的婆家看看有无妈了。

还有，心灵深处的幽怨混合着一咕噜倒出来吧，倒出来好受些，此情此景就是专供人回味的场所。想起亲妈的惨死、李妈给她量身作衣裳，命运的彻底改变，她应该幸运高兴，然人就是这样，此一时彼一时也。忆苦思甜莫忘本，知足为智。人的烦恼没尽头，百鹊又有了新的、深深的哀怨，这些个少年快长大了。

永兴接下来用他早熟的理性调整了情绪，独自去湾沟小瀑布前验证眼力。不同以往的是，他用扬枝水，不，心了教他的禅坐法盘于乱石上，更用起了心法。其实他从前观瀑之心境已与初禅异曲同工。河妹、百鹊、赵明明则躲在高处紧张地期盼着。"哎呀，"河妹按住咚咚跳的胸部说，"晓得福娃哥哥眼睛会不会恢复？"

225

百鹊道："没恢复你就嫌弃他了？你不要给我！"

"哎呀，你还说……"赵明明只当没听见，暗笑。

一袭红袍如飘下来，无修上师来了，活佛气韵已瑧于归真平常，身随两侍童，能惊动如此大驾亲临，非等闲也。

"上师伯伯！"河妹依旧不伦不类称呼但却更显亲昵，百鹊知礼，带头跪见，赵明明听河妹讲过无修的事迹，惊喜地随之跪拜。无修上师随和地道："几位施主，免礼，你们在此等候，贫僧下去见永兴。"

无修上师从背后轻轻接近永兴。

无修突现于此，永兴惊喜万分，几多经历几多变故，颠沛流浪见亲人，温馨之情溢于表，百般心事要对亲人吐露，一时竟说不出话来。却见无修跪下拜见："贫僧见过无为施主。"急得永兴一头爬起大叫："上师使不得呀！我虽然是县官，但是个俗人呀，出家人怎可给俗人行此大礼！"

无修一个小哈哈，道："李施主以为贫僧在给县官、俗人行大礼吗？贫僧此行，是在行天命。无常缘，恒有缘，兜率天位你在前，天机不可说，不可说。哈哈，让贫僧也来坐坐你的玄机石。"永兴赶紧将一石拍干净，道："上师请上坐！"然后自己盘坐于另一石上。无修说："想必心了尼已教你初禅法，也讲过禅理，响锣不需重锤。贫僧此来加固，正式传你禅法。"

永兴赶紧跪下："请上师点化，无为求之不得！"无修道："你过来！"永兴近前，无修手抚永兴头顶，动真言，行灌顶大仪式。然后又道："贫僧再传你护法真言咒语，手印。"

永兴默记、挽诀，道："记住了。"

"上师，我该叫你师父了。"永兴说，"师父为我灌顶，是不是相当于开了通行证，手印好比……好比一种信息接收器？"

无修上师一个小哈哈，道："无为果然聪慧，心思敏捷，比喻恰当。你不是天下第一人理性地概括出万事万物一理这句话吗？正是这种道理。但知也好，不知亦好，知则要透，半通不通，多生障碍，不知而单纯，单纯近道矣。修禅坐姿、手法亦是取色身之圆融贯通。百年之后俗世学文将有'抽象、平衡'之说，但却不知已经言中大道之理，顺则凡，逆则仙，抽象即是逆向返归，抽去世界万物其形其相，无我无形，无形无相而非昏昏沉沉，而是空空明明。心灵清静无为而大为，进而归真，得以明心见性。修禅即修慧，修慧不修福难以圆满功德，即如俗曰失衡一般理，故修行人当福慧双修，行为德行广种福因，比如慈悲行、舍得行，出自真心，不求回报，即修福矣！福慧双修方得平衡，世俗之理虽非根本，却也有理。"

永兴聆听得入神，欣喜道："师父一番点拨，无为如拨云见日，茅塞顿开哎！请问上师，我搞的分田地事业，是不是合自然道理呢？我想，这个世间既然是平衡法理形成的，那么我就是在求平衡，顺合自然之道，而贫富过于悬殊，就有违这世间平衡自然法理，故多出问题哎！"

无修上师道："这个问题你已经自答了，但终是勉强之俗理，非出世大道之理。当你修有成就，那时你自然明白。归元无二路，方便有多门，水流千条归大海，你由观瀑而成非凡眼，为师就授你出世间禅法，这法就由观禅起始，其后须薰、须练、须养，切勿执着，一路下去，勿贪神通，亦能明心见性也！"便具体教授起方法来。

永兴与无修上师返回，百鹊三人急不可耐问："眼睛怎么样？"永兴摇头，脸上却挂着欣喜的笑意。

"哎呀，到底怎样了吗？"

"恢复了。"

河妹三人长吁一口气。那神眼是永兴的，也是她们的，大众老百姓的。

无修上师在李家用过斋饭便回寺去，永兴他们也该回县府衙了。多少事等着他呢？还要去告慰河妹老爹。永兴给父亲磕头告别，潸然泪下，一句话也说不出。聚散离合，这一天伦亲情之别，又将意味着什么呢！李春玉眼眶湿润，随即粲然一笑："去干你的大事吧，我都不伤心你哭啥？人生在世就这来头，你不比老子还会想吗？有出息的儿尽忠，没出息的儿尽孝。"百鹊、河妹拉过永山娃、三嫂子、春喜，嘱咐道："钱我们已给你们得很多，够花了，替我们多孝敬爹爹。"

永兴他们还要去龙兴区见尹天应，有诸多事宜需要交代。远定县不冒硝烟则已，冒则难说故乡首当其冲，这里盘龙卧虎，出了个娃娃县令、黄一甲、黄少伯，还有个不上秤的李永富。永兴也很想与尹天应这个腹隐珠玑的老粗聊聊，亦只有像尹天应这样的人方能与他投机谈上几句。

尹天应正欲派人送消息去县府，永兴就送上门来了！尹天应那个高兴劲啦，在他心目中，永兴不是少年，而是德高望重有依赖性的县令。他放出的省城长线可不是省油的灯。传回的迷报那可是十二分重要。"参见李县令，众大人，您来了就好了，这就省事了！"永兴道："免礼，什么事让你这样兴奋？能把你的兴奋分享分享吗？"尹天应道："全分给您，全给你，请几位进我内室叙话。这位是？"百鹊说："他是神枪手赵明明。"

进得内室，尹天应说："李县令，方便他们都知道吗？"永兴读懂了尹天应的眼神，道："河妹你们三个先去喝茶，等我出来再说。"

尹天应边冲茶边说："再急也不在一时，先请问李县令身体好了吗？急死下官了，不知您下落。"永兴喝口茶，道："经过离奇，一言难尽，已经恢复如初，先把你的兴奋给我吧！"尹天应道："我省城传来密报说：'从前的红军就是打日本侵略军的八路军，日本人快撑不住了。指挥八路军的总头头名叫毛泽东，就是专门为穷人打天下，分田地的！'"

"啊？！"永兴这一惊非同小可。"说，说下去！"

他多么想知道得更多啊！

"没了，"尹天应说，"就这些原话，你看！"说着就怀中掏出一白布纸条。

"嘿嘿，哈哈哈哈！"永兴摸摸后脑勺，由嘿嘿声渐渐变为少年老成的狂笑，那是意味深长的。

"够了！"永兴一拍大腿。抑制不住兴奋，道："这事暂且还得保密。"尹天应道："应该。"那年永兴三少年途中出手解救的几个便衣红军，要是透露红军就是打土豪、分田地的干活，永兴将产生另外一种心态。可惜匆匆而别，没有半句额外的话吐出。永兴说："你可真是给了我兴奋，谢谢你为我操心，弥补了我坐井观天的不足。"

尹天应笑道："不自量力地说，这是你会用人之所得，自古为官者不求全能，但求用人贤德。"永兴说："我家乡麻柳是黄一甲的老家，他想回来捣乱，有可能先顾他家。请你特别关注，有事火速通报。"尹天应说："这事下官与你想到一块儿去了，我还在想别的办法，比如特殊情况下，叫他的部队找不到吃的。"永兴高兴道："好主意，全县推广。"

出得内室，看得出百鹊几人好奇欲问，永兴说："天大的好消息，以后再告诉你们。"

邱大耿自子碾去区返城，遵照永兴画出的纲领道道，与沈秀才等主要人物紧急磋商，研究细节、布置、执行。野战、肉搏演练如火如荼。永兴去龙兴区公所，一路上已闻到空气中别样气息，他在子碾区议政会上开的药方，已经有效验了。若无忠实执行者，还不是一句空口白话？

十天后，子碾区梅医生投军来了，这可让邱团长大喜过望，阙一芯成为第一护士，陆陆续续二十人到达，使梅医生不再是光杆院长，突击医训、筹备。新兵团已有七百多人，一切的一切，忙碌中有一份喜悦，一份劲头。

"但愿我们是白忙乎，"邱大耿对沈欣阳说，"就这样平平安安过日子，逗娃娃，多好哇！"沈欣阳笑笑说："有这样一句话你晓不晓得，太平本是将军定！不许将军享太平。"邱大耿吼道："本将军誓死保太平，也要享太平！"

第三十章　　恕不远送

不明不白的初冬夜，冷。但一个少年人却满头大汗，气喘吁吁，急敲县衙大门："开门开门，我有急事向李县令报！"在人们的成见里，县令永远待在县衙。两暗哨迅即现身干涉，枪平端："住手！什么人大呼小叫，敢撞县衙门？"

"我有急事报县令。"

"哪里的？"

"九阵坝。"

"啥名字？"

"顾铁儿。"

"多大了？"

"十六岁零五个月七天半。"

"九阵坝乡长叫啥名字？"

"顾铁青，是我哥。"

"你哥原来干啥的？"

"特工队的。"

"九阵坝离县城多远？"

"哥说二十五里。"

回答正确。巧了，其中一暗哨正是九阵坝老乡。

"啥急事，给我们说，我们负责进去禀报！"

"我们那傍黑来了千把个当兵拿枪的，住下就堵住了……向县城这边的大路，我亲眼看见人被堵回去。我在山坡林子捡干柴，赶紧扛柴出林子回去看稀奇，哥哥看见我，直给我作动作，就像哑巴，我懂了哥哥的意思，哥哥召集过乡民集会，说凡有……不明军队进入本地，要格外注意，人人行动起来，报告李县令。我也看那些兵肯定是外头来的，就，就跑来报……我饿，饿得……直冒虚汗了！"

紧急军情！"你赶紧去敲头锣，我开门带小兄弟进去禀报，找饭吃！"

急促的锣声唤醒了本就警惕的沈秀才。一处锣响引动连串锣响，片刻传递到军营，邱大耿一头从床上爬起，沈欣阳说："福娃弟不在，你遇事要多动动心眼。"邱大耿连说带出门道："多谢夫人提醒，他不在，我不会给他丢人的！"风风火火带刘参谋赶来县府，当初的刘排长已当参谋了。"麻绳从细处断，"沈秀才道，"九阵坝方向我们疏于大意，要不是百姓来报，摸到我们屁股还不晓得！得民心啊，民是水官是鱼啊！"

邱大耿知情后道："来得好哇，我的新兵团正缺枪，真是知己呀，缺啥来啥！"

沈秀才说："恐怕是国军过路呢？"

刘参谋道："管它国军、土匪，稍不对劲就打，我们这是公厕呀，凭什么想进就进想出就出？山大王我们作定了！怕了谁？李县令不在，我们要给他守好家！"

邱大耿一掌拍在刘参谋肩上："说得好！让我们没打过仗的兵练练胆子！多谢顾小弟报信，赏银三块，给我们带路，春娃子和大大带一个班去探察，随时报信，全团和新兵团立即撤离营区，上附近山头隐蔽扎营！见机行事。"沈秀才说："如有必要，我还有办法给你们助威！"

连夜行动，春娃子带队出发了。黑夜中虽有顾铁儿带路，亦只能脚踏实地，急不得快不得，好在早就练过夜行眼。天亮时分刚好到达西口。春娃子道："就地隐蔽，顾铁儿带大大去观察！将便衣套在外面。"

一夜行走身上倒不冷，热着的呢！西口下面就是九阵坝。县城这边也一切基本就绪。就看来者何许人也！

大大顺弯弯小路下山不久，就见山下弯沟一路长长的队伍，一色的军装。顾铁儿说："就是他们，就是那些人！"大大拉一把顾铁儿说："快藏到起！"顾铁儿说："姐姐你看，那些人抬的是啥重家伙？"大大根据有限的见识类推道："可能是重机枪，还有小山炮。快跑上西口报告。"

春娃子得知情况后，说："还真是大摇大摆来了，方向不变地一路来了，真的还扛有粗管管？"大大说："好像不止一根粗管管呢！"

"与重机枪模样不同？"

"我想大不一样。"

"岳元飞！"

"在！"

"你跑得快，回去报告情况，就说他们很可能是国军，大摇大摆一路而来，有重机枪、可能还有几门小山炮。"岳元飞飞奔而返。春娃子道："准备，看我的！"春娃子虽然不是久经沙场但也经历过战火洗礼，这些兵可就不一样了，紧张地操家伙，像真要打仗似的。

露头了，来了！

春娃子挺身高喊："站住！鹰过留声，人过留名，你们是什么人？远定县保安团前哨在此恭候！"向后一挥手道："喊！"

"站住！"士兵们一齐吼道。走前的充耳不闻，继续动步。春娃子的驳壳朝天放一枪，"站住！"这才止步，后面上来一人、一挺轻机枪，"嗒嗒嗒嗒！"朝天来了个以牙还牙，强龙压制地头蛇。然后另一出头人高声道："我们是国军，路过此地！"春娃子道："怎么不先来人打个招呼，我们也好准备大军粮草！"那人说："我们是正规军，天下随意走，用不着处处先打招呼！"

春娃子道："好吧，既然是国军老大哥，我们迎客带路，进城，但必须相距半里行进！"挥手道："撤！顾铁儿你先回家，免得家里着急，愿意来以后就来找我。"

春娃子说迎接，那当然是监视。过了一山弯，对方前面的队伍一目了然。大大说："春娃子大哥，前脚跑，后脚跟，邱团长他们来不来得及准备呀？我看这些国军来得蹊跷，不对头！"春娃子说："对呀，尽量拖延，传话，走前头的回去报告，就说这路国军来头不对劲！"

排头兵接令飞速离去。走队尾的春娃子站住对国军喊道："不行，你们跟得太近了，我们不放心！"对方回答："用不着！"春娃子喊道："不行，进了我的山，就得听我们的！如果不依规矩，我们就要发出警告！打飞你的帽子！"

"好小子，狂的哪门子，小小保安团敢警告我们国军？先警告警告你们！"嗒嗒嗒嗒……！一串机关枪弹射向斜空。春娃子说："大大，你打掉那喊话人军帽，我打那挺射击的机关枪！别伤人。"

"叭，叭！"春娃子、大大很讲信用，说话算数，国军喊话人帽子翻飞，刚才嚣张的机关枪脱手掉地，又拾起。喊话人大惊，老婆婆穿针——看走了眼，怪不得这些保安兵这么嚣张。"好吧！"

这样拖了顿饭功夫，间距甚远，继续引路前行。春娃子、大大断后，向前传话放慢速度。待国军排头兵近了，又停下喊话："你们又走快了，不依规矩我们就不走了，不让你们过去！"气得国军真想干掉这些个赖皮保安兵。小不忍则乱大谋。

又拖了顿饭功。下山就是县城了，自古城镇修建在山下平坦处。有几座城市修建在山上？

邱团长与沈秀才、韩大等要人坐镇县府，第一次接探察来报，作出的判断已先机于未到的第二次情报。觉得已无必要全方位戒备，不能让这路国军靠近县城，而这一切本身就是以防万一。决定吹响调动军号，这军号一响，县城附近各山头就会响起回应的号角，各山头部队一律向九阵坝方向紧急收缩。

春娃子两次拖延时间，那是万分宝贵的，战争往往有很大的随意性，纵然有周密的设计，而战略的正常实现，实则取决于将士的素质。

国军先头人马已现身山根，还不见保安团有什么动静，春娃子他们很是纳闷。只有硬着头皮领军进城。

国军为显摆气势，三列队迈着整齐的步伐，小城的主街道长度差点容不下军列长度，老百姓纷纷涌来围观，手里全拿着、端着盆盆碗碗。国军们感觉宛如孤舟进入了汪洋大海。只听一声军号响起，吓紧张了国军的神经，但随即保安团两路人马赤手空拳敲锣打鼓而来，还吹着唢呐。那锣鼓声显然不是擂的战鼓，欢迎的锣鼓调谁不知音？转忧为喜，大出意外。是来欢迎国军见新奇的吧？土国军，土老百姓嘛，没见过世面。这还能动得起武吗？还打有旗子，上写"欢迎国军"，口呼"欢迎！双迎！"，言行一致。

相距两丈，邱团长出列，身边相随五个身着官服的人，一女四男。邱团长下口令："列队——！向国军老大哥敬礼——！"那壮观的气势，可把国军弄得飘飘然，着实当了把老大，这时才稀里糊涂明白了自己的身价，一时间忘了他们是干啥吃来的。这不自己人吗？邱团长又道："请国军长官出面说话！"

对方站出一人来，勉强行了个军礼道："你就是远定县保安团邱团长吧？"

邱大耿还礼道："卑将正是，请问国军团长高姓大名？"一见之下就知是团长。

"本人……王团长。"看样子四十有余，中等个，不肥不瘦，面目无特征，一般般，只是显得老成。

"国军路过我们偏僻蛮荒之地，蓬荜生辉，土老百姓得见国军尊容，我县衙、保安团及城中附近百姓不缺一顿饭，为表地主之谊，闻风而动，每家已备好饭菜、茶水，还有少量的包谷酒，犒劳国军弟兄，请国军就地休息！开饭后，国军愿耍就耍，要继续行军我县军民依然敲锣打鼓送国军上路！"

国军队尾不知前情，这不打紧，队尾出现了同样的锣鼓场面。

王团长道："慢着，饭我们吃，远定县李县令三少年威名远扬，我和弟兄们还要一睹尊容，高攀交情，天大路窄，多个朋友多条路！"邱团长道："求见不如碰见，王团长难道看不出，李县令远在天边，近在眼前？这种场面李县令还能不出面吗？"身边穿官服的年轻小伙立刻趋前抱拳："王团长一路鞍马劳顿，本县有失远迎，我就是李县令！"

又有一女一男趋前，腰栓镖带，手拿两锤，自报家门："我是百鹊！"

"嗨嘿呀呀，我是石牛！"

王团长睁大了眼睛，射出两束透视光。随即道："请李县令三少侠及随行官员，随我检阅国军，给弟兄们打打招呼，我们就如愿以偿了！该不会不给面子吧？"

"好吧，请吧！"

　　一路招手向队尾走去，王团长不时地介绍，所到处军礼纷纷。至队伍中段，王团长突然拔枪，直指李县令："不许动，动就开枪！"举军礼的国军举起了枪，团团围上来，揪住了检阅随行官员。随行的邱团长、刘参谋道："凭什么抓李县令？"这时王团长高声大叫："李县令违背党国大政，利用职权迫害乡绅富豪，其行为与共党红军没什么两样，我国军专为此来，逮捕法办，枪决！与百姓无关！"

　　邱团长说："既是如此，国军出面，我保安团没话说，听国军老大哥的，只是太突然，一时接受不了。"王团长道："这就好，这就好，同为党国系列，免得刀兵相见，伤了和气。"队伍中段发生的变故，须臾传播到首尾，百姓波动起来，却处处有人阻止劝告，像是有专人指挥。邱团长道："传下去，叫弟兄们送饭，百姓跟随送饭的弟兄，各就各位，以便取回家私，饭还是要吃的！听命令，违令者无论将士、百姓一律处分！"至少三个人侍候一个吃饭国军。

　　这王团长只报姓不报名，他有苦衷，不便相告，因为他名叫王三春。当初率残余二百来号匪兵逃离眼下的不堪回首地，去了嘉陵江一带紫阴县第二窟，左思右想投国军才有出路，重金行贿，如愿以偿，入川军初当营长，故意钻营有成，当上团长，后成为川陕交界源万县驻军。与远定县城相距二百里。当初穷途末路，现在他觉得锦上添花，资本翻一番，可以报仇了。而借公报私的理由充分底气十足，远定县的均田事业谗得周边百姓口水直流，波动不安，社会治安大受影响，而这正是党国所不能容忍的，可以国军姿态大摇大摆进军，名正言顺而取，且为党国立一大功。遗憾的是他找不到帮手，源万县保安团古团长不愿意狗咬老鼠多管闲事，"方言有别，川陕有界，"古团长说，"上面没指示，有本事自己去，那娃不好惹，别搭上我们。"

　　王三春当然有同感，但人不到黄河心不甘，况此一时彼一时也？他也想尽量智取，兵不血刃，带上全团，以备万一。但从西口到远定县街道，就觉得处处被动受制，不期得于偶然因素，机不可失，得来全不费功夫，远定县保安团没带枪，敲锣打鼓欢迎。当初的大仇人三少年数番交阵却不相识，就这样被他拿下，不免老道狂喜，感觉来得太容易了。

当送饭人各就各位，邱大耿一声令下："送饭！"

王团长下令："枪不离身，全体用餐，谢谢父老乡亲！"

用餐正酣，只听城尾吃饭军号嘹亮而起，号声未落，刘参谋一声狂吼："动手！"

突然间各就各位守候用餐的保安兵及百姓扑向吃饭的国军，几乎同时动手，一条街激烈的撕打开始了！叫你的小山炮、重机枪躺在那里当旁观者看热闹，有劲使不上！刹那间远定县地头蛇，近三千官兵、附近及全城百姓扑向长街增添了重重的砝码，城中百姓早有战斗的简历已经习惯，吃饭的军号也变成了激励人心的冲锋号。拼命地抢枪炮、枪炮成了为之决斗的情人。枪响了，有人倒在血泊中。

正宗的三少年出现了！永兴老调重弹，手拿木棍闪电般往来点敲，专找僵持重点，石牛、百鹊助弱，邱团长与刘参谋合力对付王三春，起势就打掉王三春手枪，扭打翻滚在地，却制服不住这个惯匪老手，而王三春的部下各自为战自顾不暇帮不上忙，冲来的石牛见状，大叫一声"邱团长撒手让开！"抓住王三春两脚板"嗨嘿呀呀！"一声狂吼转圈轮舞起来，然后松手，王三春被惯出两丈远。

好个王三春，急后翻撑地弹起，不容他换姿势防卫，石牛已卧虎扑食跟上，将王三春再次飞扑压倒，一个招数随飞扑闪念而出，右手随飞扑之势伸向了目的地——王三春裆部卵子。这可要命，轻轻一捏谁受得了？又不是铁蛋！邱大耿与刘参谋跟进，这才制住了王三春，掏出早已有心备好的细绳，将其久分的双手撮

237

合在一起。整条街多对一打斗其实花不了多长时间就摆平了，只因下令要枪不要命增加了难度。这些个几乎经过特殊训练的保安兵一对一就能解决问题，何况多对一有百姓帮助占先机？

装扮百鹊的是阙一芯，她乐得体验一下三少年名号中的百鹊，装扮石牛、李县令的是两机灵保安兵。而这一切是永兴紧急策划的方略，被部下团结一心发挥得淋漓尽致。当邱团长正欲下令吹调动号去九阵坝方向时，世上事往往就那么巧，永兴一行回来了，回来得是时候，但差点儿就晚了。得知情况，摸着脑袋道："敲锣打鼓迎接，正好吃饭的时候，叫全城百姓送饭，挑三个人冒充我们三少年，先摸清他们的来意，如果是敌对，趁他们吃饭时动手抢枪炮，这样混在一起，他们的机枪、小炮就发挥不出威力了，拼的是个人能力，这我们吃不了亏。具体细节由你们去发挥。行动！抢时间！"沈秀才出主意发挥的，是敲锣打鼓另加唢呐，城里有吹鼓手，地点放在城里街道上，一举两得，地利人和。

国军千把人全被捆起来，这些无头脑之人只为长官私仇盲目卖命，不懂是非，活该！可悲。

王三春与真假三少年六个人见面了，这回该叙叙旧情，互相认识了。真假三少年乐哈哈，觉得很有趣。

真县令发话："王团长，怎么这样巧，与王三春一个姓，我还以为是王三春惦记我呢，因为我们知道国军收了个人渣王三春。"

"娃儿，栽在你手中没话说，不过最好你莫杀我，我是国军，杀了我你会惹更大的麻烦。"

石牛说："这么说你就是大名鼎鼎的王三春王棒老儿了？"

"本人已改邪归正，是国军团长！"

百鹊抱拳作揖道："幸会幸会，还记得那座山包吗？"指了指军火库所在山包，"谢谢惠顾，欢迎下次光临！"

永兴说："你若不是国军，我们会用另外的方式招待你。但愿你这次后真能改邪归正，你老道还看不出我们要杀你还用得着这么费事吗？只当我们玩玩，切磋切磋！枪炮就当你送给我们的大礼，谢啦！你们走人！"

"你娃娃老谋深算，几次栽在你手里，斗不过你，服了！"

永兴对邱团长说："给国军兄弟们重新做顿饭吃，这顿饭他们没吃好，心里过意不去！"

王三春说："多谢大人大量！我当痛改前非，你远定县事我永不干涉！"

午后，县城外河滩地四周荷枪实弹，还摆了一门炮。远定县新老保安团、周围闻风而至的百姓"服侍"松了绑的国军吃了顿安心饭，还有凡人喜欢的酒肉呢！邱大耿叫来一个国军，拍拍他的肩膀，指指小钢炮说："兄弟，这玩意儿咋整的？试试看！"那国军向炮兵望了一眼，邱大耿便命带来，道："向山腰那个大树开一炮！"大叫道，"警卫排二班弟兄们过来！"二班伏地而至。刘参谋说："弟兄们给我看仔细了，学着点！"这些兵哪有不会意的？兴趣盎然。轰的一声，炮弹在树旁爆炸了，山川共鸣，惊飞的鹊鸟与小城人第一次听到炮声，方知山外有炮。

然后国军整队出发了。却依然有敲锣打鼓的欢送，唢呐照常吹起来！不知王三春及国军弟兄们有何感想？

国军一路上可不孤独，因为后面有远定县保安团两个营护送。

两天后，国军队尾最后一人迈出远定县境时，刘参谋喊道："一，二，三，开始！"保安团一齐喊起来："恕不远送！"

"恕——不——远——送！"

远去了，最后一个人消失在视线中。

"哈哈哈哈……！"

239

第三十一章　匆忙后事

县议政堂这把首席交椅，永兴坐热了又冷了，才离开近三个月就有点儿生疏的感觉。永兴抿嘴笑笑说："久违了，伙计！"一屁股塌在椅子里，感觉好舒服。

不一会儿，该来的都来了，至少是暂时胜利的喜悦，所有的人挂着不同的笑容相同的笑意。永兴要召集县府的第一次议政会，听取工作汇报，安排后事。永兴说："请沈先生先讲。"

沈秀才道："自邱团长去子碾区看望你回来，我们军政联合商讨，已按你的吩咐立即派人赴各区下达指令，再叫各区层层下达至召开百姓集会，并要求底下发挥性执行，据反馈的情况看，底下佃农百姓比我们还积极，已建立了联络站。一旦在哪里发生战事，由区乡组织百姓参战支援。黄一甲团的军属名单早已报上来了。军事上请邱团长讲。"

邱团长道："我团已在主要边界要道设立长住哨卡，但从这次看来这是个不得已的笨法子，谁知人家算计从哪个方向进来？我们已联合百姓，在城边几方山上修建防御阵地，一旦有情况立即撤离城区上山，一旦有战事，到外面去打，免得城里百姓遭战火。"永兴插话道："这点好，又灵活，只有笨蛋才死守县城挨打。"邱团长续道："团军医院已初具模子，已有军医十人，医护兵二十人，其中十五人是姑娘。嘿嘿，将士们都喜欢她们，精神头就变了。"

"哈……"大堂响起笑声。

唉，这人世间，一提及这种事就会开心，不知道女性是否为此感到自豪？因为有了我们，人间才显得滋润，因为有了我们，那一半才不显得枯燥，不论是先有鸡后有蛋，缺少半边天整个天就没了。尽管你在上我在下很委屈，其实天地哪有上下之分？

邱团长接续的声音："至于军事训练，请李县令择日……择日实地观看便知。"永兴道："好哎！"韩大发言道："我有几句话当着诸位的面、李县令兄弟的面说说，当面说话无毒，我们远定县燃起的这场大火，已经烧烤到界外炽热不安，惊动远近，很可能招来扑灭大火的军队，我们还是要想想后事，该怎么办，王三春不是说嘛，我们的作法像共党红匪。哦，我并不是说我反对我县的做法，害怕招来杀身之祸，我是提醒，我家虽然也算是财主，但我是赞同李县令的做法的。"

众人正欲发话，永兴道："话既说到这份上，那我就公开对大家说说，我已得到省城来的就是……就是情报吧，日本国人派了百万军队来侵占我们中华民国，八路军与国军打得日本人快撑不住了，我们这些偏远蛮荒深山算过的清闲日子哎，八路军就是我十三岁时听说过的红军，我现在才晓得，红军就是为穷苦老百姓打天下，分田均地的，这不是救苦救难吗？这有什么不好哎，大家都有饭吃！至于我们的后果，不一定什么事都要瞻前顾后，事可瞻前顾后，义则义无反顾哎，想想子碾街那激动人心的场景，百姓的呼声，本县愿为救苦救难舍生取义，死而后已！这也是本县巡访民间的最大收获。"

大堂响起热烈的掌声，但对永兴所讲的山外国家大事宛如听天书，新鲜不已。大山封闭了一方安宁，同时阻挡着视野。

永兴道："最后我再说两点，第一点，请邱团长、沈先生代本县向保安团、小城百姓带一句话，这次擒王三春，本县令感谢、佩服他们戏演得好，可以当名角戏子了！"

"哈哈……！"

"第二点，立即制作三百套两种国军军装，有用处……"石牛拍掌道："好哇好哇！我懂了！"永兴抿嘴一笑，继续道："立即制作远定县保安团将士身份证件，并随身带。立即转移弹药库到秘密安全的地点。第三点，立即派通信班通喻各区，层层下达到老百姓，一旦有战事，只认身份不认服装。另外将区、乡保丁组织起来，时刻准备着，为保卫自己所得土地而战！真有战火烧进山来，我三少年将持老掉牙的土兵器与他们共同赴汤蹈火！血洒山岗！"

"好！"又一堂掌声，群情激昂。

夜。

永兴放了门岗，不准任何人打扰，那当然包括最有优先权的河妹。他要打坐修禅。小小年龄，真个少年老成啊，不但老成，还老道。有智不在年高，无智空活百岁，世间人千差万别，形形色色，根修不同。

人一生如春夏秋冬，虽然年少，三少年这些同龄人如今已进入人生的初夏。乡人说女长十八倒回头，男长十八慢悠悠。十八岁前如猪拉架子，架子拉够了长度，就发胖长横肉。沈秀才对永兴颇有含意地说："永兴啊，天下不太平，人生苦短，也差不多了，你和石牛趁闲赶快成亲吧！"

永兴半晌无语。

"那百鹊怎么办？"原来永兴于情并不憨。"我们成亲了，百鹊显得多孤单。"

真诚的心语，将心比心，这下子沈秀才亦半晌无语。

终于，沈秀才酝酿出得体的话："人各有命，总有百鹊归宿的。大家多关怀她吧，这孩子，无爹无娘。"

"好吧。"

"要不你娶两房？把百鹊也……"

"不好！"永兴打断沈秀才的话。

两日后，永兴去了保安团，带上了百鹊、石牛。

大巴山阔叶林温带，冬天再怎么冷不会超过人体极限。军营就是刚阳，是火热，青春与刚阳的碰撞。

"嗒嗒嗒，嗒嗒嗒……"两千三百兵将出军营，踏破黎明，负重奔跑，吹的是冲锋号。目标：小山城周围六个远近不等的山上。背负的不是武装，而是沙袋、石头。永兴高兴地说："这样好哎，既修建了防御工事，又练了速度，一举两得。邱大哥，你现在也会划算了哎！"邱大耿嘿嘿道："我可不想你再说我是大而划之不会处家过日子的人！"永兴道："你也应该与士兵一样练习，不然遇情况跑起来，当兵的把当官的撂得老远，我可不要坐轿子急行军的军官！"

邱大耿又是嘿嘿地一笑道："裤裆里冒烟——当然！"永兴一笑："你这谚子是捡的谁的？"邱大耿第三次嘿嘿一笑："你问她。"指了指百鹊。百鹊笑哼了一声，道："邱团长，你是庙上的泥菩萨——放香屁！"邱大耿又指指百鹊，对永兴道："你看你看！"石牛说："我们的鹊妹不打自招！我们也扛沙袋上山吧，看谁跑得快！"永兴道："好哎，本县正有此意，牛弟、鹊妹，我们每天清早来练一次？不许缺席！"

少年气融入老成气，合成了娃娃县令气质，令人倚重又轻松。在大个子邱大耿心目中，永兴的形象比他高大。四个官人同干粗活，士兵们欢呼起来，苦力地干活变成了大大的快乐地干活！劳累也是一种乐趣。

春娃子所在山坡上，比赛的结果，石牛第一个到，最后一名不是百鹊而是邱大耿！哈哈一阵喘笑，但见远近各山上叮叮当当，吆号声此起彼伏，沉寂的山顿然生气勃勃！还有一道特殊的风景线，父老乡亲大人小孩来来往往。一只公鸡四两力，添砖添瓦。

　　检查了负重急行军训练情况，永兴说："打活靶我就不看了，省几颗子弹吧，我要检查一下肉搏训练、摸爬滚打、隐蔽战术能力，还有……飞爪攀崖！"邱大耿说："好，我们也不能光劳动，每天还要抽两个时辰军训。"

　　中午，军号嘀嘀嗒嗒，遥相呼应，各个山上的部队被召集到城外平缓地带，说是平缓地带，其实沟沟坎坎，这是当初黄一甲团与王三春肉搏战之地。邱大耿说："县令兄弟，既是你要检查，那就请你随便点两个连出来对拼，其余的和父老乡亲们当看戏的，不然你还会说我挑出的是遮面子连呢！"石牛叫道："好哇好哇！"永兴闭着眼睛点卯："老团一营三连，三营二连。"邱团长即高声口令。

　　两连人甩下战时用的真家伙，换上平日用的假家伙，臂系红、白标志各站一方。邱大耿下令"吹冲锋号！这玩意儿带劲。"

　　霎时双方杀声震天，混在一起，却见双方皆使用的四人背靠背互依战术，初时使得双方僵持不下，渐渐凭个人能力胜出的腾出手来，帮助别人，而双方都有这种情况，仍然难分难解，飘飘雪落，啸啸风声这时也来赶场合。木枪打断了，打丢了，就抱摔滚打。

　　永兴从来都是当事者这回当旁观者，直看得垂涎三寸还无知觉，兴奋地叫道："来的真的！"石牛热血沸腾，只想冲进去过过瘾。可他与百鹊只会动真格作不来假。他能用锤吗？百鹊能用镖吗？永兴急叫："行了，快停止！"刘参谋急命吹号。双方戛然而止收兵，大多数兵已变成泥瓦匠了。邱大耿自豪道："怎么样，还满意吧？"永兴道："好你个邱团长，替我分忧了，这比当初的黄一甲团强十倍，希望你尽快把新兵团训练也跟上来！"

　　观看了肉搏战，观众们又移位于一处悬崖，观看春娃子带领的六十个飞爪队员攀崖。六十个人一齐上，颇为壮观。永兴问百鹊："怎么样？比起我们在云雾山如何？"百鹊翘翘嘴："这种事只要练，谁都可以做到。"

劳动、军练两兼顾，两个时辰已到，将士们又要上山了。永兴问："士兵的伙食跟上没？"邱大耿答："不分冬夏一日三餐，每天一顿肉。"

风雪无阻，每日清晨，劳动队伍中，有三少年的身影，还多了个河妹。河妹又回到县立学堂教"人之初"，清晨也去捣鼓捣鼓体力劳动，不过，她也应该锻炼锻炼。不到一月，山上的行营建好了。有战壕、简易房舍。策划者的意识变成了现实。保安团又回到了正常军练轨道。

日子刚刚轻松了些。沈秀才与韩大商量给永兴、石牛择日拜堂。韩大说："只是我父亲不在，显得遗憾。"沈秀才说："嗨，一步步来，不是还有你在吗？"

十八岁的石牛、永兴成亲，正所谓双喜临门，热闹程度自不一般。大大与河妹经过特殊时刻的特殊打扮，顿然焕发，锦上添花，直惹得天天见面的众客人荡情摇意，宛然又是遥不可及的陌生仙女了。大大重拾回了羞涩，风雨兼程少年路，几多纯情竹马年，从童年到青年一路走来，河妹终于把女性最好的嫁妆——"第一次"完整地交给了他的福娃哥哥。

梦寐以求的温馨达到了极限。"福娃哥哥，"不变的称呼，声调更细腻，"我晓得，百鹊喜欢你，可我咋舍得你，除非我死了。"永兴久未吭声，然后道："爱，折磨人。只因有了你，不得不伤她的心，不知这会儿她在外面干啥，想啥没有，但愿她什么也没想。"河妹说："我好像显得太残忍了，可我……我心里没法子。"咽咽梨花带雨哭起来。永兴轻声安慰，如唱摇篮曲："别哭，河妹，不怪你，今生你我是缘分，该了的了了吧。"

大大与石牛那边没有河妹这样的缠绵抒情，因为他是石牛嘛。好在大大还有一点滋润。像海潮寻找沙滩，要把你淹没。"石牛，"畅快淋漓后，大大说："你以后学斯文点，行吗？我是说作人，多向福娃哥学点。"石牛听明白了她的话，说："那这呢？"大大不吭声了。她不正面回答这个问题。却说道："石牛，还有个事你想到没？"

"啥么？"

"你们三少年……"

"你是想说鹊妹是不是？"

"我们倒好，可她……"

"唉，是啊。总是时候未到嘛。"石牛终于有了一声叹息。

石牛不傻。

永兴、石牛的婚庆没有请唢呐，觉得太张扬喧闹不当，至少在县府里不当。百鹊忙里忙外招呼客人，俨然是个志愿者支客司。当永兴在闯第一关、石牛闯第三关时，她回到了属于她的小天地，坐在火盆边凳子上一声不吭。

这是最大的一次触景生情，她在思量，在反省。是什么原因有缘千里来相会，无缘对面不相识呢？我的性格真的成问题吗……几多战阵与共，生死相随，长路相伴，比河妹有资格多了，就是没提过那话头。太深的心情因为埋得太深变成了化石，就再也不能像火山那么容易喷出。死爹妈时她感受过孤单，在天仓山抛弃了孤单就决定了将再次感受到最沉重的一击孤单，那就是现在。别的，她还能想到什么？十八岁久经战炼依然不算阅历丰富，更没有扬枝水那样的慧根来开襟条俗，所以只有哭了。拜把四兄妹成双成对，自己孤单似已分散，今非昔比。冷夜的月儿从乌云中钻进又钻出，野山没见夜鸟的鸣叫，哪怕听一声也好，此时一切像死一般沉寂。

天生一人，各有一路！我百鹊就是百鹊，江山易改，本性难移，咋的了？原来不好好的吗？自找烦恼！看看人家扬枝水！

终于，她哭醒了，想开了。这就对了。

她又恢复了常态。

她心理开始成熟了。

所以她今夜会睡得香，不会失眠了。

翌日晨早，军号唤醒小城已成习惯。两对新人不约而至百鹊门前。

"百鹊妹妹……"河妹扑在百鹊身上哭了。"对不起……我俩心里都……明白。"

百鹊拍拍河妹的背："没啥，没啥过不去的。"

大大拿出一叠洋花布，说："鹊妹妹，这是我的心意，你不收也得收。"

永兴握住百鹊的手说："鹊妹，我们还是三少年，永远。"石牛也握住百鹊的手，说出一句心里话："鹊妹，打天仓山相遇，我晓得石牛配不上你。"大大也凑拢来，当年五个少年的手现在是青年的手搭在了一起。沉默无语，心灵的传递。

百鹊眼睛湿了。

王三春的败象可真有点特殊，偷鸡不成，丢盔弃甲赤裸裸全身而退，这败象不亚于死一个团。进退两难何去何从是他必然的思虑。重操旧业吧，岂不自讨不是？前进吧，问罪在所难免。走动的脚步真是进也不是退也不是，但还是迟疑着向前走。唯有一个办法看能否保得性命，那就是坦白承认这次耍小聪明，企图智取反而吃了亏，下次干脆直来直去明干！誓死夺回武器。

王三春这样想着，心下稍安。部下才不怎么担心呢，不关他们的事。

这世界众生贪生，好死不如赖活着，因为认为生命只有一次。

第三十二章　我回来了

　　大大说："石牛，我来这几年了，与家里断了音信，我虽然好了，也不晓得爹妈怎样，他们也没能力来城里，我爹妈再怎么差劲，儿不嫌母丑，应该回去望一眼。"大大在这时想起，也算顺理成章，良心大大的好。

　　石牛想了想："嘿嘿，我们几个都是先斩后奏，已是大大的不敬，应该补敬！"大大嗔道："你一说就没个正经的！"

　　沈秀才促成弟子李永兴拜堂成亲，心里甚慰，又叫他们集体回门拜认岳父母，正合大大心意。永兴说："应是应该，不可。不怕一万，我们都走了，有紧急事怎么办？待实在觉得无事，我们再一同回吧！这样，大大、沈欣阳他们两对儿先回吧，把河妹带上，替我去天仓山给我爹磕个头，半个月内必须给我返回来。至于石板山，叫石牛以后有机会再带大大回去看看！"沈秀才说："那就照你说的办！"

　　永兴又道："有我在，干脆叫春娃子大哥带阙姑娘也回苗寨一趟，嘿嘿，后天在我这里来集合，统一出发！岂不有趣得紧！"

　　保安团皆本地兵，虽有半年轮流探亲制，春娃子亦是一来不回，专心拼打。第三日早，邱大耿一身新军装抱着娃娃，携沈欣阳带三警卫、春娃子携阙一芯带一兵、石牛与大大先后来到县令官邸，喜气洋洋。永兴见状果然乐了，抱过娃娃道："让我也尝尝抱娃娃的感觉！"河妹偎依着永兴，脸红了，羞羞地低下头。

永兴说："你们进城已习惯了安乐窝，回家可别嫌弃家中脏乱，屁股不愿沾沾灰板凳，最好亲自动手整理打扫打扫，也算尽一点当女婿的心意，也起个改变农家习俗的榜样。"

邱大耿叫道："李县令啊，你今年高寿几何？就像我们的老前辈！"众人皆大欢笑。永兴格格一串笑声，道："只准在家待两天，好好珍惜，春娃子大哥替我问候格桑头人，这是我的一点心意，带给头人。"说着拿过一包大米糕、七尺蓝色洋布。"回去安排好寨中事务，难说你们那遥相呼应的牛角号还会吹响呢？懂我的意思吗？"春娃子略略迟疑，说："懂了，放心。我还要给韩大哥家的小阿妹带套苗装回来，小阿妹喜欢，我答应过小阿妹的。"永兴欣笑道："好哎，莫学《西游记》里的唐僧不讲信用，明明答应了千年老龟请问佛祖它何时得道，却忘得一干二净，还成佛呢！大家听我口令，立正！出发！"

河妹两回头，重复道："福娃哥哥，等我哦，等我回来噢！"

上路了，跋山涉水虽然累，但舒畅，无异于出窝游山玩水，常常驻足于高处眺望，指点江山，激扬回味。沈欣阳的娃娃被其他人替换抱着，倒也在情理之中，并非因为一个是团长，一个是官太太。

春娃子回大巴山顶苗寨乡，那一定是穿上表示大有改变的军装，荣耀而归，让苗人耳目一新。两路人回乡的行程，应该说春娃子近一些，翌日东方红，太阳升，已看得见那别有风情亲切感的苗寨群落。

春娃子老远就喊起来："头人，我回来了！阿爸阿妈，我带个汉阿妹回来了——！"但离寨群还远，同胞听不到，只有回音，他是喊给青梅竹马的、浩荡的山水木竹林听的。

格桑老人见永兴带来的礼品，感动得眼泪哗哗："是个有情有义的君子啊，还惦念着草民，我这辈子，死也值了！"春娃子说："头人，李县令要我们的弓箭火枪不要让它生锈了，说不还有用得着的时候。"格桑头人说:"山鹰常飞翔,翅膀硬着的,麂子常奔跑,脚是灵活的,我虽然老了,只要还有一口气在,请他放心。"接着吩咐家人道:"吹牛角号,召集全寨子人来见我们飞回来的雄鹰、汉家阿妹、兵阿哥!"阙姑娘与随行士兵,那可是带着好奇心来的,好奇于异族风情。不过,除开服饰,已近汉化了。

邱大耿一行翌日下午到达木者河韩清风家。韩家人喜不自胜,韩清风的熊猫眼樱桃小口笑得变了形。久窝乡间,这些人的到来,带来一股清醒之气。河妹一一喊了爹妈、哥嫂、管家仆人,不怕弄脏新娘衣装,进门就跪地给长辈磕头报道:"爹、妈,我回来了,我跟福娃哥哥成亲了!"

沈欣阳看看天时,已没有必要赶往天仓山,便安下心来住下,交谈情况。石牛、大大便陪邱团长及警卫兵外乡人宽心落意地四处逛逛,听听河水哗哗声,看看农家人耕地。"好安闲,好安闲的生活,这样多好哇!"邱大耿的刚武心态似乎得到了些许柔化。沈欣阳说:"你这叫观赏、旁观,站着说话腰不疼!"邱大耿叫道:"那又咋了?修工事一个月,我天天干,不累吗?用你们教书先生的话说,乐在其中,身体也活泛了,倒是我的沈太太变得赢弱了,变洋气了,哈哈!"

夜晚,河妹给爹妈端洗脚水,又一一捶背按摩。待大家都睡了,母女俩重温旧床,虽然这张床河妹睡过了十几年,如今别有一番感觉,既熟悉又陌生了。老爹也进来凑话儿。河妹娘在蜡光下久久欣赏着河妹愈发的美柔,真有点儿不敢相信是自己生的。河妹说:"爹、妈呀,生女儿没来头,辛辛苦苦带大,却要顾自己的终身,不能在父母面前端茶递水啥的。"河妹娘道:"傻女儿,人世间就这个来头,你一回来就给爹妈捶背,这就够了,我河妹长大了,懂事了……"说着呜咽起来。世间众生无私的养育奉献精神是多么伟大呀!韩清风说:"娃他妈,看你……"河妹说："妈，妈呀，你莫惹我也哭了，女儿走婆家都要哭嫁，你要我补上吗？"

异日分头回家，约定两天后在河妹家会合，不，准确地说是娘家了。匆匆忙忙，河妹还要上天仓山李家，便随沈欣阳同行。那是她必须去的，首先要去的，那里是她爱情的发源地，扯着骨头连着筋。

河妹上多半山腰来到李家，见了李春玉就磕头："爹，三哥三嫂，四儿媳妇河妹代……代福娃哥哥回来看望你们了！"石牛、大大也跪下，石牛说："大伯，没有你家的收养之恩，我石牛没有今天，石牛给大伯带了点礼物，还要给大伯磕三个响头！"李春玉也不客气，捋捋胡须受用，其他人也尊重地下礼问安。李春玉已见过大场面，显得平常，只是听说"媳妇河妹"，露出欣慰而慈祥的笑容，皱纹开花，道："想必福娃走不脱身，河妹你回来也是一样！"

用过饭，剩下的邱大耿五人便直奔山顶沈秀才家。"也不知家中现在是个啥样儿了？"沈欣阳念叨道，她怕怠慢了邱大耿。

天仓山李家，永山娃已有小孩儿，河妹自是要体验一下，常搂抱娃娃。娃娃穿戴倒是很干净，因为见河妹回来，赶紧给娃娃换了套洗过的衣服。

夜晚，河妹照样早早给公爹烧好洗脚水，依然给公爹捶捶背。李春玉眯着眼睛微笑，这么乖个儿媳妇给自己按揉，好受用好受用，人不就图的一种好感受吗？无论物质的、精神的。而他的前两任儿媳妇，从来也没摸过他这个公爹呢！

沈欣阳的父母就乡巴佬层次而言，亦属于平庸之辈。如今是沈秀才的大儿子主持家政，沈秀才之妻是参谋。沈秀才常差专人捎钱带信回家，日子比过去过得轻松多了。

邱大耿一行四个军人突然出现在天仓山顶上，弄得沈家大小懵了神。"大妈，我回来了！"

"你是阳儿啊？天啦，大妈我就快认不出了！"

"见过大妈！"邱大耿道。

"这位是……"

"他就是……娃他爹。"沈欣阳有些害羞地说。"爹妈他们呢，是不是坡里干活去了？"

"快，欣有娃，去地里把你爹妈叫回来，哈嗨，莫说是你姐回来了，只叫他们赶紧回来！"然后大方地与邱大耿等人拉话。

沈欣阳的爹妈扛着锄头回来了，邱大耿啪地一个立正敬礼："见过岳父、岳母大人！"吓了岳父母一大跳，愣愣地找不到话说。

沈欣阳说："爹、妈，是我们啦，他是娃娃他爹。"岳父岳母这才认出女儿，不过觉得话音比原来洋腔多了。"哦，是阳儿啊，还……没忘我们啦？"在他们的智商里，还没把邱团长放在高高的位置。

山顶视野开阔，似有看不尽的山水画，邱大耿也去地里帮忙干干活儿，然后四处转转，新鲜的地方有风景，四个兵倒也兴趣盎然。但面对陌生的山河冬煞气，总有一种说不出的人世沧桑感。

"那个山叫什么山？"

"那条河叫什么河？"

"当初三少年救尼姑在啥方向？"

"万僧寺在哪？我们去看看！"

沈欣阳兴致勃勃地解说，当了导游，力图使她的大丈夫耍得开心。

大大有意穿着军装回乡的，腰挎盒子枪一路招摇回到岩洞。大大说："爹、妈、哥哥，我们回来看你们来了，给你们带了钱、很多东西。"这恐怕是岩洞最稀罕的客人，一扫洞中古老而脏乱的气氛，石牛二人忙着收拾整理，一经整理，嗨！感觉就是

252

不同。石牛说："在河坝买块地，叫乡长帮忙经管修个房子，搬下河坝去住。"陈三麻子说："有个钱还不如买个吃的东西，乡长来过，要我们迁到河坝住，又要修房子，多费事！我们住惯了。"大大说："住这哥的亲事永远也订不到。"

石牛二人勉强住了一夜，觉得实在没趣，告别岩洞告辞爹妈，去河对岸天仓山腰看望李家人。机会难得，那是必须去的。

来也匆匆，两天后，石牛与邱大耿会合，带河妹返城。

瞒是瞒不住的，王三春回到源万县，主动去达川向上级请罪，并给师长王文招送了重金。这一招果然有效，保住了性命。活罪难免，重责五十军棍，罚其去采石场干苦力，视其表现。由此也可知师长王文招其人了，当初就是他接收的王三春。

不过，这事倒刺激出了王文招精神："格老子啥子个娃娃胆大包天，区区一个保安团丢尽格老子个人！"王文招奋力欺上瞒下，将王三春事件兜留下来，重整王团装备，准备亲带全师直接去消灭远定县保安团，并向上峰报告请战的理由：为党国清理门户。

三黄出山寻找黄一甲并非瞎碰乱撞，直趋康安市。而野战军并非守株待兔之军，岂会窝居候你？黄一甲奉命出征去剿灭米耳县山中共党三百游击队。历经两月，总算完成任务，自身却也被拖得皮沓嘴歪。三黄因身份特殊，被接纳安排居住，苦等大哥归营。他本想去米耳县找见黄一甲，想到人家正在火头上，不便添乱。三黄等回来了黄一甲，急急述说来意。黄一甲说："我原来就不满意那娃娃的做法，但我不便跟那娃翻脸，说良心话，是那娃抬高了我的地位。现在那娃闹成了气候，跟共党做法区别不大，是党国所不容，当剿！这事请汉仲府出面干涉吧，扬大人恐怕要护短。这事还得请示上峰，恐怕我一个团劳师远征，打不过那娃。对这娃我算知己知彼，我的老团老兵大都是故乡带出来的，要是知道他家分得了田地，是啥效果？这样，三黄你先回，我力促带军回乡，为党国割瘤子，说不定立大功，官升两级！"

黄一甲心理天平的倾斜，最终因为增添了名利砝码。不谙生命要谛的凡夫，大都这样。

就在王文招出师远定县的第二天，黄一甲率加强团另加炮连来到远定县入山口。而这却是一远一近，一急一拖时间上的巧合，劫数的安排，虽然王文招与黄一甲都事先放探子探得永兴及邱团都窝居在远定县城，却是不谋而合。望着即将进入家乡，黄一甲很激动，掏出双驳壳枪叭叭朝天，高声呼叫：

"我回来了！"

"我黄一甲又回来了！"

第三十三章　黑云压城

冬天枯燥的林枝脱掉衣服赤裸裸站立，萧瑟冬风在它们之间吹来扫去，常见的大鸟老鸹漫无目的地飞去飞来，叫声更加苍凉。"呱！呱！"不知世事的麻雀在丛中跳来窜去。

王三春带丧气兵团返源万县后，远定县军营一人脱下军装换便装，随后而去。行至边界处一小山上，见一牧童放开喉咙吼山歌，手里拿着个唢呐，抒情的调子就被他吼没了：

"石磨有心——竹无心嗨，哥哥——有情妹无情，有心——栽花花不开嗨，哥哥——我眼泪流背心！"

近前好奇地问："多大啦？"

"十岁。"

"十岁就唱情歌？"

"跟我哥学的！"

"不简单，十岁会吹唢呐，吹一曲我听听。"

"我这唢呐调可不是想吹就吹的！你是啥人，干啥子的，问我这干啥？"牧童操起童音眼露警觉。

"不吹就算了舍，凶啥？"

牧童望着没趣地下山人，心中一笑，哼，我这一吹，就会有两处吹，传到乡长那里去！

远定县自永兴入主，少年心单纯，怜惜下情，山高路远，赴县府不容易，有指示派人分赴下达。但为军事需要，逼迫他不得不动脑筋，不得不招回各区、乡长赴县府集中开会，商议令人头痛的通讯问题，他从沈秀才那次建立县城至子碾区通讯受到启发，觉得用人传递信息太笨、太慢，他想到一个能把效率提高十倍的办法，但必须纵向横向协调关系，研究细节。讨论的结果，永兴嘿嘿地笑了。

顾铁儿上次勇报军情，小人物、小事情往往关系大局，算是立了头功，拿着三块赏银回家炫耀。顾铁青说："好样的，明天哥再派你去城里打探消息，看到底咋样了？"顾铁儿绘声绘色道："要得，那个春娃子排长可厉害了，左手往腰杆上一叉，右手家伙朝天乓地甩手一枪：站住——！"全家人凑耳听新鲜。"他还叫我去找他当兵呢！"

顾长青说："哥还没当兵呢，你当啥兵？当娃娃兵！"顾铁儿说："你当乡长，我当兵！"

顾铁儿还未来得及进城，就看到了国军蔫搭搭只身而返的情景。但他依然去城里找春娃子，要当兵。其实春娃子并未许诺他当兵之事，随便笑问道："小阿弟，你有啥本事，这么小就想当兵？"顾铁儿说："我会甩石头，舞羊鞭子。"春娃子感到意外，兴趣来了，无意变有意："走，出去耍给我们看看！"

一伙兵来到河滩。顾铁儿说："我打那个小石头。"捡石在手，一连三甩，个个中石。兵们叫好，有现代量法三十米距离。顾铁儿再解开衣扣，扯出缠腰的羊鞭——其实是绳子——舞得呼啸风响。"行！收下你这个少年兵，就在我排里！"

西面罗口方向，向左二十里边界处，亦是大山沟。这日，沟口罗大嫂正在干男人们干的粗活，吆牛耕地，见口外来了好多好多大兵，心道，是不是想进山来打我们娃娃县令？管他的，去给乡长报信！将犁插稳在地，一双大脚急奔。

"哐哐哐哐哐——哐——！"

这个中午，小城东面山上有特点的一面大锣响了六下，表示有外地军队入界。稍息三敲加十敲，表示有三千多人。这信息是一站接一站传递来的。

傍晚，西面山上也响起了报警大锣声。小城人竖耳倾听，但仅知有情况，唯有知密者能解其码。

远定县的警惕情报反馈提前两天到达了。预感告之，定是冲远定县来的。永兴摇摇头，嫣然一笑。哼，都来看望我哎，承蒙挂念，近来我身体健康，全家都好！

"怎么办？怎么打？"石牛、百鹊第一时间跑到县府来到永兴身边。"肯定冲我们来的，我们三个又要开杀了！"石牛兴奋得原地舞了一圈流星锤。他们信赖他们的福娃哥，百姓信赖他们亲爱的娃娃县令，那是少年时就闯下的威望。不怪沈秀才初进县衙时说，大家信任我，是因为信赖你李永兴啊，我还得从头做起。

小河边，那黄少伯曾打腹稿陷害永兴的小河边，永兴时而抿嘴现一对酒窝，不时打一水漂，仰头望望天上的游云，头脑中温习着多少次只当梦游遐思的军情设想，时而皱皱眉摇摇头，又开心地抿笑一下，反复地肯定又否定。河妹、石牛、百鹊静悄悄远远相随，似乎为福娃哥守卫着那份安静。

与黄少伯当年的情景何等相似，已是天地相隔，但黄少伯的腹稿永远成了腹稿，永兴的腹稿成熟了，将要把它变为现实。

　　来者不善！立即部署，而邱大耿他们还在天仓山刚启程，这世上事往往绝，幸有永兴坐镇。

　　河滩上，永兴召集军民大会，一次至关紧要的动员鼓动。人们怀着紧张又激动的心情，聆听他们所爱戴的、年轻得不能再年轻的县令手拿纸喇叭讲话。

　　突然，两支铁镖向李县令飞来，好个福娃反应依旧，一手捞镖，一嘴含镖，成了表演。身边的刘参谋顺势望去锁定目标，大叫一声"抓住他们！"带头飞奔而去。百鹊也看见了刺客。不待军人动作，蜂拥而上的百姓呐吼而追。永兴说声"还是让我来！"人已闪电而去。三闪两闪，闪过沟沟坎坎，越过众人，两百米远近，已闪在了两刺客前面，顺势向后挥掌扫向前面一人咽喉，堵住后面一人的去路。永兴再耍神速，那人连看也未看清，膝盖已挨上了一石头，顿时跪地难起。

　　永兴寻块石头坐着，手玩铁镖，一面望着刺客挣扎的模样。追赶的群众到来，永兴说："刘参谋、百鹊，把他俩提来问话。"经历了子碾区事件，吃一堑长一智，永兴平日早已思量过，敌视者要灭我，无论个人或军队，最好的选择是暗杀，不战而屈人，故机灵加警惕心常有之。而王文招、王三春何尝没想到这一点？黄一甲也想到了。但最终只有王文招付诸实施，重金聘请民间人士潜入远定县行刺。两刺客已知完蛋了。永兴笑眯眯地道："别害怕，大哥，你们连镖就不要了，打算赠送给本县吗？礼太重，我受不起哎，我是来还镖的。"接下来不用永兴上场，百鹊、刘参谋、七嘴八舌的百姓早已审问出了来龙去脉。永兴说："看来你们是来送情报的哎，谢啦，放他们走！我们还是回原地集会！"

　　"啊？"众人不约而同发出不解之声。只有跟随过永兴的百鹊、刘参谋反应过来，说："大家听李县令的！""李县令肯定有他的道理！"

永兴的心理已经开始了微妙的变化，对刺杀他的人都恨不起来了，是出自心计或是境界？两刺客的交代证实了军情判断。

两刺客一个喉痛说不出话，一个站不稳，站不稳的无须跪地顺便就磕头说话："万谢不杀之恩！"说不出话的就没有那么方便，还得屈膝下跪。二刺客取长补短搀扶而返。

骚乱安定下来，军民重聚原地，永兴重新开张讲话，口齿伶俐，早已温熟了腹稿，不过多了个小插曲："保安团将士们，父老乡亲们，刚才你们已经看到了，刺杀我福娃并非私仇，而是要夺回广大佃家人得到的土地，重新归少数财主，佛说众生平等，福娃我认为众生天地间，都应该有立足之地，方顺天应人，合自然平衡之道，现在，东西两边共有五千多国军，极有可能是来消灭我们的，要收回少数财主的利益，夺回被分的土地，你们愿不愿意交出去？"

"不愿意！"山摇地动。

"有骨气，你们投不投降？"

"不投降！"

"那好，请大家不要怕，请大家相信我……"

"相信，相信，相信……"有人打断永兴的话，带头吆喝起来，三两下就有了节奏，城里人就是不一样。

待平静下来，永兴续讲道："我们只有保卫大家的土地，才能保住自己家里的土地，但这必须要有人舍生取义去战斗，我们将为保卫土地而战，难免有流血牺牲，但我福娃不会瞎指挥，不会打笨蛋仗，他们虽然人多，只要大家齐心，我会带领大家打败他们的！兵不在多，在于民心，在于谋略，远定县大山区，进来区区五千多人不现形迹。将士们，父老乡亲们，我们并不孤立！当年的红军，现在的八路军百万雄师，就是专门为广大劳苦百姓谋利益，分田分地的！我们并不孤立！"

"现在，父老乡亲听我安排，邱团长还未赶回来，将士们听我调遣，同不同意？"

"同意——！"

还会不同意吗？

王文招挥师踏入远定县境，问王三春道："王团长，说说看，邱团为何没在边界阻挡我们？"王三春这时倒显得明智："李县令那娃娃不会打死仗，但也不会逃出远定县界。败将几次与他交手，深知这一点。"王文招道："那就好，我就不信一个师消灭不了小小保安团。我一个师始终集团不分散，量他娃娃磕破牙齿也啃不动格老子个！"

上次活捉王三春团的法子是不能用了，邱大耿他们返达小城时，好悬啊，永兴正在调动部队。

东边，王文招由王三春开路竟然走老路，怕中埋伏沟里大路不走钻山林，东挑西选寻迹可行之径，一路顺风来到西口汇集。若不汇集西口，绕过左右险峻重叠的大块头山，岂不南辕北辙去了？

过了西口，三千人岂可一字长蛇一路而行？王文招下令："各营择路而行，包围县城！"漫沟漫梁的国军如蚂蚁般开始运动。王三春道："师座，还有二十多里路，我敢说，我早就说过，肯定是座空城，肯定早撤了！"王文招挥手道："我连这点都想不到，还能混上师长？城是要进的！"

"嗒嗒嗒……！"机关枪响了。

叫你随便进城骚扰百姓？没礼貌！不就是来找我们的吗？距西口约百丈远的黑虎梁树林边，忽然出现百多个穿正规军服装的兵，一挺机关枪向天一排射击，似乎在喊话：给我回来！我们在这里！你们若是敌人，我们的枪口可就向下了！放一排枪，随即有人手举纸喇叭喊话，大概是李县令用过的那个纸喇叭："我们是黄一甲团，回故乡保护生死之交李县令的，是来打李县令的先过我们这一关！"接着又有一个穿民服的年轻人拿过话筒，身旁有石牛、百鹊。喊道："我就是李县令，三少年中的福娃，想逮我就看你们的本事！"话音落旋即入林。

王文招道："命令部队停止前进，暂缓进城！什么黄一甲？他就是那娃娃县令？"王三春道："听声音、看样子，那人到像是李县令。"当初黄一甲名气小了点，王文招不知黄一甲。王三春与黄一甲交过战，但他从未在师长面前提起过黄一甲大名，那是他的隐情，既是隐情能隐就隐。但而今眼目之下，军情的需要，多少还是透露一点。"师座，黄一甲回来帮李县令不是不可能，原来我……我当山大王与黄一甲打过交道，晓得这一点。"王文招吼声道："岂有此理！找见不如撞见，王团长，该你出场吧，冲上去看个究竟！"

王三春得令，又给三营下令冲锋，二营就地火力掩护。黑虎梁守军见状，刘参谋说："敌情已明，既然是这样，那就没什么客气的了，战斗从此打响！炮兵，给我照人多的地方学着打一炮！只打一炮，要勤俭持家过日子！"

轰的一声，炮弹飞向王三春的二营，打了个擦边炮。王文招道："哼，格老子个没轰你，倒先轰起我来了，你那炮还是我的，不嫌羞，不要脸！炮兵，趁三营还没到山脚，给我向山头一炮还十炮！"

这可不是闹着玩的，十炮呼啸飞去，山川回音都来不及缓过气来，撞作一团，黑虎梁松林滔滔，松断风惊，这气势，刘参谋他们还是头一回经历，纵有密林替死，也有三战士受伤，医护兵阙一芯赶紧包扎，幸运腿皆未受伤，还跑得动。山坡树林中，依靠树木的掩护，十个神枪手、三挺轻机关在前，开始射击了。春娃子叫道："队员们别慌，沉住气，瞄准了再打，是龙是蛇就看你们的了！"

王文招十分奇怪，怎么自己的兵一溜一溜倒得那么整齐？我方的弹雨比对方密得多嘛，怎么对方的子弹就钻空子过来了？在世故政治者心中，生命已不是诚可贵的生命，士兵只是用来游戏对弈的一颗颗棋子，强者掌控弱者的命运。王文招道："再加强火力！"

五挺机关枪扫了过去，王三春的第三营已冲到了树林边。刘参谋道："交替掩护，撤！"

黑虎梁射击的枪声很快稀疏，敌第三营胜利地冲上黑虎梁。"格老子的，是小股部队，至多一个连，去报告师长！"

王文招接报，道："难逢难遇，王团长，命令你团追击！大军随后！是真是假总有格老子碰头的时候，充其量那娃娃就那么点兵力。"

这人世间就有不为个人而活的人，王文招就是为党国施政而来，来消灭永兴。

东边王文招师被刘参谋率一个连接住，西边，一营长郑勇率一个连早已飞速去迎接黄一甲，生怕怠慢了似的。与刘参谋一样内含十名神枪手、十个攀爬队员、一门小钢炮。石牛随刘参谋，大大同行。

成群的老鸹、鸦鹊早已忘却了刚受过枪炮声的惊吓，呱呱、喳喳，飞来飞去，仿佛在喊：跑啦，跑啦，追呀，追呀！

不知出于什么心态。

第三十四章　牵线搭桥

（一）

风来了，云来了，风云际会来了！

按计划，河妹随县府官吏撤往龙兴区，由尹天应负责安排、隐蔽，同时开展工作。河妹死活要随永兴一路，这回说啥也不分开了。将士们说："就带上吧，有我们。"永兴也就点头。郑勇是邱团长当初从汉仲带来的一个班长，此人个头、长相似石牛，沉默寡言，踏实肯干，被提为营长，军练评比第一。但机智、独挡应变能力恐怕得有人带。

郑勇率兵赶至八十里外的二里岭坡下，听见岭上一树林掩隐人家传来唢呐、锣鼓声，不知是喜事或是丧事反正有事。但那锣声却太过离谱，报的是敌情密码。连续五响间接一响，表示有敌情，稍息一响间接连续十响，表示有千多人。郑勇下令："康连长你们火速上岭！我带两人去赶赶酒席！"

这家人三间大瓦房，一看即是新修的，旁边还有破旧房陪衬着。郑营长上来这家，掏出记录本翻了翻，道："你们这里的乡长名叫贺千仁是吧？"客人中闪出一人道："我就是！可把你们盼来了！这个的时候，国军恐怕在岭那边还有二里路就到岭上了！"郑营长边揩汗水边递军官证说："请验明正身！"贺千仁说："不用看证件了，我认得你。这是夏家，本来接媳妇还有半个多月，这个的时候，但我们说服夏家提前办喜事，这样借敲锣打鼓作掩护报军情，这个的时候就理所当然了，免得国军怀疑找我们麻烦。"郑营长说："做得好！"

贺乡长受到表扬更来劲，一挽袖口："要我们做什么，这个的时候，请郑营长下命令！这个的时候，我最喜欢听命令，来劲！"客人们紧张而激动地附和道："是啊！"这贺千仁精神可嘉，就是啰唆了点。郑营长说："正好酒席锅灶现成，那就给将士们送些吃喝。若国军问，就说三少年，嗯……李县令带的一个连！"

"啊？李县令来了，只带了一个连？"

二里岭似乎并不喜欢众生残酷厮杀的热闹，因为它拒绝厮杀者对它的地形给予良好哪怕是将就的评价。这里太短的滚梁曰之为岭，连着左右两边两匹前沿山峰，峰腰有路峰下无路，大沟深壑望而生畏。峰腰小径弯约二里，尾巴甩向不知处。两山峰尾后又是隔河的大山。此岭大山为背，身后仅有一自上而下的小小山脊有杂木林可藏身。无险可守无居高临下之势，峰腰小路相对二里岭反而逞居高临下之势。

郑营长上得岭时，国军已弯如长蛇摆尾，身处峰腰小路了，这情景郑营长他们只能见首不见尾，就是颈项也看不到，要得尽收长蛇于眼底只有去对峰而望，那也来不及也不利。这些个国军不知为何也够辛苦，远道而来抬重机关扛炮筒爬山路。队伍中，还有一个久别故亲的人回来了，他即是李永兴的隔房哥哥李永富，虽然依然未混出名堂无足轻重，倒也在康安市讨了个正式婆娘，能随军征讨堂弟李县令，是他军人职业化了抑或说根性低劣？

贺千仁领着一路老乡，人熟地熟，爬溪沟刨荆棘，将吃的喝的隐蔽送入林中，将士们压瘪嗓门脸带笑容说："谢谢啦！"有个大妈同样压瘪嗓门捎带兴奋神圣的语气道："娃呀，你们又是

263

为了啥？我们这又算啥哟！"将士们三下五去二送入口中，老乡们又快速悄然而去。杂木林中竟然显得从容不迫，地利人和。

蛇头伸过来了！

"啪啪！"

杂木林中主人主动迎客了。国军若听不懂这枪声是招呼之意那就别丢人现眼，啪啪回了两枪。

康连长现身杂树林边，手里也有个纸喇叭，像背书一样高声朗诵先生教的台词："你们是哪路国军，不毛之山，偏僻深远，无光临价值，无择路之必要，既来之定是无事不登三宝殿，来此何干？是过路我们送客，是打群架我们奉陪，请长官出面讲话！否则我们不会让你们过去！"

国军没有回话，似在向后传递信息。不一会儿后面上前几人，其中一人发话，却没有传声筒，喊话费力多了，但他们却有了望远镜。与北边的王文招一样，还有了团级电台、营步话机。

"听好了，我们到远定县执行党国……党国政策，识相的跟我们配合……"

杂树林边一太过年轻的人闪身而出，身着相形之下的民装，拿过纸喇叭，打断对方的话道："黄一甲团长，故人回乡，劳师远顿，未失远迎，看来你们应该称为还乡团了！"康连长喊话的语言风味竟与这人相似，看来这人就是先生，幕后主使者。

国军出面人惊笑道："哈哈！你是李县令吧？几年不见，你成了帅小伙子了，还是少年老风格，黄一甲不忘旧交情，这边有礼了！"言罢一个军礼。又喊道："三少年咋只你一人来？"

"我们来了！"

林中闪出身着民服的石牛、百鹊。石牛晃了晃飞锤，吼声道："黄团长回乡探望，我们哪能失礼呀？嗨嘿呀呀！"看来这个永兴不是冒牌货，百鹊亦是正身，只是石牛是冒牌的，永兴之所以现真身，当然是因为黄一甲熟识他，亦出于战术需要，一举两将就，而非一举两得也！黄一甲本是随意之问，没想到三少年真的出现了仍旧粘在一起，"呃"的一声反觉意外。仓皇之下抱拳道："幸会幸会！那李县令身后女子又是哪个？"

足以以假乱真的假石牛回话叫道："她是李县令的那一半，懂了吗？！"

无论巨细，永兴似乎已成为大师级导演，演员们也成明星了。黄一甲赔笑道："都成人了，想必都成家了，恭喜恭喜！"黄一甲倒不全是奉承，一半带有真心感慨。

嗨！这两家倒不像来打仗的，久别重逢有说不完的话，毕竟世上大多数人是有感情的，曾经的同舟与共，黄一甲并非十恶天性，这情形怕是打不起来了吧？

还是永兴先打破僵局，喊道："黄团长，谢你恭喜，礼也见过了，但你恐怕善者不来吧，你如果是因我远定县均田地之举而来翻案，我们道不同不相为谋，那我们只好刀兵相见了！只是你的兵要为你无辜地丧命了，你是客，你先出手吧，我们要撤了，县城让给你了！请你不要糟蹋百姓，要找冲我来！"

这仗打得多么斯文！

能平和下来吗？该来的必来，众生心智的纠结难解。永兴一脸的无奈饱含悲怆之情，挥手大叫一声："撤！"闪入林中。

这坡上杂木林虽小，挤一点隐身一个连还是能将就的。大自然的树木哟，自古就是战士的生存依附神！

黄一甲一咬牙："弟兄们，还担心找不到他们，难逢难遇，他们人少，逮住李县令就事半功倍，解决了大问题，给我打！冲！"

翻脸了！黄团前锋机关枪、步枪弹企图覆盖杂木林，只恨山路窄，蛇形山腰中的炮只好就地支上两门轰起来，挡住了后面的国军，大大限制了国军的火力优势，只能算初次小小的接触。这哪是打仗的地方？施展不开。打仗还得选个地方，死人坟墓还得看个风水地。待轰轰的炮弹钻入树林时，保安连已神速钻出树林上了山，脱离了机步枪射程，国军钻入了杂木林。

"嘀嘀嗒嗒……！"

这时，杂木林靠县城方向的大山腰、小山梁两处军号嘹亮，中气十足，遥相呼应。黄一甲第一感觉是，李永兴与远定县保安团倾巢撤离了县城，看来只有就汤下面，打！已无进城去的意义。机不可失！却是饥不可食，国军还饿着肚皮呢！只是凭一时的精神冲淡了饥饿感。但军号响后再没什么动静，就有些令人莫明其妙了。不是通知阻击就是逃离。

那号声国军听不懂，不知音。太离谱，同样振奋人心。

黄一甲觉得想进城也不那么顺利了，有得打，只有打！但从何打起？要得打，只有而今眼目之下看得见的李永兴带的一个连，而且是抓住了重点，国军军官们就这样临场判断着，只派一营兵力去追吧，其余大队人马杀进城去，又怕这一营被李永兴一个连啃掉，黄一甲对永兴后怕不是没有道理的，只有抱团而追。况且他们是干什么来吃的？不就是为了来整李永兴灭保安团吗？这西面的黄一甲与东边的王文招倒是心有灵犀心心相印，难脱常规思维定式。若东、西两面皆暂时舍弃而入城，一则东西互通，二则抱了大团，远定县那点儿兵力一时还能啃得动这个大馍馍吗？双方都将耗下去那将是对耐心的考验，孰胜孰败还难说。但耗不起的应该是谁？

追击的枪声那是盲目的，但总是能够看得见保安兵的后影。是保安兵体力不支还是故意？追呀追，大军追小军，追上白草岭了，那是远定县高山的高山之巅，地势反倒缓如丘陵，一条高山小溪分两岭，溪边平坦为农地，两条常路各靠山边伸曲。这地势国军想打，保安军想不想打？冷风习习天晚晚，国军反倒体力不支了。而保安兵很是体谅国军的苦衷，亦放慢了速度等候。

追击的炮不时响几声，永兴是那么无头脑之人吗？时刻挂怀、防备着那比麂子的速度要快万倍的厉害家伙呢！纵然你有世上顶尖武功，总也是凡胎肉体不堪一击并非有仙佛之能也！永兴当然明白如今自己的修为才几斤几两，更不消说凡夫将士了。国军想埋锅造晚饭，又怕放脱了目标，还不知李永兴的主力在捣什么鬼？先前山下对方那两处军号声幽灵般如影随形，国军只好边吃干粮边追，这当然得大大减缓速度，催工不催食嘛，常理通天下，生理不分人，体力也得以在进食与缓速中有所恢复。战争破坏赖以生存的身体，而先破坏生活规律。

早些时候的枪炮声早已惊动了地广人稀的百草岭高山之丘的古朴宁静，居住山边沿的保丁铁伦兴大感稀奇，精神振奋，开天辟地以来头一回听到枪炮声，而且声音越来越近，你说兴奋不兴奋？竟不觉那是危险来临而是热闹。其父就是换的保长之新鲜血液，那自是永兴政纲的铁杆受益者拥护者，拿起大锣，哐哐声一丘传一丘，老百姓立即放下手中活坚壁山林，那是聪明的郝乡长，原特工队员早已发挥性教导演练过的。

不远的郝乡长立即跑去铁家了解情况，并隐蔽观察。却见两号兵急到，就敲起大锣联络信号。两号兵果然听懂，吹号回答。"是我们的人！"郝乡长兴奋地现身接待，交流情况。片刻，又见郑营长大队人马急速而来，后面还有几个老乡，是贺千仁他们，急下去招呼，见礼询问。贺千仁一伙四人见保安连向百草坪撤去，就吆喝几人隐蔽跟上去。"你们来干什么？"贺千仁兴冲冲、气喘喘道："来……来帮你们，这个的时候，我们……人熟地熟，总有用得……着我们的时候！"

时间是战争宝贵的东西。永兴望了望此地形势，还来得及从容一笑，临场发挥性吹奏吹奏对原计划有益无害的插曲，安排道："贺营长，再次化整为零，只派一个班在黄团前面晃动引诱，做得越像越好，其余的以两号兵为准分成两部分散布在小河两边山丘林中，那边郑营长，这边我带队，听我这边号响，一齐

267

开火，打了就跑，由带路人绕道隐蔽去钻天坡集合。二位乡长，那你们就另组织人过麻口山，去五峰山漆树岗联络前方的军情，火速用大锣传信，具体问题郑营长给你们解释。"乡民们大叫："好！"

军为民，民拥军，如龙游大海，不再显得孤立。老百姓的作用你不可替代。

百鹊的镖暂时用不上就拿杆枪，腰别手榴弹，与河妹随永兴左右。河妹拿杆枪不再那么斯气了，跑路亦跟得上队伍，那是县城山上修工事、云雾山爬索锻炼的受益。还有众军士的特别关心，拉一把，推一下。谁不想触摸触摸她那天仙般的手感呢？通过手传递到心里，那感觉好受好受，热乎乎的。河妹，这些未打过仗杀过人的正常人，心理很快得到战争洗礼，人的概念已变了质，那是敌人。

国军蜂拥而上百草坪，有路走路无路漫地而进，轻重机枪向左右山丘林扫射。延伸向前轰一炮探探，只听前面有人动枪响。指挥官下令："吃东西，放慢速度，边吃边前进！"国军多么希望李永兴停下来好好干一仗呢？就这样跑，打个球呢！

"嗒嗒嗒！""啪啪！""轰轰！"岂能让你们消停！两边山丘林中两支军号的突然冒响，康连长叫一声："喊冲杀声，远距离投弹手，一、二、甩！"一时冲杀声、枪声、手榴弹爆炸声两边感应出手，十个神枪手依托岩石、树木沉着射击，你说战场上该瞄准谁？命运随机。

这不像要大干的气氛吗？巴不得你这样做，黄一甲高兴道："正合老子心意，捉了你李县令先顺便回回大拐山老家，把租地先给老子收回来！"

"炮兵，向他们猛轰，同时冲锋！"

间不容发，待国军洒满两边丘林时，就伤员一个也无，只有正前面拐山脚处有枪声。而国军死伤超一排人。李永兴这边有十个神枪手、神投手嘛!

这黄团远征军,不知战场伤员怎么处理的,半死不活的就丢下他们吗?牺牲了的倒不说了,一了百了。

(二)

腊月,是火辣的,冷得辣,军情辣。天不见漫漫雪,地有处处冰。不过这与军事双方无大碍,这地方又不是寒带。

东边。王文招国军师追击假李县令,气势比西面大多了,嗵嗵枪炮不断,撵麂子似的急追,也得放慢速度吃行军干粮。同样的问题是,无论这个李县令是真是假,总也是条明确的线索,纵然你把我引入龙潭虎穴,你只有那么个充其量称为一个加强保安团,武器不如我,远定县山水再怎么深就那么大,跟定你这条线总会找到线头的。王文招他们是这样推理的,总比一无所见而抓老百姓盲目拷问来得简捷。分析得倒也条条是理,然而人的头脑思维素养的局限性,这些粗脑的国军军官思维方式一开始就错了,理有歪理、正理,大理、小理,局有大局、小局,事理有序无边,就看你执着的什么问题。若你王师弃将灭卒,无视永兴一人及保安团的存在,铺天盖地下乡捣乱搞土地复辟,那远定县就会被搞得天翻地覆,动荡起来,引你李县令保安团主动现身,下乡来平乱打我,你还穷于应付,不就化被动为主动,一举两得省事多了吗?但这敌我双方、百姓皆会耗下去。都想快刀一斩首要,讲效率,这是军人头脑的一般思维方式。而间接的下乡颠覆是永兴的软肋。

永兴最怕的就是国军弃他而不顾,直接下乡间为难老百姓,首先搞开了土地复辟暴行,来个釜底抽薪。永兴每念至此便会心痛。那是一颗为苦为难的慈悲心啊!莫道还是少年人,有智不在年高。若舍大义弃广大佃家百姓利益而不顾,只求自保性命与地位多么容易？那只需一转念即可。然人世又有多少智者为信念慷慨赴义！

若即若离，主动东迎西接国军，生死相连，一气呵成，使国军的注意力始终放在军事斗争上，放在他李县令保安团身上，死死牵住国军的牛鼻子转，以免其为害百姓。从而也抓住了战斗主动权。试想东西五千多国军散布全县遍地开花捣乱，那是多么难以对付、控制的局面啦！不但广大佃农遭殃，他永兴将疲于应付，处处被动了。所以只有主动及时东迎西接粘上国军。小城小河边永兴的时而摇头、皱眉、开心抿笑就是在整理乱麻。

永兴的思想路线爽爽地得到了同僚们的赞同。三对真亦假、假亦真的三少年出现了，东迎西接最无战术可言之军事行动是他们的第一步。

东边，王文招挥师猛追刘参谋连队，哪里知道这些个不入流的保安团兵比他正规军训练有素多了。几乎处在黑虎梁同一起跑线上，就是缩不短距离，就是在枪炮射程邻界处，欲中不得，人家沟坡山峰地理又熟。追至一不宽的山崖口，见一溜穿正规军服装的敌军如摆尾般正在转弯。王三春团的先头小军官叫道："好哇，总算露出毛狗（狐狸）的尾巴了，快，逮住他们的尾巴，连身子、脑壳给我扯回来！炮火延伸拦截！"

但你就地安炮架子也得要时间啦，咥咥两炮倒是飞到前面去了，效果就难说了。同时向两边山崖盲目倾泻一个连的火力，常识性防范扫荡，这种打法也够奢侈的了，士兵们放心大胆显摆亮相姿势，出手大方，好玩儿！

保安团是玩不起的。你看人家是怎么精打细算过日子的？当国军两边山崖的弹火扫荡罩护下冲进崖口，被追击的"国军"并未奔跑，突然原地起立现身抢先机，三挺机关枪弹带上百十个单打泼出，来个十丈近距离多实惠？几乎撞了个满怀，容不得你抢先，冲前的国军如割草般倒下。第一轮抢得先机的扫射还未收手，百十个手榴弹用得上了，一齐飞向崖口，轰天震地，血肉混飞，生命随遇而安！须知刘参谋这边有十个远程神投手，每人两颗手榴弹刚出手，人就跟上去了，像要前去追回投出的手榴弹似的。杀声震荡，他们自信肉搏战占优势。石牛这下可有用武之处了，在热兵器的掩护下，如虎入羊群。蜂拥而进的后续国军依然来了个蛮办法，火力覆盖两边山崖罩护，催动整师冲崖口，这么多人淹也把你淹死！

王文招观察道："格老子个好哇，原来选了这么个地方想跟我斗，只要你不跑就成！"在战争变态的心理中，生命如洒出的一把石子而已。

国军不想过崖口也不成啊，山崖只不过大山的一块骨头，它的身躯大得很呢，这匹匹大山，山骨嶙嶙随望眼，峰回路转难回头，能让人想怎么走就怎么走吗？稍一错脚就南辕北辙了。刘参谋他们立时就撑不住了，望望最前面浑身溅血的石牛大叫一声："石牛断后快撤！"

但已撤不脱了。粘上了纵然你跑得再快也跑不过子弹，那可不是福娃。

王文招最初挥师追击时，春娃子的十个攀崖队员使出尽可能的体能极限，远远甩掉了身后的敌人也甩掉了自己人，抛爪套索上了崖，树虽不密总也多，岩窝崖背总能寻得隐蔽处，除非命该绝。

男女有别，训练有别，大大久经训练勉强跟得上速度，阙一芯可就惨了。攀崖队员上了崖林，眼巴巴盯着来路万分焦急，此时谁不焦急那可真叫看破红尘了，"快呀，阙姐姐呀！"高崖上的大大急得要哭了。春娃子为执行任务又不能带着阙一芯跑，只好在崖下等。黑虎梁起点接火后，阙一芯包扎了三个伤员，刘参谋叫道："春娃子，叫医护兵立即先撤，免得掉队！"春娃子在射击瞄准的刹那，分心二用憋住气轻轻地却是急急地加了一道夫

271

妻令:"把医药箱给我留下,阙一芯你空手跑!"难道这种时候还能慢条斯理地说,亲爱的,你先走吧,路上小心哟!

如长跑比赛般阙一芯眼看着队员一个个超过了自己。当阙一芯奔死奔生到达山崖终点时,一头"摔死"在春娃子怀里就什么也不管了交给你了!春娃子热泪盈眶,心灵在升华。是的,我是你安然的墓地,天塌地陷,生死一起,谢谢你的信任,你我是夫妻!

人体素养的参差悬殊,阙一芯差一点儿就节外生枝拖了后腿。

十个队员的任务是:崖口肉搏戏演得再剧烈,死活当观众,该出手时才出手!

何时该出手呢?"石牛断后快撤!"刘参谋的吼叫引起的异动就是时候,出手的时候到了!截断后军,掩护战友脱身!

十个人,行吗?大大的神射首先指向了围斗石牛的敌人,连扣扳机。这时,撤退在前的号手拐过山背梁将冲锋号嘴堵在了嘴上,激昂的号角,国军以为前面保安团的大队援军到了,却见第一批十颗手榴弹横着布点,竟形成一道直线一齐自天而下,封住了九丈来宽的山口,这是要讲究技能与配合的,比那乱扔效率高多了。突如其来的爆炸段无人能迈得出向前的步伐,决堤的峰流被阻住了,国军懵了头,那对两边山崖火力奢侈的扫射,不是检查过了的吗?春娃子在把握投弹时间争取时间,一气呵成这时不能用,哪能够争取多少时间?春娃子口令道:"各负其责,第二批,甩!"第二批手榴弹重复,国军前涌的队伍就被实实在在分成了两段,身首异处。断首处前面,国军一个连已经八去二进一,剩下的不敢再黏缠冲杀,他们也没有那种战斗动力、精神。虽然要算计弹着点布控,但每个队员七颗手榴弹那是毫不吝啬的,七批次七十颗手榴弹舍身扑地慷慨就义,挡住了国军后续用现代的计时法五分钟,不过这就足够了,石牛断后已抽身山背梁那边，全连按原踩线路攀援溪沟上山，前有隐候的老乡带路。打一仗是为了给国军一个好印象，给你投下种种判断的信息，还要带你游山玩水多打几仗，消耗你弹药。

山溪沟中，刘参谋向前叫道："弟兄们，好样的，第一仗你们就成了老兵油子，没一个人死！你们得感谢平日对你们的苛刻训练！"

刘参谋是安全地撤了，春娃子他们可饱餐了一顿炮弹，国军铺天盖地空投给他们，山石飞断，树折风狂，打得春娃子他们鸦鹊无声，没喘气儿了。

春娃子他们同样来熟悉过现场，在国军逞威的第一时间，"撤！"阙一芯已恢复体力，早一步撤上了一片偏崖处。这段撤退路线直径不过三丈，实际弯拐攀爬到达需行八丈之途，以树木、山石为标记。队员来到偏崖下，方才有暇咀嚼一下灵魂震荡的洗礼滋味，激昂慷慨油然而生，生命因赋予意义而觉得自己神圣起来，从此换了心境。嘻嘻呵呵，反倒欣赏起肆虐的炮啸声，那飞来要他命的炮啸声。"有没有人受重伤？"春娃子见有五个队员头、手、身淌血，问道。队员们齐答："没有！""赶快包扎一下，没受伤的抛飞爪上崖顶，准备拉阙一芯！"王文招似乎过足了炮瘾，催师冲过山口，踏着士兵的尸体，甩下自生自灭的重伤员，追踪不舍。又为了什么？

西边，永兴带着黄一甲起式就走的上三路，在高山之巅转悠，同样可找到攻守张弛的埋伏点。天黑下来，三山丘林一站一站传来哐哐大锣声，那是郝乡长的人报信：黄团在宿营。

康连长、郑营长建议说："左边那地势还可以，设他个伏怎么样？要不李县令你带人去偷偷营，毁他几门炮！"百鹊说："福娃哥，要得，带我去！"永兴笑笑说："不急，我现在还舍不得打痛他，你毁了他的炮，他拿啥家伙用？还有用处呢！人家全部人马捆在一起，吃干饭的？毁炮谈何容易。我们只没负担地随便打打，消耗他弹药，到时候再说。他们休息，我们吃饭。"

腊月。冬寒。高山。冷。

夜更冷。蜷缩于军用铺盖中，哨啸风，茫夜天。安静下来的时候不知双方玩味过什么人世至理。

黄一甲也听到了大锣声。规律性的现象终于在他脑子里形成了条件思维。有古怪！心中转了转，得意地一笑，笑自己聪明了一回。

翌日黎明，双方吃饱喝足，准备行动了。永兴他们又听到了最近一站的铜锣声，但方向不同，从左方山脊传来，那锣点告诉他们，敌人有一个排到来。康连长说："吃了他，大馍馍啃不动，小馍馍啃掉一个是一个！"永兴略一犹豫，豪气起来，说："去就去！"

当郑营长他们运动上了山脊时，发现前方最近丘林中轰地一炮飞来，爆炸在山脊边，炮弹片、石片兜头如下雨。黄一甲干大了！吃苦了，因为他放弃休息夜间运动，他要反过来利用锣声谎报军情，大部队设伏。化被动为主动。这世界事物就那么不严密，机械又太过灵活，你运用他也可以利用。

地广人稀，哪里去抓敲锣人？派出去的兵找到一山凹院落，正见一山民从丘林边向回走，一枪过去，山民中弹难动。黄一甲小运程不错，只怪这山民贪家，干吗要回去取东西呢？麻绳从细处断。山民被俘，往来不到一个时辰，被带回营地。

"说出打锣人来，饶你不死，还给钱钱！"一大包银元晃了晃，发出叮当音乐声奏。

"我就是打头锣的！"

啊？

这大出意外，大有福降若惊之感。

"好，好，"黄一甲道，"我是黄一甲，想必你们都听说过我，说说你们的锣声有么子古怪，再给你一拓钱钱！喏，给！"

劝情般把钱包塞进山民怀里。

这世间处处有不顾好歹，苟且贪生的人，虽然这山民亦是均田受益佃户。

他招了。"好汉不吃眼前亏"与"舍生取义"，他取了前者。

黄一甲觉都不睡，催夜行动，终于达成包围伏击计划。

望远镜中出现了李县令的身影。"开炮！"

人，只要愿意往一起碰，就会有事。

"撤。"如涉足深潭，试险即缩脚。永兴并不惊慌，随和的语气，艺高人胆大。

轰轰隆隆，黄团的炮兵连终于有了第一次登台发言的机会，隆隆炮声本应该有应必回的回音在这高山之巅找不到碰撞的知音，只能飘散于高天远去。不过，这声势浩大的炮声因此传得很远很远，天仓山人就听到了。

好险啊，永兴他们刚刚离开的山脊，想象不出那还能活人！撤退不到百丈荒坡林中，右方长沟、侧后丘林、头上方山岗三面枪声如放鞭炮，后边炮弹兜尾压缩。永兴喊道："我开路，百鹊与神枪手断后，照顾河妹，弟兄们随我杀出就是！"

"投弹手，远距离甩！"一阵手榴弹飞向山岗，紧接着两挺机关枪火力开路。永兴道："行了，注意打两边，我去也！"使出神幻之速，手握最原始的冷兵器短木棍，冲上小山岗，风驰电掣，到处敲打，只有他的份无对方的份。追随的将士们打得就方便多了，随永兴开辟的通路杀出了重兵包围。然后拐进沟，上大山岗隐蔽待敌。

冲出了包围，永兴说："你们先走，我去接百鹊、河妹！"

河妹他们很快来至，永兴拉住二人手说："来，我用神速带你们跑！肯定好耍哎！"二人果然脚下轻飘飘地，像被永兴悬空提起。河妹笑意满面，一边喘道："福娃……哥哥，我没给

275

你……丢脸吧？"

有利就有弊，黄团有炮重本来就跑不过保安兵，当他们又将主动性丧失，被动地追击三里路时，永兴已在大山岗石头上坐着，拉着河妹的手大冬天煽凉，给将士们上军事课了。

"我就感到锣声不对劲，"永兴操纵着依然可见的酒窝笑谈说，"我不是没想到会是陷坑，但我们冒险一下是有必要的，我们就把他们牢牢粘住了，给他个信心。只是，嘿嘿，演戏的不急看戏的急哎，我替他精打细算，好钢要用在刀刃上，可他不领情哎，那么多炮弹不省着点儿用！"将士们哄地一笑。康连长说："跟你打仗，我们心里踏实，死也甘心！"永兴道："花儿还得绿叶衬，众人拾柴火焰高，我一个人行吗？"忽然左顾右盼，一脸沉色道："有阵亡的、重伤的吗？"

康连长说："阵亡八个，轻伤五个。"

永兴低下头，无语。

"回头叫父老乡亲把烈士安葬。"他说。

第三十五章　玩笑大啦

天仓山李县令家，收养儿春喜牵上牛羊儿上了山顶边，一路唱起了土腔土调的山歌。"姐的那个包包耶，是一座阎王殿，哥的那个棒槌耶，顶呀么顶上天，姐是木者河的水，哥是河边天仓山。姐姐洗呀么在洗澡耶，哥哥看呀么看瞎了眼！"

这牧场就是当年沈秀才挥锄翻地、挥出一首打油诗的地方；

这山歌是永山娃当年唱的歌，春喜的耳朵听熟了。

天仓山，天仓山，
云吞雾吐不见边。
巴山为老大，
我为老三。
米香滔滔送东家，
穷人只沾边。
只有景致拿不去，
是共产，是共产。

前赴后继，福娃不放牛羊了，春喜该上了。

站得高，听得远，春喜总是听到木者河上游左边远远的高山顶有轰轰的声音，闷头闷脑。冬天了，是打雷下暴雨吗？望望那山当空又不见乌云结集亦无闪电，很是纳闷。

他哪里知道，这是他老子李永富所在的国军在打收养他的李家哥哥福娃呢？而且是炮打，群炮齐轰。他老子真该天打雷轰，轰开他的脑子，开开窍。不过这闷雷声没响多久就不响了，咋个不响了呢？春喜还想听。直到收牧回家，他还在想念那声音。战争给人制造壮观，灾难给人制造惊奇，听的、看的人往往还嫌不够刺激，愈严重愈够味，而当事制造者却没那份浪漫，是痛苦，是淌血，是挣扎。这世间事理就这样邪门。

"爷爷，我听见……"春喜进门就找李春玉讲述见闻。李家人去院坝边张望。

嗨！也真是，时过境迁，只能想象。李春玉也没听过炮声啊，听过一炮也行。

由一个个人组成的县政府撤迁到远定县后院龙兴区，沈欣阳带子，被安排回天仓山顶暂避，带子要紧。沈欣阳可谓去也匆匆回也匆匆，不回娘家也罢，一回就接一连二。心有所挂的沈欣阳更有理由听到远山之巅的声声闷雷。不过她立刻意识到是炮声，随从及沈家人齐一起张望。

"天啦，福娃弟弟他们打起来了！"

"听那阵势，不晓得李县令打不打得赢啰！菩萨保佑！我们又缺炮。"

"不晓得娃娃他爸现在在哪里？"沈欣阳摇拍着娃娃，对娃娃说，"去给李家爷爷报个信，好不好？"

"我去！"沈欣阳的随从说。

随从来到李家。

当李春玉证实了那是群炮齐放的音响效果，再次去院坝仰头张望，一言不发，两颗老泪悄悄揩掉。

那心情，谁不理解？

多次的嘱咐，自幼的谆谆教导，引以为傲的老九啊，眼下你会怎样啊。

沈秀才给沈欣阳派两随从并非显摆达官贵人派头，而为一举两得，同时关护县令父亲一家人，当然给了薪水的，亦是尹天应、邱团长的意思。

远定县府举县而至，信任给了尹天应巨大的精神力量，而因此带来的一应麻烦、负担冲击就显得何等次要。

谁说文官只有被保护的份？人家打得死去活来你却无动于衷袖手旁观？

"这样不行！太被动。"尹天应思量。

"这样不行！应该有所作为。"沈秀才在考虑。

相同的思路上，人相碰，撞了个满怀。

"既成事业在此一搏，人生在此一搏，但这事难在花工夫组织！"

"下大决心吧！事业在此一搏，我人生在此一闪光芒！"

房舍中，二人私下密谋，然后公开，召集会议。

带上十万火急，二十个信任天使一日后飞赴远定县各区，清一色佃人骨干积极分子。

此后，李县令始终在高山之巅与黄一甲团藏猫猫，只惹你不打你，消耗其弹药。

所经之路岩石上不时有小幅标语："黄团弟兄们，李县令给了你们家土地，你们还要专程回来打他吗？你们是人不是人？"但黄一甲早有预见换了兵团，家乡子弟兵除李永富带一警卫排外全部临时调包。虽如此亦影响不小。

刘参谋则带王文招师沿远定县边界"参观"了一番，同样的意图。假李县令亦不时现现身，再折身回返。从撤离小城至今已八天，天天有得打。

贺千仁的大锣声从五峰山传过麻口山，传到李县令的耳朵里。单就贺千仁的联络线组织工作，山远路别，谈何容易？几乎拿出了疯了一般的激情，那是当作自己的事在玩命地工作。

密林中，永兴对郑营长说："现在该勾引黄一甲去五峰山漆树岗了！"又忧虑地道："但愿啊！"直想呼唤阿弥陀佛。

阿弥陀佛于此可有另外的说法。

五峰山漆树岗地势坦荡宽阔，东西长约不足三里，南北宽约一里多地，内有东西对面两小小高地，间距约六十丈，四面环山脊，岗南边有一天坑，农人称为旋洞，是水往低处流的天然泄洪渠道，四周林带连山而上。这里无农家炊烟只有过路行者，多年前永兴与百鹊进城经过，不然何以熟习？山脊多野竹林，只有南北面有曲径通幽之崖，四面向外山连山。

王文招用蛮办法疯追刘参谋部，至漆树岗北山下，已只有少数几个保安兵勾引他们，大部已抢时间火速飞行，前去漆树岗。被黄一甲追击的李县令部亦在约定的正午时间到达了漆树岗。

心照不宣，保安兵一声联络号，是久别欲热泪拥抱的战友！

立刻隐蔽行动。

这时，东边国军刚好上了岗边，望远镜里，只见几多天来被追击的自称黄一甲部的国军正在钻入对面山坡竹林。命令部队急速追击。源源不断的后续随前部欲漫过漆树岗。忽地，西边山坡竹林边出现了他们熟悉的情形，三少年之李县令随军现身，分明是李县令单手举枪，啪地一枪射来，像是正式宣战！接着一颗炮弹飞来，国军立即枪炮还击，冲过了漆树岗近西边的小高地。

这时，恰逢黄一甲先锋兵上了西山竹林，抬眼望，那冲向自己的，不正是几多天追击的李县令部队吗？从军装可以看到这一点。

李永兴所率保安连一开始就穿的东边王文招师的军装服式，八天以来给他们的印象够深刻的，何况眼下正在攻击他们，看来是李县令主力在此！机遇难得，正好发挥火力！只不过有些惊疑，哪来那么多保安团兵力？容不得多想，稳住阵脚，算得反应快，当机立断，一声令下："开火！炮兵准备！"

自有将官出来接迎如见亲人般的李县令，去了适当的南山脊高处。隐蔽起来隔岸观火的永兴一屁股瘫软在地，继而一反常态地晃脑拍手欢道："总算达成心愿了！好哎好哎，我这个媒人牵线搭桥没白费口舌，总算把双方撮合在一起，在这里幽会了！"将士们何尝不偷喜？为初步的成功而窃笑，庆祝劳动汗水没白流。

永兴的战役设计思想是，尽量在野外打以免殃及百姓，算定东西两面国军互不知情加以利用，两个假县令、两个保安连牵制东西两敌军，路转峰回至五峰山漆树岗碰头见面，"嘿嘿，我人少武器差，你们能，"永兴如是说过，"那就发挥发挥他们的优势吧，让你们自己先打一场热闹！"反穿东西国军军服是早有预谋的遐思，他见过两边国军服色有区别，这一场导演是少年性情的产物。不用牵线搭桥双方自由恋爱也会见面更容易见面，问题是那样就糟了，问题是要把双方牵引到同一时间、预定地点可就难了。那需要算计时差配合默契，更怕细节额外生枝，一切要拿捏得恰到好处方能成功。从不担心力量的悬殊，什么事都去瞻前顾后，那世界上什么事情也作不成了。

永兴道："现在该看看我们排的戏，戏子们演得如何了，不行的话再点拨点拨哎！"

"轰轰！"黄团的先锋炮不断飞向漆树岗，颗颗有收获，谁叫你人多呢？机步枪层层排于西山头竹林中扫射扑来的王师，差点儿就稳不住阵脚，东边王师的先行炮也发言了，这还是开场白。三十斤羊子拖四十斤卵子——大头子在后头，东西两边的后续国军陆续到达。黄团的炮兵连先一步到位，寻个好地儿抢先发了言，此时不用何时用？早知如此该省着点儿用。后到的王文招还未见识过这阵势，攻击被迫暂停，枪声稀疏下来。

哼，肯定是黄一甲，你娃娃县令哪来那么多炮？还真是来给娃娃县令出头的，那就只有先灭了你，就好办了。你有炮连，格老子个就没有？"炮兵连，找好位置，给老子个找到黄一甲炮连的位置轰了它！步兵同时攻击前进！"

王师炮连后发制人，西边黄团的炮阵地可就饱餐了一顿四川麻辣火锅，顿时面目全非，但黄团炮击王师步兵后，已换了地点。待王师炮火觉得满足停了下来，黄团炮连又发言了，成群的炮弹飞向王师炮阵地，但王师炮兵却留有一手，早已另有预备两炮排阵地安排，会过日子。但率先发言的炮排全体与炮同归于尽。该给同类报仇了，其中预备炮阵地抓住机会锁定目标，来而无往非礼也，成群的炮弹还给你们，打了个实实在在。黄一甲并非一点儿也不会过日子的人，当初跟李永兴受熏陶贼着的呢，已将炮连一分为三，留有后后手，赶紧锁定目标偷袭。好一场炮战！如此你来我往，黄雀在后，如同山娃们下狗屎棋，先出手的占了契机，黄团剩下了一个完整的炮排，显示出了优势。待王师失去炮火威势，集团滚进冲锋到黄团阵前方时，若不是这个炮排，黄团只有败退的份。

西山阵地暂时稳住了。双方似乎都觉得，这才像话嘛，这才是打仗嘛！

五峰山漆树岗的响动，因地理位置，天仓山顶沈欣阳听不到，但李家上山梁拾干柴的春喜又听到了，耳福不错，赶紧吆喝爷爷。五峰山附近相邻的山人也听到了。李家人丢下手中活计，紧急行动起来，爬上山梁，炮声余音还在荡漾。眺望五峰山，耳听山河回荡的余音，全家人一句话不说，直如在默哀。谁都在发挥想象。

还是春喜打破沉默。"爷爷，他们为啥要打我福娃哥哥呀？"

"你福娃哥为穷苦人做了好事。"

春喜不懂。说："作了好事该夸奖嘛，咋个他还要打呀？"

爷爷没再回答。表情凝重，心已飞入五峰山漆树岗。

五峰山上，黄团剩余的炮缺少饮食了，人类发明的间接接触的先进家伙退场了，那就退化一步，用枪和手榴弹。双方打红了眼，王师仗着人众，整连整连在屁股后督战队的监视下一波又一波冲锋，黄团初还可以用机关枪扫射，再就用手榴弹，最后几乎退化到只能冷拼刺了。黄团顶不住了。"撤！"走为上计，不能把老本都赔在这里。伤兵也顾不上了。

王文招师捡到了伤兵。"格老子的，你们也是国军，竟敢大逆不道，帮李县令打我们国军，活得不耐烦了！"伤兵说："我们就是奉命来消灭远定县……娃娃县令保安团的呀，未必你们不是远定县保安军？"

"什么？！格老子的，未必搞错了，那这玩笑开大了！去报告王师长！"

纸，终于捅破了，永兴牵线搭桥，双方见面亲错了嘴，啃得头破血流，大大消耗了军力，李永兴达到了目的。王文招气也无奈了："格老子个，粗心大意把格老子个耍得不轻啊，不报此羞，誓不回师！"赶紧命令道："通讯官，立即通知王三春，停止追击，电台联……联系黄一甲，同时派两个弟兄去联系黄一甲！"这通信技术永兴可没得比。格老子个也来个鱼目混珠，可哪有那么容易，说说轻巧，动辄费功夫，一时去哪弄几百套保安军装？干脆挥师下乡，来个釜底抽薪，收拾佃户人，搅你个鸡犬不宁，等联系上黄一甲，再回头收拾你个乳臭县令！既如此，下令道："占领四面山峰警戒，向前搜索五里，防那娃摸我们的球球，今晚在此宿营！"

一场正规战到日落。没记性的老鸹又从这飞那，呱呱！喳喳！似乎在唱凉腔：亏大啦，亏大啦！

又像在说：县令娃娃，玩笑开大啦，大啦！

第三十六章　老鼠逗猫

硝烟落尘埃，大戏落幕了，落日懒得再看，翻了几个白眼，下山睡觉去了。

永兴牵线搭桥，给双方找了个相会的好地方。可彩礼太重啦，火炮不说，身外之物嘛，黄团虽然编制还算健全，损失三百多人，王文招六百多人。黄一甲胜啦！胜在逃跑。这彩礼永兴拿不起。从表象看，五千多国军消灭区区两千保安团的确容易，问题是我会往你枪口上硬碰吗？

黄一甲团逃跑可就轻松多了，只剩一炮排，不知可有如释负重之感。顺来路一撤二十里地山路，备去麻口山他侄子黄少伯曾经的山寨，再走十几里就到，那里地形好，能退能进，再作打算，这是李永富出的主意。却见后队并未遭追歼，坐下来令话务兵呼叫队伍停下来喘气。万事都有漏洞，这才回味道，远定县哪来那么多兵？莫不是请来的救兵？但这事非同小可，哪个国军随便反了天敢做叛逆的事情？他实在想不到是巧合，巧她爹打巧她娘——巧上加巧，同时间同目的，迎头碰面只能势在必打。队尾忽有骚动，立即紧张起来。步话机传来消息，有两敌兵满头大汗追来要见黄团长。"带上来！"

来兵还未到位就嚷道："上当了，上当了，黄团长，我们都被远定县李县令耍了！电台联不上频率，派我们来追赶你们！"接着叙述来历。

啊？没有人不惊诧。有人悄悄对同伴翘起了大拇指夸赞敌人，神！黄一甲并不惊诧，骂开了自己："早该想到的，他妈的，打起来什么都没空闲想了，他妈的，我又不是不了解他，这么简单的骗法！通讯官，沟通王师长那边的电话联系！"

"后队改前队，迅速向王师长靠拢，"黄一甲这下子反应极快，"当心李永兴拦截我们！"

有智谋头脑的军事指挥者，就是利用事物属性，趋利祛弊，求占上风。

当王文招欲就地宿营，占领四面山脊时，永兴一伙从容溜走，因为这里早有烂熟地形的部下。邱大耿这七八天干什么去了？就在此地研究地形、线路，练搏斗，练夜行，养精蓄锐。并与流亡县政府保持联系，取得后勤给养。眼下，执行东勾西引、牵线搭桥的两个保安连在离战场三里之距的南面后山与主力会合了，远近放上侦察。这里名叫月儿坪。其实到这里根本没路，所谓路，是四条经过整修加工的攀援线路。谁也意料不到屯兵于此。永兴带两汇合连队来到月儿坪，所到处，军礼纷纷，掌声阵阵，脸挂激动，向两支劳苦功高的连队致敬。

"全体将士们，"永兴讲话了，"我们第一步已达到目的，可惜大家没眼福看到东西两边国军这场壮观的大戏，我只能把喜讯带给大家分享，由我们安排的这场戏他们演得棒极了，现在该我们上场露一手了，多次证明，你们已经是出色的戏子，现在，我们要以逸待劳精力充沛之师去打疲劳之师，尽量每个将士解决一个敌人。这场战争，本来与他们的士兵无关，可事实是，你不先消灭他们就过不去这道坎，没办法哎。你们撤退时要装作打不赢才跑的样子，既要听长官指挥，又要发挥机动灵活性，大家吃了饭没有？我肚子饿了！"

"哈哈……！"以逸待劳之兵一一送上饭来慰劳劳苦功高之兵，碗碗有肉但无酒。永兴、石牛、百鹊、大大、春娃子，还有顾铁儿凑在一起了，久别一般，有话赶紧说，抓紧时间。

邱大耿抑制不住兴奋，说："县令弟弟，我还有个秘密不告诉你。"

"那你还说什么？"

"这不等于告诉了你一半了吗？另一半到时你自然就知道了。"接着两手向天，"天助我也！"

"想必不是坏事。"

"出发！"邱大耿一声号令。

再见了，月儿坪！

再见了，战友们！

这回保安团不用再变化，全部以本来面貌出现。

电台频率对上了，王文招与黄一甲搭上了话。

"我们两家损失严重，但只要联合起来，瘦死的骆驼比马大，"王文招说，"消灭了他我们进城喝酒！"

"我敢说，李永兴马上就有行动，"黄一甲的声音，"他不会让我们汇合，请你派兵来接应我一下，你们也要小心，那李永兴贼得很！"黄一甲从不称"娃娃"，至少称为"李永兴"，也算是尊敬。

"好！我马上派兵接应！"

是能者多劳呢或是戴罪之身？王三春总是打头阵，也不问他吃了饭没有，马不停蹄地这又使唤他带一个连去执行接应任务。王文招因损失严重有点儿抠了，只舍得出一个连。保安团要阻拦黄一甲，与其说是阻拦不如说是打援。三方都要抢时机。

这回的分工是，永兴与刘参谋带新兵团阻击黄一甲，邱团长带老团主力夜袭王文招大营，永兴舍不得将训练无素的新兵团投入贴身搏杀。

黄一甲团这时如猎物般被两条猎狗咬住拉扯，而这未死的猎物又愿意献身拉尾者。永兴若扯不住黄一甲回头，邱团长他们将面临重兵包围腹背受敌，这种局面正是敌方期盼的，永兴他们只身涉险一反常态昏头了吗？而阻击黄一甲本身就两面受敌，搞不好就陷入围中之围。

高山冷，天近黄昏，地上已开始冷冻如油，山人称为桐油凛。这次，王文招师由进攻变为防守了。王文招知道保安团有几门羞人的炮，亦知永兴之神速，却不知保安团藏有特战能力。将营房环绕山脚密集排开，临时工事重火器暗布交叉火力于一切可疑之径，岗内空虚，仅在两小高地布有重火器，便于火力环顾照应。要想打到岗内，只有炮弹有这个能力。

新兵团与王三春所率连队都向同一方向同一目标飞行，在八里外的沟梁几乎撞了个满怀，先行遭遇。王三春先声夺人，高喊道："慢着开枪——，我有话说——！"

双方隐蔽待发。王三春喊话："请转告李县令，你们这次的打法就显得笨了，以你们那点兵力要阻击黄一甲又想打我军，恐怕偷鸡不成反丢把米，看在李县令不记仇曾经放过我一马，今天你们打黄一甲我不帮手，只放空枪！我的弟兄也不愿意跟你打，我王三春厚颜失信重返远定县也是不得已！"看来他早已背熟了措词，流利地吐出。永兴答话道："可以理解，看得出王团长说的真心话，本县在此谢过！"

王三春当然听得出李县令的声音，似惊喜又在意料中："没想到李县令亲自走这一路来了。幸会幸会！你们放心我这边，赶快去，黄一甲马上就要到了！"

王三春的反常大出永兴意外，意外收获。不过也在情理中，善因现果报也！大大减轻了新兵团压力。不然将面临艰苦的两面消耗性阻击。永兴才不愿意打这种仗呢，但形势发展大势所趋，意外地捡了大便宜，否则除非不打这一仗，任其汇合，另作打算。但这样就会拖延时间，额外生枝。有可能陷于被动。

永兴亲带新兵整团出战，出于多种考虑。按预定设想，必须邱团长先打响，但先打响的可能性在阻击这边，首先就碰上了王三春，而漆树岗邱团长主力还没有运动到位，要不是王三春出了意外，设想也将出意外，战争大有偶然因素。

邱团长要想先出手发难，除非不讲战术硬碰硬，否则只能等到天黑。但阻击这边黄昏时就遇上了王三春报恩之举，意外的延长了了交火时间。

"嗒嗒嗒嗒……"主力团终于向敌人专设防守重点先行开火了，接着漆树岗四面防守要点响起了枪声。"轰轰！"两门隐蔽小钢炮点名指向岗中小高地。这阵势给王文招一个信息，保安团集中了全部兵力准备与他真干一场。

好险啊，主力团刚打响，新兵团现身的一个连就接火了。永兴率部继续前行不足半里的半里，见一处瓶颈之地，居高临下，树木、大石多多，还未站稳脚跟，黄一甲兵就从对面山梁出现了。说话声就能听见。人未至机关枪弹先行飞过来，显然是怕对面有埋伏。永兴爬在一大石后，两边有百鹊、河妹。永兴大声喊道："黄团长，李永兴在此！"

刘参谋道:"弟兄们,有李县令在,不要怕,不要慌,不要抬头,沉着射击,近了用手榴弹招呼!"

黄一甲最期盼的就是汇合、汇合!所剩无几的炮弹仅打了两发才晓得省着用,杀伤了五个保安兵,趁势催军亮身企图以洪流卷席之势冲垮障碍,几乎以翻一番的火力撒过来,但地势所限。

永兴小觑了这些训练无素的新兵蛋子的射击有效率,大大的欣喜。一个排长吼:"手榴弹,一、二、三,甩!"第一波冲锋势头被遏止,黄一甲与王文招通话了:"王师长,李县令在我们这边,你们是不是赶快挥师过来,合力捉住他?"

"阻击你们的有多少人?"

"不足一个连,听他们后面的枪声,可能还分兵在阻击你们派来接应我的人!"

"我们也遭到了强烈攻击,那就是说,那娃娃县令出动了全部兵力在攻打我们这边!格老子个,我不相信你一个团对付不了一个连,既然李县令在你们那边,就交给你了,这边重担我来挑!咱们分工合作,保持联系!"王文招啪地挂了电话,转身嚷道:"格老子个,叫你一个团消灭一个连,活捉娃娃县令,够轻松的了吧,听口气还想贪我的兵!通知接应的王三春撤回来!打攻击我们的保安团主力屁股!"

保安团主力故意冲撞敌漆树岗重点防守,打得十分认真。但要拿下它有自知之明。不过目的达到了,敌方的注意力一致对外,等待的就是夜幕拉下。王文招料不到的是,春娃子的攀爬队已从意外处坠索而入。岗角林带旋洞里,一个保安连爬上来了!原来,保安团主力在此勘察地形时,一攀爬队班长兴趣所致,说:"这旋洞究竟咋样?我们下去看看!"激情的年轻人一拍即合,带火把而下,两丈余便拐弯,躬身可行,冬日无暴雨,小了艰险程度,一路无大碍,弯曲斜下,眼前一亮,出口竟在月儿坪下小溪。那个欢呼劲头,谁能无动于心呢?这就是邱大耿给永兴透露的一半秘密。敌军的注意力全在防守点，万也料不到孙猴子钻进了铁扇公主的肚子里。

"咯咯！"两声麂子叫一公一母呼应，春娃子与旋洞兵战友联系上了，他们不但趁乱顺手牵羊打击敌人，同时担任意外急救。胃口太大年轻人太狂了吧？似乎不是在打仗而是游戏，竟对应敌各个营房各就各位才下令投手榴弹，一手出二手进三手跟，轰天震地声势胜过炮声。春娃子他们亦趁浑水摸鱼。三排手榴弹砸向敌营，却也不恋战，而顺原旋洞之路撤退已不可能，按原计划向西边山口摸黑扑去。岗内一时大乱，这一仗内外打击，王文昭师再次受到重创。

到处都碰上敌人，悄悄地干活，顾铁儿与石牛走前，摸近敌盲目不停地扫射的重机枪，瞅准火舌，顾铁儿一石头砸去突突声戛然顿停，石牛飞身扑到，操起重机枪环扫两面之敌，密集的步枪机枪弹胡乱撒来，石牛右手中弹了，重机枪哐噹落地，这时外围的保安团主力已知攻击点被己方夺取，急速摸近石牛叫一声"石牛我们来了！"重机枪来不及拾起，操动手中轻机关也来个凭感应模糊扫射。奇兵连战士终于撤出来了，顺着早已摸熟的路径最后一个人跳出了漆树岗，只有轻伤五人。春娃子特战队员见状，仍攀岩而上撤退。

撤回接应黄一甲令，是王三春求之不得的。待王三春到达漆树岗外围时，保安团奇袭连刚刚撤离，已无屁股可打了。王文招气得暴跳如雷："哪来的兵？格老子的，从地底下冒出来的？！"

王文招的判断，正是永兴希望造成的，需要邱大耿那边先开火，让东面国军以为是远定县保安军主力集结，自顾不暇。

寒冷的夜，双方怎么过啊？会冻出病来吗？看不到人无法射击了，只有罢战等天明。简单的夜宿装备，百鹊、河妹紧紧偎依着永兴，换位取暖，不能让半边冷冻半边加温，那样会产生平衡极差，不得病才怪！顾头难顾尾脚冻得无了知觉，就起来跳跳，换岗的不停地踏步。

寒冷的夜。凝结不了正邪拼搏之心。

黄团早已夜间迂回企图四更网扑昨夜对方阵地，但鱼儿已四更溜走。

翌日拂晓，一声枪响从不远处传来，接着听见永兴吆喝："李县令在这里！李县令在这里！"

"吃饱喝足了的，给我死命追击！"黄一甲有点儿歇斯底里了。

"嗒嗒嗒嗒……"新保安兵连所在的小山梁前面林中，突然机枪弹扫来，顿时四战士倒下。原来王文招料到永兴只为拖开黄一甲，天明必撤，便也派出一个连艰苦夜行堵截。永兴虽有预料却未重视。背后黄团的枪声也响起来了，这可算是意外情况。刘参谋大叫"隐蔽！打！手榴弹！"借助硝烟，永兴叫一声"让我来！"使出神速，树木的遮护已显得多余，七上八下曲线飞驰，敌方的两个机枪手不明白自己为何手不听使唤扣不动扳机，只是恍惚觉得一道闪电经过。趁机枪不响的刹那，保安连的机枪抢回了先机，扫射开路冲击，也不担心会伤了李县令。这时前面敌军后路也响起听来是三挺机关枪嗒嗒声愈来愈近，原来是永兴留的后手，未现身的保安新团主力接应来了！黄雀在后，但为不暴露军机，只出动了一个班。枪声四起，敌中敌，堵中堵，就看谁占上风赢得时间。

新兵连冲过去了！河妹在将士们的遮护下冲过去了！敌东西两军麻布洗脸——初（粗）见面。东面国军连长说："黄团长，王师长派我们在此拦截李县令，可惜没拦住。得手就好，失手就令我们返回，要你团继续追杀，相会有期！"

保安团新兵连十来个死伤战士也没办法去料理了。"轰、轰！"受重伤的一个战士见敌人欲捕获他们，撕心裂肺狂叫一声："李县令！走好！"拉响了手榴弹，不远处的另两重伤员受到启发："李县令！别忘了我们！""为我报仇！"如法炮制，悲壮就义！

生命何处生，何处死？哪能都讲个排场选择个地点从容而去？随遇而安。

第三十七章　路转峰回

奔流不息的木者河水只管追随五峰山由西向东，不厌其烦地宣扬自然之道，天上的云团驻足不动似乎在洗耳恭听，又仿佛期待着想再看一场五峰山上的热闹，这里亘古寂寞。

翌日早，邱大耿主力团又向漆树岗一点发起攻击，既吃饱喝足又是白天，国军发起了反攻击，强大的火力保安团抵不住，边打边撤，国军紧紧咬住。这种效果正是邱大耿需要的。

子碾区野山中，轰隆两炮声在告诉百姓：来了！他们知晓邱团主力要在鹞子崖边横梁大干一场、那石牛曾处决陷害福娃的三人犯之地。集结等候的七百青壮年何止是青壮年立即奔赴鹞子崖阵地后方。不过，不允许他们参战，以免遭国军报复，这是李县令的政策。区长、乡长张秋水去了，还有阙一芯父母、曾有心却觉得帮不上忙的何田发。救护队、弹药队，最多的是五百送饭队。弹药补充早已从县城运来秘密山洞。听着山摇地动的枪爆声，激起了心中慷慨情。扛上弹药箱，飞跑在山间小径上。

看看前方的阵势，何田发说："咋个敌人从我们子碾方向……朝这边打，我们……却在朝子碾方向打？"张秋水说：

"表……表叔，这你就不懂了，我们的保安团……还要把敌人往回拖！"

王文招师追杀翻越横梁时，早一步吊索下鹞子崖隐蔽的四十个攀爬队员算好了时间，重新爬索而上，至横梁时敌尾还在手榴弹最大距离内，于是四十颗手榴弹一齐砸向敌人屁股，一批、二批、三批，接下来就是三挺机关枪大吼："给我回来！"

一百八十度转身的国军仗着山坡地开阔，也不讲章法，至少一个营的后队火力步步为营逼上了横梁。春娃子喊道："弟兄们，隐蔽射击，一枪一个，两枪就八十个，看他们有多少填空的，死也要坚持到主力赶到！"

隐藏于左侧一里处深壑的主力爬上来了，赶上横梁时，春娃子队员已经开始肉搏。冲锋号嘹亮。横梁那边山坡，敌军死伤累累。阵脚稳住，三营二连长喊："大大，神枪手散开，打敌人军官、机枪手！"

弹药源源不断到达阵地，何田发拾起一拓石头挺身向敌人砸去。身边的战士一把拉下："卧倒！你想当靶子呀？退回去！"

轮换的战士吃上了均田地之前财主才有的家常便饭——小麦面粉小烧饼、大米饭。那些个食品用棉布裹着，尽量揣在怀中带上，温温的。嗨！还能喝上一口蒜苗鸡蛋汤、一口酒呢！酒？这东西可来得是时候。

近二十个伤员抬下阵后，阙一芯、梅医生现身了。亲人啦，久别相逢于战火下，"芯芯！"看见风尘仆仆大变样的飒爽军人阙一芯，母亲热泪盈眶。

"爹、妈，好吗？弟弟也来了！"

"姐姐！"

阙一芯说："先别激动，快帮忙抬伤员！"

"喔，喔！"母亲诺诺答应，眼前大变样的女儿之言就是圣旨。有二人见到梅医生，看着那一身军官服，自豪地大叫一声："师傅！"梅医生急忙中抽手一个军礼："徒弟们好！快帮我！"急急临时包扎处理。

战斗时间不觉就混到午后，再无伤员下阵地。"够了，我们该回县城了，叫乡亲们快撤！"号令传下来，乡亲们说："我们不撤，躲起来，再看看情况。"梅医生说："邱团长的意思，伤员们就先托付给乡亲们了。我们要随部队行动，后会有期！快走，免得战士们为掩护我们多流血！"

坚持到伤员们撤无人影，主力团"节节败退"，给了国军信心。行至三里地山腰，突然前面出现一营敌军，邱大耿失算，遭前后夹击了！只有硬冲。这一仗，要不是神枪、神投手配合开路，队后集中七挺机关枪护尾，保安团主力可真就弄假成真惨败了！紧追不舍的战术倒使国军无暇顾及双方死伤。听着远去的枪声，乡亲们说："我们再去看看！"

幸亏乡亲们不愿撤走还要"再看看情况"，捡回了二十多个还有一口气的伤员。

硬仗就是轻易打不得！

老被永兴操控着主动权，牵着鼻子走，黄一甲没那种修养不窝火。当年李永兴还在少年时代就是他的不是军师的军师，奇谋机智领教得还不够吗？又有一身超凡脱俗的功夫。不服气地苦思良策。追至麻口山时，思路出来了。"老子不追了，麻口山扎营去！"

李永富可是旧地重游，四处看看废弃的山寨，不但不以为耻，反而亲切感油然而生。"好个地势，易守难攻！李永富！"黄一甲道："莫只顾着回忆你那光彩的过去，派你个任务，完成得好老子升你警卫连长！附耳过来！"

"啊？！"李永富不惊也得惊。但他最终执行了。

已过麻口山的李永兴见黄一甲的反常行为，在思索……

你不走我就打麻口山，打得赢打不赢在其次，只要缠住你就

293

行。黄一甲正希望如此。双方心往一处想，就心想事成了。

山下的大锣声一站传一站传出了麻口湾传到了木者河传到了龙兴区，最敏感的山河地带惊动了！

"听说打到五峰山漆树岗，我们捡了个大便宜，国军伤惨了，我们的娃娃县令就是行！"

"这又打到了麻口山，好大的仗火啊！"

"说不定别处也在打！"

"打不赢，我们伺家人就要吃二道苦啰！"

"大黄，肯定是我大黄在打狗日的娃娃县令，给老子出气！"大拐山，黄老太爷总想听到新消息，"咋不先带兵先回大拐山呢？"

翌日，太阳从天仓山顶现身时，麻口湾出口，洞沟河出现了一排国军，行色匆匆。

"哐哐哐……！"木者河重新响起了大锣声，古寨子的三面大锣齐敲，声传河两边上下。

半个时辰后，百鹊带一排兵飞出洞沟河。途遇乡民，都认得百鹊。"有没有拿枪的兵来了？"无须百鹊问讯，来不及亲热，乡民早已迫不及待告之。

过了木者河，又遇乡民，无须打问，乡民迫不及待告知："三十个与你们穿戴不大相同的兵上了天仓山！"

李永富奉命捉拿李县令家属回麻口山，以要挟永兴面对面干仗，发挥国军优势。出发时李永富说："我们是不是换民服化装去呢？"黄一甲说："等你抓够老百姓换了服装，事情就闹开了，不如直来直去！"

"弟兄们，快！"兵士们没百鹊跑得快，百鹊急得要哭了。

鲁家垭豁，多年前永兴一去不回，回来时，急于放枪报信的地点。今日李永富熟门熟路，带兵爬上鲁家垭豁，抬眼就是李家，这再熟识不过的地方，翻梁就是被他抛却的家。多年前追随棒老儿一去不返，今日以这样的身份意外地回来了！怎么完成任务？硬来？欺哄？翻脸对他不是难事，心理已变态。夜长梦多，"快上！"他命令道。却见李家左右滚梁、李家院坝前，少说涌现出近二百乡民，只听其中有人大声说："还真来了！"

天仓山下李家，李春玉不明白为什么大早这么多乡亲都涌来了，沈欣阳的两跟随最先到。

"给我站到起！来干啥子？"李家方面有人大喊。

"我们是远定县保安团的，奉李县令之命，来接李老太爷全家进城躲避战火！"

"放屁！扯谎就扯不圆！"

"是真的就放下枪，先上来一个当官的，拿出军人证书我们看！"

李永富没想到会有这么多乡民先他一步出现在李家周围，更无他们想看到的保安军人证书。放枪吧，怕惊跑了对方。只好说："我是李永富，不满国军打兄弟李县令，已经归顺远定县保安团，特奉命回来接二叔一家进城避战火。"他重复刚才的辞令，"因为事情急，没来得及办保安团军人证！"

"啊？李永富？！"

"李永富？"

院坝边，春喜上前了，李家人挤到了前面。

"你既然是李永富，干吗不敢一人上来？乡亲们，事情很明显，他们不是自己人！"

李永富身边的小军官说："怎么办？"

士兵们说："怎么办？"

李永富大喊道："我李永富知道错了，现在带兵回来，哪有不让兵将们到屋喝一口水吃顿饭的，我们来了！"

岂有此理！双方都这么想。

近了，到坡脚路了，乡民们拿起备好的石头投向坡脚。"嗒

295

嗒嗒！""啪啪啪！"国军不露真面目行不通，带上的一挺机关枪率先朝上扫去。乡民急藏身，十杆火枪在院坝下树后射向国军，两边滚梁上的乡民急奔李家增援。乡民们没打算带李家人撤，怕敌人破坏李家房屋，几年前李家房屋险些被烧光烙印深刻，在他们的概念里，不知道国军与棒老儿有什么区别。李永富见两边山民撤回李家，便叫十个兵士下去，迂回上滚梁，企图侧面横冲过来，正面继续上冲。乡民们见状，吆喝着抢先一步返回滚梁，地势更好，乱石砸下。坡脚李永富仗着洋火器已经冲到院坝下五丈之距，院坝内只见乱石飞出不见人，却更奏效。国军们迟疑着。

"嗒嗒嗒嗒——！"一挺机关枪从滚梁远距离扫向李家院坝坎下国军，

是百鹊抱枪扫射！

"爹，百鹊回来了，不要怕！"百鹊高喊。保安兵飞奔李家。李永富傻眼了，只有发挥他逃跑的特长，"撤了弟兄们！"

国军跑下不足二里，忽听四面八方山梁、大沟小路、树林似千军万马吆喝，向上压来，上面保安军与山民围捕而下，比围山打猎壮观百倍。

木者河边两岸乡民已纷纷上山。他们已不是早年的一盘散沙。五峰山的炮音、麻口山的枪声传来的大路消息，早已成为兴奋而神秘的议论焦点。古寨子大锣声告诉他们，有敌人上了天仓山，目标无疑是李县令家。而这一切是尹天应区长早已下达的特级戒备令。方圆二十里的百姓早已出动扑向天仓山，许多乡民带上了撵麂子、打野猪的火枪、猎狗。

人类利用肉食仇杀天性的猎狗，在猎狗的指引下，国军被圈在了河边三里山路上。前后路径、岩坡上、沟湾中，急不择路足有五千来人围拢，还有儿童的喳喳声。人流愈来愈密集，最后足有四百杆火枪、二十条兴奋狂吠的猎狗。"我们投……投降吧！"国军排长说，士兵们附和。李永富默然。兴许还有条活路。

"我们投降！"纷纷甩下武器。

"要活命也行，那你们就把李永富绑起来！"百鹊的排长高喊道。

国军这时真乖，只见一伙人当下就把李永富按翻在地。包围圈缩拢了，里三层外三层聚满山坡。"全部绑起来！"新任年轻乡长葛树轩说。他是韩清风主动让贤的特工队员出身。

"让一让，请乡亲们让一让！"

"爹……爹呀，我咋有……你这样个……个爹呀！"春喜被带进了李永富身边，未言先哭。

"你看看他是谁？"李春玉老人说，"你好好看看！"

"认不出来了？家破人亡，他就是你儿子春喜！祖上缺了啥德，出了你这么个扫把星！"说着老泪纵横。李永富惊恐地、结结实实地看了春喜几眼，磕头捣蒜，只是双手被绑，头点不到位，凄惶地叫道："春喜，二叔！"

一个凛色厉声的女音响起，两手叉腰一字一顿："抬——起——头——来，你看看我是谁？！"李永富楞瞪着眼睛，认不出来，他没见过这么厉害、标致的女子。

"哼，还记得巴山顶苗寨吗？！你割一个妇女的隐瓜瓜，烧房子吗？！"

"你是……"

"忘了那个用竹镖射你们的小女子吗？"

回忆被勾起，李永富再次磕头捣蒜。

"把这个人交给乡亲们，这个人不可活！"乡长葛树轩说。

"打！让我们来替李家清理门户！"乡民们哪等得这句话，上前拖开李永富，一顿乱棍兜头劈下，还能有什么侥幸吗？

李永富走到头了，百鹊意外地报了仇。

"其余的人，我们带走！"排长说。

"爹，乡亲们，军情急，我们走了，多保重！"

"女儿啦，多保重！"

"嗯！"

"百鹊，兵大哥们，慢些走！"众乡亲道别。

百鹊一行返至麻口山下，把俘虏全放了，放回去的意义不仅是报信吧。

此后，新兵团一直把黄一甲团沾贴去了巴山。得苗人的五十条猎犬、三百副野猪夹子的帮助，一场故伎重演的好杀。要是李永富在，说不定故伎泡汤，因为李永富知情，至少增加了难度。时也命也！

"就让东西两国军师、团长见见面、认认亲吧，是时候了，我们可以回县城工事了！"永兴对将士们说，"把他们死死地拖住，别让他们去报复苗族同胞！"

苗寨后山林中，永兴率部断后监视，看着国军走得干干净净，道："愿将腰下剑，直为斩楼兰。"又道，"射人先射马，擒贼先擒王，杀人亦有限，立县自有疆，苟能制侵凌，岂在多杀伤？"接着双手合掌，"阿弥陀佛！"众军士不知他念的何种咒语，什么心情？河妹、百鹊略知其意。

黄一甲与王文招通了话。"王师长，我打得快撑不下去了，咋办？"

"只要联合起来，还有得打，既然他们都要撤回城防守，这仗就好打，我们在城下会师！"

第三十八章　鱼儿得水

（一）

　　小城外的小河水静静地、一如既往流淌着，天真地嬉闹着，沉浸在和平生活里，不知道小城将发生一场大战，县令娃娃操控的最后一战。

　　小城周围山上的工事不能白修，更不能先让敌军占用、利用，那样岂不变利为弊了？邱大耿主力与永兴部同一天几乎前后脚抢先扑向工事。主力团去了东、南工事，新兵团直接到达西、北工事。"这下我们该打个舒服仗了！"邱大耿揎拳露肘，说。"我们回来了！"将士们欢呼，有种回到家的感觉。

　　他们的感觉不错，小城及周边父老乡亲慰劳子弟兵来了，该他们忙乎的机会还在后边呢！

　　"这下该打个安心仗了！"王文招也有这种心态，国军将士们也有这种心态，他们实在跑累了。

　　永兴随部队首先到达西面悬崖上的防御工事，这里峭壁连山，居高临下，封锁小河边官路，射击可达小河对岸，可见之狭窄了。永兴说："河妹，这下子你可以回城了，老跟着我与死亡相伴，不行！"将士们也说："是啊！"河妹急得大叫"不！你拼命，我才来享清闲，我也是战士了，想赶我走除非给我一枪！"她似乎早已在心里背熟了这些言辞。永兴苦笑一下，摇摇

299

头，默许。

这里只留下一个班、一挺机枪即可。永兴说："刘参谋，我们去巡察各个防守阵地，与邱团长见面！"刘参谋说："敌军会不会明天就进攻？"百鹊说："他们恐怕没这种精神吧？比我们疲劳，要准备、休息一天吧？"永兴笑笑道："刘参谋、河妹，你们看鹊妹是不是可以当团参谋了？"刘参谋哈哈一笑："比我家里的，那个瞎参谋的还差一点！"河妹、百鹊听出话音，调脸偷笑。

有了永兴，刘参谋操心少了许多。回到久违的上阳坡工事，这里距县城最近。邱大耿与永兴见面了，三少年，春娃子、跟屁虫顾铁儿、河妹、大大见面了，小城区长也到了上阳坡。少年弟兄最关注的是石牛伤势，摸摸问问："好些了吗？"石牛晃晃手臂："小意思，你看！""别顾着亲热了，"邱团长说，"赶快研究战事！"

要想在小城四面平均布防，保安团兵力就显得太单薄了。分散则处处薄弱，敌军重点攻其一点势必破阵而入。永兴有那么傻吗？怎样应对，如下象棋，万事万物一理。各副营、连长守候阵地，参加军事会议的有各正营、连长，外加非军人的百鹊、石牛、大大、小城区乡长。

战壕里，围在一起便是会议。刘参谋说："现在的情形，与我们最初的预料差不多，就是不知敌军做什么动作了。"永兴说："当初只设计到这一步，更远的棋路没看出来，如等敌军动作再作出反应，岂不被牵着鼻子走？我还是把我想的方案说出来，大家看怎样哎！"永兴的才智已经过多次战火考验，谁不心悦诚服？

敌我双方还真有默契，王文招师来到阵外休息一天。与黄一甲通了话，招西路军会合于五峰山南面七里砭，这里距县城二十余里。远定县保安团有了对敌草稿，国军还是一团乱麻，他们要好好理一理头绪。

七里砭，无非两山叉开两腿倒八字蜿蜒而上七里，缓冲有余险峻不足，大有容军处，老百姓早已闻风而撤，即是早些年间的财主也被裹走。面对可利用的空无人畜的房屋，倒也没起点火的邪念。空房内，国军军官就是比保安军排场、享受，烤着柴火抽着香烟吃着压饼烧肉，拼接三张桌子召开军事会议。

黄一甲率兵翌日上午赶到，双方见面，不免有些尴尬。"黄团长，你伤得我不轻啊！"王文招笑笑地，说，"你能打呀，像个国军！"黄一甲苦笑一下，说："还好意思提那本经？我还能好得到哪去吗？"双方军官入座会议。

"现在我们两家报告一下损失情况，我师奋勇追歼，为国捐躯一千多人，还有不足二千人！"王文招的声音。自尊心驱使，他不愿意承认漆树岗之丑以及是被远定县保安军故意拖瘦了的。

"我军仅剩七百多号人，这仗怕打不下去了，弹药消耗、军中口粮已无后劲，我们都是孤军远征，老百姓恨我们，藏人藏粮，军心不稳，抓老百姓也难，要想继续下去，除非有后援大军！"黄一甲更是羞于提起去天仓山的损失，一排兵只回来了十二个捉放的兵。

"黄团长，你打我的时候那股子劲哪去了？尿包了？你就甘心被那娃娃耍了吗？我们合在一起人还是比他多嘛！"

"李永兴之所以现在回城固守，就是达到了均衡力量的目的，实际上他损失不大，有两个不完整团，估计还有一千七百人左右，加之他们地熟人利、李永兴的智谋，我们很难达到目的。要想出气，我只有依靠王师长您，听您指挥，再碰碰运气吧！"

"好！"王文招道，"先摸摸他的底，再作决定！"

"哐哐哐——！"一百面大锣按约定集中使用，分布县城四面传递敌情。第二天下午，三个方向的大锣一站传一站传到县城中心，敌军三面进攻了！

"好壮观啊！"永兴说，"我最喜欢听这壮观的锣声，但我最不喜欢看蛇，那东西长得太吓人！要是有人摆个蛇阵整我，那家伙，可就整到我点子上了，可惜敌人并不知道我这弱点哎！"周围的将士抬起哄一笑，有士兵说："想不到英名远扬的三少年头领还有这个弱点，我们一定会保守这个军事秘密，弟兄们说是不是？"

"是！"又一阵开心地哄笑。永兴说："弟兄们，今天敌军只是试试我们的水深浅，他们与我们一样，已经没那个力量全面开花，好戏后天开始！"

翌日，天似乎觉得应该下场大雪了，阴沉着脸酝酿着情绪。三面试探的结果，王文招说："黄团长以你现有人马去佯攻三面，打不赢就退，他进你退，他退你进，只需要缠住他，我重兵攻其一点！"

七里砭方向的防守阵地是东边茅皮山，首当其冲，距县城七里地。清晨的工事里，河妹见他的福娃哥哥不见了，到处寻问，将士们都说"不晓得"。河妹急得揪住一营长的鼻子："你说不说？"她只学会了揪鼻子，那是她在子碾区揪陷害福娃哥哥凶手的鼻子，这是第二次。营长鼻子被揪，舒服得眼泪哗哗，招供道："刚走刚走！"手指前面山下。河妹操起一支枪就跑。"回来，河妹！"将士们大喊，"快跟两个弟兄去！"然而这时河妹跑得比谁都快。对面山坡上，福娃哥哥几人的熟悉身影映入眼帘，她不喊不叫有她的道理。

那个你追我赶呀！爱情亲情战友情的不离不弃。永兴带石牛、百鹊、大大、顾铁儿上到山边闪垭处停下，下脚偏右就上七里砭。永兴两手食拇指圈起举在眼前，神眼当作望远镜。"福娃哥，看到什么了吗？"

永兴说："敌军已经出动，我也感觉到了！好，我们就在这等。注意警戒周围，防敌有先遣侦察兵。"

"福娃哥哥！"所有人被这娇脆的喊声吸引。"河妹姐姐！"大家齐呼。永兴埋怨道："甩不掉的跟屁虫！"河妹上气不接下气："想甩掉我，没门儿！这么危险的事，有我你才不会出事！"这是她在子碾区说过的天真话。

永兴道："好吧，我的河妹呀，既来之则安之吧！"两士兵也赶到了，叫声"李县令！"急急述说情由。

永兴说："也许不是添乱。"继续注视七里砭出口。

河妹初来乍到陌生而有危险的地势，站在永兴身边，有意无意间四面张望。忽然，她似乎神经过敏地觉得刚才的来路边有支枪靠上树身，越伸越长，正对准的是她的福娃哥哥，神经质般地大叫一声"福娃哥哥！"闪身挡在永兴身后同时举枪，啪的一声！

然而不是她的枪响，她看到的是真的，一颗子弹飞来，直入河妹额头。

"河妹！"

百鹊悲愤地顺过随带的机枪大叫着狂扫起来，隐藏的三个敌兵跑了！这是黄一甲放出的暗哨尖兵，李永富手下。一是侦察，二是想碰碰运气，看能否遇上李永兴。正面难沾李永兴之身，他们总结出李永兴爱抛头露面，出现在前沿。李永兴一伙出现时，敌暗哨认出是李县令一伙，让过其行，背后偷袭。正面战场难以收获的成果，差点得手于偶然小情节。人算不如天算，战争的偶然因素也会改变全局。也许是少年狂性使然，也许是久胜昏头，永兴太大意了，忘了军事常识，要不是河妹横插一曲哀乐，该是敌人狂吼秦腔了。

"有我在你身边就不会出事！""也许不是添乱。"河妹、永兴无意中说过的话应验了。红尘滚滚情和意，情深意重比天地，我的一切都给了你，愿意！来不及沉浸悲痛，敌先锋望远镜里已一清二楚，黄一甲去执行任务也得经过七里砭出口，左拐爬大山迂回。"又在耍什么把戏？"消息传报给中军里黄一甲，"好哇！真碰上了，请到不如撞到，通报王师长，改变原计划，全军包抄李永兴！就说我已先行动！"后军王文招接电后道："要得，格老子个只要逮住三少年一伙，事半功倍！"

永兴一伙的出现，集成了意外梦寐以求的兴奋点，打乱了敌原来的部署，一场大战将围绕焦点展开。敌已现身，永兴流着泪说："把河妹藏起来，我们撤退！"

千军万马翻山川，你追我赶下山沟，好一场越野赛！大浪淘沙，冠军组当是永兴一伙。永兴一伙五人与两士兵返转山边奔下山根，暂时消失在敌视线外、背眼处。片刻又上了对面山根，拼命爬另一匹山坡，敌人万也想不到那是偷梁换柱调包的假李县令一伙，衔接得天衣无缝，而真县令一伙已坠索下了深壑埋伏起来，太恶的大山有弊亦有利。深壑里，冰下水、乱石，老苔，从远古至今未受过惊动，选个宽处早已支起临时落脚篷架，还有棉被呢，不能让县令受太大罪。要不是河妹之死，这会儿又该嘻嘻偷笑了。

沉重的心情，默默地听着上面千军万马的踢踏声，山野在冲击中震荡，似乎一切与他们无关。

假县令一伙上到茅皮山顶百丈处，身后百丈远的敌兵漫山遍野抓攀而上，更多的敌军绕山迂回包抄谈何容易？大山哟，差之一里失之几十里！假县令一伙扑回战友身边时，敌前矛已入射程内。主力营长的口令早已传到位："神射手各就各位，专打军官、机枪手，投弹手等候命令，弟兄们力争不放空枪！放近了打，近打远轰，炮兵打敌人屁股！"

"开火！"

一声令下，茅皮山拉开了阵地战序幕！结果，敌我双方的全部兵力都投注到了同一地点。敌众我寡，永兴这次打的什么蠢仗？

宽一里的阵地，一营长采取了这样的打法：间隔射击，第一排枪弹射出，第二批填补第一批换子弹的空隙，第一批填补第三批装弹空隙，如此交替，形成不间歇火力，并且规定责任区，每相邻三人负责一片区，机枪手分布照应，集群投弹救急。神射手的效应自不待言，大大克服了战场通病——射击的盲目性。有机的配合、射击效率，是对战士军事素养更严峻的考验。

直接冲击茅皮山的是王文招一个不完整团，其余的包抄绕山而去。这一天，茅皮山守卫战从早后打到午后。

左右迂回的敌军远道翻山越岭，黄一甲爬上小城背后大山顶，再走条可行的闪梁就可抄杀茅皮山左翼。

一切尽在预计中，只是拿不准谁走这条线。来了，是黄团。"打！"守候在这里的恰巧又是新兵团，邱大耿所率。王文招两个残团走西口接近茅皮山右翼，再横过可行两山坡就抄到茅皮山后面了。防守右翼的是刘参谋所率两主力营。双方孤注一掷，一场大战全面展开！国军部下纵然全体阵亡，只要成功，只要长官活着就行，士兵的性命只是长官堆垒升迁的铺垫。

天空开始飘雪粒而不是雪花，预示着寒冻即将加剧。

寒冻加剧，战斗亦将加剧。不过，远定县保安团可比国军舒坦多了，阻击圈内的赵钱孙李周吴郑王男女老少大人细娃可没有当观众，都想亲自上场，"去呀，上啊，冲啊！"小孩子们可不是在玩游戏，热菜热饭热酒帮一把大人，送上阵地，只有送上去的子弹手榴弹摸着是冰冷的，抬担架的显得绰绰有余。

夜幕降临，敌我双方休战。不休战行吗？人不睡觉还能将就过去，这个世界的众生尤其卵生、胎生动物天生麻烦，要吃食物吸收能量，吃了不久还要过滤，去粗取精，不然就过不去，怪麻烦的。

匿藏的永兴一伙蠢蠢欲动了，活动活动四肢，爬索出了深壑，白的雪冲淡了夜色，映现出四个鬼鬼祟祟的影子。

（二）

天照例黑了又亮了，一夜的雪粒铺盖大地，临时改变了翌日人们的生活感觉，也改变了战场感觉。

又一天的战斗打响了！比昨天更精神、激烈。刘参谋的两主力营六百多人对付敌一千二百人，估计敌方已只有千把号人了，保安军也抬下十五个伤员，阵亡六个。

今天总有点名不应的敌兵越来越近，弹雨打得工事前尘土飞扬，大大影响了视线。战壕里，一连一连的保安兵轮换上，刘参谋喊道："只有我们用手榴弹的权利，绝不给敌人用手榴弹的机会！那家伙投进来可不吃素的！"阵前连长喊道："手榴弹准备，一，拉环，二，三，投！一，拉环，二，三，投！"三批次由阵前十丈砸向十八丈外，轰天震地，效果不错，再无点名不应的敌兵接近阵地。刘参谋叫道："弟兄们，打得好，不要冲动挺身，眼睛放亮些，一枪一个，行不行？"

"行！"战士们情绪高昂。

多次的熏染，良性的心性对永兴的崇拜，刘参谋也学会了鼓动，高喊道："远定县的劳苦百姓在看着你们，你们的亲人在指望着你们，我们绝不再吃回头苦，为土地而战！"

"为土地而战！"有个战士带头呼起了口号，接着传染了阵地，一呼百应，彼此起伏。

"为土地而战——！""为土地而战——！"

指挥进攻的是王文招的副师长。昨日一战，他的连排长阵亡十个，机枪损失八挺，王三春顶起个受伤的头部下了火线，要求机动稍事休息，副师长吼道："给老子集中十挺机关枪，每五挺交替开路，后面的手榴弹同时向前投，督战队后面跟上！"

不间断的群扫，反复的硝烟尘灰，这一招果然不同凡响，大大压制了保安兵的射击精度。近了，近了！敌弹片已飞落战壕，有人受伤了。"学得倒快！"刘参谋吼道，"不要抬头，再教他们一招！传令，两个连齐上，二十个机枪手上，投弹手准备！炮兵，给我打光，比比谁的弹药多！"

一场硬碰硬之战，山间炸开了锅，茅皮山的战士就感觉到了震荡，冲锋的敌散兵群再次就地卧倒。

县城后山，新兵团兵力较占上风。战壕里，战士们打得从容不迫，因为黄一甲已丧失信心，士兵更是弱了战斗意识，那十几个捉放兵回去潜移默化的影响不小。黄一甲不愿再亏血本，那就主动撤退吧？可又心不甘，就在这模棱两可的个性化心态的作用下，指挥着、决定着国军战事。炮，仅存的三门炮！成了磨合他心态的勉强慰藉，喊出了同样的话："打，给老子打光，我就不信占不了你便宜！"轰轰隆隆十五发炮弹泄向保安兵工事。"躲炮！"邱团长急命一线战士撤离。大部分炮弹落在战壕背后山坡下，这宽不过两丈的山脊梁阵地，要想颗颗落进战壕，就看你有无那本事。"停止炮击！"黄一甲忽然觉得打光不妥，还是留十发吧，可惜勤俭持家太晚了，亡羊难补牢。"弟兄们，各找掩护，稳步前进，他们好像是新兵，不要怕，冲过去，班师后每人赏一百银元！"

黄团果然收到预期效果，因为邱团长下令："弟兄们，向茅皮山靠拢，佯装损失惨重抵不住，边打边撤，吸引黄一甲去茅皮山！"国军士兵占领工事时，只见一纸牌上写着："要想活捉本县令，茅皮山下见功夫！"

东边的刘参谋也在这时间下达了向茅皮山靠拢的命令。这是打的什么仗？国军冲进战壕时，见到同样的牌子："想活捉本县令，茅皮山下见功夫！"

王文招收到黄一甲的电话："我们已经推进，向茅皮山追歼包围！根据我了解的李永兴性格，他肯定在军中！"

王文招道："那就好，成败在此一举！"

当敌我皆向茅皮山收缩时，外层小城方向、城后山、西口方向、七里矴方向分别有了动静，这动静越来越大，亦在向茅皮山地带收缩，这动静已经迂回运动三天了！

原来，沈秀才与尹天应密谋，欲花大力气工作的就是动员全县劳动人民参战，飞马传送各地的战斗檄令是：

"远定县佃农大众们，李县令及保安团正在为保卫你们的土地浴血奋战，你们愿意我们战败吗？你们能袖手旁观吗？有血性的人拿起家伙吧！保卫自己的土地，保卫李县令，去帮三少年一把，去帮保安团一把，各区、乡长组织率队，自备军粮，迅速出发，绕道隐蔽去五峰山漆树岗集结待命！"

这动员檄令不分昼夜风风火火传达到了远定县各个角落。

"去打狗日的！"

"去帮福娃哥！"

"走哇，去帮三少年！"

尹天应与县府衙官吏提前来到五峰山漆树岗，紧接着三山五岳各路人马陆续涌向漆树岗。四天时间，好家伙！报道统计足有近三万人！密密麻麻如蚁，满山遍野似林，最耀眼的是大巴山顶来的一百苗族兵，可让汉人开眼了！尹天应激动地说："今天，也让我当一回将军，沈常务就当诸葛亮！各区、乡长开会！"

各区、乡长早就聚拢，沈秀才说："老尹你比我行，让你施展施展吧！"尹天应说："军情如火，我就不客气了。利用我们人多的优势，四面包围，为缩小空隙，保安团与敌粘战收缩地域，便于我们形成密集型包围圈。但我们没有洋枪，要减小伤亡，发挥人多的优势，只有近身搏杀，为达成这一点，需要保安团首先冲入敌群混战，敌军就大大减弱了用枪的机会，这时我们挥军三万杀入，这一点，我们早已派人潜入与邱团长取得了联系！关键就看时机与配合了！下面由沈常务官，喔，军师，分派各路头领、任务、包抄路线及注意事项！"

沈秀才道："分四路人马分赴西口、县城正面、城后山、七里砭，由当地人带路，秘密接近茅皮山地段，最慢的是要多走路的西口、县城正面两路人马，必须在三日后的正午前到达各自位置，当看到敌军向茅皮山靠拢，迅速收缩包围密度，当保安团杀入敌群，你们要以泰山压顶之势冲入阵中近身拼杀，大事可成矣！大家听明白了没有？"

"听明白了！"

"各路人马，出发！我们县城会师！"

然而影响时机配合的不确定因素多多。已近午时，还不见民军的动静。"怎么还不到位？"几乎是邱团长、刘参谋发出的同一焦急声。只好苦撑延缓时机，但已没了章法，伤亡增加。

看看已贴近茅皮山了，国军对保安军的包围即将形成。翘首以盼的动静忽然出现在相邻茅皮山前后左右山上山下山坡山沟，喊杀声冲天，人未到声威先至。敌一怔，心惊胆寒，保安兵再次激发出精神极限，十支冲锋号相约不同战地嘹亮吹响，形成独特的激励声势。

"冲啊！"又一场按计划打的仗没出大的偏差，春娃子所在的茅皮山守卫营，带着累累伤痕跃出了战壕。

半个时辰后，近三万农民呐喊声不断如水漫过茅皮山前后左右，淹没了国军也淹没了保安团，一场混战仗人势。茅皮山对面山坡，一块显眼的弓箭、火枪兵团那是更加震撼人心的苗装兵，少说有三千人压来，敌团长叫一声"完了！"

步话机传来王师长底气不足的声音："命令各部停止抵抗，放下武器投降！"敌团长巴不得这句话，急喊道"活着的弟兄们，放下武器学我这样投降！"举起双手任凭潮水涌来。敌各营都接到了投降命令。

茅皮山背后一小山湾，被俘的敌营长不敢接话，一保安战士吼道："接！"然后抢过步话机喊话道："请川老儿师长放心，你的，这个营长已提前执行了你的命令！现在，格老子个我命令你投降！""哈哈——！"一群得胜者的喜笑。另一个山沟中，王三春见如潮般的军民卷来，急举手高叫："我们投降，不要打了！我跟李县令有交情！"保安主力团一小军官说："你就是王三春？我听李县令说过五峰山的事，放心，只要你们放下武器！"

王文招左估右计，缺乏良善的脑袋就是没估算到民众的力量，被发动起来的人民！就是永兴也没把这股力量计算在内，他单独的行动，就是基于这种思想前提，擒贼擒王，想捉住王文招，逼其下令停火，以减少无辜兵士的牺牲。

"敌师指挥所在哪里呢？"这问题在深壑里已压低嗓门讨论过了。顾铁儿说："抓个敌人审问！"石牛说："要抓抓四个，脱了他们的军装换上，来个鱼目混珠！"大大说："抓了审问了，人怎么处理？"百鹊说："杀了，要么绑了藏了，要么带上一路？"永兴说："都会打草惊蛇，我们也成了惊鸟之弓，算了，自己去找省了许多心！"

是夜，他们避敌就暗，借助雪的微弱反光，摸索上山。他们算是身处敌后了，翌日黎明开始行动。百鹊说："听着前线的枪炮声，不是个滋味，真想嗒嗒嗒扫敌人的屁股，一定会打得龟儿子屁股开花！"永兴说："能添乱，逞逞勇，但作用不大。"石牛说："福娃哥，打我茅皮山的顶多一个团，王文招是不是跟随他的两个迂回团去了？"永兴说："敌军迂回包抄，是因为茅皮山的正面阻击，我们不存在这道障碍，我们就不迂回了，回身通过茅皮山，直接去西口方向，尽量隐蔽，万一暴露，正好搅乱敌军场子，大家吃好了没有？"

"吃好了！"

"那就……那就……"

"那就什么嘛？快说嘛！"百鹊催道。

"那就赶快把屎尿屙了，免得途中麻烦，正在拼斗，你屎尿又胀了！"永兴终于说出口，但大大、百鹊嚯地羞红了脸，顾铁儿见石牛扑哧失笑，干脆也不忍笑意了，放出一串格格笑声。人类很尊重自己的身体，又常常不自觉地嫌弃或取笑自己，嗤之以鼻其肮脏，笑自己的身体不过是一具去粗取精的过滤器。

要直去西口，须避过眼下进攻茅皮山的敌军视线，那得从眼前悬崖根穿棘笼，艰难行进约一里之距，然后再坠索上五丈崖，就到茅皮山左边缘了。国军若有这个机灵和能力，岂不偷袭茅皮山成功改变战局？永兴首次掏出格桑头人所赠的匕首给石牛，说："你前面披荆斩棘，开路！"顾铁儿拿出弯镰帮石牛，永兴断后。

好不容易上得茅皮山左边缘了，石牛说："甩三颗手榴弹下去，吸引敌人，缓一缓茅皮山压力！"永兴说"可以，鹊妹再放一排枪，打了就走，别耽误时间！"百鹊哪等得这句话，"嗒嗒嗒"就向茅皮山坡敌方扫去，伴随着顾铁儿的手榴弹，山上山下敌我皆愣住了，各怀心疑虑。"莫非保安团包抄我们？""莫非我们来了援军？"

当永兴他们匿行至我东面阵地左边崖林时，见国军已越过我阵地，正在追逐我军去茅皮山。"怎么回事？"永兴来不及发愣，说："大家注意观察王文招师部人马！"

追击的国军后尾刚甩过小山湾，后面出现了三十多人的队伍，一看就很特别。百鹊道："看，看，还有个军官杵个文明棍呢！"石牛说："怎么打？"百鹊说："我们坠索下去从前面发难，吸引他们注意力，福娃哥从后面悄悄上，前后杀去！"永兴说："就这样，立即行动，下！"

这股敌人边走边向路边山崖扫射，明显地出于常识性警惕，好像只学会了这一招。当他们的先头正欲拐弯时，没想到正面路径上突然拐出一挺机关枪疯狂地大叫着突突起来，而他们的枪口还在一致对准崖上呢。那是石牛！跟着路边岩石、树后的大大、百鹊、顾铁儿用枪点名，有点必应，成批的敌人栽倒，整个的注意力被吸引到正面了。没中弹的敌人就地散开找掩体射击，时机已赢得，永兴飞下路来，直奔文明棍而去，唉，干吗要显摆，拿支文明棍当标志呢？怕别人不知道你有派头把你小觑了吗？作不出任何反应，永兴已把王文招捞在手，背向安全处，匕首尖抵在王文招后颈，冰凉的死亡感。

"叫你的士兵住手，小心我手中削铁如泥的刀子！"前面石牛的机关枪靠在路边石后还在吼叫。这时周围的敌兵扑来欲救王文招，突见百鹊、顾铁儿飞身下路，手中的飞镖、小石头顺势撒向扑救的敌兵，跟着就靠拢了永兴，顾铁儿的一条牛鞭早已飞舞扑打起来，大大仍在崖上石后不慌不忙地点名，只见一个敌军官想爬上小石坎抄永兴背后，啪地一枪，那军官扑地。永兴的匕首递了递劲头，厉声再次喝道："想死成全你！"

"停止停止，别杀别杀，我投降！"

枪声停了，但后面千军万马的喊杀声突然出现在丢弃的战壕处。永兴与敌人全都愣住了。这怎么回事？但顷刻间永兴就明白过来，意外的援军差点儿使他热泪盈眶，我的人民啊，我的劳苦大众！连王文招就看出了永兴的表情，不免心中感慨。

永兴一手抓住王文招，一手挥向前，豪情万丈，不亚于舞台英武的亮相动作："嗯？！你睁眼看看！这就是我的千千万万人民！"

片刻工夫，千军万马急不择路涌来，团团围住，蜂拥而过，扑向茅皮山。永兴命令道："我的几万民兵已经四面八方围向了茅皮山，你们已全部被包围，立即下令你的军队停火投降！免得多流血牺牲！"有人高喊："李县令，我们来了，我是尹天应！"

永兴像小孩子一样高喊：“我在这里，尹区长，尹大叔，我在这里！快来！”如同乳臭之孩找到了成年亲情依赖。

“我听到了，是你，我来了！”从路边山崖中急急寻路而下。又有三个人挤向前来，“福娃……县令兄弟，我们也来了！”永兴一看，原来是他的老少不一的三个姐夫哥！高兴地道：“嗨，没想到你们都来了，”玩笑道，“这才有出息嘛！”山里的风俗，妻弟可与姐夫开玩笑的。

王文招的师部电台向各营发出了投降电令。回答的步话机传出我战士清晰的声音：“请川老儿师长放心，你的，这个营长已提前执行了你的命令，现在，格老子个我命令你投降！”他们还不知道王文招此时也当了俘虏呢！

战争蔑视权威，和平惧怕权威。若非胜者，这个保安军战士敢以这样的口气说话吗？

第三十九章　福娃回山

“你贵姓王吧？”永兴问道，“把你们的高级通话家伙给我开通借用一下！不需要打借条了吧？”王文招连连说：“不敢当不敢当，您用您用！”永兴拿过话机发话道：“我是李县令，各战场注意，打扫战场，无论民军、国军、保安军伤员一律搜救，全部回县城外集合，听到请回答，重复一遍，听到请回答！”

连续转达后，传来兴奋的回答声，可以想象他脸上挂着的是什么表情：“我是邱大耿，我是邱大耿，我已知道，我已知道，这家伙通话就是方便！"永兴道："好有好的好处，得不知它更有坏处呢？说不定有了这东西更容易找到你呢？我们没这东西想找我们就难！再见，邱团长！"接着拉过尹区长交代一番。

永兴对电台产生了兴趣，对通讯官模样的人拱手行礼玩笑道："请教先生，你这家伙是不是叫电台？"通讯官忙不迭答道："是是是，大人说笑了，三少年您的大名头远扬，今日有幸……"永兴制止道："别拍马屁了，我问你，你这电与天上的雷电是不是同父异母的，一丘之貉？"通讯官说："大人天资聪慧，比喻形象，比我理解深刻。"永兴道："那为什么你这电不打人天上的雷电打人？"通讯官回道："这是人造电，美国人爱迪生发明的，用绝缘胶包裹电线铁铜锡什么的，哦，就是把电隔开，伤不到人，就是伤人，力量也小。"倒也尽量解释得通俗易懂。永兴更来了兴趣："能不能让你的电打我一下，尝尝什么滋味，甜、酸、苦、辣？"通讯官说："可以！"掐断一种线头道，"请大人摸摸断头！"永兴触摸之下本能地缩手。周围的战友们何尝不新奇？几乎齐问道："怎么样？"永兴道："麻，不是个滋味！""哈哈哈！"

"押俘虏回城！"

茅皮山附近，满山遍野不分敌我，活着的、牺牲的、受伤的。保安团自损四百余人，民兵死伤仅十五人。为什么？退一步有什么事？海阔天空，然战争就是解不开的心结，就是碰撞，你找我我找你。

说不清来了还是去了，不知是对还是错，依山带水峰回路转，情义连接你我。有一天我们血洒山岗，进退共与，呐喊如歌！

一头狮子带领的一群羊能打败一头羊带领的一群狮子。这场不算小的战役，远定县保安团始终掌控主动，牵制着国军，老百姓安然无恙。

翌日小城外河滩,那可空前盛会,容不下四五万之众也得容,百姓、民军、保安团,团团围住残存的国军。王师只剩八百号人,黄团三百余人。邱大耿宣布道:"看在你们没有为难老百姓的份上,给当官的一个面子,把子弹留下,枪还给国军,送国军出境!"黄一甲道:"请求恩准我回老家看一看!"尹天应接话道:"这一点李县令早已想到了,可以,你的士兵暂留城里,我们供应生活,限你七天内返回县城带走你的兵和伤员,若你回老家捣乱,绝不再饶你!"黄一甲道:"不敢不敢,李县令大仁大义,卑人万万不及,惭愧得很……"沈秀才忍不住抢过话头指指点点雷声吼:"你看看你们现在这个样子,唉?!成者王败者寇,要是我们打败了,你们还会像我们对待你们一样对待我们吗?家家有土地有饭吃衣穿有什么不好?!你们硬要少数人吃香的喝辣的多数人吃不饱穿不暖,你们他妈的是人吗?国军弟兄们,你们也不想想,你们打的什么仗,卖的命有价值吗?!滚了你便宜你们了,滚!"民军有人嚷道:"让我们与保安团弟兄们一道把这些龟儿子送出境,我们才放心!"沈秀才说:"我看可以,只是要统筹一下。"

这最后一决战,初貌似一反机动蛮打,实则含机谋运筹。

"去把河妹抬回来吧!"永兴说,"破个风俗,把她用火烧了,骨灰用个盒子装上,我要把她带回天仓山安葬!"

还是那五个人,春娃子请命带一排兵,韩大一家大小也去了河妹牺牲的那山,那闪垭口。永兴亲自把藏着的河妹抱出来,想想怎么也难相信河妹死了。战斗停下来,睹物睹人,这才有空闲哭。

哭,百鹊、大大、石牛、顾铁儿哭,阙一芯哭,春娃子哭,兵士们哭,韩大一家大小哭,哭得哄声震山,哭得抽搐,谁不喜爱河妹呀,看一眼也足了,听她说句话也够了。大大抽搐着说:"河……河妹姐姐,跟我悄……悄说,她有……有了你的……骨肉！"众人听说，哭声轰地升高。当初沈秀才及时促成永兴成婚，河妹终于把自己完整地交给了爱到骨子里的人，如今性命都心甘情愿交给心爱的人。贡献最大的不是机关枪、神枪手，而是平常得不能再平常的河妹，财主的女儿。不求你深深记我一辈子，只求别忘记你们的世界我曾来过，不是每个擦肩而过的人都会相识，也不是每个相识的人都会让人牵挂，至少，在今生，在故乡那地方没有错过，爱情、友情我都有了，天大地大能和你相遇，真的不容易。感谢上天没阻挡相爱的鹊桥，别忘了，你们的世界我曾来过。

小城县府衙大门外大道上，涌满了百姓，不少小孩子头带白孝布，那是河妹曾教过的学生。专搭的火台上放张干净石板给河妹垫上，浇桐油时，韩大转不过弯子，怒道："我妹妹替你挨一枪你还要再用火烧一次，从古到今我们这里的风俗哪有这样做的，你太歹毒了吧？！"众人劝韩大："李县令做事总是有他的道理，我们有谁不服他？就听李县令的吧，节哀吧！"

火点燃了。刘参谋高声道："河妹是为保卫劳苦大众利益牺牲，是女英雄，给河妹送行！也给牺牲的弟兄们送行！"千多支枪向天鸣响，五十挺机关枪悲愤地狂射，毫不吝惜！

韩大看到这情形，满足了，心理得以平衡，另加感动，深深感到了生命的意义。

百鹊、石牛、阙一芯、大大、顾铁儿、春娃子帮永兴收骨灰，将骨盒送去县令官宅正堂供上，点上香蜡。百鹊沉沉地说："福娃哥，你送河妹回家，我也该回去，我也是李家的人。"石牛说："我也该去，大大也该去。"春娃子、阙一芯都说："我们也该去！"顾铁儿嚷着也要去。永兴道："该去的，不止你们。也好，就叫鹊妹、大大、石牛随我一趟，也好帮我搬些东西回去！"

黄一甲在我一班兵士的监护下带两手下急急起程返乡，因为他要在七日限期内返城。作为地道的老乡，他本可与永兴结伴而行的。当他返至木者河，正欲上大拐山时，近百人围来。其中有人说："告诉你黄老大，我们的弟兄战死在你手上三个，县令的爱人也死在你们手上，你还有脸回乡？我们的县令饶你，我们饶不了你，给我打！"一拥而上。兵士们睁只眼闭只眼，一顿乱拳脚，黄一甲急道："乡亲们，我已知错，别打了别打了！"兵士们方才拦挡。有人说："你老子知道你打了败仗，两眼一翻，昨日已去了地狱，你敢回去看你该死的老子，大拐山的佃家正等着要你狗命呢，你还是立马转身滚回去吧！当然，允许你吃了饭再走，但必须付饭钱！"

谁会给黄一甲做饭呢？只有保安战士出面，找得就近一小院，顿饭功夫聚来众多大人小孩，仿佛参观珍稀动物，但眼神却想要猎杀珍稀动物。黄一甲果真掏了饭钱，老乡一点儿也不客气地收下，但保安战士的钱死活不收。看这光景，回去恐怕只有触霉头，搞不好有性命之忧。

黄一甲气势汹汹带兵回故地，最终没回得了家，近在咫尺难进家门，灰溜溜折身而返，想起进山时朝天放枪的豪气："我黄一甲回来了！"不免羞惭伤感。

汉仲府扬大人早已知晓远定县风起云涌的均田地运动，但黑云压城时他已退隐井市为商。毕竟老资格，一天，专署内老下属跑去扬府说："扬大人，远定县打起来了，动静好像还不小！"

"嗯？消息可靠？"

"从远定县内一直传来，沸沸扬扬，现任曲大人已派人去了解。"

"好，去一趟专署。"

见到曲大人，落座问讯了情况，扬大人说："退居之人不干朝政，但远定县我不得不关心。"曲大人道："哈哈，谁不知道三少年与您老的关系？"

317

"这事曲大人怎么看？"

"难说。让他自生自灭吧！这才是折衷的办法。不过，招呼就不打就在我的地盘动粗，可恨！我倒希望那娃给我出口气！"

"是啊，"扬大人顺势强化道，"管他怎么搞，不但没影响到我们啥，反而对我们贡献更大，官税年年超额交，人人有饭吃，有什么不好？"

"扬大人您这口气像共党呢！"

"哈哈哈哈！"

"那娃会给你出气的，信不信？我敢保证那娃会派人来拜见你的！"

自生自灭？我就要的你这种态度，不火上泼油就行！扬大人心道。告辞。

五天后，永兴回到了天仓山。小的们都上坡干活去了，只有老人在屋。"爹，福娃回来了。"永兴刚走到院坝，一头跪下。

"爹，您身体还好吗？女儿回来看您了。"百鹊行了个江湖礼后跪下。石牛、大大也跪见道："大伯，您老还好吗？"

"娃儿们快起来。河妹呢？你手里端的个啥盒盒？"

永兴流泪。百鹊、大大跟着流泪，石牛眼圈湿了。

"她……她死了？"老人眼泪唰地滚出，声调变了形。"乡上来人……给我报信，只说我们……打赢了，可没……说河妹死了啊？我的好儿媳妇儿呀，她……是咋死的？你不是有神……神眼神速吗？"

大大为了述说清楚，揩把鼻涕整理整理心情道："当时在一个山上，福娃哥正在观察前面，没注意后面，我们都没看到，河妹姐姐看到了，挡在福娃哥身后，举枪都来不及，河妹就中弹了。"

永兴哭诉道："是河妹……救了我，要不今天，我就……看不见爹了。这盒子……里装的是河妹的骨灰。"

老人一把一把地揩眼泪："是她欠你的，是她欠你的！"

许久，问道："你去河妹家了吗？"

"去了，我……"

"不要说了，不要再说了……"老人再次泪涌如泉。

在天地面前，人力显得那样无能，舍不得河妹又怎的？

三天后，该来的人都来了，不必来的也上了天仓山李家，沈欣阳全家出动。按正式葬礼，将河妹的骨灰盒子放入棺材，抬送去了葛氏坟边。百鹊、石牛、春喜小弟们披孝引灵，永兴亲自抬头杠。

夫妻本是同林鸟，大限来时各自飞。安息吧，河妹，已是阴阳两隔，舍不得又有什么办法？你在那边我在这边，木者河依望着天仓山！

送走了河妹，永兴说："鹊妹，你们三个先回城吧，把沈欣阳带回去交给邱大哥，我还要留几天，我写了封信，把它带给沈先生，千万交到手，也不许偷看，别大意弄丢了。"百鹊一跳八丈高："你不走我也不走！"永兴道："好鹊妹，你们先回去再说，我要一个人待一段时间，想回来再回来就是！"

怀着依依不舍又疑惑的心情，不断挥手告别老人、全家人，百鹊、石牛小两口下坡了，沈欣阳的两随从帮助抱小孩。

两天回到县城，百鹊几人首先去县衙。沈欣阳抱过小孩道："大叔我回来了，叫外爷！"沈秀才问："永兴呢？"接过小外孙道，"一月不到长胖了！你们母子享清福啰！就是为了保卫你们幸福，你老子他们浴血奋战！"沈欣阳说："他爹实现了诺言，太平本是将军定，将军也要享太平！他说过这句话。这下我又可以去当先生了！"百鹊递上了永兴的信。沈秀才打开首先看到了信尾县令大印，大惊失色，因为永兴走的时候把大印交他保管，这不事先写好的吗？

"沈先生、韩大哥、邱团长：我李永兴虽年少，经风受雨多

319

多，世事蹉跎，我想清修些日子。反省人生世间至道，现在我交代几件事情。一、宣尹天应进县衙任远定县警察科长，沈先生仍为县令助理，韩大为财政科长，与邱团长，刘参谋组成议政会，分工合作，共同打理县务。决断仍以我李永兴的名义。二、有拿不准的大事，派人报我。三、准备好丰厚的山货特产礼物，去汉仲府看望扬大人安否？并向专署汇报县情。四、我的俸薪，先保留，按月给我送来家用。五、我的官宅暂叫邱团长、尹天应二人共居，以免闲话。和平时代无军事有是非，此信为令，以印为证。"沈秀才看完信，一屁股坐下道："坏了！"

大大几人急问："怎么啦？"

沈秀才喃喃道："未必远定县从今以后就太平了？"又道，"这事以后再说，先按他的指示办！"

永兴回天仓山后，方才带指示回县，更没打算让尹天应自带旨令进县衙，总比在城里先亮底牌好得多，少年处事老到。

出了县府大门，各回单位，百鹊的疑惑更重了，自言自语道："福娃哥怎么回事？"虽是自言自语，石牛、大大听得明白。石牛说："过年我们回天仓山问问不就得了？"百鹊说："牛二哥，你是不是该带大大回石板山炫耀炫耀了？你妈姓啥？"

石牛说："我妈姓唐啊！"

"我以为忘了你妈姓啥了呢，还有一件事，保你忘得一干二净，没良心！"

这倒使石牛吃一惊，摸摸脑袋搓搓耳朵说："鹊妹你先别说破，让我想想！"

"赌你三天三夜想不到！"

石牛一字一顿边回忆边说："你是不是说，很久很久以前也就是说五年以前十三岁的一个初夏的一天我逃命去万僧寺，路过一个山上一户人家，那家人接济了我，我该去谢恩了？那家有个老翁！"

"聪明！"

凭少年县令的声望人气，帮工的人绰绰有余，修个袖珍型亭子六天就成形了。先粗后细的装潢也已完成，那亭子修在湾脚乱石团边，上层铺了张禅床。冬天冷，永兴就搭床被子在腿上，啊！听着山音听着瀑流声响如同催眠曲，开始正式修禅了！这时候是不能想河妹的，不是无情而是道。提得起放得下，一坐两时辰过去，看看瀑流，起坐去乱石团上飞步活动气血，否则会因禅而枯，因利生弊，坐枯禅了。

永兴就在县府退引幕后，安个舒适的禅修之床不行么？

第四十章　意外之喜

"大大姐！"百鹊以三少年的排序称呼大大，去石牛屋找大大，其实她比大大大两个月。"准备好了没？可惜我们只同一程路！"大大说："大人闹栽田，细娃儿闹过年，你怕不是闹过年吧？"

"好啦，走啰！"石牛自当发挥长处背东西上路。

远定县府所属各部门年前除留守值班，大部分回家团年。军营的老兵总不能老光棍老死军营，除邱大耿带来的平川人外，全是家乡子弟兵，轮换回乡探亲。邱大耿集合全团讲话："希望回去的弟兄们像我一样给我整个媳妇儿回来，必须给我完成战斗任务！带回的是喜讯！"有将士道："报告！请问邱团长，您说回去给我整个媳妇儿回来，一人给你整一个回来您吃得消吗？"

"啊？这……你小子就会抠字眼！"

"哈哈哈哈！"

又一个士兵道："报告，未必这是团长军令？整不到就军法处置，不能回来？"

"是又怎样？"

"哈哈哈哈！"皆大欢笑。

老天似乎要给这一年作个总结，大雪纷纷扬扬飘落在皇历的最后一页。五峰山上更难走了，这里百鹊曾多次留迹，与石牛、大大早在山下就分路了，啸啸山风如鬼嚎，久经沙场踽踽独行半点不惧，何况心中有颗牛郎星在相伴而行？

风尘仆仆头结冰，荒路蒌蒌足裹雪。下午时分又爬上李家当门坡脚，百鹊老远就大喊："爹，福娃哥，三嫂子！"

大花狗首先回应。"天啦，是鹊妹回来了，快去接！"永山两口子，福娃与春喜跳下坡去，一股暖流上了百鹊身。

家，这就是家！

轮不到永兴动手，嫂子早已倒来洗脸热水，又泡洗了脚，百鹊换上自带的衣服，这下安逸多了。

李家团年饭一贯迟于河对岸山腰的鞭炮声，"鹊妹，"永兴说，"运气不错，差点儿没赶上团圆饭！"李春玉说："女儿啦，你辛苦地回来就好，我们正在念叨，爹高兴得很！把河妹的酒也斟起，待后挑几样菜，端到你妈、河妹坟前去！"春喜对百鹊老是飘以神秘而畏惧的眼光，百鹊感觉到了，说："弟弟，姐姐带回来好多钱，给你买布缝套衣裳！"

天伦之乐，抿点苞谷酒，吃着稀缺的河坝才有的大米饭，福娃说："爹，莫喝过量了，伤身体！"李春玉道："县令的话我还能不听？"逗笑了小的们。

去了坟前，又要引起伤感。硝烟战场映现，痛失亲人无奈。

大年之夜吝惜的人也要要把大方，多添干柴烧上大火守岁。

百鹊便在哥嫂的询问下讲起了战斗故事。这会儿，生死杀伐血腥变成了浪漫一歌。李春玉老人何尝不想听呢？他屡想问永兴，他知道老九的性格，不爱闲言碎语。他看得出，福娃对一切已显得平淡。百鹊说："还有一件事忘了告诉福娃哥，据我们的眼线报，王文招回去被上方问罪，找替罪羊，把王三春杀了，总是说那一切都是王三春引起的嘛！"永兴说："可惜了他悔之晚矣，未得善终。"

守岁的鞭炮放过后一家人仍无睡意，李春玉老人说："今晚上我当着全家人的面说几句话，河妹不走也走了，活着的人还要继续赶路，百鹊与福娃生死患难，缘分本来就深厚，河妹与福娃拜堂我当老的不在场，现在我要亲眼看到福娃与百鹊在我面前拜堂成亲！"

此言一出，小的们大吃一惊，虽然不觉得意外，吃惊的是老人胸有成竹，语言来得陡。"正月初二三，趁你几个姐都要回来拜年，也不请客，就把堂拜了，大家有没有意见，同意的举手！"这倒新鲜、有趣，永山娃两口子呼地举起了手，嚷道："要得要得！"连永山的三岁小儿见状也莫名其妙地举起了手，唯有福娃、百鹊低头不举。

李春玉举起了长烟杆，朝福娃道："你举不举手？不举老子一烟杆砸下来！"福娃赶紧举起了双手，道："我举我举，我投降我投降！您这不屈打成招嘛！"

老人又将长烟杆举向百鹊道："你举不举，不举同样一烟杆砸下来！"百鹊道："县令就投降了，我还能不投降吗？"扑哧一笑，举起了双手。庆幸一筹莫展的天情地爱，被老人一烟杆敲定。爽快！

兴许是特殊时期，正月初三，李春玉的三个女儿携夫带子不约而同陆续回到娘家，来得整齐，别提有多欢欣了。见到了少见的百鹊、福娃。只是愁挤不下床铺，得临时添加凑合。好亲热呀，说不完的话，问不完的事。百鹊说："没想到三个姐夫都去参战了，我们根本没把他三个估计在内。"大姐说："要不是我揪他耳朵，他还不懂道理呢！没出息！"百鹊说："你就不怕他打你？"三姐接嘴道："他敢？我们有福娃弟弟！"女婿们嘿嘿笑笑。当得知鹊妹与福娃弟成亲的事，乐坏了众姐妹，谁心里没闪念过这事呢？还在河妹之前就想到过，还在百鹊上天仓山那一刻就意想过。只因河妹先入为主，而河妹化铜融铁的韵味，哪个不被融化，能作他处想呢？

众姐妹姐夫忙得不亦乐乎，安排新房替百鹊梳妆。嗬！这一打扮模样翻新，配上男娃性格的消失女儿态的复苏，新娘子的味道出来了。

咦！李春玉看得就合不拢嘴，仿佛是他要进洞房似的。

正月初四只图个双日来不及请人看吉期，所有比福娃大的家人簇拥老人在上，享受天地之拜，外加一挂鞭炮打打响声家人自赏，送新娘入洞房。

少时的初遇似乎偶然，朦胧中就以为并认定他是我的，恍惚近了又远了，深深埋葬少女情意，不料路转峰回远了又近了。谁叫河妹花烛夜说，我知道的，鹊妹喜欢你，可我怎舍得放弃，除非我死！不是在梦中，不是未曾触摸过，为什么此时的触摸那样新奇？这一时刻终于到来，只等着体验神奇。百鹊的手主动伸出，福娃已是过来人。我曾妒忌并不嫌弃，给你，我的灵魂，我的肉体，曾经的生死与共，终于又战斗到一起！

福娃只觉她浑身滚烫，冷却太深的火山爆发，直想将他融化。呻吟轻轻自发。突然，百鹊狂叫一声，吓得福娃一惊抽身。"你别管！"抓回抽身的他。突然又失控连连尖叫，吓得福娃退身不敢再上。埋藏得更深，原来爆发得更猛。"你咋了鹊妹？家人听见了多羞人？"人类这个高级动物，却多是夜幕下偷摸行为的产物，似乎见不得人，更不能像低类动物不分场合。这世界生命谛理究竟是什么？家人真的听到了，李春玉一头爬起："未必福娃在打百鹊？不可能啊？春喜，你起去看看，问是不是在打架？"

百鹊听见新房门前春喜的声音："鹊婶儿，爷爷叫我问你，是不是幺叔打你了？"百鹊吼道："你别管，回去！"

"你看你看，听见了？"

百鹊不理，心中道，难道河妹在这种时候晕死了？"福娃哥，够了，今后你要干啥我不拦你！"

福娃的生活规律是不能破坏的，每日清晨去亭子练功，风雨无阻。

一回生二回熟，翌日夜，百鹊又肆无忌惮尖声连叫，再次吓退福娃。家人不习惯也得习惯。

第三夜，福娃不敢再上。"福娃哥，我慢慢控制吧，对不起，别泄气。"

第四夜，福娃不行了！受惊的后遗症。

姐姐们似乎明白了，只在心里羡慕。陪了福娃夫妻几天，回了。

福娃说："鹊妹，正月初八你按时回城公务，五月二十九你们回来接我回县衙，帮助带东西回城。"

"三嫂子，永山哥、春喜，爹年岁大了，"临行时，百鹊恋恋不舍告别，"饭给爹煮软点，有病了替我多照顾！下次回来给你们带好吃的！"

李春玉说："我的女儿，你放心去吧，还有福娃在家呢！去送送百鹊。"福娃说："不用爹提醒，那是自然。"

百鹊回城，只字未吐自新婚之事，以免闲话，河妹尸骨未寒已寻新欢。但沈秀才语重心长地吼道："百鹊啊，天意，你该与我那得意弟子交交心了！"百鹊低头抿笑，笑沈秀才马后炮。

百鹊走后四天，李春玉老人一改早起习惯，懒床睡到太阳升。春喜进屋去唤。却不见回音。"三婶儿，爷爷不答应！"媳妇儿去叫，也不给面子。点灯细看，不对劲，大胆摸摸，大叫起来："爹死了！快去叫你么叔、三叔回来！"呜呜呜，春喜哭着出去了。

人生征途中，总会遇到很多生命威胁，抗拒死亡的威胁却是一种本能，然终会一死。李春玉终于实现了意愿，看到福娃百鹊拜堂，无疾善终。

永兴的喜事可以大事小办草草从简，但丧事只能大张旗鼓了，女儿们折身又回娘家，远亲近邻火速报丧，乡长当支客师。李春玉生前没有这样的心愿，福娃也会这样做的，请僧人做道场，超度亡灵。并要求至亲、家人戒斋三天。一般客人则无奈随俗。老人的死讯，可惜报丧城里来不及，人气比葛氏差了许多。

大大是身别盒子枪、着军装随石牛回石板山的。一路招摇，那可风光带劲了！"石牛回来了！"走进街道，石牛主动频频招呼、应答。过桥上山坡，到家了！

"爹、娘，石牛回来看爹娘了！"爹娘气色比往年好了不少，惊喜地不看石牛直瞅大大。大大见状叫声爹娘，爹娘诚惶诚恐喔喔答应不迭。石牛骄傲地："嘿嘿，她是我媳妇儿！射击教官！"石牛的爹娘似懂非懂，相形见绌之下，不自觉地拍拍自己衣裳的灰尘，去擦灰板凳，迎接神仙般的儿媳妇驾临。

不分亲疏，团转四邻都来朝贺石牛。见小两口正在整理打扫，便随机帮忙，屋内屋外顿时井井有条，焕发出朝气。城里生活习惯的养成带回乡下了。

当年为石牛出主意逃命的邻家人已快变成了老头，最高兴石牛回来，成了常客。石牛没忘记指点之恩。"表叔，受石牛一拜，这七尺蓝布送您作套衣裳！"

"哎哟，这可要不得，拜就免了，布我收下，但我有个要求！"

"啥要求？"

"这次回来消停了，把你从逃命的那时起，到现在打胜仗的过筋过脉给我讲，我要在街上茶馆当故事讲！"

"这个……"石牛使劲搓耳朵，"叫我媳妇儿帮忙！"

小两口夜夜对练，石牛名副其实，轻伤不下火线。这夜大大说了句悄悄话："我有个小石牛了，轻一点！"嘻嘻，嗨嗨！"明天我问你娘，要注意些啥？"

年前的每一夜，邻家人就要去石牛家，提醒道："石牛，昨晚讲到哪一段了？我已经听神了。"

过了大年初二，石牛带大大踏上了少年时逃命的路径。

"那年我就是从这里过的河上山，大大，我背你过河！"

"不用，把小石牛压坏了！"嘻嘻，嗨嗨！

战争、和平，生活的真谛是什么？

上得山来，再行得许久。

"大大，看，就是那家人，还在！"驻足观望。大大笑了："还在？房子能走路吗？"还是那个下午已非那年的下午，旧地重游，石牛也能感慨，少年之行之情景宛若再现。"大大，你说，好人做好事搭救人图啥？"大大想了片刻，道："图啥？啥不图，积了德吧？走吧！"

一条大黑狗现身房边，排异天性直冲生人而去，石牛没有福娃的绝活，但有牛气，嗄嗄与大黑狗来了个反冲锋，黑狗见来人比它还凶，掉头退却，却愈近房边胆量越大，死不肯退。主人出来了，却是一没印象的中年人。看二人行头，大为惊诧。"你们是……"石牛说："大哥你好，进屋再说吧！"

这家四口人，两大两小。石牛问："大爷呢？五年以前我路过你家的那个老爷呢？"中年人说："喔，你大名是不是叫……石牛啊？"大大接话道："他就是你们家搭救过的石牛！"

"哎呀，贵客到，这位是？"

"远定县保安团射击教官，我的媳妇儿！"

"哎呀，"中年男人手足无措："娃他妈，还不赶快烧茶？"

当年烧茶的半大姑娘可不是这个样儿。石牛又问："那年我路过你家的那个妹妹呢？"

"走婆家了，四年了。你说的大爷是我父亲，你走后不到半年就过世了。你那年过路，我两口子不在家，去了她娘家，回来听我父亲摆起你。"

人生无常，岁月无情，半大姑娘、老翁还会等候你来谢恩吗？石牛不免惋惜。死去的已没法子，大大说："我们是来谢你家那年搭救之恩的，能把你妹妹方便叫回来我们看看吗？"妇人说："远倒是不远，七八里山路，这么重的贵客，"吩咐道："可娃子，跟你妹妹去叫你小姑回来，快去快回来噢！"

入夜，回来的不止那年的烧茶姑娘，还有丈夫、家人，手中提着一只大公鸡。

相别多年，物易人非，不可能面目全非，石牛还是一眼认出。"妹妹，石牛看望你来了，我还想要你给我烧杯茶喝呢！"

"哎哟，石牛大哥耶，你发达了，能来看我们，我的手脚就不知道往哪搁耶！"众人新奇、欢喜。一行人到得屋来坐下，石牛说："今日我石牛滚打出来了，大哥、妹妹，你们站好，请受石牛一拜，谢那年你家搭救之恩！"

"石牛小弟言重了，那算啥打救？哪个把那点事放在心上！"拜罢，大大拿出二十块大洋说："大哥、妹妹，这是我们的一点心意，莫推辞，收下，别扫我们的面子！"

天大的面子能不给？意义远胜过那大洋。只得感激地收下。谁说点滴之恩何需涌泉相报？因果种种收收，收收种种，本息在冥冥中膨大，照单全收。

"老太爷的坟在哪？"石牛说，"我要去烧炷香！"

这无疑是个愉快的夜。少不了刨根问底听神奇故事。那只大公鸡为贵客临门英勇就义。

翌日，恩家煮鸡蛋、烤馍饼，众人送石牛二人下山返城。

烟雨红尘，红尘凡事，凡事无常，无常有乐。人世间最激励人向上的，莫过于美好的情，纯挚的义。

第四十一章　风起江湖

（一）

赤日杲杲是制造夏天一说的大师，万木葱茏包装了莽莽群山削弱了太阳的毒辣。冷静热潮一阴一阳。太阳不分好坏只管提供能量，于是大地万物众生毒物邪刺、好花佳品齐发。鸟语蝉鸣燕雁代飞，蜓飞蝶舞蛇行蜂潮。战争风云稍息，江湖暗流涌动，桃红果熟了。

尹天应怀着感恩知遇视死如归的心情升调县府辅政，一心扑在主管巩固子弟兵用生命、鲜血保卫的成果，一晃就到来年夏季。忽一日一拍脑袋，大叫一声："真是领不完的教哇，怎么就麻痹大意起来了？"立刻去见沈秀才，召邱团长聚商。县令官宅里，三人会首，尹天应道："我提议，立即派百鹊、石牛、大大、春娃子带一机枪手组成一个小分队，去天仓山护卫李县令，保证他按时归职。不怕一万只怕万一，一个好汉三个帮，我们已有过深刻的教训了，别以为眼下太平，他还有江湖过节！"邱、沈二人道："哎呀，这事我们大意了！立即照办！"李县令之父

329

过世他们早已知晓，不免哀悼一番。

　　大大不意流产，休养不到半月，二话不说，身背长短家伙加入小分队。春娃子率小分队三步并作两步走，一天多赶到天仓山，时值午前。李家人说，昨日早福娃挑红色的摘了篮五月桃，说回城前要去万僧寺拜见无修上师，今天就没回来。百鹊说："大家吃过饭，随我去万僧寺！"

　　下午时分赶到万僧寺，百鹊领大家进去拜问上无下修上师，一大和尚说："上师已闭关两个半月，开始还喝点儿米汤，后来渐渐只喝白水，还有半月才出关。百鹊施主有事可对贫僧讲。"

　　"请问大师父，福娃昨日来寺未归家，是不是已剃度出家了？"

　　"没来呀？上师闭关，李施主来寺我们应当知道！"

　　"什么？没进寺？"众人惊疑起来。"那他到哪里去了？"顿时一头雾水，百鹊急了，她本来感觉就不好。大家何尝不急？石牛两锤一碰，嗨嘿呀呀一声："这咋回事嘛？"大和尚道："阿弥陀佛，施主们是不是在附近打听打听？"春娃子说："也只好先这样。"

　　小分队向原路两侧寻访两民家，都说未见过，福娃县令他们认得的。机枪手说："我报个响声！"哒哒哒——！对空一梭子，声震山川。然后大家静静聆听，希望侥幸有反应。大大说："福娃哥是不是回去了，不小心错过了？"百鹊说："我们再去沈秀才家问问，不行我们就回家看看！"这已不是百鹊个人私事性质，亦非哥们几个人的义气行事，而是重要的公事。

　　去沈秀才家依然未得到哪怕是一丝线索之光。望望乌云泛起，遮住了晚霞散布天空，又像要下暴雨似的，更加重了小分队沉沉的心情。带回李家的是夜色、更不安的砝码。

　　百鹊哭了，有声有色地哭。内心在喊，福娃哥啊，我的福娃哥啊，你是不是出什么事了，不会呀，你那么高的武艺！没有你，我就像掉进了地狱！你是远定县的擎天柱，也是我的魂儿所依，只要你在我的知觉内，只要有你的消息，我就安心落意，谁说只想那事才是夫妻！

三嫂子早已煮好洋芋搭玉米饭，铁罐煮的特香，有她最爱吃的脆锅巴，她吃不下，众人也不吃。百鹊戛然收住了哭声，道："吃！无修上师无所不知，明日早再杀回万僧寺，跪求上师点示！"百鹊似乎已杀伐成性，返回万僧寺也要说成杀回万僧寺。那夜她与福娃云里雾里，福娃因她放肆尖叫受惊，一而再，再而衰，她鼓励道："福娃哥，不要紧，歇会儿再战斗！"

翌日返回万僧寺，早有昨日那大和尚迎接道："上师传出话来，李施主有难，尔等静候。"上师的话哪个不信？终于有了一线希望。

原来，福娃去万僧寺，习惯性地带支短木棍，那支随身匕首只在战场上劈荆棘、活捉王文招用过。行至当年陈正高父子遇见吕在二之林地，历史的片断犹如重演，吕在二与三徒弟、一个超常身高，行头特别的怪人出现，搭眼辨认出李永兴其人。"冤家路窄，"陈再一仗势出面，"你不是威风八面的李县令吗，听说河妹死了，早些当我的媳妇儿会死吗？咋个一人独行，想去当和尚，凑万僧之数吗？听说还差四个了！"

未曾蒙面的其他几人立即上了兴趣，怪人挤出声音道："吕兄，他就是你说的那个李县令？"吕在二侧耳道："大哥你说什么？是啊，交往不浅，如假包换！"怪人又道："一万个，有趣，让它永远凑不够万数更有趣！"一个徒弟说："还带的桃子呢，像媳妇儿回娘家差不多，拿来供爷们吃！"福娃放下篮子，道："看来我这篮桃子是提不到万僧寺啰！"

吕在二总是侧耳倾听人们说话，然后道："恐怕你人也去不了万僧寺了，带我们去找扬枝水和她的那神水！"福娃咧嘴一笑："你们有人中奇毒了吗、如果我不去呢？"怪人冷冷道：

331

"你说对了，听说你武艺超凡，去不去恐怕也由不得你！"吕在二紧接着道："这人我了解，傲骨一大把，大哥，要给他吃罚酒才行！"

福娃道："吕在二，城边一别，看起来这么多年你没长进年纪倒是有长进，去两极山为你治病魔的心了师，就是扬枝水，她难道未告诉你吗？怎么要我带你们去？"

怪人说："今日这不是缘分吗？霸王敬酒——不干也得干！"

"我可以带你们去，等我去了万僧寺，然后带你们走一趟！"

"不行，现在就走！"

福娃道："看来你们是有意找茬，翘起你们的尾巴，想屙什么屎就屙吧！"说着闪身退离，手握短木棍。

怪人道："还啰唆什么？上！"

呼啦啦五人围捕开始，吕在二还未领教过福娃的深浅，他老子怎么吃的亏无从知晓。福娃已退离对方五丈左右，他有目的，双方都感到距离接近较佳值，吕在二率先双碟发出，碟也有师徒之分，师傅碟带出徒弟碟，一时间八只碟飞舞，穿叉迂回树间，集体的力量，破空的嘁嘁声大振，这正是福娃所需要的效果，然而太多了，福娃借助大树遮身，已挑中六碟中之三碟于短棍上，还未来得及放下，又三只碟绕树近身，只好闪躲，顺势溜下棍上三碟，说时迟那时快，余下的五碟又先后而至将他抄杀，福娃又挑中两只收下，干脆不躲不闪，运神力立定专注剩下的两师傅碟一徒弟碟。当最后三碟重新飞回出发点，吕在二将双碟抄捞在手大吼一声再次旋出，间不容发，福娃又将其余碟悉数收下，八碟全军覆没，一去不返！观看飞碟表演的怪人一惊，随即露出冷笑："我们齐上，逮住他！"

好哇！永兴心中叫一声，施展开神速，他打算每人膝盖上敲一重棍，使其丧示战斗力。对方五人散开包抄扑来，福娃首选吕在二，一道闪电扑近，吕在二右膝盖中棍，扑地跪倒，又一道闪电朝左边两丈之距树间的怪人射去，怪人左膝盖中棍，怪人不倒，福娃却哎呀一声全身发麻，仰面跌倒，怪人俯身又将福娃抓住，福娃全身抽搐，怪人松手，三徒弟一拥而上，将福娃反手擒住，福娃栽了！

怪人道："找个葛麻藤，把这个狗屁县官绑住手脚！"陈再一道："老子今天终于出了口恶气，叫你抢河妹，叫你害河妹！"拍拍给了福娃两个左右开弓的耳光。另两徒弟去扶吕在二。

堂堂县令，威名三少年，受如此羞辱，福娃心里还真不是个滋味。不是滋味的，还有此时一身的瘫软感。傲骨之气受到挑战，怎么平衡得了这心理？人的性格在受到冲撞时，常人的表现是要么失去理智死挽面子，要么用"好汉不吃眼前亏、人在屋檐下不得不低头"自我解嘲，佛人却视为磨性，遭横逆如获至宝，受恶骂如饮甘露。林间知了依然翘尾天真地放歌，吵得一塌糊涂，似一群小儿围观，远山的包谷鹊儿（布谷鸟）发来惊问声声。

福娃被押上路，被绑的两脚是无法迈大步使神速了，绑得太结实，四股藤扭成一股绳。非但不习惯亦十二分不舒服，勒久了还疼痛得紧，早熟的心境他坦然面对但在咬牙坚持。不过，他并不害怕，他在思索，这怪人是什么功力？他在回味被击倒的感觉。

忽然他大叫一声"对了！"吓了众人一跳。吕在二说："什么对了？"福娃笑笑："我欠你们的，你们整对了！"继续行路，继续思索。对了，与我那次摸断头电线感受差不多，是电！是电的感觉，只不过力量的大小不同。幸得那次开玩笑摸过电有了经验，不然福娃永远想不透。人生中，你能说有时的无谓举动无谓、多余？兴许就是种因缘。

福娃继续思索，但什么东西能克这怪人呢？虽然他深谙万事万物生克利弊之理，有生必有克，毕竟是理论。他想到那通讯官说的胶，但莽莽大山哪里见过什么胶？恐怕整个国家都稀有。木棒都通电，恐怕铁类更不行。生活中，还有什么东西能克电呢？福娃陷入了迷茫。历史至少是在长河中蜗牛般蠕行的大山历史，哪里能给福娃提供经验的机会？

"喂，这位高人，"福娃驻足问道，"山高水长，请问你是何来历？"

嗨！称他为高人并非虚情假意，虽然有些不情愿，个子高，功力高嘛！怪人说："等你找到了人和水再告诉你！"

（二）

心了那年去两极山为吕在二解魔，难免夜长梦多及时离开两极山，一去无踪。吕在二却因初尝女性体贴激发出情愫。禅功不进倒也解脱为常人，只是图方便蛮练飞。陈再一等三徒各在铁匠铺打得飞碟同练，倒也有些准头、力道长进，一时间两极山上八碟往来飞舞，生气勃勃。

闲下来时，吕在二常想念心了，恨自己傻，心了去哪姓啥都未问过。日有所思夜成梦，也不知是不是梦，反正恍恍惚惚忽然感觉到，她就是扬枝水！她就是扬枝水！父亲要杀她，我要把她弄来作媳妇儿！但去哪里找呢？对，去找李县令李福娃，不行就去万僧寺住下来守候！思路似乎很久没这样清晰过，吕在二高兴得失眠了，翻腾着无意识地掀开麻织蚊帐，顺手放大灯苗。许久许久，终于入眠，忽觉右耳两只蝇子在忘情地吸吮创伤，那是白天林中刺挂的，恼怒地一巴掌拍向右耳，却因用力过大，震破了耳膜，脑袋嗡地一下一片空白。"妈的个述，搅老子好心情！"

怎么只嘴动，听不见自己说话声？再试试，爬起身"啊"地狂吼一声，却因从未习过狮子吼挣破了喉咙，生痛生痛忍不住咳嗽，一口血出，怎么自己声音这么微弱？干脆起床，又蹬不上鞋将鞋倒穿，气恼地将鞋扔出，刚好砸在了受惊动掀帘而进的大徒弟脸上，鼻出血眼流泪，禁不住后倒又撞在三徒弟陈再一的裆部，哎哟一声。师傅是不是又走魔了？真是恶性循环一损俱损。"师傅咋了？"吕在二挥挥手，沙哑着勉强出声："没啥，不小心。"

看来翌日起程的打算取消，得将息几天了。

翌日上午，两极山来了一行者，年约三十以下，光头，略胖，身高六尺，一身红布夏短装，左挎白布包袱，右持短铁棍，这身行头明显是刻意创作，面目到也周正，只是脸色黄得太过分，直使人怀疑他是不是正宗的黄种人，抑或说他才是没加调色的纯正黄种人，或许是我们的远古祖先？

来人得弯腰进门，人类的社会行为、设施、衣物大都没照顾到特殊群体。开口道："出门问路入乡随俗靠山吃山靠水吃水，歇个脚找口饭吃行吗？"音调让人吃惊，如从细管挤出，个子比常人高出一头，语气也高人一等，看似礼貌实则口气十分不恭。这一切令两极山主人好奇那是绰绰有余了。吕在二侧耳倾听，然后且直勾勾盯着怪人说："请吧，哪来的？"随便招呼的口气，言罢指指右耳、喉咙，示意余下有话要徒弟们代言，招呼坐下。怪人充耳不闻，细管里挤出声音："去万僧寺还有多远知道吗？"

陈再一道："晓得，我就那边人氏！"

"噢？上山遇到砍柴人，下河遇到打渔人啰？"怪人似乎有了兴趣，口气依然缺乏真诚。"你们几个是什么来路？"反问起来。二徒弟搭腔道："哼，吃屎的把屙屎的吼住，该你先回答吧？"他不知道有喧宾夺主一说。怪人起身朝二徒弟靠拢，伸出手道："小兄弟所言极是，握个手吧！"二徒弟伸手大叫一声跌倒。怪人道："不知天高地厚！"又对吕在二道："你也试试？"徒弟跌倒不定师父也跌倒，吕在二当然不信邪。结果是，

335

一视同仁无师徒之分。

原来，此人乃扬枝水舅亲。天下无奇不有，八岁时好生吃蚯蚓，当然用清水洗干净。至十四岁得一怪病，裆部阴毛长得渐渐硬如筷子粗，不雄起便罢，雄起时一摸之下生痛。十五岁时，在野外高处遭雷劈，一团光线直刺其身，他却安然无恙。

怪了！谁会相信其说？

又一次暴雨，电闪雷鸣，他拿出铡牛草的铡刀向天吼："来吧！雷神，我不怕你！"铁铡刀果然招来雷电，嘎滋滋轰隆一声电光劈到，打了个趔趄安然无事，家人这才相信。谁不称奇？

渐渐又发现，谁触及这人身体便会遭电击，唯有直系血亲及两代内旁系血亲能够幸免。家人皆矮个，不知是不是雷电破坏了生命基因，从此个子疯长，十七岁身长六尺余。吃了五谷生百病，人类贪吃，何况生吃蚯蚓？不知是否生吃蚯蚓之故落下怪病？面部纯黄，而身音渐渐变细更不知何故了，虽然痛苦地戒掉了生吃蚯蚓的嗜好。

"怪人"当之无愧，人们渐渐忘记了他的真名。

怪人有欲，但说不到媳妇儿；怪人怪病，无药可医。怪人天之品性如何？行为是镜子，可能缺乏教养。子不教父之过。天赋超能反倒成了负担，难以被世俗接受，又渐渐变得孤独、孤傲，弃家出走，越走越远。生活呢？凭他的绝活，还讨不到碗饭吃？实在不行，可重操旧业吃蚯蚓，而他那身红白相映加光头打扮，是他出行时刻的意造作。

一日在异乡，忽地想起外侄女扬枝水，又曾听说有人见扬枝水离乡东去，可能是去万僧寺剃度出家，便起念头去找扬枝水。至于能得到什么，模棱两可。

走过千山万水，走过一年又一年，这又来到了两极山。

怪人亮出怪功夫，征服的结果喧宾夺主当了大哥。吕在二渐渐亮出底细，自然谈到扬枝水。

"扬枝水？"怪人大喜过望，却觉失去矜持，立即恢复了冷傲神情："这么说我们有缘啰！我是她舅。"

"啊？"这下吕在二师徒大喜过望出自真情实意，距离越拉越近了，"扬枝水"成了媒介天使……

一家人不说两家话，怪人希冀甘露水能治他怪病，不治也能强身健体呀，吕在二是其人其水都想得到，天下再也找不到比这更投机的共同语言了。但吕在二并非和盘托出留了一手，他不能说出其父追杀扬枝水的事，除非得了神经病。

倾巢而动，对徒弟来说算是江湖历练。他们先去远定县城，得知李县令已回天仓山，并不知晓百鹊、石牛底细，便去木者河陈再一家为据点。先去万僧寺踩点，而后去李县令家，抓李县令这条扬枝水最佳线索。不曾料想半途相遇福娃！

这伙人首先要经过远定县地盘，福娃就没有一点机会让他的人民知道县令有难吗？从而让人民解救他。福娃不愿给人民带去麻烦甚至流血牺牲，亦有心为这伙人取得那甘露水，尽量带这伙人避人烟就野露，要充饥派人去索取。出了县境就大方了。

行程九天，永兴带这伙人来到云雾山下，那曾几番讨扰的胡家。女主人扫瞄这伙不速之客，从人群中搭眼就认出她早已知晓的远定县县令李永兴。但见手脚被束，"李大人，你……"永兴道："大婶子，好久不见，你全家还好吗？这些人要在你这里歇个脚！"大婶听出话音，连连道："进进进！"惊惑的眼光，十分想知道这是怎么回事？

一行人进正屋落座，永兴说："你们听好了，吃饭给饭钱，住店给店钱，喝水就免了，不准为难主人家，否则休想得到神露水！"怪人挤出细音："好说！"

晚饭时，全家大小外出劳作归来，惊疑得紧。"你们这么多人干么子的，我家的老朋友是县官，他怎么啦？"小少年则靠拢永兴亲热。永兴说："江湖上的事，你们别怕。"

337

这是九天来第一顿正规吃饭。永兴说："总该解开绳索了吧？"陈再一抢嘴道："没门儿，你跑了怎么办？我们又追不上你！"

永兴笑笑道："我说你们这些人的脑壳是不是泥巴捏的？难怪没出息，一点儿道理都不会想！张大耳朵听好了，本小爷给你们开导开导。我从来就说，让我先去万僧寺后再带你们来。并未拒绝你们的要求，有心帮助嘛，再说，我要拒绝，早可以惊动我远定县百姓，就是你武功再高，你们也走不出我远定县的，不会没听说过吧？远定县一场大战，近三万百姓参战助我！信不信我略施小技就能让我的人民知道，然后呢？千万百姓越聚越多，堵截你们，再然后呢？有人火速飞报保安军，子弹手榴弹你吃得消吗？再再者说，神露水之所以奇缺，会像大江小溪山泉那么方便吗？飞檐走壁你们行吗？绑住我手脚怎么带你们攀崖走壁？想想吧，一伙笨猪！"

"放了他！"怪人说。

永兴笑笑地："总算有一个聪明一点的！"

吃饭时，女主人总是给永兴多添多夹菜。说："李县令啊，吃，多吃点，你们县打仗的事都传到我们这了，好人啦，李县令！"说着掉下了眼泪。永兴道："大婶，又给你们添麻烦了。"

也许是日有所思，永兴端碗吃饭，忽然想到，这瓷碗能不能隔电？瓷能不能隔电？待我试它一试！大不了你再把我制服捆起。吃完饭，永兴假装不小心瓷碗落地而破。"对不起，大婶，可能是手被绑得太久还是麻木的！"弯腰下桌拾碎块，闪手将一块大的揣入怀中。男主人连说"不要紧不要紧！"

饭后已近下午，永兴说："大家到外边院内，我有事情交代！"

来到院内，永兴靠近怪人道："此神露水就在此山中峭壁上，扬枝水在不在我不肯定，但水我会弄来，此水半天才能接一葫芦，确实神奇，救过我的命，但对你们什么怪病有无效果，只能实验才晓得，相信我不会骗你们！"猛地掏出破瓷刺向怪人手腕，怪人手出血尖叫一声后退："你想干什么？"

出笼的鸟，永兴想整你还能躲得开吗？再一次刺破怪人大腿。吕在二师徒这下反应极灵，心知李永兴变卦了，后悔不及，一齐扑向永兴。永兴紧急启动神速，闪腾挪飞，顷刻四人手腕中刺，削弱了战斗力，再一次神速，每人咽喉赏一扫掌，全只顾咳起嗽来。胡家人免费看了场绝彩恐怖大戏，方见远定县少年县令真本事。永兴对已经哑巴又难动弹的这伙人道："好好在这待着，等小爷给你们取神露水来！高个子，别以为功夫、个子都高人一等，难道你还不懂，这破瓷就不买你的账！"心下不禁狂喜，冒失实验，一举成功。又道："请胡家把这些人招呼好，晚上把他们弄到屋里去。哦，大个子你们不敢摸噢，叫他自己想办法进屋，等我回来，我去也！"无缘无故使出神速闪电般飞去。

他为何不欢喜呢？破译了大个子神功。那神水圣地，才不愿让你们这样的人去玷污呢！

胡家人张口结舌，面对突变转不过急弯。我们的老朋友本事那么大，怎么就被绑起来了的呢？哦，是不是吃了暗亏，那高个子？不让我们摸他，肯定邪门，哼，谁愿摸你呢，长得好看吗？那瓷片又是么回事呢……

永兴本该翌日才能返回的，不料傍晚就返回了胡家，满头大汗，手拿去时没有的葫芦，这无疑使任何一方人都大喜过望。一双双眼睛都急于知道，这怎么回事？永兴欢喜道："心了师不在，留了张字条，是用黑火渣写在布上的，我给你们念：

'缘也空份也空，留下葫芦给舅用，它日相见待有时，善念恶行自珍重。'"

人未见温馨至，从表情可以看出，吕在二、怪人得到了莫大的慰藉，又仿佛扬枝水驾临虚空，浩然仙气令人不敢生亵渎心。

永兴又对怪人道："现在该能说话了吧？我下手有分寸的！你究竟有什么病？"怪人勉强发音道："暗毛病，不好意思说。"永兴道："不说也罢，我告诉你这水能喝也能洗！"吕在二说："人没见到，把水给我喝喝！"徒弟们也嚷起来。

永兴说："别急，主人家，你们家有不有人长疮有毒什么的？应该先给主人家用！没有也可强身健体哟！"挤挤眼睛。胡家人将永兴的眼神翻译读懂了，个个笑嘻嘻近前。永兴说："每人只准喝一口，别狠狠吮一大口噢，各人凭心而喝！"轮流喝罢，又让当师傅的吕在二喝两口徒弟喝一口，然后交给怪人，说："高个子，现在我已不怕你，把饭钱付了立即给我走人，哪来哪去，不然我下手可不是头一次那么轻了！我送你们走人！"厉声喝道："起来，走！我也还得回万僧寺一趟！"

尝到过厉害，不走行吗？

月光灰灰，大地黑茫茫一片，直显得夜行人的可有可无之渺小。

第四十二章　独树包碑

天仓山李家人这些日子盼天黑后又盼天亮。可时间偏偏捉弄人，愈是等候愈显得慢。"有时混过的时间不知不觉特快嘛！"大大说。百鹊如念咒语般常哼道："太阳太阳啊你快些落，天啊天啊你快些亮！"哼着哼着变成了诅咒，"时间时间啊你要死了吗？！"

依然是放牛羊的春喜先睹为快："幺叔回来了，四婶！在鲁家垭豁来了！"处于一级警觉状态的百鹊、大大飞出院坝，"福娃哥！"百鹊这一声有些像河妹子。直扑鲁家垭豁，一头撞进福娃怀里，哭得哄哄地，撞得福娃一个趔趄方稳住身形。

"哎呀，我的鹊妹，"福娃说，"好了嘛，你总要让我到屋嘛，乖！"百鹊止住了哭声，三人回转。福娃道："你们怎么都回来了？"大大叙说了情由，并道："石牛和春娃子大哥带机枪手在万僧寺候你！"福娃笑笑说："多谢他们挂念，可惜我的劫难已自解，马后炮！"百鹊说："福娃哥，该你先坦白交代，快给我们讲讲，到底你遇什么劫难了？"

过去的事已如烟云，至少福娃现在的心理如此，他淡淡地叙说了经历，两女可无法淡定，惊得一身后怕："好险啦，世上还有这样的怪人！"大大说："我就不信他不怕子弹！"百鹊道："碰上小姑奶我，赏给他定心丸吃吃看味道好不？"大大说："可惜没机会了！"

春喜趁空跑回家，全家惊喜不已。"三嫂，"福娃说，"有剩饭没？我饿极了，有剩饭先让我吃一口！"百鹊赶紧煮荷包蛋。

用餐未了，大花狗报告有生人来，一和尚行色匆匆而至。"李施主，上无下修上师行将圆寂，要你速去面见！"

"啊？！"

这无疑是个严重的消息。所有人心沉下来，那是恩人，那是恩师，点化迷窍的活佛！匆匆给和尚用了斋饭，出发。

万僧寺今日格外平静，山间的虫鸟一如既往闹得一塌糊涂，休管人类关天命，我自无知向天歌。

万僧寺广场，福娃出现了，石牛如飞扑来："嗨嘿呀呀，福娃哥！"这一声代表了千言万语兄弟情。"快给我说说，你遇什么难了？"福娃说："叫大大给你汇报吧，我已给她们讲过，嘿嘿！"大大赶紧述说起来，以让大家早些了解情况。"什么？陈再一打福娃哥的耳刮子？！狗日的别让老子碰见你！"百鹊问："春娃子大哥和机枪手呢？"石牛说："天天都要去路上候你，今天刚走不久，未必错过了？"大大说："我去追回他们，边走边放枪，他们肯定听到。"福娃说："好，石牛、百鹊赶紧随我去见上师！"迈步向山门台阶而去。忽见五百僧人一齐现身山门外，密密麻麻一长溜，齐诵偈语：

"虹抱天仓，万数有道，独树包碑，无为入丈！虹抱天仓，万数有道，独树包碑，无为入丈！"

什么意思？百鹊糊涂了。

怎么回事？石牛、福娃愣住了。

忽然，百鹊叫一声："坏了！"

石牛问："怎么啦？"

"福娃哥法名叫无为，偈语应在了他身上，今日该入寺当方丈了，还记得我们第一次来的事情吗？"石牛恍然记起，脑海翻腾。原来，近来僧侣们见庙外那棵古松大有吞没古碑的趋势，那古碑紧挨古松，但总也可见碑影，十分关注。今日一伙头僧挑水，见那古碑已没了身形，彻底被古松吞入肚中，知树包碑合拢，真人现身时候到了！甩下水桶，奔走相告，众僧欣喜之下庆幸身为见证人，舍李永兴其谁？

忽然，广场边冒出二十几个不速之客，个个带兵器，大部分跃入广场，八人飞上台阶，挡住福娃去路。

云雾山下怪人一伙被福娃逼离胡家并未远离，摸索找个干燥处过夜。怪人同样具有高级动物通常的文明心理，避开吕在二师徒脱掉裤子，急不可耐倒出葫芦水又喝又抹。

一夜过后，怪人检查用药效果，见硬如筷子粗细之乱卷阴毛开始变细变软，触摸之下痛感减轻。"好哇好哇！"他声嘶力竭的狂喜声调亦比苍蝇强不了多少。吕在二见神露水有效，亦欣喜道："恭喜大哥！"怪人说："看样子胡家人也不晓得这水来源，李县令不是还要重回万僧寺吗？我们去求他告知出处，不但可治病，无病就强身，还可以拿去江湖中、民间治病收银子，发大财！"几人中算是怪人有点儿头脑，说得吕在二师徒茅塞顿开，有了人生憧憬，学怪人的腔调："好哇好哇！"高兴之余，远远见一行约二十人正向他们走来，搭眼便知江湖武林人。走头的那苦脸、那侏矮直如当初麻口山棒匪康寨主转世，手持三节棍。双方相见，侏矮人朝怪人自下而上扫瞄一眼，相形之下咦的一声："哪来的这么个怪物？"

　　武林中人大都自以为是，不知天高地厚出言不逊，何谈文明礼貌？怪人挤笑一声，反唇相讥："来人可是封神榜上的土行孙？"这些个无修养的人哪经得语言刺激，侏矮人连人带拳已送到了怪人腿上，因为侏矮，方便的就是下三路，却哎哟一声仰面跌倒，与福娃落了个同样的下场，只觉得世上任何高强的武功在此怪物面前都显得渺小。怪人对李县令已生畏惧心，但于别人仍可以有恃无恐亦在情理中，嘿嘿一笑朝那伙人走去："哪个还想试试？"真有一个人不到黄河心不甘的，可以理解嘛，他又不知情，要知道梨子的滋味得亲口尝一尝，又一拳砸向怪人小腹，触手老调重弹。这才知道厉害，要知道海水的滋味不一定要把海水喝干，实验已具代表性，没人再敢冲动。怪人充起了老大："我说你们干啥子去呀，不如跟我干吧？"

　　侏矮人这才抱拳行礼，看来是个领头的："高人高人！我们去万僧寺！"

　　万僧寺？吕在二一伙眼睛发亮。"么事？"

　　侏矮人道："我们来自湖北，无修那老儿年轻时，我们老寨主女儿喜欢他得要命，成亲三天后离家逃走。后来据老寨主女儿说，他还是个女儿身，一直不肯再嫁。直到前年老死。临死前要我们一定要找到他男人，问问嫌她哪点不好，讨个公道，给她出

343

口恶气，我们老寨主的女儿人称芍药花呀！你们呢？何方神圣？"

于是双方交流情况。侏矮人说："不打不相识，也好，各有把式，我们中也有会轻功的，力大五百斤的！就合伙去唱台好戏吧！"

人多势众下，怪人一伙刚复苏的一点儿理智消失了，代之而起的是冲动。

当他们出现在万僧寺外边，劫数因果并非巧合，正是福娃出现、万僧之数归位、无修上师功德圆满时。

"就是他！"怪人指指李县令对同伙说。一拥而上，八个武功较好的跳入广场飞上山门前，横挡在众僧与福娃一行之间，其中有怪人。"就是他！"福娃小声对石牛、百鹊说道，"但不知哪来这么多人。"知今日不妙，难以善罢甘休。石牛狠狠道："这么说那狗日的一对活宝再一在二也来了？我去看看！"转身走向广场。福娃闪身窜上台阶靠近僧人急道："快给我找个瓷碗来！"一机灵僧人毫不犹豫闪身进了山门。大和尚出面道："阿弥佗佛，诸位施主所来何事？"

一个侏矮、表情活脱脱康寨主转世的人手持三节棍答话道："我们来找无修老儿算笔旧账，找他十五年了，顺便嘛，看来今日碰巧万劫之数，凑凑热闹！"嘿嘿一笑，谁若听不出那嘿嘿声不怀好意就是傻瓜。大和尚又道一声万能的阿弥陀佛："施主们来得不是时候，本寺今日不便接待各位，要礼佛请自便，上师不可见！"那人又是嘿嘿阴笑："你们这些无能的和尚，今日由得了你们吗？"

福娃亦为拖延时间大声道："今日之事与师父们无关，你们只作壁上观，由我们来解决！"他不愿让僧人流血。"高人，你又所为何事？莫非还要水？"

怪人道："今日我们人多，不怕你，水也要，气要出！"说话间，福娃手感异动，一僧人已将瓷碗塞到福娃手中，福娃啪地弯腰磕破瓷碗道："今日你们是冲我来的，要动手开始吧！"

广场中石牛已瞧见陈再一，少年初生牛犊，不知周围全是武林中人，正欲发作，见山门处骚动，丢卒取帅，反身直奔怪人而来。"嗨嘿呀呀！小爷偏要试试你这个电人！"流星一锤直射而去。"石牛快退！"福娃叫一声，闪身挡石牛，怪人闪身间短铁棍点向飞锤，欲让其触电，却因福娃的干扰点了个空。顿时全场骚动，打斗开始，广场上人朝山门扑来，早已闪身一边的百鹊朝天啪啪两枪，叫道："谁敢动！"那些人怔了怔，似乎还没见过洋玩意儿的厉害，以为是何种暗器，继续冲来。

石牛与福娃与对方已打作一团，跳下广场。百鹊急道："福娃哥，我忍不住了！"只听广场内传来福娃的声音："朝狠的打！"百鹊哪等得这句话，啪啪放倒快拢身的两个。八个进攻百鹊的人方知她手中暗器的厉害，一时三人三支铁镖那可不是竹镖朝百鹊射来，逼得百鹊见状跳身石礅后卧射又放倒一人，这下逼得对方掩身，形成僵局。百鹊亦掏出竹镖，一手发镖，一手驳壳枪射击，"小姑奶奶今天看看到底谁厉害！"

广场上，石牛的嗨嘿呀呀声不断，流星锤进攻上下左右翻飞，明射暗出亦只能自保，人太多了亦非等闲之辈，时间长了累也累趴下了还舞得动锤吗？福娃被一个轻功人缠上了，无暇援手石牛，亦难进攻某人。必须先解决这个拖累！强练的轻功怎可与福娃天成的神速同日同语？仙俗之别，福娃一棍扫中轻功人的膝盖，顿时跪地难起。围攻石牛的大力士欲沾贴石牛抱摔，却近不得身，怪人见状，扑身上前总想用铁棍点上石牛飞锤，福娃飞身而至，断瓷片扫向怪人大腿，顿时血流如注，解决了轻功拖累人，福娃神速得以发挥，游斗点击起来。

"嗒嗒嗒嗒！"广场外机枪响了！人未到声先至，机枪手大叫："李县令你们快撤，我要扫射这帮狗日的过过枪瘾！"原来大大去追春娃子、机枪手，不时放枪，春娃子二人果然听到，心

345

知有异，急率小分队返回，又听见万僧寺百鹊的枪声，飞跑而返，至广场外已明白其变故，全都举枪射击声援。福娃点倒四人，见机枪手喊叫，立即飞身入群，助石牛脱困跑向台阶。机枪手毫不顾忌地边冲边扫射，广场上还能站立的人顷刻减少，剩下七八个见势不妙撒腿就跑！山门边，百鹊已来不及换子弹，四个人在铁镖的照顾下离百鹊不足丈远！只听大大叫道："石牛你们闪开！"石牛知道媳妇儿枪法的厉害，拉把福娃返身跳回广场。只听啪啪枪响，进攻百鹊的四人倒下三个，其中春娃子放倒一个，剩下一个跳下广场逃命，又遇石牛："哪里走！"福娃说："让他去吧！"

三少年终于相聚大战一场，春娃子他们并非马后炮，最终现代热兵器帮了大忙！

福娃、石牛他们相聚喘息一阵，大和尚一行僧头来到福娃身边，庄严地道声阿弥陀佛："李施主，快请随我去见上师！"众僧齐道佛号，去打扫战场。

第四十三章　云雾深处

嗥嗥嗥！……

浑厚的钟声震荡山川，佛人说常听钟声能调节人体机能平衡，很有道理。具有军人作风的僧众三下五除二完成战场打扫，迅速集合于大殿，等候神圣的时刻。

福娃带石牛、大大、百鹊紧随大和尚进入无修上师寮房，见上师散盘于榻，手结陀罗尼印，庄重地跪下，合掌道："上师，无为来了！"

上师开眼开口缓缓说道："你终于了完尘业，无为，该归位了，八百年偈语应在你身上，我圆寂后你当为方丈，行大典，主持佛事。"福娃道："谨遵佛命。"

忽然，百鹊道："上师，我也要出家修行！"

这太令人意外。

令人意外的，不止百鹊，忽听石牛、大大竟不约而同齐声道："上师，我也出家！"上师道："自古以来，万僧寺剃度出家在册的，共九千九百九十六人，至今缺四数，尔等四人正好圆满万数，此乃因果天意，这万名佛子，来生将继续为僧，点度众生，再世功德圆满，归兜率天弥勒坐下，修出世间道，永享清静。"言罢溘然而逝，只见金光满屋，清香阵阵，向外扩散。众僧跪地齐念阿弥陀佛！

大殿内，即时行无为入丈大典，福娃任其摆布，一袭金光袈裟使福娃顿时由俗人变为僧人。百鹊、石牛、大大亦行剃度换了僧装，如百姓变为军人。

大典后福娃对春娃子与机枪手道："派人把我们四个人能在佛门用的一应用品送来，我们的官俸从此取消。"

春娃子百般伤感，流泪说："想不到这次来，经历这么大的变故，叫我怎么转得过弯来？福娃弟你倒也罢了，可石牛、百鹊他们……"他说不下去了。

此生能和你们相遇不知是我哪辈子修来的福分，我的精神支柱就是有一群姐妹哥们，山一样高洁的友情，多少次往来多少次征战相应，就这样散了吗？丢下我一人！

福娃说："大哥，别伤心，这是我们的命，你应当为我们高兴。"

大大说："是啊，我记起了第一次来万僧寺时，我说这庙里

347

好安逸呀，河妹还开我的玩笑，说那你以后就来当尼姑嘛，不想现在应了。"

百鹊说："做人的那些事，说放下也就放下了，有啥放不下的？石牛，你说呢？"

石牛瞟一眼大大，嘿嘿一笑，倒说出了一句言简意赅的话："心不想，啥事都没了，起心动念，啥事都来了。"石牛不憨。

万僧寺有了镖飞锤舞。尼姑、武僧。

阻拦万僧之数的这伙人非死即伤作鸟兽散。陈再一中弹身亡，吕在二落单了，再也不是"再一再二"成语的典型注释。陈再一的死，吕在二无半点哀悼之情，宛若佛人看透了生死。怪人依旧与吕在二师徒绑在一起，终是怕孤单。逃离万僧寺的第一个旅宿的夜晚没换来月夜的反省感悟，仍是念念不忘神水。怪人说："我们还是去求现在的无为方丈，告诉甘露神水所在！"

自来对怪人不大感冒的二徒弟埋怨道："师叔你是不是脑壳有问题，还有脸去吗？人家以德报怨，我们随意为难他，早知现在何必当初？"怪人说："也怪我们头脑发热，干脆我们去云雾山守候，我那外侄女总会现身的！"怪人也难怪，怪病显然药力不够，还需续治的神水。但神水是你那种求法吗？一个蠢字了得，外加一个蛮字。

晓行夜宿，又见云雾山胡家炊烟了。山道上，迎面见一脏兮兮叫花子妇人，蓬头垢面，手拄棍，身背串葫芦，冲他们说道："有个年轻姑娘要我把两葫芦和信条给你们。"

四人凑拢听识字的二徒弟念信文，眨眼不见了叫花子妇人，大为惊奇，只得听信：

一葫圣水治舅病，一葫勉为在二情，善来恶去愚可叹，切莫再起无妄心。

二徒弟似幡然醒悟，大叫一声："刚才那叫花子就是扬枝水！"

啊？吕在二一屁股瘫软在地。

春娃子与机枪手回城禀报情况。沈秀才、尹天应作声不得。良久，沈秀才喃喃地："早知有今日的，早知有今日的，我们尽量帮助他，别干扰他。"尹天应道："李县令功成隐退，原非凡根人啦，罕见的少年文武天成之才，这是他最好的前途，我们俩与他的好兄弟邱团长约个日子，去看望他，捐施功德！也算我们尽一点知遇之心！"沈秀才说："好，也只能这样了。"

福娃根底果然不一般，宽心落意潜修一年半，进境已跟上了扬枝水，效率之高少有人及。

"喤喤喤！"福娃入主万僧寺已见两秋时。这日午，浑厚的钟声比任何时候都急。

大殿上，无为方丈宣布道："众位佛子，立即各回寮房，带上自己可带的财物零件，广场集合，不得贻误！"众僧惊愕，猜怀不定，但得执行。

众僧刚集合于广场，忽见庙宇无名天火起，稍息普及全庙，众生方明白原因，齐道阿弥陀佛！然后所有人无语，默默看完天火焚寺落幕。

万僧寺的历史使命完成了，从此存在于人们的心中，不灭的传说里！

无为道："从今各散四方，修佛不分东西南北！"

这时，心了出现了。

天仓山李家，月夜下，春喜在与小侄儿藏猫猫，闹够了数北斗星。

木者河边，上不了书的、不朽的山歌唱得更欢："姐的那个包包哎，是一座阎王殿，哥的那个棒槌哎，顶呀么顶上天，姐是木者河的水耶，哥是河边天仓山，姐姐在呀么在洗澡耶，哥哥看呀么看瞎了眼！"

大巴山顶苗家部落山歌另有风味："石磨有心竹无心，阿哥有情妹无情，有心栽花花不开，阿哥眼泪流背心！"

　　山梁上，五个僧行者驻足憩息，观望山河。

　　"大大，"福娃道，"随我修行你们不觉得人生可惜了吗？"

　　"只图一生终不是长久之谋，这才叫看得远。"大大毫不言迟口钝地说，显然觉悟大进。

　　百鹊说："我很幸福，曾经同情，如今同佛，人生不过尔尔！石牛，你呢？"她们依然习惯称呼俗名，不过改了兄妹称呼。名字嘛，不过一代号，如衣服。

　　石牛道："福娃哥与扬枝水就看得透放得下，我为啥就想不通？如果福娃哥是《西游记》里的孙行者，我至少可以算作是猪八戒吧？"

　　"那心了师姐算什么呢？"

　　"观音菩萨！"

　　"哈哈哈哈！"

　　传说，心了带四少年去了云雾山，又说去了大巴山深处的深处——韩湘子曾经修行的地方，那里有一天潭。又有人说他们去了太白山深处。也有人说，他们结庐生产，生儿育女，过着自在快乐的生活。

　　远定县保安团与东西两路国军大战一场后，时国共两党军队拉开了为各自政念大战的序幕，百姓偏安一隅，早已过上了和平幸福生活并得以长治久安，很大程度惠存于国共两军大战，无暇顾及偏僻之地这大气候，否则国军再次大军扑来，远定县还吃得消吗？

　　又几年后，代表劳苦大众利益的人民解放军因得民心逐渐占了上风，铁扫帚开始舒展地横扫中国大地。

　　黄一甲在远定县战败被俘回康安市后情绪低落，是心灵触动或是败丧？从此变了个人，没了凶气。四年后奉命抵抗解放军进军，在合百县山上不战而开枪自杀。

唉，人啊，人！

不久，古老的木者河出现了一种新奇景观，成千上万的国军向南撤退，老百姓称之为"中央军退却"，队伍过了三天三夜。躲在古寨子的葛树轩乡长望着败退的国军，对同伴说："单不说国军对穷苦老百姓不好，你看国军用的是些啥人嘛，王三春、黄少伯、李永富之流，岂有不败之理？"他的话虽然一竹竿打了一槽人，却总有些道理。

公元一九五〇年，人民解放军的铁扫帚打扫了华夏大院后，开始清扫偏僻角落，触角伸进了远定县。人生有趣，山不转水转，率领土改工作团进山的，偏偏就是许芬，当年三少年在罗口山上无意中打救过的红军便衣许芬！

许芬进山前已听闻三少年的传说，李县令，娃娃县令。虽然联想过李永兴，福娃、百鹊、石牛，但不敢断定。少年的名字从未在她记忆中消失，印象太深刻了，她还赐给了三少年每人一个吻呢，天知地知她永远记得，她吻福娃的时候将吻从脸蛋滑向了福娃的嫩唇！那并非不小心滑倒而是故意。多年军事打磨，尸山垒成江山，许芬是幸运未牺牲者之一，常向身边的战友讲述三少年打斗故事，那是她与战友眼睁睁看着的场面。

许芬领土改工作团重温当年罗口山之路，来到当年与三少年分别之处，为战友们现场讲述少年打斗情节。她打算先下基层摸情况，亲自去天仓山找李福娃他们，作为土改工作骨干。但他何需去天仓山？只要有人处，只要住下来，听到的龙门阵就是福娃、娃娃县令、石牛、百鹊、大大、春娃子、邱团长战斗故事、四少年出家。听得许芬激动万分，听得战友们神乎其神，土改工作他们捡了个大便宜，只需按照新政策稍加修改！至于邱大耿、沈秀才、尹天应等人将会得到新政府的优待，因为来的是许芬，不会搞左倾过极。

翻过一座山，又下一条河，再上一条梁。许芬带队伫立观

351

望，思念之情更甚。三少年啊三少年，福娃呀福娃小弟，你为什么要出家啊，你在哪里？当初约好的，说要再见面的……不禁潸然泪下。

"团长，别伤心，我们都很感动，有机会，我们还是去天仓山看看，看看他的家人也好，看看万僧寺遗地。"

天地从哪来，日月从哪来，众生从哪来，要到哪里去？木者河水终年唠叨着人生哲理，五峰山上的风与树记载着硝烟的传奇，天地伴唱曲径幽歌，石头、剪子、布划出世间悲欢合离！

后 记

公元 2010 年我终生夙愿《读破大自然的人》勉强分娩落地后，出于对文坛现状的无奈，我又写了较为大众化的《山风点火》，以为《读破大自然的人》出世护航。

一本文学作品就是作者性格与境界的体现。有人说我惜墨如金，文如其人不假，我不善闲话的性格反映在作品情节描写上亦是简练有余细腻不足，略显粗糙，虽然自认为粗中有细。而语言的质朴甚至有平庸之嫌，虽然在尽量克服"文之无华，其行不远"的不足。但我想，用安静心读我书，会因玩味而忽略这不足之处的。

一个不爱看文学作品的人是粗心人，一个不爱看文学作品的民族是野蛮的民族。文学的功能是陶冶人心灵，文学的宗旨是升华读者的思想境界。当今中华文学沦为颓废时代，我希望这只是一时的病态，我期待文学真性健康的复归。

愿我烹饪的这盘绿色小餐，能给读者带来不一样的享受！

2015年11月于汉中市汉台区秦巴民俗村公寓